SÉMIOTIQUE ET PHI

DU LAN

FORMES SÉMIOTIQUES
COLLECTION DIRIGÉE PAR
ANNE HÉNAULT

UMBERTO ECO

Sémiotique et philosophie du langage

TRADUIT DE L'ITALIEN PAR
MYRIEM BOUZAHER

Presses Universitaires de France

Le présent ouvrage est la traduction française de :
Semiotica e filosofia del linguaggio

ISBN 2 13 045014 8
ISSN 0767-1970

Dépôt légal — 1re édition : 1988, février
2e édition : 1993, janvier

SOMMAIRE

CHAPITRE II : DICTIONNAIRE VERSUS ENCYCLOPÉDIE

CHAPITRE III : MÉTAPHORE ET SÉMIOSIS

CHAPITRE IV : LE MODE SYMBOLIQUE

CHAPITRE V : LA FAMILLE DES CODES

INTRODUCTION

1.

Ce livre analyse cinq concepts qui ont dominé tous les débats sémiotiques : signe, signifié, métaphore, symbole et code; il reconsidère chacun d'eux sous le double éclairage de l'histoire et du cadre théorique ébauché dans mes ouvrages immédiatement précédents, *Trattato di semiotica generale* (1975) et *Lector in Fabula* (1979) non sans — je crois — quelques corrections de tir. Ces thèmes ont été et sont aussi au centre de tous les débats de philosophie du langage. Cette communauté de thèmes suffit-elle à justifier le titre du livre ?

Disons avant tout que mon choix est la conséquence presque naturelle du projet de reconstruction historiographique qui caractérise chacun des arguments. Dès le second Congrès international de sémiotique (Vienne, 1979), j'avais insisté sur la nécessité de procéder à une reconnaissance et à une reconstruction de la pensée sémiotique (à commencer par la pensée occidentale) en partant de l'époque classique. Ces dernières années, je n'ai cessé de travailler en ce sens dans mes cours ou pendant les séminaires et les différents congrès auxquels je participais. J'ai rédigé une grande partie des articles historiques pour le *Encyclopedical Dictionnary of Semiotics*, j'ai suivi de près la littérature toujours plus abondante parue sur ce sujet, et tout cela m'a convaincu — si besoin était — que pour mieux comprendre les nombreux problèmes qui nous tourmentent encore, il faut partir à la recherche des contextes où une catégorie donnée est apparue pour la première fois. Lors de ces voyages au sein de l'histoire de ces concepts, on rencontre évidemment des spécialistes de médecine, de mathématique, de sciences naturelles, des rhéteurs, des experts en divination, des emblématologues, des cabalistes, des théoriciens des arts visuels, mais ceux que l'on rencontre le plus souvent ce sont les philosophes. Et je ne parle pas des seuls philosophes du langage (du *Cratyle* à nos jours) mais de tous les philosophes qui se sont rendu compte de l'importance capitale du débat sur la langue et les autres systèmes de signes pour éclaircir nombre d'autres problèmes, de l'éthique à la métaphysique. En menant à bien une telle relecture, on s'aperçoit que chaque grand philosophe du passé (et du présent) a d'une certaine manière élaboré une sémiotique. Impossible de comprendre Locke sans tenir compte du fait que, comme il le dit au dernier chapitre de l'*Essai*, la sphère de l'entière connaissance humaine se réduit à la physique, l'éthique et la sémiotique. Je ne crois pas que l'on puisse saisir la philosophie première d'Aristote sans partir de sa constatation que l'être se dit de façon multiple — et il n'est pas de meilleure définition de l'être sinon que l'être est ce que le langage dit de façon multiple. Et je pourrais allonger cette liste, en me référant par exemple à la sémiotique sous-jacente (mais explicite) de *L'Etre et le Temps*.

S'il en est ainsi, comment ne pas être frappé par le fait que les manuels d'histoire de la philosophie « effacent » ces sémiotiques, comme si la nécessité de ramener toute une philosophie au problème du signe semblait être une menace à écarter pour ne pas déranger les systèmes et l'image confortable que la tradition en a donnée. On verra par ailleurs au deuxième chapitre de ce livre comment la tradition médiévale a reconnu et dans le même temps occulté, repoussé en marge du discours, les formidables problèmes sémiotiques que les commentaires aux *Catégories* d'Aristote faisaient inévitablement naître.

Mais même sans vouloir ramener toute philosophie à une sémiotique, il suffit de considérer l'ensemble de la tradition de la philosophie du langage. Elle ne se réduit pas (comme c'est le cas aujourd'hui) à une spéculation entre logique formelle, logique des langages naturels, sémantique, syntaxique et pragmatique, du seul point de vue des langages verbaux. La philosophie du langage — des stoïciens à Cassirer, des médiévaux à Vico, de saint Augustin à Wittgenstein — a abordé *tous* les systèmes de signes, et en ce sens elle a posé une question radicalement sémiotique.

2.

S'interroger sur les rapports entre sémiotique et philosophie du langage impose avant tout une distinction entre *sémiotiques spécifiques* et *sémiotique générale*.

Une sémiotique spécifique est une grammaire d'un système particulier de signes. Il y a les grammaires du langage gestuel des sourds-muets américains, les grammaires de l'anglais et les grammaires de la signalisation routière.

J'entends le terme « grammaire » dans son sens le plus large, au point d'inclure, avec une syntaxique et une sémantique, une série de règles pragmatiques. Je ne veux pas m'interroger ici sur la possibilité et les limites d'une science humaine, mais je pense que les sémiotiques spécifiques les plus accomplies peuvent aspirer à un statut scientifique, jusqu'à la capacité de prévoir des comportements sémiosiques « moyens » et la possibilité d'énoncer des hypothèses dont on peut prouver la fausseté. Certes, nous nous trouvons face à un domaine très vaste de phénomènes sémiosiques, et il y a des différences sensibles entre un système phonologique organisé à coup de mises au point structurales successives et exécuté par des locuteurs à partir d'une compétence non explicitée, et un système signalétique imposé par convention explicite dont les exécutants connaissent clairement les règles de compétence. Mais on pourrait déterminer le même type de différences dans le continuum des sciences naturelles et nous savons tous combien les capacités prévisionnelles de la physique sont différentes de celles de la météorologie, ainsi que le montrait déjà John Stuart Mill.

Mon discours concerne les sémiotiques spécifiques, pas la *sémiotique appliquée* : cette dernière constitue une zone aux limites imprécises, pour laquelle je parlerais de pratiques interprétativo-descriptives, dans la critique littéraire à orientation ou d'inspiration sémiotique par exemple; en ce cas, le problème à poser n'est pas celui de la scientificité mais plutôt celui de la force de persuasion rhétorique, de l'utilité pour la compréhension d'un texte et de la capacité à rendre intersubjectivement contrôlable le discours sur un texte donné.

Depuis 1978, s'est établi entre Emilio Garroni et moi un débat cordial où nos positions respectives pouvaient paraître très arrêtées. Pour sa part, Garroni (de la *Ricognizione della semiotica* au récent article publié dans le collectif réuni par Marin Mincu, *La semiotica letteraria in Italia*) se méfiait des diverses aventures des sémiotiques spécifiques et rappelait la nécessité d'un fondement philosophique; quant à moi, j'invitais à courir les risques de l'exploration empirique et renvoyais à plus tard le problème philosophique. Cette opposition devient plus nuancée si l'on se base sur ce que je suis en train de dire. Je suis convaincu que les sémiotiques spécifiques doivent se poser leurs problèmes épistémologiques internes, c'est-à-dire reconnaître et dénoncer leurs métaphysiques implicites : par exemple, dans n'importe quel système (ou texte), on ne peut déterminer des traits « pertinents » sans se poser le problème épistémologique d'une définition de la pertinence. Mais c'est là un problème commun à toutes les sciences et je ne crois pas qu'il soit irresponsable d'affirmer que parfois une recherche scientifique peut aller très loin dans ses explorations sans pour autant s'interroger sur ses fondements philosophiques. C'est le philosophe qui s'interrogera, ou le scientifique lui-même quand il se fait philosophe et analyse sa démarche; toutefois, on voit couramment des recherches philosophiquement naïves mettre en lumière des phénomènes ou des ébauches de lois que d'autres érigeront en système rigoureux.

Pour une sémiotique générale, il en va tout autrement. Elle est, selon moi, de nature philosophique parce qu'elle n'étudie pas un système particulier mais *pose* des catégories générales, à la lumière desquelles on peut comparer différents systèmes. Pour une sémiotique générale, le discours philosophique n'est ni conseillable ni urgent : il est tout bonnement constitutif.

Comment s'aventurer dans cette interrogation philosophique ? Deux voies, au moins, s'ouvrent à nous. La première est celle qu'ont suivie traditionnellement les philosophies du langage (pas ce que l'on appelle aujourd'hui dans nombre d'universités américaines philosophie du langage et qui n'est bien souvent qu'un simple exercice — fort utile au demeurant — sur un système sémiotique spécifique, par exemple une sémantique formelle des valeurs de vérité) : c'est la tentative de déduire un système de la sémiosis, de construire une philosophie de l'homme en tant qu'animal symbolique.

L'autre voie pourrait être qualifiée d' « archéologie » des concepts sémiotiques. Sans vouloir incommoder Foucault, je m'en tiendrai au modèle d'archéologie proposé par Aristote dans la *Métaphysique*. Après avoir établi qu'il faut déterminer un objet de la philosophie première, que cet objet est l'être, on va voir ce qu'en ont dit les prédécesseurs. En ont-ils tous parlé de la même façon ? Et si non, pourquoi cet objet d'un savoir antique, toujours différent, a-t-il toujours été perçu comme identique ?

Si Aristote s'était comporté comme certains philosophes du langage, la solution aurait été très simple. Ceux-ci s'aperçoivent, à juste titre, qu'il est différent de parler du signifié d'un mot, d'un symptôme atmosphérique ou d'une expérience perceptive : ils décident donc que chaque problème devra être étudié séparément par des disciplines différentes. Ainsi, le philosophe du langage s'occupera des phrases — et uniquement des phrases bien faites si possible — laissant au psychologue de la perception le soin de se demander pourquoi quelques traits sur une feuille de papier me font penser à un lapin. Tout est donc pour le mieux : le critère de la spécialisation est sauf, et l'on évite tout conflit dans la distribution des positions académiques et la répartition des fonds publics et privés.

Or, Aristote a fait tout le contraire. En analysant les discours philosophiques passés, en entrant dans le vif des usages linguistiques eux-mêmes, il s'aperçoit que *l'être se dit de façon multiple*. Et c'est précisément cela qui va l'amener à se demander si l'intérêt n'est pas de se situer du point de vue de l'identité profonde qui régit ces divergences.

Et où trouver cette identité profonde si elle n'apparaît pas en surface ? Le philosophe peut feindre de la trouver, comme Parménide, mais en fait il la *pose*. Il pose les conditions mêmes du discours qui permet d'aborder des phénomènes dissemblables de façon unitaire.

C'est un acte de courage philosophique — et sémiotique — qui rend possible la *Métaphysique*. Qu'est-ce que l'être, puisqu'il se dit de façon multiple ? Mais c'est exactement *ce qui se dit de façon multiple*. A y bien songer, toute la pensée occidentale repose sur un arbitraire. Mais quel bel arbitraire !

Le philosophe peut-il prouver ce qu'il pose ? Non, pas dans le sens du scientifique. Le philosophe essaie de poser un concept qui permette d'interpréter globalement une série de phénomènes et qui donne à d'autres la possibilité de fonder leurs interprétations partielles. Le philosophe ne découvre pas la substance, il en pose le concept. Le jour où le scientifique découvre qu'avec la dialectique substance-accident il ne réussit plus à expliquer les nouveaux phénomènes qu'il détermine, il n'infirme pas une hypothèse scientifique, il change simplement de critères épistémologiques, il refuse une métaphysique influente.

3.

Or, ce qu'une sémiotique générale pose peut dépendre d'une décision théorétique ou d'une relecture des usages linguistiques des origines. Faire progresser la pensée ne signifie pas nécessairement refuser le passé : c'est parfois le revisiter pour comprendre non seulement ce qui a été effectivement dit, mais aussi ce qui aurait pu être dit, ou du moins ce que l'on peut dire aujourd'hui (et peut-être aujourd'hui seulement) à partir de ce qui a été dit auparavant.

C'est, à mon avis, la seule façon de procéder avec le concept central de toute pensée de la sémiosis : le concept de signe.

Disons avant tout que la sémiotique contemporaine semble perturbée par une alternative. Son concept fondamental est-il le signe ou la sémiosis ? La différence n'est pas des moindres et, tout compte fait, cette alternative repropose le choix entre pensée de l'ἔργον et pensée de l'ἐνέργεια. En relisant l'histoire de la naissance de la pensée sémiotique de ce siècle, disons du structuralisme genevois jusqu'aux années soixante, il semble qu'au début la sémiotique se profile comme pensée du signe; puis, au fur et à mesure, le concept est remis en question, désagrégé, et l'intérêt se déplace vers la génération des textes, leur interprétation, et vers la dérive des interprétations, les pulsions productives, le plaisir même de la sémiosis.

Le propos de ce livre est de dépasser cette alternative, en remontant aux origines du concept de signe, pour montrer qu'elle a été posée plus tard, à travers une série d'aventures que l'on évoquera au premier chapitre. Il va s'agir — ceci dit brièvement pour ne pas déflorer le sujet — de redécouvrir que l'idée originale de signe n'était pas fondée sur l'égalité, la corrélation fixe établie par le code, l'équivalence entre expression et contenu, mais au contraire sur l'inférence, l'interprétation, la dynamique de la sémiosis. Le signe des origines ne répond pas au modèle « $a \equiv b$ » mais au modèle « si *a*, alors... ». Pour reprendre les termes de Peirce, il est vrai que la sémiosis est « une action ou influence qui est, ou implique, une coopération de trois sujets, le signe, son objet et son interprétant, telle que cette influence relative ne puisse en aucune façon se résoudre en des actions entre couples » [*CP*, 5.484] ; or, cette définition de la sémiosis ne s'oppose à celle du signe que si l'on oublie la chose suivante : lorsque, dans ce contexte, Peirce parle de signe, il ne l'entend absolument pas comme entité biplane mais comme expression, comme *representamen*; par objet, il n'entend pas uniquement l'Objet Dynamique (*i.e.* ce à quoi le signe se réfère), mais aussi l'Objet Immédiat (ce que le signe exprime, *i.e.* son signifié). Donc, on a un signe seulement quand une expression s'inscrit immédiatement dans un rapport triadique, où le troisième terme, l'interprétant, génère automatiquement une nouvelle interprétation, et ce à l'infini. C'est pourquoi le signe, pour Peirce, n'est pas seulement quelque chose qui tient lieu de quelque chose d'autre, ou alors toujours sous quelque rapport ou à quelque titre... En réalité, le signe *est ce qui nous fait toujours connaître quelque chose de plus* [*CP*, 8.332].

Voilà en quel sens on retrouvera dans ce livre l'objet « signe » au centre de toute spéculation sémiotique du passé, mais indissolublement lié au processus d'interprétation.

Au deuxième chapitre, on verra que l'étude de l'évolution de la théorie gréco-médiévale de la définition nous ramène aux origines d'un malaise qui aujourd'hui encore tourmente inexorablement les sémantiques formelles et les philosophies du langage liées à l'idée de signifié comme synonymie et d'un langage naturel soustrait à l'infinité de l'interprétation. Mais pour autant, la destruction du concept « plat » de signe ne doit pas amener, comme nous le verrons dans les chapitres sur le symbole et la métaphore, aux excès opposés de l'interprétabilité incontrôlée et à la conviction déconstructiviste qu'*il n'y a pas de vrai sens d'un texte.*

4.

Une sémiotique générale (j'assume ici mes responsabilités et affirme qu'elle se présente comme la forme la plus aboutie d'une philosophie du langage, telle qu'elle l'a été chez Cassirer, Husserl ou Wittgenstein) a justement le devoir d'élaborer des catégories qui lui permettent de voir *un seul* problème là où les apparences encouragent à en voir plusieurs, irréductibles.

Quelque philosophe du langage à la vue courte (certains seront cités par la suite mais j'ai adopté ici le critère économique de la *pars pro toto*) objectera qu'un nuage et un mot ne signifient pas de la même façon; à cela, je répondrai qu'une sémiotique générale ne part absolument pas de la conviction que les deux phénomènes sont de même nature. Au contraire, la réexploration historique du problème nous dira qu'il a fallu plusieurs siècles, de Platon à saint Augustin, pour oser affirmer sans ambages qu'un nuage (qui signifie la pluie en tant qu'indice) et un mot (qui signifie sa propre définition en tant que « symbole ») pouvaient être ramenés à la catégorie plus ample du signe. Le problème est précisément de comprendre pourquoi on est arrivé à ce stade et pourquoi on s'en est éloigné de nouveau, dans une dialectique continuelle d'approches de la totalité et de fuites dans le particulier.

Dire qu'un nuage est différent d'un mot est banal. Même un enfant le sait. Il est moins banal de se demander, fût-ce sur la seule base de quelques irréductibles usages linguistiques communs ou de quelques réitérations séculaires et obstinées, s'il y a quelque chose qui *pourrait* les apparenter.

Les chapitres de ce livre tournent tous plus ou moins autour de cette question obsédante et de ce soupçon antique et vénérable. Même si, pour y répondre, ils élaborent des appareils catégoriques qui relèvent de la sémiotique la plus récente, du concept de l'encyclopédie au critère d'interprétation. Mais ici aussi, on essaie toujours d'en aller découvrir la nécessité au cœur même des débats originaux.

Où, c'est naturel, il ne s'agit pas de rechercher une « vérité » traditionnelle jusqu'alors occultée, mais de construire nos réponses, probablement les seules que nous puissions donner aujourd'hui, sur la base d'autres réponses oubliées et de nombreuses questions éludées.

CHAPITRE PREMIER

SIGNE ET INFÉRENCE

1. Mort du signe ?

C'est paradoxalement au cours du siècle où la sémiotique s'est affirmée comme discipline, que les déclarations théoriques sur la mort ou, dans le meilleur des cas, sur la crise du signe ont fleuri.

Naturellement, le procédé correct pour une discipline est avant tout de soumettre à un examen attentif l'objet que la tradition lui a assigné. Le terme grec σημεῖον, fût-il indissolublement lié à celui de τεκμήριον (qui se traduit en général par « symptôme »), apparaît déjà comme terme technique dans l'école d'Hippocrate et dans la spéculation parménidienne; l'idée d'une doctrine des signes s'organise avec les stoïciens; Galien emploie le terme σημειωτική; et à partir de ce moment-là, chaque fois que dans l'histoire de la pensée occidentale l'idée d'une science sémiotique — quel que soit le nom qu'on lui donne — fait son chemin, elle est toujours définie comme « doctrine des signes » [cf. Jakobson, 1974; Rey, 1973; Sebeok, 1976; Todorov, 1977]. Mais comme la notion de « signe » prend des significations qui ne sont pas homogènes, il est bon de la soumettre à une critique sévère (au moins au sens kantien du terme). Or, il se trouve que dans ce sens, la notion est remise en question dès qu'elle apparaît.

En revanche, il est frappant de voir qu'au cours de ces dernières décennies, cette attitude critique raisonnable a engendré sa propre manière. Et ainsi, comme on dit qu'il est bon, du point de vue rhétorique, de commencer un cours de philosophie en annonçant la mort de la philosophie, ou un débat sur la psychanalyse en proclamant la mort de Freud (et les magazines philosophiques de masse regorgent de ces stèles funéraires), voilà qu'il a semblé utile à beaucoup d'entrer en sémiotique en annonçant la mort du signe. Comme cette annonce est rarement précédée d'une analyse philosophique du concept ou de sa reconstruction en termes de sémantique historique, on condamne à mort quelque chose qui est dépourvu de carte d'identité : de sorte qu'il est souvent facile de faire ressusciter le mort, en changeant tout simplement son nom.

D'autre part, cet acharnement moderne contre le signe ne fait que reprendre un rite très ancien. Le signe a été soumis au cours de ces derniers deux mille cinq cents ans à une espèce de radiation silencieuse. Le projet d'une science sémiotique a traversé les siècles : il apparaît souvent sous forme de traités organiques (cf. l'*Organon* de Lambert, ou Bacon, Peirce, Morris ou Hjelmslev) ; plus souvent encore sous forme d'une série d'allusions éparses à l'intérieur de débats plus généraux (Sextus Empiricus, saint Augustin ou Husserl) ; parfois enfin sous forme d'annonces explicites, souhaitant un travail à accomplir comme si tout le travail accompli jusqu'alors était à repenser dans une optique sémiotique (Locke et Saussure). On trouve très peu de traces de ces traités, allusions ou annonces dans l'histoire de la philosophie, de la linguistique ou de la logique, comme s'il s'agissait d'exorciser un fantôme. Le problème est présenté, donc éludé. Eluder ne veut pas dire éliminer en tant que présence, cela veut dire taire comme *nom* (et donc comme problème en soi) : on employait les signes, on en construisait des grammaires pour produire des discours, mais on répugnait à reconnaître comme discours philosophique une science des signes. En tout cas, tous les grands manuels d'histoire de la pensée sont silencieux chaque fois qu'un penseur du passé en a parlé.

D'où la marginalité de la sémiotique, du moins jusqu'à ce siècle. Puis on a eu l'explosion d'un intérêt tout aussi obsessionnel que le silence qui l'avait précédé. Si le XIXe évolutionniste avait posé sur tous les problèmes un regard biologique, le XIXe idéaliste un regard historique, le XXe un regard psychologique ou physique, la seconde moitié de ce siècle a élaboré un regard sémiotique généralisateur, subsumant sous l'aspect sémiotique les problèmes de la physique, de la psychologie, de la biologie et de l'histoire.

Triomphe du signe, annulation d'une annulation millénaire ? Il semble que non, puisque c'est justement à partir de ce moment-là (alors que Hobbes ou Leibniz, Bacon ou Husserl parlaient de signes sans complexes) qu'une grande partie de la sémiotique actuelle semble s'être fixé le devoir de consacrer la fin de son propre objet.

2. Les signes d'une obstination

Indifférent au tumulte des débats théoriques, le parler quotidien (et les dictionnaires qui en enregistrent les usages) s'est obstiné à employer la notion de « signe » de manière très diverse. Trop même. Un phénomène de ce genre mérite quelque attention.

2.1. *Inférences naturelles*

On trouve tout d'abord un bloc d'emplois linguistiques selon lesquels le signe est un indice manifeste d'où l'on peut tirer des déductions par rapport à quelque chose de latent. En ce sens, on parle de signe pour des symptômes médicaux, des indices criminels ou atmosphériques; on emploie des expressions comme « Donner des signes d'impatience », « Ne pas donner signe de vie », « Présenter des signes de fatigue », « Ne pas faire signe ». Il y a encore les signes prémonitoires, les signes de malheur, les signes de la venue de l'Antéchrist... L'urine analysée était anciennement appelée « signe » et Sacchetti commente à ce propos : « Celui-là apporte au médecin non pas le signe mais un déluge d'urine. » Ce qui fait penser à un rapport de *synecdoque*, comme si le signe était une partie, un aspect, une manifestation périphérique de quelque chose qui ne se montre pas dans son intégralité; latent donc, mais pas totalement : c'est un iceberg dont la pointe émerge. Mais on peut aussi penser à un rapport de *métonymie*, puisque les dictionnaires parlent aussi de signe pour « toute trace ou empreinte visible laissée par un corps sur une surface ». Témoin d'un contact, donc, mais témoin qui, par sa propre forme, révèle quelque chose de la forme de celui qui a laissé sa trace. Mais de tels signes, outre qu'ils révèlent la nature de l'imprimant, peuvent devenir des *signes distinctifs* de l'objet imprimé, comme c'est le cas pour les bleus, les égratignures, les cicatrices (signes particuliers). Disons enfin que les ruines, les décombres, les signes d'une antique grandeur, d'installations humaines ou d'un commerce prospère passé appartiennent tous à cette catégorie.

Dans tous ces cas, il importe peu que le signe ait été émis avec intention et qu'il soit le résultat d'une émission humaine. Tout événement naturel peut être signe, si bien que Morris [1938] dans sa tentative d'une « fondation de la doctrine des signes » affirmait que « quelque chose est signe uniquement parce qu'il est interprété comme signe de quelque chose par un interprète quelconque » et que « la sémiotique n'a donc pas à faire avec l'étude d'un type d'objets particuliers, mais avec des objets ordinaires en tant que (et seulement en tant que) ils participent au processus de sémiosis ».

Cependant, ce qui semble caractériser cette première catégorie de signes, c'est le rapport de l'*être en-lieu-de* qui repose sur un mécanisme inférentiel : *si* ciel rouge le soir, *alors* de beau temps espoir. C'est le mécanisme de l'implication philonienne : $p \supset q$. C'est à cette catégorie de signes que les stoïciens pensaient quand ils affirmaient que le signe est « une proposition constituée par une connexion valable et révélatrice du conséquent » [Sextus Empiricus, *Adversus Mathematicos*, VIII, 245]; Hobbes quand il définissait le signe comme « l'évident antécédent du conséquent, et à l'inverse, le conséquent de l'antécédent, quand les mêmes conséquences ont été observées avant; et plus elles ont été observées, moins le signe est incertain » [*Leviathan*, I, 3]; Wolff quand il le définissait comme « une entité dont on infère la présence ou l'existence passée ou future d'une autre entité » [*Ontologie*, § 952].

2.2. *Equivalences arbitraires*

Le langage commun circonscrit une seconde catégorie quand il dit « Faire un signe de la main », « S'exprimer par signes », « Faire un signe de reconnaissance ». Le signe est un *geste*, émis dans l'intention de communiquer, ou pour transférer sa propre représentation ou état intérieur à un autre être. Naturellement, on présume que, pour que le transfert ait du succès, une certaine règle (un *code*) habilite tant l'émetteur que le récepteur à entendre la manifestation de la même façon. En ce sens, sont reconnus comme signes les fanions et les signaux routiers, les insignes, les marques, les étiquettes, les emblèmes, les couleurs héraldiques, les lettres alphabétiques. Les dictionnaires et le langage cultivé doivent alors consentir à reconnaître comme signes même les mots, c'est-à-dire les éléments du langage verbal. L'homme de la rue ne reconnaît les paroles comme signes qu'à grand-peine; dans les pays de langue anglo-saxonne, le terme *sign* fait aussitôt penser à la gesticulation des sourds-muets (dite *sign language*), et non aux manifestations verbales. Toutefois, la logique veut que si un panneau indicateur est signe, un mot ou un énoncé l'est aussi. Dans tous les cas que nous examinons ici, il semble que le rapport entre l'*aliquid* et ce pour quoi il est en-lieu, soit moins aventureux que pour la première catégorie. Ces signes semblent être exprimés non par le rapport d'implication mais par celui d'équivalence ($p \equiv q$. Femme ≡ *donna* ou *woman*; femme ≡ animal, humain, femelle, adulte) et semblent en outre dépendre de décisions arbitraires.

2.3. *Diagrammes*

Cette opposition claire entre les deux catégories précédentes est troublée par le fait que l'on parle aussi de signes pour ces fameux « symboles » qui représentent des objets et des relations abstraites, comme les formules logiques, chimiques, algébriques et les diagrammes. Eux aussi paraissent arbitraires comme les signes de la seconde catégorie, et pourtant ils présentent une différence sensible. En effet, si l'on altère l'ordre des lettres du mot |avis| par exemple, on ne reconnaît plus l'expression : soit c'est un autre mot (|visa|), soit c'est du brouhaha (|siav|). En revanche, avec une formule de structure ou un diagramme, les opérations effectuées sur l'expression modifient point par point le contenu; et si ces opérations sont accomplies selon certaines règles, le résultat donne de nouvelles informations sur le contenu. En altérant les lignes d'une carte topographique, il est possible de pronostiquer les transformations possibles du territoire correspondant; en inscrivant des triangles dans un cercle, on découvre de nouvelles propriétés du cercle. Cela se produit parce qu'il existe dans ces signes des correspondances point par point entre expression et contenu : ainsi, ils sont d'habitude arbitraires mais ils contiennent des éléments de *motivation*. Par conséquent, les signes de la troisième catégorie, tout en étant émis par des êtres humains et avec l'intention de communiquer, semblent obéir au modèle de ceux de la première catégorie : $p \supset q$. Ils ne sont pas naturels comme les premiers, ils sont dits « iconiques » ou « analogiques ».

2.4. *Dessins*

Strictement semblables à ceux-ci, le dictionnaire reconnaît comme signes (et le parler commun y consent en les appelant « dessins ») « tout procédé visuel qui reproduit les objets concrets, comme le dessin d'un animal pour communiquer l'objet ou le concept correspondant ». Qu'est-ce qui rapproche le dessin et le diagramme ? Sur chacun d'eux, on peut opérer des transformations à des fins pronostiques : je dessine des moustaches sur mon portrait et je sais à quoi je ressemblerai si je me laisse pousser les moustaches. Qu'est-ce qui les sépare ? Le diagramme répond (en apparence seulement) à des règles précises et très codifiées de production, alors que le dessin semble plus « spontané ». De plus, le diagramme reproduit un objet abstrait quand le dessin reproduit un objet concret. Mais ce n'est pas toujours vrai : les licornes des armoiries royales anglaises sont en lieu d'une abstraction, d'un objet fictif, tout au plus d'une classe (imaginaire) d'animaux. Goodman [1968], pour sa part, débat longuement sur la différence difficile à établir entre une image humaine et une image d'un homme donné. Où est la différence ? Dans les propriétés intensionnelles du contenu que le dessin reproduit, ou dans l'usage extensionnel que l'on décide de faire du dessin ? Le problème est déjà présent (et pas vraiment résolu) dans le *Cratyle* de Platon.

2.5. *Emblèmes*

Toutefois, l'usage commun appelle aussi signes ces dessins qui reproduisent quelque chose, mais sous une forme stylisée, si bien qu'il n'importe pas tant de reconnaître la chose représentée qu'un contenu « autre » pour lequel la chose représentée est mise. La croix, le croissant, la faucille et le marteau sont en lieu du christianisme, de l'islamisme et du communisme. Iconiques, parce que comme les diagrammes et les dessins, ils supportent des manipulations de l'expression qui ont une incidence sur le contenu ; mais arbitraires quant à l'état de catachrétisation auquel ils sont désormais parvenus. L'usage commun les appelle « symboles », mais au sens opposé où sont dits symboles les figures et les diagrammes. Les diagrammes sont ouverts à de nombreux usages, mais selon des règles précises, la croix et le croissant sont des *emblèmes* qui renvoient à un champ défini de signifiés indéfinis.

2.6. *Cibles*

Enfin, le langage commun italien parle de « Colpire nel segno » (Mettre dans le mille), « Mettere a segno » (Marquer un point), « Passare il segno » (Dépasser la marque), « Fare un segno dove si deve tagliare » (Faire une marque là où on doit couper). On a alors « segno » comme « cible », à employer comme référence pour procéder « per filo e per segno » (de manière très détaillée). L'*aliquid*, dans ce cas, plutôt que d'*être en-lieu-de*, indique *où* diriger une opération; ce n'est pas une substitution, c'est une *instruction*. En ce sens, l'étoile polaire est signe pour le navigateur. La structure du renvoi est de type inférentiel, mais avec quelques complications : *si* maintenant p, et *si* donc tu fais z, *alors* tu obtiendras q.

3. Intension et extension

Trop de choses sont signe et elles sont trop différentes entre elles. Dans cette ronde d'homonymie s'instaure une autre équivoque. Le signe est-il

« res, praeter speciem quam ingerit sensibus, aliud aliquid ex se faciens in cogitationem venire » [Augustin, *De doctrina christiana*, II, 1, 1] ou, comme le suggère ailleurs le même Augustin, quelque chose avec lequel on indique des objets ou des états du monde ? Le signe est-il artifice intensionnel ou extensionnel ?

Essayons d'analyser un enchevêtrement sémiotique caractéristique. Un drapeau rouge avec une faucille et un marteau équivaut à communisme ($p \equiv q$). Mais *si* quelqu'un porte un drapeau rouge avec une faucille et un marteau, *alors* c'est probablement un communiste ($p \supset q$). Supposons que j'affirme |A la maison j'ai dix chats|. Quel est le signe ? Le mot |chats| (félins domestiques), le contenu global de l'énoncé (dans ma demeure j'héberge dix félins domestiques), la référence au fait qu'il peut exister dans le monde de l'expérience réelle une maison spécifique où il existe dix chats spécifiques ? Ou encore le *fait* que *si* à la maison j'ai dix chats, *alors* je dois avoir un espace suffisant, *alors* il est difficile que je puisse avoir un chien, et *alors* je suis zoophile ?

Plus encore. Dans tous ces cas est-ce l'occurrence concrète ou le type abstrait qui est signe ? Est-ce l'émission phonétique [ʃa] ou le modèle phonologique et lexical |chat| ? Est-ce le fait que j'aie *hic et nunc* dix chats à la maison (d'où toutes les inférences possibles) ou la classe de tous les faits de cette nature qui font que quiconque — et de quelque façon que ce soit — aura dix chats, signifiera zoophilie et difficulté d'avoir un chien ?

Dans ce dédale de problèmes, il serait vraiment opportun d'éliminer la notion de signe. Au-delà d'une fonction d'*être en-lieu-de*, toutes les autres identités disparaissent. La seule chose qui paraît indiscutable, c'est l'activité de signification. Il est commun aux humains (et la zoosémiotique s'interroge pour savoir si ce n'est pas aussi le fait de nombreuses espèces animales) de produire des événements physiques — ou d'avoir la capacité de produire des classes d'événements physiques — qui viennent se substituer à d'autres événements ou entités, physiques ou non, que les humains ne sont pas en mesure de produire dans l'acte de signification. Mais alors, les *aliquid* et la façon de l'*être en-lieu-de*, ainsi que la nature de ce en lieu de quoi on est, se briseraient en une multiplicité non recomposable d'artifices. Les processus de signification seraient l'artifice indéfinissable que les êtres humains, dans leur impossibilité d'avoir le monde entier (réel et possible) à portée de main, mettraient en œuvre pour suppléer à l'absence des choses.

Une conclusion fascinante mais « littéraire ». Elle ne ferait que déplacer le problème : comment fonctionnent en fait les processus de signification ? Sont-ils tous de même nature ? Le débat sur la mort du signe porte sur la difficulté de répondre à ce problème sans que la sémiotique puisse se construire un objet (théorétique) définissable d'une quelconque façon.

4. Les solutions élusives

Certains affirment que le terme « signe » convient aux entités linguistiques, conventionnées, émises ou émissibles intentionnellement dans le but de communiquer, et organisées dans un système descriptible selon des catégories précises (double articulation, paradygme et syntagme, etc.). Tous les autres phénomènes que l'on ne peut subsumer sous les catégories de la linguistique (et qui ne seraient pas de clairs succédanés des unités linguistiques) ne sont pas des signes. Ce seront des symptômes, des indices, des prémisses pour des inférences possibles, mais ils seront de la compétence d'une autre science [Segre, 1969, p. 43]. D'autres prennent une décision analogue, mais considèrent l'autre science comme plus générale que la linguistique, que d'une certaine façon elle contient. Malmberg [1977, p. 21] par exemple décide d'appeler « symbole » tout élément qui représente une autre chose et de réserver le terme « signe » « aux unités qui, comme les signes du langage, sont doublement articulées et doivent leur existence à un acte de *signification* » (où « signification » est mis pour communication intentionnelle). Tous les signes sont des symboles mais tous les symboles ne sont pas des signes. Cette décision, modérée, laisse cependant en suspens deux questions : *a* / dans quelle mesure les signes peuvent-ils s'apparenter aux symboles ? *b* / quelle science devrait étudier les symboles et sur la base de quelles catégories ? En outre, dans ce contexte, la différence entre intension et extension n'est pas clarifiée, même si l'on suppose que la science des signes est de nature intensionnelle.

Parfois la distinction des zones est proposée avec des intentions épistémologiques plus radicales. Reportons-nous à cette intervention de Gilbert Harman : « La fumée signifie *(means)* le feu et le mot *combustion* signifie feu, mais *signifie* n'a pas le même sens. Le mot *signifier* est ambigu. Dire que la fumée signifie le feu, c'est dire que la fumée est un symptôme, un signe, une indication, une preuve du feu. Dire que le mot *combustion* signifie feu, c'est dire que les gens emploient ce mot pour signifier feu. En outre, il n'y a pas un sens ordinaire du mot *signifier* où l'image d'un homme signifie soit un homme soit cet homme. Cela suggère que la théorie des signes de Peirce comprend au moins trois sujets assez différents : une théorie du signifié entendu *(intended meaning)*, une théorie de la preuve et une théorie de la représentation picturale. Il n'y a aucune raison pour que l'on doive penser que ces théories ont des principes communs » [1977, p. 23]. L'argument de Harman se heurte avant tout à l'habitude linguistique : pourquoi les gens, depuis plus de deux mille ans, appellent-ils signes des phénomènes qui devraient être subdivisés en trois groupes différents ? Harman pourrait répondre qu'il s'agit d'un cas normal d'homonymie, tout comme le mot |*bachelor*| signifie en anglais bachelier du premier degré, page d'un chevalier, mâle adulte non marié et phoque qui ne s'accouple pas durant la saison des amours. Mais un philosophe du langage qui s'intéresse aux usages linguistiques devrait justement s'interroger sur la raison de ces homonymies. Jakobson a suggéré qu'un unique noyau sémantique profond constitue la base de l'apparente « homonymicité » de |*bachelor*| : il s'agit de quatre cas où le sujet n'est pas arrivé à l'accomplissement de son curriculum, qu'il soit social ou biologique. Quelle est la raison sémantique profonde de « l'homonymicité » de |signe| ?

En second lieu, l'objection de Harman se heurte au *consensus gentium* de la tradition philosophique. Des stoïciens au Moyen Age, de Locke à Peirce, de Husserl à Wittgenstein, on a cherché non seulement le fondement commun entre théorie du signifié linguistique et théorie de la représentation « picturale » mais aussi celui entre théorie du signifié et théorie de l'inférence.

Enfin, cette objection se heurte à un instinct philosophique dont la meilleure définition est donnée par Aristote qui parle de « l'émerveillement » qui pousse les hommes à philosopher. |A la maison j'ai dix chats| : la question a déjà été posée : le signifié est-il le contenu communiqué *(intended meaning)* ou le fait que j'aie dix chats (d'où inférer d'autres de mes propriétés) ? Une réponse possible : le second phénomène n'a rien à voir avec le signifié linguistique, il appartient à l'univers des preuves que l'on peut articuler en utilisant les faits que les propositions représentent. Mais l'antécédent évoqué par le langage est-il vraiment si facilement séparable du langage qui l'a représenté ? Quand on abordera le problème du σημεῖον stoïcien, on verra combien est ambiguë et inextricable la relation existant entre un fait, la proposition qui le représente et l'énoncé qui exprime cette proposition. Quoi qu'il en soit, ce qui rend les deux problèmes si difficiles à démêler, c'est précisément que dans les deux cas *aliquid stat pro aliquo*. Certes, la façon de l'*être en-lieu-de* change, mais il n'empêche que l'on se trouve, dans les deux cas, face à une singulière dialectique de présence et d'absence. N'est-ce point là une raison suffisante pour se demander si un mécanisme commun, pour profond qu'il soit, ne régit pas les deux phénomènes ?

Un homme porte à la boutonnière un insigne constitué d'une faucille et d'un marteau. Est-ce un cas de « signifié entendu » (cet homme-là veut dire qu'il est communiste), de représentation picturale (cet insigne représente « symboliquement » la fusion entre ouvriers et paysans) ou de preuve inférentielle (*si* cet homme porte cet insigne, *alors* il est communiste) ? Le même événement se trouve placé sous l'égide de ce qui est, pour Harman, trois théories différentes. Et il est vrai qu'un même phénomène peut faire l'objet de théories très diverses : cet insigne s'inscrit dans la sphère de la chimie inorganique par la matière dont il est fait, dans celle de la physique parce qu'il est soumis aux lois de la pesanteur, dans celle de la technologie commerciale en tant que produit industriel et commercialisable. Mais en l'occurrence, cet insigne est simultanément objet des trois (supposées) théories du signifié, de la représentation et de la preuve justement et seulement en tant qu'*il n'est pas en-lieu-de lui-même* : il ne renvoie pas à *sa* composition moléculaire, à *sa* tendance à tomber vers le bas ni à *sa* capacité à être empaqueté et transporté; *il renvoie à quelque chose qui est en dehors de lui-même.* En ce sens, il suscite de l' « émerveillement » et devient le même objet abstrait de la même question théorique.

5. Les déconstructions du signe linguistique

Les critiques qui vont suivre ont une caractéristique commune : (i) même quand elles parlent de signe en général, elles visent la nature du signe linguistique; (ii) elles tendent à dissoudre le signe en entités plus grandes ou plus petites.

5.1. *Signe* vs *figure*

Le signe est une entité trop vaste. Le travail accompli par la phonologie sur les signifiants linguistiques, vus comme effet de l'articulation d'unités phonologiques mineures, commence par la détermination des στοιχεῖα stoïciens, atteint sa maturité dans l'individuation hjelmslevienne des *figures*, et est couronné par la théorie de Jakobson des *traits distinctifs*. En soi, ce résultat théorique ne remet pas en question la notion de signe linguistique, car l'unité expressive, pour segmentable et articulable qu'elle soit, est encore conçue comme intégralement corrélée au premier contenu. Mais avec Hjelmslev s'ouvre la possibilité d'individuer des figures même au niveau du contenu.

Il reste à décider (on en parlera au chapitre II) si ces figures du contenu appartiennent à un système fini d'universaux métasémantiques ou si ce sont des entités linguistiques qui interviennent à tour de rôle pour clarifier la composition d'autres entités linguistiques. Mais la découverte d'une articulation du contenu en figures amène Hjelmslev à affirmer que « les langues ne sauraient être décrites comme de simples systèmes de signes. La finalité que nous leur supposons en fait d'abord des systèmes de signes; mais, d'après leur structure interne, elles sont surtout quelque chose de différent : des systèmes de figures qui peuvent servir à former des signes. La définition du langage comme système de signes ne résiste donc pas à une observation plus approfondie. Elle ne tient compte que des fonctions externes du langage, des rapports de la langue avec ses facteurs extra-linguistiques, et non de ses fonctions internes » [1943, trad. franç., p. 64].

Hjelmslev sait parfaitement qu'il n'existe pas de correspondance point par point entre figures de l'expression et figures du contenu : les phonèmes ne véhiculent pas des portions minimales de signifié, même si, à cet égard, on peut reconnaître que dans |homm-e| le lexème exprime « humain + mâle + adulte » tandis que le morphème |e| exprime « singularité ». Et si le système des figures du contenu était plus riche et pas seulement organisé selon des emboîtements de genre à espèce, on devrait alors dire que |homm-| exprime aussi (et en bloc) « mammifère + bipède + rationnel », etc. Il est un fait, cependant, que ces corrélations se situent entre un syntagme expressif et un « paquet » de figures du contenu, corrélées à cette expression en vertu de la fonction sémiotique, mais corrélables, dans une fonction différente, à d'autres syntagmes expressifs. Le signe (ou la fonction sémiotique) apparaissent donc comme la pointe émergente et reconnaissable d'un petit réseau d'agrégations et de désagrégations toujours ouvert à une combinatoire ultérieure. Le signe linguistique n'est pas une unité du système de signification, c'est une unité reconnaissable du processus de communication.

Il est clair, toutefois, que la proposition de Hjelmslev (si féconde pour tout le développement d'une sémantique structurale) ne rend pas compte des autres types de signes où, semble-t-il, les deux fonctifs ne sont pas ultérieurement analysables en figures. Soit un nuage annonçant l'orage ou le portrait de la Joconde ne sont pas des signes, soit il existe des signes sans figures de l'expression où il semble alors très hasardeux de parler de figures du contenu.

Prieto [1966] a élargi le champ d'une sémantique des signes en reconnaissant des systèmes sans articulation, des systèmes à la seule deuxième articulation ou des systèmes à la seule première articulation. La canne blanche de l'aveugle, présence positive qui se constitue comme pertinente contre l'absence de la canne, signifiant sans articulation, exprime génériquement la cécité, demande la priorité de passage, postule la compréhension de l'assistance, exprime en somme une nébuleuse de contenus. Sur le plan du système, la canne est très pauvre (présence *vs* absence), sur le plan de l'usage communicatif, elle est très riche. Si ce n'est pas un signe, il faut lui trouver un autre nom, car il faut bien que ce soit quelque chose.

5.2. *Signe* vs *énoncé*

Hjelmslev critique le format trop vaste du signe, Buyssens, lui, en critique le format trop exigu. L'unité sémiotique n'est pas le signe, mais quelque chose de correspondant à l'énoncé, que Buyssens appelle « sème ». L'exemple que donne Buyssens ne concerne pas les signes linguistiques mais les signaux routiers : « Un signe n'a pas de signification : une flèche, isolée des plaques de signalisation routière, nous rappelle divers sèmes concernant la direction des véhicules; mais à elle seule, cette flèche ne permet pas la concrétisation d'un état de conscience : pour ce faire, elle doit avoir une certaine couleur, une certaine orientation et figurer sur une certaine plaque dressée à un certain endroit; il en est de même pour un mot isolé, par exemple, *table* : il nous apparaît comme membre virtuel de diverses phrases où il est question de diverses choses; mais à lui seul il ne permet pas de reconstituer l'état de conscience de celui qui parle » [1943, p. 38].

Curieuse opposition : Hjelmslev se désintéresse du signe parce qu'il s'intéresse à la langue comme système abstrait; Buyssens se désintéresse du signe parce qu'il s'intéresse à la communication comme acte concret. Homonymie déplaisante : la sémantique componentielle appellera « sèmes » les figures hjelmsleviennes (plus petites que le signe) et la tradition qui prend ses racines chez Buyssens (Prieto, De Mauro) appellera « sèmes » les énoncés plus vastes que le signe.

Quoi qu'il en soit, le sème de Buyssens est ce que d'autres appelleraient un énoncé ou un acte linguistique accompli. Cependant, l'affirmation initiale de Buyssens — « un signe n'a pas de signification » — est surprenante. S'il est vrai que *nominantur singularia sed universalia significantur*, il faudra plutôt dire que le mot |table| à lui seul ne nomme (ne se réfère à) rien, mais qu'il possède un signifié, que Hjelmslev aurait pu décomposer en figures. Buyssens admet que ce mot (comme la flèche) peut être membre virtuel de phrases diverses. Qu'y a-t-il alors dans le contenu de |table| qui la dispose à entrer dans des expressions comme |la soupe est sur la table| ou |la table est en bois| et pas dans des expressions comme |la table mange le poisson| ou |il se lava le visage avec la table de la salle à manger| ? Il faudra dire alors que, en vertu précisément de sa capacité à être analysé en figures du contenu, le mot |table| doit renvoyer à des entités sémantiques atomiques mais aussi à des *instructions* contextuelles qui régissent sa capacité à être inséré dans des portions linguistiques plus grandes que le signe.

Donc, le signe doit continuer à être postulé comme entité médiane entre le système des figures et la série indéfinie des expressions assertives, interrogatives, impératives auxquelles il est destiné. Quant à dire, comme le suggère De Mauro [1971] dans le sillage de Lucidi, que cette entité médiane ne doit pas être appelée « signe » mais « hyposème », c'est une simple question de terminologie.

Prieto [1975] avait résolu cette apparente querelle Hjelmslev-Buyssens en disant que le sème (à la Buyssens) est « unité de fonction » tandis que la figure est « unité d'économie ». Hjelmslev disait que le signe est unité de fonction et la figure unité d'économie. Il s'agit seulement de déterminer non pas deux mais trois (et plus peut-être) niveaux où le niveau inférieur est toujours unité d'économie de ce qui, au niveau supérieur, est unité de fonction.

Certes, la distinction de Buyssens laisse le champ libre aux critiques qui opposent au signe l'acte linguistique dans sa complexité et son caractère concret. Toutefois, les distinctions entre le signifié des noms et la nature pragmatique de la question, de la prière, de l'ordre existaient déjà chez Platon et Aristote, chez les sophistes et les stoïciens. Opposer une pragmatique des énoncés à une sémantique des unités du signe, c'est déplacer l'attention des systèmes de signification sur les processus de communication [cf. Eco, 1975] : mais les deux perspectives sont complémentaires. On ne peut penser au signe sans le voir caractérisé d'une certaine manière par son propre destin contextuel, mais on ne peut expliquer pourquoi quelqu'un comprend un acte linguistique donné si l'on ne discute pas de la nature des signes qu'il introduit dans le contexte. Le déplacement d'attention, des signes sur l'énoncé, ne fait que confirmer ce que le bon sens nous disait déjà, à savoir que tout système de signification est élaboré pour produire des processus de communication. Soulever l'un des deux problèmes ne signifie pas éliminer l'autre, qui reste en toile de fond; c'est, tout au plus, en renvoyer la solution, ou l'assumer comme déjà donnée.

5.3. *Le signe comme différence*

Les éléments du signifiant se constituent dans un système d'oppositions où, comme disait Saussure, il n'y a que des différences. Il en va de même pour le système du signifié : dans le fameux exemple que donne Hjelmslev [1943, trad. franç., p. 73] à propos de la différence du contenu de deux termes apparemment synonymes comme |*Holz*| et |*bois*|, ce en quoi les deux unités de contenu diffèrent, ce sont les limites de segmentation d'une portion du continuum. Le |*Holz*| allemand est tout ce qui n'est pas |*Baum*| et n'est pas |*Wald*|. Mais la corrélation entre plan de l'expression et plan du contenu repose, elle aussi, sur une différence : renvoi réciproque entre deux hétérogénéités, la fonction sémiotique vit sur la dialectique de présence et d'absence. A partir de cette prémisse structurale, on peut dissoudre tout le système des signes dans un réseau de fractures, et identifier la nature du signe dans cette « blessure » ou « ouverture » ou « écart » qui, en le constituant, l'annule.

Cette idée, reprise avec beaucoup de vigueur par la pensée post-structuraliste (Derrida en particulier), apparaît beaucoup plus tôt. Dans son essai *De organo sive arte magna cogitandi*, Leibniz, qui cherche à définir un ensemble fini de pensées dont la combinatoire pourrait produire la totalité des concepts « pensables » — comme c'est le cas pour les nombres — individue cette matrice combinatoire essentielle dans l'opposition entre Dieu et le néant, la présence et l'absence. Il y a là une étonnante similitude entre cette dialectique élémentaire et le calcul binaire.

Il est fascinant de voir que, dans une perspective métaphysique, chaque structure oppositionnelle est fondée sur une différence constitutive qui vanifie les termes différents. Mais pour concevoir un système d'oppositions, où quelque chose est perçu comme absent, il faut indéniablement que quelque chose d'autre soit postulé comme présent (du moins potentiellement). Sans la présence de l'un, l'absence de l'autre n'émerge pas. Les considérations sur l'importance de l'élément absent valent symétriquement pour l'élément présent, et les considérations sur la fonction constitutive de la différence valent pour les pôles dont l'opposition fait jaillir la différence. L'argument est donc autophage. Un phonème est sans conteste une position abstraite dans un système qui n'acquiert sa valence que par les autres phonèmes s'opposant à lui. Mais afin que l'unité « *emic* » soit reconnue, il faut la formuler comme « *etic* ». En d'autres termes, la phonologie construit un système d'oppositions pour expliquer le fonctionnement d'une série de présences phonétiques qui, si elles ne lui sont pas préexistantes, sont du moins solidaires de son fantôme. Sans personne pour émettre des sons, il n'est point de phonologie, même si, sans le système que la phonologie postule, personne ne pourrait distinguer les sons qu'on émet. Les *types* se reconnaissent parce qu'ils sont réalisés comme des *occurrences* concrètes. On ne peut postuler une forme (de l'expression ou du contenu) sans y présupposer une matière et y voir reliée une substance, et cela dans l'acte même de la conception, pas avant ni après.

Bien que générés par la pure solidarité systématique, les éléments de forme du contenu (que Peirce aurait appelés « objets immédiats », produits par l'emploi même du signe) sont manifestables, analysables (et descriptibles dans leur nature formelle) parce qu'ils sont connaissables sous forme d'*interprétants*, c'est-à-dire d'autres expressions qui doivent être émises. Ainsi, le signe comme pure différence se contredit au moment où, pour le nommer comme absence, on produit des signes perceptibles.

5.4. *La primauté du signifiant*

La réponse que nous avons donnée à la question précédente peut toutefois venir entériner une autre critique faite à la notion du signe. Si, du signe, on ne conçoit — seulement et toujours — que la face signifiante dont on fait émerger, par une substitution continue, les zones de signifié, la chaîne sémiotique n'est alors rien d'autre qu'une « chaîne signifiante ». En tant que telle, même l'inconscient pourrait la manœuvrer, pour peu qu'il fût constitué comme langage. A travers la « dérive » des signifiants, d'autres signifiants se produisent. La conséquence plus ou moins directe de ces conclusions serait que l'univers des signes et des énoncés eux-mêmes se vanifie dans l'*activité de l'énonciation*. On reconnaît aisément dans ce nœud de positions une tendance de dérivation lacanienne qui engendre des discours différents mais solidaires par certains côtés.

Cependant, cette critique repose sur une équivoque ou sur une habitude linguistique. Quel que soit le discours des théoriciens de cette tendance sur les « signifiants », il suffit d'y lire « signifiés » pour qu'il acquière un sens compréhensible. Cette équivoque ou cette habitude dérivent d'une constatation évidente : on ne peut nommer les signifiés sinon au moyen d'autres signifiants (comme nous l'avons dit au paragraphe précédent). Mais dans les différents processus de déplacement ou de condensation étudiés par Freud, de quelque façon que l'on en multiplie les mécanismes de dérive et de germination quasi automatique, on ne trouve aucun jeu qui — même s'il est lié à des assonances, des allitérations, des similarités d'expression — ne se réverbère aussitôt sur l'agrégation des unités de contenu et ne soit déterminé en profondeur par cette réverbération. Dans le passage entre |*Herr*| — |signore| et |Signorelli| intervient toute une série de différences expressives fondées sur l'identité et les glissements progressifs de contenu. Tant et si bien que l'exemple freudien peut être compris et produit uniquement par une personne qui connaît à la fois l'allemand et l'italien et qui reconnaît en eux des fonctions sémiotiques complètes (expression plus contenu).

Quelqu'un qui ne connaît pas le chinois ne produit pas de lapsus interprétables en chinois, à moins qu'un psychanalyste sachant le chinois ne démontre que ce quelqu'un avait des mémoires linguistiques enfouies et qu'il a joué sans le vouloir sur des expressions chinoises. Un lapsus qui produit un sens met en jeu des figures de contenu; s'il ne met en jeu que des figures d'expression, il s'agit d'une erreur mécanique (d'imprimerie, de frappe ou de phonation). Et tout au plus, il mettra en jeu des éléments de contenu pour le seul interprète; en ce cas, c'est l'interprète qui devra être psychanalysé.

Dire que le signe se dissout dans la chaîne signifiante est une métaphore pour dire que le sujet parlant (ou écrivant ou pensant) peut être déterminé par la logique des signes, par leur « bave » ou dépôt intertextuel, par le jeu souvent casuel (casuel en entrée, jamais en sortie) entre droits de l'expression et droits du contenu. Mais en ce sens, la notion de chaîne signifiante ne remet pas en question la notion de signe, au contraire elle en vit.

5.5. *Signe* vs *texte*

Par ailleurs, il est certain que cette chaîne signifiante produit des *textes* qui traînent derrière eux la mémoire de *l'intertextualité* qui les nourrit. Ces textes génèrent, ou peuvent générer, plusieurs lectures et interprétations; infinies à la limite. On a alors la thèse (cf. la ligne qui relie, avec des variantes, Barthes, Derrida — dans leurs derniers ouvrages — et Kristeva) que la signification passe uniquement par les textes, que les textes sont le lieu où le sens se produit et produit (pratique signifiante) et que dans ce tissu textuel, on peut faire réaffleurer les signes du dictionnaire en tant qu'équivalence codée, à la seule condition d'un durcissement et d'une mort du « sens ».

Cette critique reprend la position de Buyssens (la communication se produit uniquement au niveau de l'énoncé) et frappe plus en profondeur. Un texte n'est pas seulement un appareil de communication. C'est un appareil qui met en question les systèmes de signification lui préexistant, qui souvent les renouvelle et parfois les détruit. Sans aller jusqu'à des textes exemplaires en ce sens, comme *Finnegans Wake*, machine textuelle qui liquide grammaires et dictionnaires, on dira que c'est certainement à un niveau textuel que se produisent et vivent les figures rhétoriques. La machination textuelle, ici, vide et enrichit de figures du contenu les termes que le vocabulaire « littéral » croyait si univoques et bien définis. Mais si l'on peut faire une métaphore et appeler le lion |Roi de la forêt|, en ajoutant donc au lion une figure d' « humanité » et en réverbérant sur la classe des rois une propriété d' « animalité », cela est possible parce que |roi| et |lion| préexistaient comme fonctifs de deux fonctions sémiotiques, en quelque sorte codées. Si, avant le texte, il n'existait pas de signes (expression et contenu), toute métaphore dirait seulement qu'une chose est une chose. Au contraire, elle dit que *cette* chose (linguistique) est en même temps *une autre chose*.

Toutefois, il y a une idée féconde dans les thématiques de la textualité : pour que la manifestation textuelle puisse vider, détruire ou reconstruire des fonctions sémiotiques préexistantes, il faut que quelque chose dans la fonction sémiotique (à savoir le réticule des figures du contenu) apparaisse déjà comme un groupe d'instructions orienté à la possibilité de construire des textes différents. Nous verrons cela plus en détail par la suite (§ 9).

5.6. *Le signe comme identité*

Selon cette objection, le signe serait fondé sur les catégories de la « ressemblance » ou de « l'identité » et ce caractère fallacieux le rendrait cohérent avec une idéologie du sujet. Le sujet comme unité transcendentale présumée qui s'ouvre au monde (ou à laquelle s'ouvre le monde) dans l'acte de la représentation, le sujet qui transfère ses propres représentations sur d'autres sujets dans le processus de communication, est une fiction philosophique qui a dominé toute l'histoire de la philosophie. Nous n'allons pas parler de cette critique, mais nous verrons en quel sens la notion de signe peut être solidaire de la notion (en crise) de sujet : « Sous le masque d'une socialisation et d'un réalisme mécaniste, l'idéologie linguistique, absorbée par la science du signe, installe le sujet-signe comme centre, commencement et fin de toute activité translinguistique, et l'enferme, l'assoit dans sa parole que le positivisme conçoit comme un psychisme qui a son "siège" dans le cerveau » [Kristeva, 1969, p. 69].

Pour affirmer cela, il faut avoir décidé d'identifier le signe au signe linguistique et le signe linguistique au modèle de l'équivalence : $p \equiv q$. En effet, Kristeva définit le signe comme « ressemblance ». Le signe « ramène des instances différenciées (objet-sujet, d'une part; sujet-interlocuteur de l'autre) à un *ensemble* (à une "unité" qui se présente comme énoncé-message), en substituant aux pratiques un sens, et aux différences une *ressemblance* » [*ibid.*, p. 70]. « La relation que le signe installe serait donc un *accord d'écarts*, une *identification de différences* » [*ibid.*, p. 84].

Eh bien, nous devons nous inscrire en faux contre cette idée que le signe est une ressemblance, une équation, une identification. Il nous faudra montrer ici qu'il n'est pas ressemblance, identification et équation entre expression et contenu. Les conséquences de cette démonstration sur le rapport sujet-objet et sujet-interlocuteur, qui ne concernent pas directement notre présent discours, seront évoquées en conclusion (cf. § 14).

Tout d'abord, le signe n'apparaît pas comme ressemblance et identité dans la perspective peircéenne : « Un signe est quelque chose à travers la connaissance duquel nous connaissons quelque chose de plus » [Peirce, *CP*, 8.332]. Et, nous le verrons, le signe est une instruction pour l'interprétation, un mécanisme qui ramène, à partir d'un stimulus initial, à toutes ses conséquences illatives les plus éloignées. On part d'un signe pour parcourir la sémiosis dans son ensemble, pour arriver au point où le signe peut générer sa propre contradiction (sinon, ces mécanismes textuels dits « littérature » seraient impossibles). Le signe est pour Peirce (et Kristeva elle-même le rappelle [1974, p. 43]) une proposition en germe. Mais afin que le signe apparaisse sous cet angle, il en faudra reparcourir toutes les pérégrinations, du moins pour le premier épisode de son histoire. Pour ce faire, il nous faut débarrasser le terrain d'une notion bien encombrante, celle de signe linguistique. Nous la retrouverons après. Pour l'instant, nous pouvons en faire abstraction parce qu'elle n'est pas apparue en premier et que c'est même un produit culturel assez tardif.

6. Signes vs mots

Le terme que la tradition philosophique occidentale a par la suite traduit par « *signum* » et par « signe » est le σημεῖον grec. Il apparaît comme terme technico-philosophique au ve siècle, avec Parménide et Hippocrate. Il se présente souvent comme synonyme de τεκμήριον, « preuve », « indice », « symptôme » et nous n'aurons une distinction décisive entre les deux termes qu'avec la *Rhétorique* d'Aristote.

Hippocrate trouve la notion d'indice chez les médecins qui l'ont précédé. Alcméon dit que « des choses invisibles et des choses mortelles, les Dieux ont une immédiate certitude, mais les hommes doivent procéder par indices (τεκμαὶρεσναι) » [Diogène Laërce, *Vies*, VIII, 83]. Les médecins de Cnide connaissaient la valeur des symptômes : ils les codifiaient — semble-t-il — sous forme d'équivalence. Hippocrate décide que le symptôme est équivoque s'il n'est pas évalué contextuellement, en tenant compte de l'air, des eaux, des lieux, de la situation générale du corps et du régime qui pourra modifier cette situation. C'est comme si l'on disait : *si p, alors q*, mais à condition que concourent les facteurs *y*, *z*. Il y a un code, mais il n'est pas univoque. Le symptôme fournit des instructions pour son évaluation dans des contextes différents. Il est créé, rendu fonction sémiotique (qu'il soit σημεῖον ou τεκμήριον) uniquement dans l'acte de l'inférence logico-conceptuelle [cf. Vegetti, 1965]. Il a été suggéré que des postulats analogues sont valables pour la science indiciaire de l'historiographie, à partir de Thucydide [cf. Ginzburg, 1979].

Hippocrate ne s'est pas intéressé aux signes linguistiques. D'ailleurs, il ne semble pas qu'à l'époque on appliquait le terme « signe » aux mots. Les mots étaient *nom* (ὄνομα). Parménide joue sur cette différence quand il oppose la vérité de la pensée de l'être au caractère illusoire de l'opinion et au caractère fallacieux des sensations. Or, si les représentations sont fallacieuses, les noms ne sont autres que des étiquettes, tout aussi fallacieuses, qui sont apposées aux choses que l'on pense connaître. Ονομάζειν est toujours employé chez Parménide pour donner un nom arbitraire, en le considérant comme vrai, alors qu'il ne correspond pas à la vérité [Pasquinelli, 1958, p. 405]. Le nom instaure une pseudo-équivalence avec la réalité, et ce faisant, il l'occulte. En revanche, chaque fois qu'il emploie le terme « signe », Parménide parle d'une *preuve évidente*, d'un principe d'inférencc : « Seul reste à parcourir le poème de la route : (Il) est. Sur cette route les signes (σήματα) sont nombreux » [Simplicius, *Physique*, 179, 31 (trad. franç. C. Ramnoux, *Parménide*, Ed. du Rocher, 1979)].

Donc les noms (les mots) ne sont pas des signes, et les signes sont quelque chose d'autre. D'autre part, même Héraclite dit : « Le maître, dont l'oracle est à Delphes, ne dit (λεγει) ni ne cèle, mais signifie (σημαίνει) » [Diels et Kranz, 1951, 22, A, 93]. Quoi que l'on entende par λέγειν et par σημαινειν [cf. Romeo, 1976], il semble en tout cas qu'ici aussi il n'y ait pas d'homologie entre signes et mots.

Avec Platon et Aristote, quand on parle de mots, on pense déjà à une différence entre signifiant et signifié, et surtout entre signification (dire *ce qu'est une chose* : fonction que remplissent aussi les termes isolés) et référence (dire *qu'une chose est* : fonction que remplissent les seuls énoncés complets). Mais Aristote, dans toute son œuvre logique où il considère le langage, est réticent à employer le terme σημεῖον pour les mots.

Dans un passage très célèbre du *De Interpretatione** [16 *a*, 1-10], il semble dire que les noms sont des signes (σημεῖα). Mais suivons plus attentivement son raisonnement. Il dit avant tout que les sons émis par la voix sont les symboles (σύμβολα) des états de l'âme, tout comme les lettres alphabétiques sont les symboles des sons émis par la voix. Puis, il précise que l'écriture et les mots parlés ne sont pas les mêmes pour tous; cela renvoie à ce qu'il réaffirme mieux en 16 *a*, 20-30 : les paroles et les lettres sont posées (naissent) par convention et elles deviennent des symboles, c'est en quoi elles diffèrent des sons émis par les bêtes pour manifester leurs affections internes. Comme le redira saint Thomas dans son commentaire à ce texte, les sons (inarticulés) émis par les bêtes sont des *signes naturels*, comme le gémissement des infirmes. Donc, il semble clair que lorsque Aristote doit définir les noms, il emploie le terme |symbole| [cf. aussi Di Cesare, 1981 et Lieb, 1981]. Notons que |symbole| est un terme beaucoup moins fort et défini que |signe| et que dans toute la tradition de cette époque, il est mis pour « marque de reconnaissance » (nous dirions aujourd'hui jeton; voir aussi le chapitre sur le symbole).

Dans le passage immédiatement suivant [toujours 16 *a*, 5], Aristote précise que, contrairement aux lettres et aux paroles, les états de l'âme sont des similitudes ou des simulacres (nous dirions aujourd'hui « icônes ») des choses (mais il ne traitera pas de cette relation, étudiée dans le *De Anima*). En précisant cette différence entre mots et états de l'âme, il affirme, presque accidentellement, que paroles et lettres sont certainement avant tout des signes (σημεῖα) des états de l'âme; il semblerait donc assimiler le concept de symbole à celui de signe. De prime abord, on pourrait penser qu'il

* [En franç.], *Catégories*. — *De l'Interprétation*, Organon I (trad. M. Tricot, Paris, Vrin, 1966).

emploie |signe| au sens large, presque métaphorique. Mais il y a quelque chose de plus. Si Aristote s'en tient à l'usage commun (auquel il se réfère, nous le verrons, dans la *Rhétorique*) il dit que paroles et lettres sont certainement des *preuves* et des *indices* qu'il y a des états de l'âme (elles sont la preuve que quelqu'un, en émettant les mots, a quelque chose à exprimer), mais que ce fait d'être indice d'un état ne signifie pas qu'ils (les mots) aient le même statut sémiotique que les états.

Cette hypothèse est renforcée par la façon dont Aristote, un peu plus loin, emploie |signe| dans un contexte qui est peut-être parmi les plus ardus du *De Interpretatione*, où il doit établir que le verbe, pris en dehors de l'énoncé, n'affirme l'existence ni de l'action ni du sujet qui agit, et que même le verbe être, tout seul, n'affirme pas que quelque chose existe de fait. Et dans un tel contexte [16 *b*, 19 et suiv.], il dit que même |être| ou |ne pas être| ne sont pas *signe* de l'existence de la chose. Mais il explique auparavant [16 *b*, 5 et suiv.] ce qu'il entend quand il suggère qu'un verbe peut être signe de l'existence de la chose, en disant qu'un verbe est toujours « signe (σημεῖον) de ce qu'on dit d'une autre chose ». Dans son commentaire, saint Thomas a exercé son talent sur ce passage; il exclut dès l'abord l'interprétation qui pour nous serait la plus évidente mais qui ne pouvait l'être alors : le verbe (et tout l'énoncé que contient le verbe) serait le signifiant, l'expression, le véhicule d'une prédication (et l'énoncé serait le véhicule d'une proposition). Saint Thomas montre que cet extrait doit être entendu dans un sens beaucoup plus terre à terre, à savoir que la présence du verbe dans l'énoncé est la *preuve*, l'*indice*, le *symptôme* que dans cet énoncé, on affirme quelque chose d'autre.

C'est pourquoi, quand Aristote dit que même le verbe |être| à lui seul n'est pas le signe de l'existence de la chose, il veut dire que l'énonciation isolée du verbe n'est pas l'indice que l'on est en train d'affirmer l'existence de quelque chose : pour que le verbe puisse avoir une telle valeur indicielle, il faut qu'il soit relié aux autres termes de l'énoncé, le sujet et le prédicat (et donc le verbe |être| est indice d'assertion d'existence, ou de prédication de l'inhérence actuelle d'un prédicat à un sujet, s'il apparaît dans des contextes comme |*x* est *y*| ou bien |*x* est|, dans le sens de « *x* existe de fait »).

Ces observations nous permettent de comprendre en quel sens Aristote ne définissait absolument pas les mots comme des signes. La preuve en est que, tandis que dans la *Rhétorique* le signe sera toujours entendu comme principe d'une inférence, dans toutes les pages qu'il écrit sur le langage verbal, le terme linguistique (symbole) repose sur le modèle de l'équivalence; on peut aller plus loin et dire que c'est Aristote qui a instauré le modèle de l'équivalence pour les termes linguistiques : le terme est équivalent à sa propre définition et il est pleinement *convertible* avec elle (nous le verrons au chapitre II).

En revanche, le signe apparaît dans la *Rhétorique** [1357 *a*, 1 - 1357 *b*, 35] où il est dit que les enthymèmes se tirent des vraisemblables (εἰκότα) et des signes (σημεῖα). Mais les signes se distinguent en deux catégories logiquement bien différenciées.

Le premier type de signe a un nom particulier, τεκμήριον, dans le sens de « preuve ». On peut le traduire par « signe nécessaire » : s'il a de la fièvre, alors il est malade; si elle a du lait, alors elle a enfanté. Le signe nécessaire peut être traduit dans l'affirmative universelle « Tous ceux qui ont de la fièvre sont malades ». Notons qu'il n'instaure pas un rapport d'équivalence (biconditionnelle) : en effet, on peut être malade (d'ulcère par exemple) sans avoir de fièvre.

Le second type de signe, dit Aristote, n'a pas de nom particulier. On pourrait l'indiquer comme « signe faible » : s'il a une respiration haletante, alors il a de la fièvre. Cette conclusion, on le voit, n'est que probable car il pourrait haleter pour avoir couru. Transformé en prémisse, ce signe ne donnerait qu'une affirmative particulière : « certaines personnes ont une respiration haletante et celles-là ont de la fièvre » (la forme logique n'est pas l'implication mais la conjonction). Le signe faible est tel parce que le signe nécessaire n'instaure pas d'équivalence. En effet, on a un signe faible en convertissant l'affirmative universelle, où se résout le signe nécessaire, en une affirmative particulière : la subalterne de « Tous ceux qui ont de la fièvre sont malades » donne, en terme de carré logique, « Certains sont malades et ceux-là ont de la fièvre » (ce qui est un signe faible).

Pourtant, même le signe faible est rhétoriquement bon, et nous verrons plus loin combien il est important de l'admettre. En rhétorique, on peut utiliser comme preuve technique le recours au vraisemblable (ce qui est le plus courant) et à l'*exemple* (παράδειγμα) qu'il est difficile de distinguer du vraisemblable : Denys aspire à la tyrannie puisqu'il demande une garde; autrefois, en effet, Pisistrate, ayant ce dessein, en avait demandé une et quand il l'eut obtenue, il devint tyran; de même Théagène à Mégare. L'exemple n'est qu'une *induction*. Il raisonne à partir de deux propositions qui, prises individuellement, ne disent rien et qui, mises ensemble, ne permettent pas un syllogisme apodictique parce que *nihil sequitur geminis ex particularibus unquam*.

Le fait est qu'Aristote se sent mal à l'aise au milieu de tous ces signes. Il connaît le syllogisme apodictique mais il ne connaît pas, du moins avec une clarté théorique, le syllogisme hypothétique, à savoir la forme $p \supset q$ qui sera la gloire des stoïciens. C'est pourquoi il détermine des schémas d'argumentation mais il ne s'arrête pas trop sur leur forme logique.

* [En franç.], *Rhétorique*, trad. M. Dufour, 3 vol., Les Belles-Lettres, 1932, 1938 et 1973.

7. Les stoïciens

Les stoïciens eux-mêmes (pour autant que l'on puisse reconstruire leur sémiotique très articulée) ne semblent pas relier clairement doctrine du langage et doctrine des signes. Quant au langage verbal, ils distinguent très nettement entre σημαῖνον « expression », σημαινόμενον « contenu » et τυγχάνον « référent ». Ils reproduisent la triade déjà suggérée par Platon et Aristote, mais ils la travaillent avec une finesse théorique qui manque à bien des contemporains qui ont repris leurs thèses.

Non seulement ils approfondissent la multiple articulation de l'expression, mais ils distinguent aussi la simple voix — émise par le larynx et les muscles articulatoires, et qui n'est pas encore un son articulé — de l'élément articulé et du mot proprement dit, qui ne subsiste qu'en tant qu'il est corrélé et corrélable à un contenu. Ce qui revient à dire, à la Saussure, que le signe linguistique est une entité à deux faces : saint Augustin, dans le sillage stoïcien, appellera *dictio* ce *verbum vocis* qui *foris sonat* et qui est perçu et reconnu en tant que corrélé à un *verbum mentis* ou *cordis*. Selon les stoïciens, le risque, pour les Barbares, est de percevoir la voix physique mais de ne pas la reconnaître comme mot : non qu'ils n'aient pas à l'esprit une idée correspondante mais ils ne connaissent pas la règle de corrélation. En cela, les stoïciens vont beaucoup plus loin que leurs prédécesseurs et ils déterminent la nature « provisoire » et instable de la fonction sémiotique (le contenu lui-même peut *faire mot* avec une expression de langue différente) : la raison en est peut-être — ainsi que le suggère Pohlenz [1948] — que les premiers intellectuels non grecs à travailler en terre grecque sont tous d'origine phénicienne et qu'ils sont amenés à penser et à parler dans une langue différente de leur langue maternelle. Ils sont les premiers à dépasser cet ethnocentrisme linguistique qui avait conduit Aristote lui-même à identifier les catégories logiques universelles à travers les termes d'une langue particulière.

Quant au contenu, il n'est plus, comme chez les penseurs précédents, état de l'âme, image mentale, perçu, pensée, idée. Il n'est pas idée au sens platonicien car la métaphysique stoïcienne est matérialiste; il ne l'est pas au sens psychologique car, même en ce cas, il serait « corps », fait physique, altération de l'âme (corps elle aussi), sceau imprimé dans l'esprit : au contraire, les stoïciens suggèrent que le contenu est un « incorporel » [cf. Brehier, 1928; Goldschmidt, 1953].

Sont incorporels le vide, le lieu, le temps et donc les relations spatiales et les séquences chronologiques, comme sont incorporels les actions et les événements. Les incorporels ne sont pas des choses, ce sont des états de choses, des façons d'être. La surface géométrique ou la section conique dépourvue d'épaisseur sont des incorporels. Les incorporels sont des *entia rationis* dans la mesure où un *ens rationis* est une relation, une façon de regarder les choses. Dans les incorporels, les stoïciens incluent le λεκτόν, qui a été diversement traduit par « exprimable », « *dictum* » ou « dicible ».

Le λεκτόν est une catégorie sémiotique. Pour reprendre synthétiquement les conclusions données par les interprètes les plus convaincants, nous dirons que le λεκτόν est une *proposition* : le fait que Dion marche, au moment où il est exprimé, est un λεκτόν.

Le premier problème qui se pose est celui du rapport entre le σημαινόμενον et le λεκτόν. Si /Dion marche/ est une proposition (et donc un incorporel), « Dion » et « marche » seront-ils aussi des incorporels ? Sextus Empiricus, si riche de témoignages sur les stoïciens mais si malhonnête envers eux qu'il convient toujours de soupçonner qu'il les a mal compris, identifie comme synonymes σημαινόμενον et λεκτόν [*Adversus Mathematicos*, VIII, 12]. La solution semble au contraire être plus articulée. Les stoïciens parlent de λεκτὰ complets et incomplets. Le λεκτόν complet est la proposition, les λεκτά incomplets sont des parties, des échantillons de proposition qui se composent dans la proposition par une série de liens syntaxiques. Et parmi les λεκτὰ incomplets, apparaissent le *sujet* et le *prédicat*. Ils semblent être des catégories grammaticales et lexicales, et donc des catégories de l'expression : ce sont au contraire des catégories du contenu. En effet, le sujet (c'est ainsi que l'on traduit d'habitude le terme πτῶσις) est l'exemple du *cas* par excellence, parce que l'attention portée aux propositions affirmatives amenait à considérer le sujet comme le cas par excellence. Or, le cas n'est pas la flexion (catégorie grammaticale qui exprime le cas) : il est plutôt le contenu exprimé ou exprimable; on dirait aujourd'hui que c'est une pure *position actancielle*. En ce sens, le sujet, exemple principal de λεκτόν incomplet, est un incorporel. Ainsi, les stoïciens avaient déjà dépsychologisé la sémantique, et c'est pourquoi on peut traduire σημαινόνον comme « contenu » au sens hjelmslevien, position dans un système, résultat d'une segmentation abstraite du champ noétique, unité culturelle (pas image mentale, ni pensée, ni engramme). Donc, les contenus sont des éléments incorporels exprimés par les expressions linguistiques qui s'unissent pour produire des énoncés exprimant des propositions. Le λεκτόν complet comme « représentation de la pensée » est « ce qui peut être véhiculé par le discours » [*ibid.*, 70].

Jusque-là, les stoïciens n'ont pas encore introduit le signe comme σημεῖον. Quand ils parlent du signe, ils semblent se référer à quelque chose d'immédiatement évident qui amène à conclure sur l'existence de quelque chose qui n'est pas immédiatement évident. Le signe peut être *commémoratif* et, en ce sens, il naît d'une association, confirmée par l'expérience précédente, entre deux événements : c'est par l'expérience que je sais que s'il y a de la fumée, alors il doit y avoir du feu. Le signe peut aussi être *indicatif*, et il renvoie alors à quelque chose qui n'a jamais été évident et qui ne le sera probablement jamais, comme les mouvements du corps sont significatifs des mouvements de l'âme, ou comme le fait que les humeurs passent à travers la peau indique qu'il doit exister des pores perceptibles (même si, de fait, ils ne sont pas perçus). Dans tous ces cas, les signes semblent toujours être des événements physiques : la fumée, la présence du lait qui révèle l'accouchement, la lumière qui révèle le jour, et ainsi de suite.

Toutefois, il peut y avoir quelque chose de curieux dans le fait que les événements, les états transitoires du corps, soient des incorporels. A la vérité, Sextus reconnaît que le signe d'où l'on tire l'inférence n'est pas l'événement physique, mais la proposition où il est exprimé. Le signe est la « proposition antécédente dans une majeure hypothétique valide qui sert à révéler le conséquent » [*ibid.*, 245] ou bien « une proposition qui est l'antécédent dans un bon raisonnement syllogistique et qui découvre le conséquent » [*Hypotyposes pyrrhoniennes*, II, 104].

En ce sens, le modèle stoïcien du signe a la forme de l'implication ($p \supset q$), où les variables ne sont pas des réalités physiques ni même des événements, mais des propositions où les événements sont exprimés. Un panache de fumée n'est pas signe si l'interprète n'identifie pas l'événement comme antécédent vrai d'un raisonnement hypothétique (*si* il y a de la fumée...) corrélé par inférence (plus ou moins nécessaire) au conséquent (... *alors* il y a du feu). Sextus Empiricus s'amuse à démontrer que cette solution, qui transforme le signe en un rapport logique, est indéfendable car — affirme-t-il — le paysan et le navigateur qui perçoivent des événements atmosphériques et en tirent des inférences devraient alors être des puits de science logique. Comme si les stoïciens, au lieu de prescrire, ne décrivaient pas les règles du bon raisonnement (*logica utens*, et non *logica docens*) : même un navigateur inculte, au moment où il reconnaît le signe comme tel, transforme la donnée brute en quelque chose qui, dirait Peirce, a la nature d'une Loi. C'est pourquoi les stoïciens peuvent dire, comme ils le font, que le signe est un λεκτόν, et donc un incorporel. Le signe ne concerne pas *cette* fumée-là et *ce* feu-là, mais la possibilité d'un rapport d'antécédent à conséquent qui règle *toute* occurrence de la fumée (et du feu). Le signe est *type*, pas *occurrence*.

On comprend alors clairement comment la doctrine du langage et la doctrine des signes s'unissent de droit dans la sémiotique stoïcienne : pour qu'il y ait des signes, il faut que des propositions aient été formulées; et les propositions doivent s'organiser selon une syntaxe logique qui est reflétée et rendue possible par la syntaxe linguistique [cf. Frede, 1978]. Les signes n'affleurent que dans la mesure où ils sont exprimables rationnellement à travers les éléments du langage. Le langage s'articule en tant qu'il exprime des événements significatifs.

Attention : les stoïciens ne disent pas encore que les mots sont des signes (tout au plus disent-ils que les mots servent à véhiculer des *types* de signes). La différence lexicale entre le couple σημαῖνον/σημαινόμενον et le σημεῖον subsiste. Mais la racine étymologique, commune et évidente, témoigne de leur solidarité. On pourrait faire dire aux stoïciens, avec Lotman, que la langue est un *système modélisant primaire* à travers lequel les autres systèmes sont aussi exprimés.

Toujours en se référant à des théories contemporaines [cf. Todorov, 1977], on pourrait alors dire que terme linguistique et signe naturel se constituent dans un double rapport de signification ou dans une double surélévation sémiotique que l'on traduit par le modèle hjelmslevien de la *connotation* (sous la forme diagrammatique divulguée par Barthes) :

<table>
<tr><td colspan="2">E</td><td>C</td></tr>
<tr><td>E</td><td>C</td><td></td></tr>
</table>

Le mot |fumée| se réfère à une portion du contenu conventionnellement enregistrée comme « fumée ». Nous avons alors trois alternatives, en direction tant intensionnelle qu'extensionnelle : *(a)* « fumée » connote « feu » sur la base d'une représentation encyclopédique qui considère aussi des relations métonymiques effet-cause (comme dans une grammaire casuelle qui tiendrait compte des « actants » comme Cause ou Agent) ; *(b)* l'énoncé |il y a de la fumée| exprime la proposition « il y a de la fumée » qui, toujours en vertu d'une compétence encyclopédique sous-jacente incluant *frames* et *scripts* (cf. le chapitre II de ce livre), suggérerait comme inférence raisonnable « donc il y a du feu » (phénomène qui se vérifie même en dehors des opérations concrètes de référence à des états du monde) ; *(c)* dans un processus de référence à des états du monde, la proposition « ici il y a de la fumée », sur la base de la compétence encyclopédique, conduit à la proposition « par conséquent ici il y a du feu » — à laquelle devra par la suite être assignée une valeur de vérité.

Que se passe-t-il quand je perçois l'événement physique constitué par un nuage ou un panache de fumée ? En tant qu'événement physique, il n'est pas différent d'un son quelconque que je peux percevoir sans lui conférer d'importance sémiotique (comme cela arrive au barbare). Mais si je sais, en vertu d'une règle précédente, que la fumée, en général, renvoie au feu, alors je rends pertinent l'événement comme occurrence expressive d'un contenu plus général, et la fumée perçue devient le contenu perceptif « fumée ». Ce premier mouvement, de la sensation à la perception investie de signification, est si immédiat que l'on est tenté de ne pas le considérer comme sémiotiquement important. Mais c'est cette immédiateté présumée entre sensation et perception que la gnoséologie a toujours remise en question. Et cela, même dans la perspective médiévale où, s'il est vrai que la *simplex apprehensio* — première opération de l'intellect — saisit dans le fantôme la chose dans son essence, c'est uniquement dans l'acte du jugement — seconde opération de l'intellect — que la chose est reconnue comme existante et importante pour d'ultérieures prédications. Ce n'est pas un hasard si la gnoséologie parle de « signifié » perceptif et si le terme « signifié » semble être, à la fois, une catégorie sémantique et une catégorie de la phénoménologie de la perception. En vérité, même pour saisir, dans une série de données de la sensation, la forme « fumée », je dois déjà être guidé par la certitude que la fumée est importante pour des inférences ultérieures : sinon, la fumée que me donne à voir la sensation reste comme un perçu virtuel à propos duquel il me faut encore décider si je dois le rendre pertinent en tant que fumée, brume, miasme ou exhalaison quelconque ne dépendant pas d'un phénomène de combustion. Ce n'est que si je possède déjà la loi générale « si fumée, alors feu » que je suis en mesure de rendre *signifiante* la donnée sensible en la voyant comme cette fumée qui peut me révéler le feu.

C'est pourquoi on peut dire que, même à l'égard du fait naturel, les données de la sensation m'apparaissent comme des expressions d'un contenu perceptif possible que je peux saisir à un second niveau, soit intensionnellement soit extensionnellement, comme signe qui me renvoie, en général et concrètement, au feu. Cette position est sous-entendue par la gnoséologie stoïcienne où, malgré les certitudes de la « représentation cataleptique », celles-ci doivent pourtant être soumises à la vérification de la preuve de l'inférence logico-conceptuelle. La représentation cataleptique propose la présence de quelque chose qui pourrait être de la fumée (sauf abus des sens) : ce n'est qu'après la vérification inférentielle, après que la conséquence de la fumée — le feu — a été vérifiée extensionnellement que l'on est sûr de la certitude de la perception. La logique-sémiotique stoïcienne est l'instrument de vérification de la perception.

8. Unification des théories et prédominance de la linguistique

Quelques siècles plus tard, dans le *De magistro*, saint Augustin opérera la soudure définitive entre théorie des signes et théorie du langage. Il reconnaîtra le *genus* des signes dont les signes linguistiques sont une *espèce*, comme les insignes, les gestes, les signes ostensifs. Seize siècles avant Saussure.

Mais ce faisant, saint Augustin livre à la postérité un problème que les stoïciens eux-mêmes n'avaient pas résolu clairement et auquel il fourntit la solution sans toutefois lui accorder une importance indiscutable.

Ce problème était, dans la théorie stoïcienne, la différence entre le rapport (qu'Hjelmslev appellera de dénotation) entre expression linguistique et contenu, d'une part, et celui entre proposition-signe et conséquent signifié d'autre part. Il y a là le soupçon que le premier niveau se base encore sur l'équivalence, alors que le second est indéniablement fondé sur l'implication :

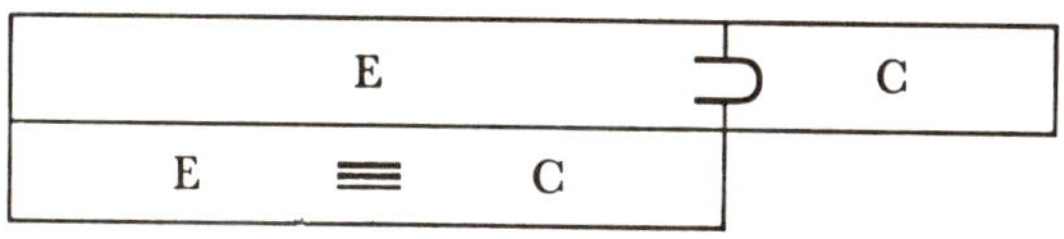

Il nous faut cependant nous demander si cette différence n'est pas l'effet d'une curieuse « illusion d'optique ». Suivons-en la génération. Dès lors que saint Augustin introduit la langue verbale au nombre des signes, celle-ci se trouve à l'étroit dans ce cadre. Trop forte, trop finement articulée et donc trop scientifiquement analysable (il suffit de songer à tout le travail qu'avaient déjà accompli les grammairiens hellénistiques), la langue acceptait difficilement de se soumettre à une théorie des signes née pour décrire les rapports entre des événements naturels, si élusifs et génériques (et nous verrons combien l'implication stoïcienne était épistémologiquement ouverte à un continuum de rapports de nécessité et de faiblesse). Puisque l'on considère de plus en plus (et cela vaudrait la peine d'étudier en détail cette évolution de l'histoire de la sémiotique) que la langue est non seulement le système sémiotique le plus ou le mieux analysable, mais aussi celui qui peut modéliser tous les autres, en transformant n'importe quelle autre sémiotique au niveau de son contenu, alors le modèle du signe linguistique s'impose graduellement comme le modèle sémiotique par excellence.

Mais cette conclusion (dont — je pense — Saussure est le couronnement) débouche sur un modèle linguistique qui est désormais cristallisé dans sa forme la plus « plate », celle qu'entérinent les dictionnaires et, malheureusement, une bonne partie de la logique formelle dont le propos est uniquement de remplir, à titre d'exemple, ses propres « symboles » vides. Et ainsi, la notion de signifié linguistique en tant que synonymie et définition essentielle fait son chemin.

Aristote nous a fourni le principe d'équivalence (biconditionnelle) entre terme et définition par genre et espèce parce qu'il travaillait exclusivement sur les termes catégorématiques à insérer dans des propositions assertives. Les stoïciens [cf. Frede, 1978; Graeser, 1978] considéraient en revanche que toute catégorie syntaxique a sa contrepartie sémantique, même les termes syncatégorématiques. Si les λεκτά complets naissaient d'une combinaison de λεκτά incomplets, alors les conjonctions, les articles et les pronoms aussi devaient avoir un contenu. Saint Augustin montrera que même les propositions ont un signifié.

9. Le modèle « instructionnel »

Dans le *De magistro* [II, 1], Augustin analyse avec Adéodat le vers virgilien « si nihil ex tanta superis placet urbi relinqui » et définit les huit mots comme « octo... signa »; ensuite, il en vient à s'interroger sur la signification de |*si*| et reconnaît que ce terme véhicule un signifié de « doute ». Et, comme il admet que « non esse signum nisi aliquid significet », il est contraint de définir aussi le signifié (pas le référent, bien sûr!) de |*nihil*| : puisqu'il est impossible que l'on émette des signes pour ne rien dire, et puisque le signifié de |rien| ne semble être ni un objet, ni un état du monde, saint Augustin conclut que ce terme exprime une *affection de l'âme*, c'est-à-dire l'état de l'esprit qui, tout en ne reconnaissant pas quelque chose, en reconnaît au moins l'absence. On dirait aujourd'hui : un opérateur logique, un quelque chose qui doit avoir un statut dans l'espace abstrait du contenu.

Augustin poursuit en demandant ce que signifie |*ex*| et il refuse fermement la définition synonymique selon laquelle il signifierait |*de*|. Le synonyme est une interprétation, mais il doit être interprété à son tour. Il en conclut que |*ex*| signifie une sorte de séparation *(secretionem quandam)* du lieu d'inclusion précédente. De plus, il ajoute une « instruction » successive pour son décodage contextuel : parfois |*ex*| exprime la séparation de quelque chose qui n'est plus là, comme lorsque la ville citée par le vers a disparu; parfois il exprime la séparation de quelque chose qui subsiste, comme lorsque l'on dit que des marchands viennent de Rome.

Donc, le signifié d'un terme syncatégorématique est un bloc (une série, un système) d'instructions pour ses insertions contextuelles possibles, et pour ses diverses issues sémantiques dans des contextes différents (mais tous également enregistrables en termes de code).

Mais si cela est possible avec les termes syncatégorématiques, pourquoi ne le serait-ce pas aussi avec les termes catégorématiques ? En fait, c'est la solution qui prévaut désormais dans les sémantiques componentielles orientées au contexte. Ces formes de sémantique instructionnelle [cf. Schmidt, 1973] ont été annoncées à divers égards par la logique des relatifs de Peirce [1902 *a*, *CP*, 2.379; 1870, *CP*, 2.64; cf. aussi Eco, 1979, § 2], par les diverses grammaires casuelles [cf. Fillmore, 1968; Bierwisch, 1971; Bierwisch et

Kiefer, 1970], par les modèles sémantiques à sélections contextuelles et circonstancielles [cf. Eco, 1979, § 2.11] et dans leur reformulation pour la désambiguïsation de la métaphore.

Nous pouvons faire ici l'économie d'une analyse détaillée de ces modèles qui concernent une théorie intensionnelle du signifié, et recourir tout simplement à notre expérience de locuteurs. Si quelqu'un commence à me parler et me dit |il court|, il est totalement faux que, sur la base de ma compétence linguistique, je me limiterai à identifier une portion de contenu représentée par l'articulation de quelques figures comme « action + physique + rapide + avec les jambes, etc. ». Ce type de simplification était suffisant à l'époque où Hjelmslev, sur un modèle réduit de langage, devait établir la possibilité minimale d'une décomposition du signifié en figures et démontrer que le contenu existait (incorporellement), levant ainsi sur cette notion les hypothèques mentalistes et psychologisantes dues à la désinvolture avec laquelle les disciples de Saussure avaient représenté le signifié de |arbre| par le croquis d'un arbre.

Mais, après avoir dépassé cette phase d'étude nécessaire, il me faut affirmer la chose suivante : dès que j'ai perçu |il court|, je me dispose, en déterminant un espace de contenu structuré comme bloc d'instructions contextuelles, à une série d'attentes. Par exemple : « Il court le bruit que... », « Il court vite, notre champion!... », « Il court, Louis, dans la prochaine course ?... », « Il court, car il veut maigrir... », « Il court à sa perte! ». Où l'on voit que, dans chacun des exemples proposés, |il court| a une valence sémantique différente. Me préparer à ces diverses éventualités, signifie examiner l'espace du contenu pour prévoir laquelle de ces issues sera la plus probable, en partant des éléments contextuels qui ont précédé ou qui suivront l'occurrence du terme. Le type sémantique est la description des contextes où il est raisonnable que le terme soit occurrent.

Mais s'il en est ainsi, alors la signification connotée est possible parce que, déjà au premier niveau de signification (celui auquel le signe linguistique fonctionne en première instance et de façon éminente), il n'existe pas de pure équivalence mais bien une implication.

Quand le terme linguistique semble reposer sur la pure équivalence, c'est simplement que l'on se trouve face à une implication catachrétisée ou « endormie ». C'est à cause de l'inertie, de la paresse de la compétence que |*fumo*| ≡ |*smoke*| ≡ « fumée » ≡ « matière gazeuse produite par un processus de combustion ». En effet, la règle est : *si* elle apparaît dans des contextes *x*, *y*, *alors* matière gazeuse produite par combustion, mais en ce cas, *alors* feu; en revanche, *si* elle apparaît dans les contextes *z*, *k*, *alors* activité d'ingestion de gaz produits par combustion d'herbes particulières + sujet agent + temps présent, etc. Et c'est une pure affaire d'économie didactique si un dictionnaire enregistre divers blocs d'instructions sous deux ou plusieurs entrées considérées comme homonymes.

Il n'en va pas différemment pour le processus de reconnaissance d'événements naturels qui génèrent ensuite une proposition-signe. La perception est interrogative et conditionnelle, elle est toujours régie (même quand on ne s'en rend pas compte) par un principe de pari. *Si* on a ces données perceptives déterminées, *alors* on a peut-être « fumée », pourvu que d'autres éléments contextuels autorisent à considérer comme appropriée l'interprétation perceptive. Peirce le savait : même la perception est un processus indiciaire, un foyer de sémiosis en germe. Et que, de fait, cela se produise sans effort, n'en invalide pas pour autant le mécanisme de droit [*CP*, 5.266].

Il ne reste plus alors qu'à résoudre le problème de ce que l'on appelle les *sémies substitutives*, sémiotiques dont le plan du contenu est l'expression d'une autre sémiotique : dans l'alphabet morse |. —| ≡ |a| et *vice versa*, avec une totale biconditionnalité. Il suffirait de dire que les sémies subtitutives représentent des sémiotiques dégradées. Mais ici aussi, l'équivalence apparaît comme une implication « endormie » : le morse est un système d'instructions visant à substituer les points et les traits par des lettres alphabétiques. Et si un lecteur compétent de morse saute directement de l'expression en points-traits au phonème correspondant (ainsi qu'il en va pour la lecture alphabétique), l'occurrence d'un phonème donné l'amènera à avancer des prévisions sur la future séquence syntagmatique, tout comme la reconnaissance du phonème est garantie par les inférences qu'autorise la séquence syntagmatique précédente.

Il n'y a donc pas de différence de structure sémiotique entre signification de premier et de second niveau (nous avons recours à cette distinction car le couple dénotation/connotation est équivoque : dans les théories sémantiques extensionnelles, « dénotation » signifie référence et renvoi à une valeur de vérité). Cet objet fluctuant, que le langage courant appelle « signe » dans des cas si différents, existe comme objet unifié d'une discipline, *construit* par la discipline qui l'étudie, en subsumant des phénomènes différents sous le même schéma formel $p \supset q$.

Ce qui change selon les phénomènes, c'est le caractère nécessaire de cette implication. *Si* le premier, *alors* le second. Mais quel est le statut épistémologique de *si* et de *alors* ?

10. Codes forts et codes faibles

L'implication stoïcienne était l'implication philonienne, l'implication matérielle de la logique moderne. Comme telle, elle ne se prononçait pas sur la validité épistémologique du lien entre antécédent et conséquent. Les exemples que donnent les stoïciens sont parmi les plus variés. « S'il y a du jour, alors il y a de la lumière » est une équivalence (biconditionnelle); « S'il fait jour, alors Dion marche » est un exemple d'implication matérielle sans aucune validité épistémologique; « Si elle a du lait, alors elle a enfanté » est une inférence d'effet à cause fondée sur des inductions précédentes; « Si on voit une torche, alors les ennemis arrivent » semble être une déduction très vague parce que la torche pourrait aussi bien être agitée par des amis; toutefois Sextus interprète ce signe comme conventionnel en supposant qu'on le reconnaît à partir d'un accord précédent : et ici, la valeur épistémologique ne dépendrait plus de lois naturelles mais de lois sociales. En incluant, par cet exemple, tous les signes commémoratifs au nombre de ceux qui sont fondés sur une corrélation arbitraire, Sextus admet la nature inférentielle des signes conventionnels. En ce cas, le statut épistémologique du *si-alors* a la même nature légale que les normes consacrées par les codes juridiques (voir le chapitre final de ce livre).

Enfin, Sextus ne reconnaît pas de statut épistémologique aux signes « révélateurs » ou indicatifs : il est impossible de dire que si un homme devient pauvre, c'est qu'il a dilapidé ses richesses; il pourrait les avoir perdues dans un naufrage ou les avoir données à ses amis. Quant au signe indicatif, allant du passage des humeurs à travers la peau à l'assertion de l'existence de pores perceptibles, il est, *a fortiori*, très vague : le conséquent est l'effet d'une pure hypothèse. Sextus en conclut que les signes indicatifs n'existent pas. Pourtant on sait aujourd'hui que bien des découvertes scientifiques se font à partir d'inférences hypothétiques de ce genre, que Peirce appelait *abductions*, où le conséquent est supposé et suppose à son tour une Loi dont le conséquent serait *alors* le Cas, tout comme l'antécédent est le Résultat.

Aristote, qui portait son attention aux argumentations pouvant rendre compte des liens de nécessité qui régissent les faits, établissait des distinctions de force épistémologique entre signes nécessaires et signes faibles (cf. § 6). Les stoïciens, qui s'intéressaient, eux, aux purs mécanismes formels de l'inférence, éludent le problème. C'est Quintilien [*Institutio oratoria*, V, 9], traitant des réactions de l'auditoire d'une cour de justice, qui essaiera de justifier, selon une hiérarchie de validité épistémologique, chaque type de signe pouvant apparaître, dans une certaine mesure, comme « persuasif ». Quintilien s'en tient à la classification de la *Rhétorique* aristotélicienne mais il précise que les signes nécessaires peuvent porter sur le passé (si elle a accouché, elle a nécessairement été avec un homme), sur le présent (si un vent fort souffle sur la mer, il y a nécessairement des vagues), et sur le futur (s'il a été blessé au cœur, il mourra nécessairement).

Or, il est clair que ces rapports temporels présumés sont, en vérité, des combinaisons différentes du rapport cause/effet. Le rapport entre accouchement et accouplement (signe *diagnostique*) remonte de l'effet à la cause, tandis que le rapport entre blessure et mort (signe *pronostique*) va de la cause à ses effets possibles. D'autre part, il n'y a pas homologie entre cette distinction et celle faite entre signes nécessaires et signes faibles. Si toute cause ne renvoie pas nécessairement à ses effets possibles (signe pronostique faible), tous les effets ne renvoient pas nécessairement à la même cause (signe diagnostique faible). D'abord, il y a des effets qui pourraient avoir des causes différentes (qui agite la torche ? Les amis ou les ennemis ?), ensuite il faudrait distinguer *causes nécessaires* et *causes suffisantes*. L'oxygène est cause nécessaire de la combustion (de sorte que : si combustion, alors oxygène) ; le frottement d'une allumette est uniquement cause suffisante de la combustion (en concurrence avec d'autres causes possibles). On pourrait alors dire que le signe faible d'Aristote est signe d'effet à cause suffisante (s'il respire mal, alors il a de la fièvre) ; mais si on l'analyse plus attentivement, ce signe faible n'est pas dépourvu d'une certaine « nécessité », à la différence près qu'il renvoie non pas à une cause mais à une classe de causes : si la torche, alors certainement *quelqu'un* qui l'a allumée et qui l'agite; si respiration haletante, alors nécessairement altération du rythme cardiaque (classe d'événements à laquelle appartient *aussi* la fièvre). Ces types de signes auraient un conséquent nécessaire, sauf que le conséquent est encore trop vaste et doit être circonscrit (passage de la classe à un de ses membres) sur la base d'autres inférences contextuelles, ce qu'Hippocrate savait d'ailleurs.

A y bien regarder, il en va de même avec le langage verbal où je peux nommer une entité par synecdoque de genre à espèce. Au lieu de dire |hommes| je dis |mortels|.

Les problèmes soulevés par le signe pronostique de cause à effet ne sont pas moindres. Saint Thomas [*Summa Theologiae*, Ia, q. 70, art. 2 ad 2um; 3a, q. 62] dit que la cause instrumentale peut être signe de son possible effet : si le marteau, alors les opérations qu'il pourrait vraisemblablement accomplir. C'est ainsi que procède la police : elle trouve des armes dans un appartement et en déduit leur utilisation criminelle possible. Mais bien entendu, ce type de signe aussi est ouvert à des inférences contextuelles : l'indice est différent si les armes sont trouvées chez un terroriste présumé, un policier ou un armurier. Et pourquoi saint Thomas ne parle-t-il pas, par exemple, de la cause efficiente ? La présence en ville d'un assassin notoire ne peut-elle être signe d'une action criminelle qu'il projette ? Quant à la cause finale, les argumentations fondées sur le *cui prodest* ne fonctionnent-elles pas ainsi ?

Alors, semble-t-il, tous les signes pronostiques sont faibles de par la nature épistémologique de l'implication (le lien n'est pas nécessaire) tandis que les signes diagnostiques peuvent l'être de par la généralité de l'*implicatum* (une classe trop vaste de conséquents). L'épistémologie, la logique inductive et la théorie des probabilités savent aujourd'hui évaluer ces différents degrés de force épistémologique. Mais pourquoi Aristote, et plus encore Quintilien, n'ont-ils pas osé compter au nombre des preuves possibles tous les types de signes, tout en en reconnaissant la différente force épistémologique ? C'est qu'à un niveau rhétorique, les liens se fondent plutôt sur des conventions ou des opinions établies. Quintilien cite comme vraisemblable (et épistémologiquement très faible) cet argument : si Atalante va se promener dans les bois avec les garçons, alors elle n'est probablement plus vierge. Le fait est que dans une communauté donnée, ce vraisemblable peut être tout aussi convaincant qu'un signe nécessaire. Cela dépend des codes et des scénarios [cf. Eco, 1979] que cette communauté enregistre comme « bons ».

Or, ce hiatus entre certitude « scientifique » et certitude « sociale » constitue la différence entre lois et hypothèses scientifiques d'une part, et codes sémiotiques d'autre part. La nécessité d'une preuve scientifique n'a quasiment rien à voir avec la nécessité d'une preuve sémiotique. Scientifiquement, la baleine est un mammifère, mais pour la compétence de bien des gens, c'est un poisson. Scientifiquement, le citron est nécessairement un agrume et il n'est pas nécessairement jaune. Mais pour les lecteurs d'une poésie (Montale : « Le trombe d'oro della solarità » [*I limoni*, in *Movimenti*]) le citron est un fruit jaune, et peu importe que ce soit un agrume.

Donc, sur le plan sémiotique, les conditions de nécessité d'un signe sont fixées socialement, soit selon des codes faibles, soit selon des codes forts. En ce sens, un événement peut être un signe sûr, même si, scientifiquement, il ne l'est pas. C'est cette hiérarchie de nécessité sémiotique qui régit les corrélations entre antécédents et conséquents et qui les rend de force égale aux corrélations entre expressions et contenus.

Et lorsque, même en termes sémiotiques, la classe des conséquents est très imprécise, on a le signe non encore codé, codé avec imprécision (le « symbole »), ou en voie de codage [cf. Eco, 1979, § 3 pour les processus d'invention de code]. En général, cette invention de code prend la forme de l'inférence la plus hardie : l'abduction ou hypothèse.

11. Abduction et invention de code

L'abduction ou hypothèse est amplement décrite par Peirce en divers points de son œuvre [cf. en particulier *CP*, 2.96, et 2.619-635]. Si on la compare à la déduction et à l'induction, on obtient les trois schémas inférentiels de la figure suivante où les cases en traits pleins expriment les stades de l'argumentation pour lesquels on a des propositions déjà vérifiées, et les cases en pointillés les stades de l'argumentation produits par le raisonnement :

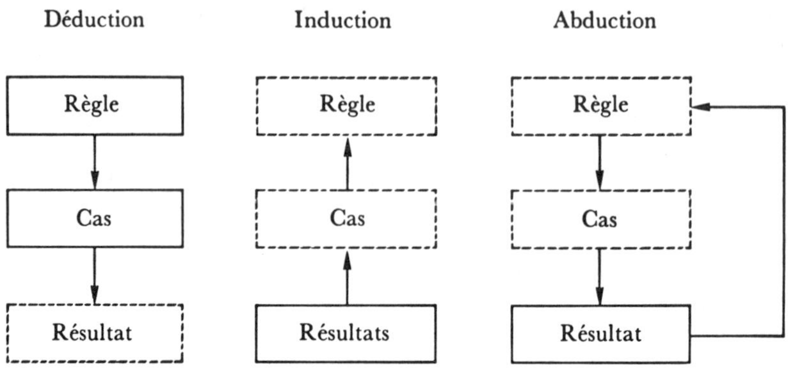

Si le signe était régi par un simple rapport d'équivalence, son décodage représenterait un processus déductif, comme cela se produit pour les équivalences des sémies substitutives : |. —| est toujours en-lieu-de |a|; or il se trouve que l'on a |. —|; donc |a|.

Si on ne connaissait pas le signifié d'un signe et si on devait le reconstruire à travers des expériences répétées, le processus à développer paraîtrait de type inductif. Il semble, en effet, que l'on procède ainsi pour les définitions de type ostensif. Chaque fois qu'un locuteur natif parlant une langue inconnue prononce l'expression |x|, il indique l'objet « y », ou alors il y a co-occurrence de l'expérience « y ». Donc, ce mot, selon une probabilité raisonnable, signifie cet objet-là ou cette action-là. Saint Augustin, dans le *De magistro* [III, 6] nous dit combien l'induction par interprétation ostensive est fallacieuse. Quand Augustin demande à Adéodat comment il expliquerait la signification du terme |marcher|, Adéodat répond qu'il se mettrait à marcher. Et quand Augustin lui demande ce qu'il ferait si la question lui était adressée alors qu'il est en train de marcher, il répond qu'il marcherait en hâtant le pas. A quoi Augustin lui objecte qu'il pourrait comprendre cette action comme si le sens de |marcher| était « se hâter ». Le problème est évident : l'accumulation de signes ostensifs ne clarifie pas, par simple induction, la signification du terme s'il n'y a pas un cadre de référence, une règle métalinguistique (et même sémiotique) exprimée d'une manière quelconque pour dire selon quelle règle on doit entendre l'ostension. Mais, ici, on est déjà passé au mécanisme de l'abduction. C'est uniquement si je suppose que le comportement d'Adéodat — pour lequel l'accélération agit comme un mécanisme métasémiotique afin de rendre évident l'acte de marcher — constitue l'interprétation du terme linguistique, que je suis en mesure de supposer que tout ce qu'il me propose (Résultat) est le Cas de la Règle posée comme hypothèse. Ce procédé est aussi adopté dans le décodage de termes linguistiques connus, quand, de deux langues, on ne sait pas à laquelle ils appartiennent. Si quelqu'un me dit |cane!| d'un ton énervé, je dois, pour comprendre s'il s'agit d'un impératif latin (« chante »!) ou d'une insulte italienne (« chien »!), faire l'hypothèse d'une langue comme cadre de référence. Le fait qu'il y ait des indices circonstanciels et contextuels pour m'orienter vers l'individuation de la règle, ne change pas, dans son principe, la structure du processus interprétatif.

L'abduction intervient aussi quand j'ai à interpréter des figures rhétoriques, des traces, des symptômes, des indices (cf. le conseil d'Hippocrate de prendre toujours en considération le contexte). *Idem* si je veux interpréter la valeur que prennent dans un texte un énoncé donné, un mot clé, un épisode entier.

Donc, l'abduction représente le dessin, la tentative hasardée, d'un système de règles de signification à la lumière desquelles un signe acquerra son propre signifié.

Et *a fortiori*, on a une abduction avec ces signes naturels que les stoïciens appelaient indicatifs, dont on soupçonne qu'ils sont des signes, sans savoir encore de quoi. Kepler [l'exemple est de Peirce, *CP*, 2.96] remarque que l'orbite de Mars passe par les points *x*, *y*. Cela est un Résultat, mais on ne sait pas encore de quelle Règle il est le Cas (et donc de quels conséquents il est l'antécédent). Les points *x* et *y* pourraient appartenir, entre autres figures possibles, à une ellipse. Kepler (dans un acte de courage imaginatif) pose l'hypothèse de la règle : ce sont les points d'une ellipse. Donc, *si* l'orbite de Mars était elliptique, *alors* son passage par *x* et *y* (Résultat) serait un Cas de cette Règle. Naturellement, l'abduction doit être vérifiée. A la lumière de la Règle supposée, *x* et *y* sont *signe* que Mars devrait passer aussi par les points *z*, *k*. Mars devait être attendu là où le premier « signe » induisait à l'attendre. Une fois l'hypothèse vérifiée, il ne restait plus qu'à élargir l'abduction (puis à la vérifier) : supposer que le comportement de Mars était commun à toutes les autres planètes. Ainsi, le comportement d'une planète est devenu signe d'un comportement planétaire général.

Dès que la règle est codée, toute occurrence successive du même phénomène devient un signe de plus en plus « nécessaire ». Mais, bien évidemment, ce qui nous préoccupe ici, c'est la nécessité sémiotique : le lever du soleil est signe pour les Modernes du mouvement terrestre comme il était signe, pour les Anciens, du mouvement solaire. Du point de vue sémiotique, l'intérêt essentiel (en ligne intensionnelle) c'est qu'un événement soit signe par rapport à une règle. Du point de vue scientifique, l'intérêt (en ligne extensionnelle) c'est que l'état de choses exprimé par la proposition-règle *soit le cas*. Mais c'est un autre problème.

Cette différence, établie par Harman (cf. § 4), entre théorie du signifié et théorie de la preuve concerne plutôt, à l'intérieur du même phénomène sémiotique, la différence extension/intension, entre vérification épistémologique de la vérité de la preuve et vérification sémiotique de sa nécessité culturelle, c'est-à-dire du degré de codage auquel un quelque chose de vraisemblable a été transmis.

12. Les modes de production du signe

J'ai déjà proposé une typologie des modes de production du signe [Eco, 1975]. Je la reprends dans la figure 1, en fixant mon intérêt cette fois sur la corrélation entre expression et contenu.

J'avais introduit la distinction entre *ratio facilis* et *ratio difficilis*. On a des signes produits par *ratio facilis* quand le type expressif est préformé. Le contenu « cheval » est exprimé par divers types expressifs préétablis, selon les langues, et arbitrairement corrélés au contenu, indépendamment des marques, sèmes ou propriétés sémantiques qui circonscrivent l'espace de contenu « cheval ». On a des signes produits par *ratio difficilis* quand, par manque d'un type expressif préformé, on le modèle sur le type abstrait du contenu. Un diagramme sur lequel on voudrait étudier les rapports possibles (ferroviaires, routiers, postaux, administratifs) entre Paris, Lyon et Bordeaux doit être établi en accord avec le type de relations spatiales qui gouvernent *de fait* le rapport spatial des trois centres : Paris est au nord-ouest de Lyon, Lyon est au nord-est de Bordeaux, Bordeaux est au sud-ouest de Paris, et ainsi de suite. *De fait :* c'est-à-dire « tel que c'est dans la représentation culturelle que l'on donne du territoire ». Une orientation de fait subsisterait même si, dans le cadre d'un monde possible, on étudiait les relations entre Utopie, l'Atlantide et le Paradis terrestre. Dans le monde possible de la géographie utopique, l'Atlantide et Utopie se trouvent de fait à l'ouest du Paradis terrestre.

Dans tous ces cas, les rapports qui subsistent sur le plan du contenu sont *projetés* (au sens cartographique du terme) sur le plan de l'expression. Il est évident que ce rapport de *ratio difficilis* retraduit le rapport « d'iconisme » traditionnel : mais il ne le retraduit pas en prenant en considération le seul iconisme visuel. Le diagramme d'organisation d'une entreprise construit en arbre *projette* sous forme de rapports spatiaux (haut/bas) ce que, dans le contenu, sont les relations hiérarchiques ou les flux d'informations ou les prescriptions. A condition que la règle de projection soit constante, les résultats obtenus en manipulant l'expression apparaissent comme diagnostiques ou pronostiques par rapport à la disposition passée ou future du

Fig. 1. — Typologie des modes de production du signe
[Eco, 1975, p. 288]

	Travail physique requis pour produire l'expression	*Reconnaissance*			*Ostension*			*Réplique*					*Invention*	
	Ratio difficilis	Empreintes						Vecteurs					Congruences Projections	
Rapport type/token					Exemples	Echantillons	Echantillons fictifs		Stylisations			Stimuli programmés	Graphes	*Transformations*
	Ratio facilis		Symptômes	Indices						Unités combinatoires	Pseudo-unités combinatoires			
	Continuum à former	Hétéromatériel motivé			Homomatériel			Hétéromatériel arbitraire						
	Mode d'articulation	Unités grammaticalisées préétablies codées et hypercodées avec diverses modalités de mise en pertinence											Textes proposés et hypocodés	

contenu. Et c'est par un processus successif — autorisé par l'isomorphisme réalisé intensionnellement — que le pronostic ou le diagnostic sont aussi vérifiables extensionnellement. Et bien sûr, il faut décider si cette vérification extensionnelle doit se faire en fonction de l'état de choses reconnu comme « monde réel » ou en fonction d'un monde possible : dans ce dernier cas, le monde possible est une fiction logique qui retraduit en termes extensionnels des rapports intensionnels [cf. Eco, 1979]. Un monde possible est un système (bien que partiel) de forme du contenu. L'expression de la position de l'Atlantide sur une carte est *signe*, dans un certain monde possible, que le Paradis terrestre doit être recherché à l'est de l'Atlantide.

Nous pouvons examiner, à la lumière de ces définitions, les modes de production sémiotique représentés dans la figure 1, sans oublier que le tableau ne classe pas une typologie des signes, mais une typologie des modes de production des signes : ce qui est appelé signe (un mot, un panneau routier, un vaste énoncé) est en général le résultat de plusieurs modes de production différents.

12.1. *Traces*

Régie par *ratio difficilis*, une trace ou empreinte dit que *si* une configuration donnée sur une surface imprimable, *alors* une classe donnée d'agents imprimants. Si l'empreinte est vectoriellement orientée vers une direction donnée, alors une direction virtuelle de l'imprimant est signifiée. La reconnaissance de l'empreinte rend évidemment possible le passage extensionnel : si *cette* empreinte en *ce* lieu, alors un membre concret de cette classe d'imprimants d'empreinte est passé par *ici*.

12.2. *Symptômes*

Régis par *ratio facilis* (ils n'ont pas de rapport isomorphique avec le type de contenu), ils renvoient à une cause à laquelle ils ont été connectés sur la base d'une expérience plus ou moins codée. Puisque la connexion est considérée comme naturellement motivée, leur rapport de nécessité inférentielle est assez fort. Il est fréquent, cependant, que le symptôme ne renvoie qu'à une classe très vaste d'agents. Des codes forts comme ceux de la symptomatologie médicale en arrivent souvent à définir des rapports de nécessité très proches de l'équivalence. Un cas d'équivalence biconditionnelle est celui que cite Quintilien : s'il vit alors il respire et s'il respire alors il vit.

12.3. *Indices*

Ils lient la présence ou l'absence d'un objet à des comportements possibles de leur possesseur probable : des touffes de poils blancs sur un divan sont l'indice du passage d'un chat angora. Toutefois, ils renvoient en général à une classe de possesseurs possibles, et pour être utilisés extensionnellement ils requièrent des mécanismes abductifs. Voyons cette abduction de Sherlock Holmes, que Conan Doyle appelle ingénument déduction : « L'observation me dit que vous avez été au bureau de poste de Wigmore Street ce matin, mais la déduction me fait savoir que vous y avez envoyé un télégramme... L'observation me dit que vous avez un peu de boue rouge qui colle aux talons de vos chaussures. Juste en face du bureau de poste de Wigmore Street, il y a des travaux de réfection de la chaussée et les ouvriers ont mis à jour une sorte de terreau qu'il est difficile de ne pas piétiner quand on entre. La terre a une teinte particulière qu'il est difficile, pour autant que je sache, de retrouver dans le voisinage. Cela, c'est de l'observation. Le reste est déduction... Je savais que vous n'aviez pas écrit de lettre puisque je suis resté assis en face de vous toute la matinée. J'ai aussi vu que vous aviez sur votre bureau une planche de timbres et un bon paquet de cartes postales. Pourquoi en ce cas aller à la poste, si ce n'est pour envoyer un télégramme ? » [*Le signe des quatre**, chap. 1].

La terre rouge sur les chaussures est un indice. Mais c'est l'indice du fait que l'on a marché sur de la terre rouge. Pour décider que c'est celle de Wigmore Street, il faut exclure, en se fondant sur d'autres considérations, que Waston se soit éloigné du quartier. L'indice ne devient révélateur qu'à partir d'une abduction plus large. Il faut déjà avoir formulé une hypothèse sur les mouvements de Watson et sur le temps dont il a disposé pour les accomplir. Par ailleurs, le fait que Watson ait eu des timbres chez lui est un indice très vague : à la rigueur, un timbre *manquant* pourrait être l'indice (négatif) de l'envoi d'une lettre. Comme aucun timbre ne manque, on a l'indice (doublement négatif) du fait que Watson n'a pas expédié de timbre de sa réserve personnelle. Il faut déjà avoir supposé que Watson est si économe qu'il ne décide pas d'acheter des timbres en chemin, et si prévoyant qu'il ne décide pas d'envoyer une lettre à l'improviste. C'est uniquement à partir de cette série d'abductions que l'indice négatif du non-manque de timbres devient important. Et c'est seulement lorsque Watson aura manifesté sa stupeur pour cette prodigieuse divination que Holmes sera sûr que son pari abductif était correct [cf. Eco, 1981 et Eco-Sebeok, 1983].

* [Trad. franç. *Etude en rouge* [suivi de] *Le signe des quatre*, Paris, Le Livre de Poche].

12.4. *Exemples, échantillons et échantillons fictifs*

L'ostension d'un objet peut avoir de nombreuses fonctions sémiosiques, on l'a vu avec l'exemple proposé par saint Augustin. Il peut renvoyer à une classe d'objets dont il est membre, à d'autres membres de cette classe; il peut représenter un ordre, une prière, un conseil en quelque sorte lié à cette classe d'objets. Je peux indiquer un paquet de cigarettes pour exprimer le concept de cigarette, de fumée, de marchandise, pour ordonner d'aller acheter des cigarettes, pour offrir une cigarette, pour suggérer que c'est la cause de la mort d'une personne. Les ostensions sont des signes faibles qui d'habitude doivent être renforcés par d'autres expressions à fonction méta-sémiotique. Dans le cadre de situations précises de décodage, le signe ostensif peut acquérir une certaine nécessité sémiotique : lors d'un appel, la main levée signifie que le sujet qui accomplit le geste est le porteur du nom proféré.

En ce qui concerne les échantillons et les échantillons fictifs, sont valables les règles de rhétorique telles que la synecdoque (la partie pour le tout, un geste pour le comportement complet) ou la métonymie (l'action suggère l'instrument, un objet évoque son propre contexte) comme c'est le cas pour l'art du mime.

12.5. *Vecteurs*

Parmi les modalités régies par *ratio difficilis*, les vecteurs (flèches, doigts pointés, marques directionnelles dans une empreinte, intonations ascendantes ou descendantes) sont ceux qui paraissent le plus ancrés dans un destin extensionnel. Comme les indices peircéens, ils semblent ne devenir expressifs qu'en liaison avec un objet ou un état de choses. En effet, comme on l'a dit à propos de la flèche de Buyssens, les vecteurs expriment eux aussi un bloc d'instructions pour leur insertion contextuelle [cf. Eco, 1975, § 2, l'analyse des indicateurs]. Une flèche en vente dans un magasin de panneaux de signalisation exprimera comme contenu l'instruction que, *partout où* elle sera placée, elle ordonnera ou conseillera d'aller dans une certaine direction (*si* tu veux sortir, *alors* passe par là; *si* tu ne veux pas te heurter à d'autres véhicules, et *si* tu ne veux pas être puni, *alors* roule dans le sens qui correspond à l'orientation de la pointe). Face au vecteur linguistique |elle|, l'instruction qui en découle est de chercher dans la séquence contextuelle immédiatement précédente l'occurrence d'un nom propre, d'un substantif féminin, d'une description définie auxquels |elle| puisse être référée. En ce sens, les signes qui ont été définis en tant que « cibles » (cf. § 2.6) — et, par voie de conséquence, les limites et les périmètres — sont aussi des vecteurs. *Si* Romulus avait marqué les limites de Rome, *alors* (*si* Remus les avait dépassées) *c'était signe* qu'il allait devoir mourir. La frontière tracée *était en-lieu-de* la ville à venir, du pouvoir qui l'avait instituée, des peines que ce pouvoir était en mesure de prescrire.

Bien entendu, selon les contextes, les vecteurs peuvent revêtir — généralement par convention — un caractère de plus ou moins grande nécessité : une flèche peut ordonner ou conseiller.

12.6. *Stylisations*

Cette catégorie (régie par *ratio difficilis*) recouvre les insignes, ainsi que les emblèmes et les devises au sens Renaissance et baroque du terme, où des expressions de type reconnaissable constituent de véritables textes énigmatiques à reconstruire par de subtiles inférences.

On peut avoir aussi des stylisations régies par des codes forts, comme les armoiries et les figures des cartes à jouer; et d'autres, régies par des codes plus faibles, ouvertes à des contenus multiples, comme les « symboles » et les archétypes *(maṇḍala, svastika)*.

12.7. *Unités combinatoires*

Cette catégorie, régie par *ratio facilis*, comprend tant les mots du langage verbal que les gestes des alphabets kinésiques, les codes de signalisation navale, de nombreux éléments de la signalisation routière, etc. Voir chez Prieto [1966] comment l'expression et le contenu peuvent faire l'objet de diverses syntaxes combinatoires. Elles constituent — semble-t-il — le répertoire de fonctions sémiotiques le plus clairement fondé sur l'équivalence, mais la biconditionnalité du rapport est très aléatoire. Un signal naval donné signifie « malade à bord », mais un malade à bord est un signe très vague du fait que ce signal sera émis. Disons plutôt que le signal signifiant « malade à bord » ouvrira la voie à de multiples conséquences illatives, et connotera donc d'autres inférences sémiotiques possibles. Une unité combinatoire implique toujours un paquet de choix contextuels.

12.8. *Unités pseudo-combinatoires*

Ce sont les éléments d'un système expressif non corrélés à un contenu (du moins à partir d'un code fixe). Hjelmslev [1943, trad. franç., p. 139-143] les appelait « systèmes de symboles », car, tout en étant *interprétables*, ils ne sont pas biplans (le contenu possible est *conforme* à l'expression) : s'il y a signifié d'un coup aux échecs, celui-ci consiste en la série des coups conséquents que le coup antécédent rend possibles. Les jeux, les structures musicales, les systèmes formalisés, les combinaisons d'éléments non figuratifs en peinture en feraient partie. Mais c'est le propre des systèmes « monoplans » de faire apparaître chaque antécédent comme signe pronostique du conséquent. Jakobson [1974] a souligné à plusieurs reprises cet aspect des compositions musicales et de la peinture abstraite, incessant renvoi de la partie au tout et d'une partie à une autre partie, stimulation d'attentes, phénomène de « signifiance » diffus tout au long de l'extension d'une texture chronologique ou spatiale. Il faut donc se dissocier d'Hjemslev et définir comme caractère constitutif du signe non pas la non-conformité biplane, mais bien l'interprétabilité (cf. § 13).

12.9. *Stimuli programmés*

Nous rangeons dans cette catégorie les stimuli capables de susciter une réponse non médiate, et qui sont significatifs de l'effet prévu pour le seul émetteur, pas pour le récepteur. Si le critère sémiotique était l'équivalence plate, ils seraient à exclure du rang des signes. Dans la perspective qui nous intéresse ici, ils constituent au contraire un cas de signe faible qui permet, à partir de la cause mise en acte, d'inférer l'effet possible et diversement probable.

12.10. *Inventions*

Abondamment analysées *in* Eco [1975], elles représentent ces cas extrêmes de *ratio difficilis* où l'expression est très souvent inventée au moment où le contenu est défini pour la première fois. La corrélation n'est donc pas fixée par le code, elle est *à fonder*. L'interprète se sert alors du procédé abductif pour reconnaître les règles de codage inventées par l'émetteur. Cela peut être des graphies, des figures topologiques, des inventions picturales ou linguistiques (cf. le langage transmental de l'avant-garde russe, ou Joyce, dans ses dernières œuvres). Parfois, des règles préexistantes aident à comprendre le travail de nouveau codage (pour les graphies ou les expériences linguistiques); parfois l'invention reste longtemps non signifiante, ou tout au plus elle signifie son refus ou son impossibilité de signifier. Mais même en ce cas, cela confirme qu'une des caractéristiques fondamentales du signe est sa capacité à stimuler des interprétations.

12.11. *Conclusions*

Ce passage en revue des possibilités de production du signe a montré qu'il existe un continuum sémiosique allant du codage le plus fort au codage le plus ouvert et le plus indéterminé. Le devoir d'une *sémiotique générale* est de déterminer (comme nous le faisons ici) une structure formelle unique qui est sous-jacente à tous ces phénomènes, à savoir la structure de l'implication, génératrice d'interprétation.

Le devoir des *sémiotiques spécifiques* sera, au contraire, d'établir, selon le système de signe étudié, des règles de plus ou moins grande nécessité sémiotique des implications (règles d'institutionalité).

13. Le critère d'interprétance

La condition d'un signe n'est donc pas seulement celle de la substitution *(aliquid stat pro aliquo)* mais aussi celle de l'existence d'une *interprétation* possible.

L'interprétation (ou critère d'interprétance) doit être prise au sens où l'entendait Peirce quand il reconnaissait que tout *interprétant* (signe, ou expression ou séquence d'expressions qui traduit une expression précédente) retraduit l' « objet immédiat » ou contenu du signe, et en élargit la compréhension. Le critère d'interprétance permet de partir d'un signe pour parcourir, étape par étape, le cercle entier de la sémiosis. Peirce disait qu'un terme est une proposition rudimentaire et qu'une proposition est une argumentation rudimentaire [1902 *c*, *CP*, 2.342-344]. Je dis |père| et j'ai déjà défini un prédicat à deux arguments : si père, alors quelqu'un qui est enfant de ce père.

Le contenu interprété me fait aller *au-delà* du signe originaire, il me fait entrevoir la nécessité de la future occurrence contextuelle d'un autre signe. Et à partir de la proposition « tout père a ou a eu un enfant », je peux en arriver à examiner toute une topique argumentative, et le mécanisme intensionnel me dispose à des propositions qu'il faut vérifier extensionnellement.

On voit maintenant combien la condamnation du signe fondée sur l'accusation d'égalité, de similitude, de réduction des différences était discutable. Cette condamnation dépendait du chantage du signe linguistique « plat » entendu comme corrélation, fondé sur une équivalence sans débouchés, une substitution d'identique à identique. Au contraire, le signe c'est toujours ce qui m'ouvre à quelque chose d'autre. Il n'est point d'interprétant qui, tout en éclaircissant le contenu du signe qu'il interprète, n'en déplace, fût-ce de peu, les frontières.

Interpréter un signe, c'est définir la portion de contenu véhiculée, dans ses rapports avec les autres portions dérivées de la segmentation globale du contenu. C'est aussi définir une portion à travers l'emploi d'autres portions, véhiculées par d'autres expressions. Avec l'éventualité — si l'interprétation est poussée très loin — de compromettre le contenu déterminé au départ ainsi que le critère global de segmentation lui-même. Ce qui signifie remettre en question la façon dont la forme du contenu a segmenté le continuum.

Hjelmslev induit à penser qu'il y a un continuum de l'expression et un continuum du contenu. Au vrai, le modèle de la fonction sémiotique, revu à la lumière de la sémiotique peircéenne, devrait être reformulé comme suit :

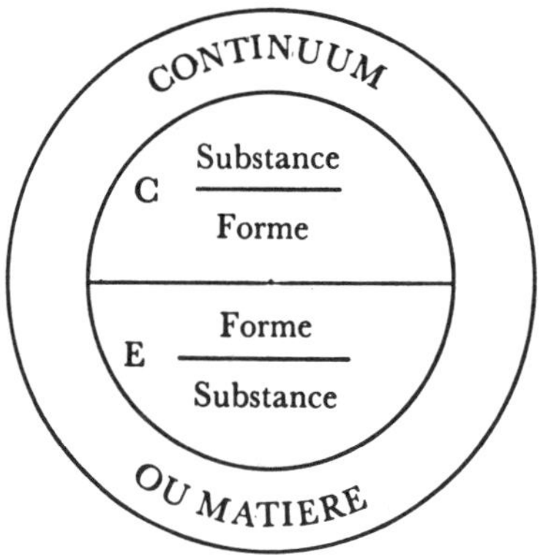

La matière, le continuum dont les signes parlent et par lequel ils parlent, est toujours le même : c'est l'Objet Dynamique peircéen, qui motive le signe, mais dont le signe ne rend pas immédiatement compte car l'expression dessine un Objet Immédiat (le contenu). Une civilisation donnée organise le contenu sous forme de champs, d'axes, de sous-systèmes, de systèmes partiels, pas toujours cohérents entre eux, souvent articulables selon la perspective contextuelle que l'on s'est choisie (et le « contexte », c'est aussi bien la culture d'un millénaire qu'une poésie ou un diagramme). Ces segments de contenu ne correspondent pas seulement à des entités physiquement reconnaissables (femme, chien, maison), à des concepts abstraits (bien, mal), à des actions (courir, manger), à des genres et à des espèces (animal, figure plane), mais aussi à des directions ou à des relations (dessus, avant, vers, si et alors, ou bien). Parmi ces portions, articulables en séquences plus vastes, viennent s'articuler des liens inférentiels de la manière que l'on a décrite plus haut. Pour exprimer ces portions, on choisit des portions formalisables et formalisées de continuum, qui est *le même* que celui que l'on exprime, le même mais segmenté par le contenu. Parfois, les éléments matériels choisis pour exprimer emploient des portions de continuum différentes du continuum exprimé (des sons pour exprimer des relations spatiales), parfois, la même portion de continuum est matière d'expression et matière de contenu (des relations spatiales sur un diagramme pour exprimer des relations spatiales sur une surface tridimensionnelle).

La matière segmentée pour exprimer exprime d'autres segmentations de la lumière. Dans ce jeu, le monde (le continuum, la pulpe épaisse de la matière manipulée par la sémiosis) est remis en question, d'un signe à l'autre. A travers la formulation d'Objets Immédiats et leur incessante redéfinition par interprétants successifs, on change constamment la forme qui est reconnue à l'Objet Dynamique.

14. Signe et sujet

Si le signe comme égalité et identité était cohérent avec une notion sclérosée (et idéologique) de sujet, le signe comme moment (toujours en crise) du processus de sémiosis est l'instrument par lequel le sujet lui-même se construit et se déconstruit perpétuellement. Le sujet connaît une crise bénéfique parce qu'elle participe de la crise historique (et constitutive) du signe. Le sujet est ce que les processus continuels de resegmentation du contenu le font être. En ce sens (même si le processus de resegmentation doit être forcément opéré par quelqu'un, même si l'on se doute bien que c'est toujours une collectivité de sujets) le sujet est parlé par les langages (verbaux ou non), pas par la chaîne signifiante, mais par la dynamique des fonctions sémiotiques. Nous sommes, en tant que sujets, ce que la forme du monde produite par les signes nous fait être.

Nous sommes peut-être, quelque part, la pulsion profonde qui produit la sémiosis. Mais nous nous reconnaissons uniquement comme sémiosis en acte, système de signification et processus de communication. Seule la carte de la sémiosis, telle qu'elle se définit à un stade donné de l'aventure historique (avec les scories et les déchets de la sémiosis précédente qu'elle traîne derrière elle), nous dit qui nous sommes et ce que (ou comment) nous pensons.

La science des signes est la science de la façon dont se constitue historiquement le sujet. C'est probablement à cela que Peirce pensait quand il écrivait : « Puisque l'homme ne peut penser qu'au moyen de mots ou d'autres symboles extérieurs, ces derniers pourraient nous dire : "Tu ne signifies rien que nous ne t'ayons enseigné, et donc tu signifies seulement en tant que tu adresses quelques mots comme l'interprétant de ta pensée." Ainsi, les hommes et les mots s'éduquent réciproquement : tout accroissement d'information chez un homme comporte — et est comporté par — un accroissement correspondant d'information d'un mot... Le mot ou signe que l'homme emploie est l'homme lui-même. Puisque, de même que le fait que toute pensée est un signe — considéré avec le fait que la vie est un flux de pensée — prouve que l'homme est un signe, de même, le fait que toute pensée est un signe *extérieur* prouve que l'homme est un signe extérieur. C'est-à-dire que l'homme et le signe extérieur sont identiques, dans le même sens où les mots *homo* et *homme* sont identiques. Ainsi, mon langage est la somme totale de moi-même, puisque l'homme est la pensée » [*CP*, 5.313-314].

CHAPITRE II

DICTIONNAIRE VERSUS ENCYCLOPÉDIE

1. Les signifiés du signifié

1.1. *Le Renvoi*

Sens, contenu, signifié, *significatio*, *significato*, *signified*, *meaning*, *Bedeutung*, dénotation, connotation, intension, référence, *sense*, *Sinn*, *denotatum*, *significatum* sont autant de termes qui, dans la tradition philosophique, linguistique, sémiotique, ont été considérés, d'une façon ou d'une autre, comme équivalents à |signifié|, selon le cadre théorique explicite ou implicite auquel le locuteur se référait.

En général, le terme |signifié| est employé dans des contextes sémiotiques (linguistique, philosophie du langage et autres) mais on le retrouve aussi dans des contextes gnoséologico-phénoménologiques (le signifié perceptif) ou plus amplement ontologico-métaphysiques (en italien, on parle du *significato dell'esistenza* et en anglais, face à quelque chose d'inexplicable, on demande *What does it mean?*).

Avant de décider que l'on est en présence d'un nœud de simples homonymies, il convient de clarifier le problème du signifié dans le cadre de référence plus strictement sémiotique.

Tout le monde s'accorde pour définir génériquement un signe comme l'*aliquid* qui *stat pro aliquo*. L'*aliquid* est une expression concrète (c'est-à-dire une entité physique produite par l'homme ou reconnue comme capable de faire fonction d'expression de quelque chose d'autre) ou bien une classe ou un type d'expressions concrètes possibles. Mais une zone d'ombre demeure : qu'est-ce que ce quelque chose d'autre auquel l'*aliquid* renvoie ou en-lieu-de-quoi il est ? Puisque Jakobson [1974] a défini tout signe comme une *relation de renvoi*, nous décidons d'employer provisoirement pour ce quelque chose d'autre le terme neutre de « Renvoi ».

Supposons qu'un émetteur produise pour un destinataire, en référence à une langue L commune (admettons que ce soit le français), l'expression |La reine est une femme|. Malgré la référence à une langue donnée, le destinataire doit encore décider si l'expression :

I. se réfère à un individu physique réel (par exemple Elizabeth d'Angleterre) ;
II. se réfère à un personnage imaginaire (par exemple la reine d'Alice) ;
III. renvoie aux attributs sexuels de quiconque remplit un certain rôle constitutionnel ;
IV. se réfère à une figure des cartes à jouer, ou à la classe de toutes les figures de ce type ;
V. reflète une opinion indirecte sur la loi salique ;
VI. vaut comme ordre chiffré pour une compagnie de *commandos*.

Dans chacun de ces cas, l'expression est mise pour six Renvois différents, et le Renvoi peut être un individu, un concept, un état de choses, une croyance. Ce qui constitue, dans tous les cas, le Renvoi comme Renvoi, c'est qu'il est le corrélat « absent » ou « invisible » d'une expression physiquement présente. Le Renvoi est toujours en quelque sorte *ailleurs* au moment où l'expression est produite. Le problème du signifié fait partie du problème de cette « absence », même si tous les Renvois ne sont pas des signifiés.

1.2. *Référence et signifié*

Dans les cas I et II on entend faire une assertion sur *un état de choses dans un monde donné*, à savoir que (1) Elizabeth d'Angleterre, posée comme existante dans l'univers de notre expérience, est de sexe féminin ou que (2) la reine d'Alice, posée comme existante dans le monde imaginé par Lewis Carroll, est de sexe féminin. C'est-à-dire que, dans les deux cas, on entend opérer une *référence* à un individu et aux propriétés de cet individu, à *ce qui est le cas*, dans un *monde possible* (le monde de notre expérience étant l'un des nombreux mondes possibles [cf. Eco, 1979]). La référence représente un type d'usage que l'on peut faire des expressions [cf. Strawson, 1950]. Pour employer une expression à partir de laquelle on se réfère à un état d'un monde possible, on doit assigner à certaines expressions des individus correspondants et actuels dans ce monde : en effet, si l'on dit

|Alice au Pays des Merveilles n'aimait pas Sitting Bull|, le destinataire peut demander à quel individu se réfère |Sitting Bull| puisque, sur la base de sa connaissance du monde possible de Lewis Carroll, il n'existe dans ce monde aucun individu de ce nom.

Si la fillette Alice, qui existe effectivement dans ce monde, est le *référent* de l'expression |Alice|, dans ce monde |Sitting Bull| est une expression sans référent. On ne va pas dire pour autant qu'il est sans Renvoi. Même si les règles du langage L employé ne spécifiaient pas que Sitting Bull est un chef indien, le destinataire comprendrait pour des raisons syntaxiques que ce doit être quelque chose qu'Alice n'aimait pas (peut-être un fruit ou un animal). Le destinataire « saisit » ou « comprend » quelque chose, mais on ne sait pas très bien ce que c'est; par contre, on sait parfaitement que *(a)* ce n'est pas l'expression en tant que présence physique produite et *(b)* ce n'est pas ce type de Renvoi qui serait un individu posé comme existant dans le monde possible de Lewis Carroll. C'est donc un type de Renvoi qui n'est pas un état de *ce* monde possible-là et qui pourtant joue un rôle dans le processus de communication. Rien n'exclut, par exemple, que |Sitting Bull| se réfère à un individu actuel dans un monde possible différent de celui d'Alice.

On décide de définir provisoirement comme signifié ce qui *pourrait* caractériser un Renvoi (un individu, une relation, un concept, une propriété, un état de choses) dans au moins un monde possible, indépendamment de toute attribution d'existence actuelle. Envisageons — en guise de confirmation — la chose suivante : si j'affirme — à juste titre — que dans aucun monde possible il ne peut exister un cercle carré, de façon complémentaire l'expression |cercle carré| apparaîtra comme dépourvue d'un signifié définissable ou interprétable. En d'autres termes, je peux vaguement croire avoir une idée du cercle carré parce que je sais ce que sont un cercle et un carré, mais il me serait impossible de traduire par une définition, un dessin ou un exemple ce que je crois imaginer. Le flou de signifié rend difficile l'individuation de quelque chose en tant que Renvoi dans un monde possible, et le fait de ne pas être reconnaissable comme Renvoi dans un monde possible rend difficile l'interprétation d'un signifié.

C'est pourquoi on peut aussi décider de définir provisoirement le signifié d'une expression comme tout ce qui est passible d'*interprétation*. Ainsi (et nous nous reportons à tout ce qui a été dit au premier chapitre de ce livre), la corrélation entre une expression et son possible Renvoi ne se profile plus sous forme de la simple équivalence mais bien de l'inférence. Si p — et l'on assume que l'expression doit être interprétée dans le contexte x, contextes et circonstances comprenant aussi un ensemble de mondes possibles de référence — alors q.

Quand un *aliquid* est passible d'interprétation mais que ces interprétations sont vagues, imprécises, non interprétables à leur tour et surtout quand elles sont en contradiction entre elles, on a un type particulier de signe, au signifié vague et ouvert, qui sera défini comme *symbole*. Face à ce que l'on appelle communément des symboles (images dites « archétypes », visions mystiques, etc.), dans l'incertitude du monde possible auquel assigner le Renvoi de cette entité, on a coutume de parler de quelque chose qui vaut pour « d'autres » mondes, ou de quelque chose qui est au-delà du monde. Mais nous ne traiterons pas ici ce type de Renvoi.

1.3. *Intension et extension*

Avec Platon, Aristote et les stoïciens s'était déjà profilé le modèle de ce que l'on pourrait appeler le triangle sémiotique :

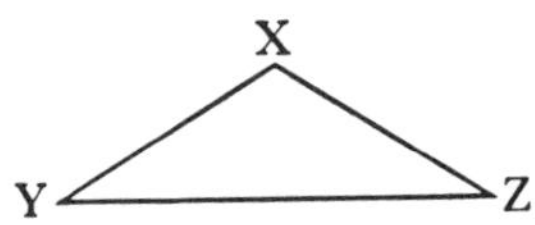

où *y* est une expression, *z* est une chose ou un état de choses, et *x* est ce que l'on est en train d'appeler |signifié|. Naturellement, la définition de ces entités changeait selon le contexte philosophique : pour Platon, le *z* était une expérience du monde, mais éphémère et trompeuse, dotée de « réalité » seulement en tant qu'elle était imitation d'une réalité située au-delà des cieux; pour Aristote, c'était une substance première, dans tout son caractère concret; pour les stoïciens, c'était un corps. Pour Platon, le *x* était un concept, pour Aristote c'était une affection de l'esprit, pour les stoïciens un incorporel (cf. le premier chapitre de ce livre). Mais la différence entre signifié et référence avait de toute façon été posée. Plus encore : avec Platon et Aristote, on savait déjà que les expressions simples ne pouvaient pas être utilisées pour faire des références : le mot |chat| ou le nom |Dion| ne peuvent être employés pour faire des assertions sur un état du monde. Les références ne peuvent être réalisées que par des expressions composées qui prennent la forme de jugements (|Dion marche|, |Il y a un chat sur le toit|, |Les chats sont mortels|).

Bien sûr, dans le langage enfantin dit holophrastique, l'expression |chat| peut être employée sur un ton exclamatif pour dire qu'il y a un chat sur le toit. Le mot isolé est mis pour un énoncé et donc pour un jugement vrai ou faux. En fait, nous sommes ici en présence d'un énoncé qui combine des expressions de divers systèmes sémiotiques : le mot est accompagné de tonèmes (système paralinguistique) et de gestes (système kinésique). Le fait que le chat est sur le toit est « dit » par un index pointé et *il y a* un chat est exprimé par le tonème exclamatif.

La sémiotique grecque (voir la distinction stoïcienne entre λεκτά complets et incomplets) savait qu'une référence peut être réalisée par des expressions complexes *(énoncés)* mais seulement en employant des expressions simples *(termes)* dont le signifié serait déjà stipulé.

En d'autres mots, étant donné un langage L (verbal ou non verbal), celui-ci, sur la base de *postulats de signifié*, associe à une classe d'expressions *y* certaines propriétés (*a*, *b*, *c*) qui délimitent le signifié *x* de *y*. Quand, dans un processus de communication, un émetteur transmet à un destinataire l'expression |Il y a un *y* sur le toit|, le destinataire doit comprendre que l'on affirme que dans le monde de référence, sur le toit, il y a un *z* qui possède ces propriétés *a*, *b*, *c* que le L a postulées comme caractérisant cet *x* associé à toutes les occurrences de *y*.

Le problème du signifié concerne alors les conventions de signification essentielles à la réalisation des processus de référence. Si l'on décide d'appeler *intension* de *y* les propriétés qui circonscrivent *x*, et *extension* la classe de tous les *z* à laquelle le couple *y*/*z* peut être référé, on dira que les déterminations des intensions précèdent et fondent les possibilités d'usage extensionnel même si, d'un point de vue empirique, un linguiste ne connaissant pas les sens des mots d'une certaine langue procède d'une façon opposée et essaie de voir à quels objets les mots sont référés [cf. Carnap, 1955].

Le fait que l'extension soit fonction de l'intension pourrait être réfuté par l'efficacité empirique de comportements tels que des expressions comme |Donne-moi ce truc qu'il y a sur le truc| ou par des procédés tels que l'*appellatio* que théorise Anselme d'Aoste dans le *De grammatico*. Malgré la *significatio* d'un terme, on peut décider de l'employer de façon appellative pour indiquer des objets différents de ceux qui sont décrits par son signifié. Mais même dans ce cas, il y a toujours une stipulation tacite de postulats de signifié.

La distinction entre signifié et référence est très clairement définie par Wittgenstein [1941-1949, trad. franç., § 40, p. 135] : « Il importe d'établir que le terme "signification" s'emploie d'une manière incongrue, dès qu'on prétend désigner ainsi l'objet "correspondant" au mot. Ce qui revient à confondre la signification d'un nom avec celui qui le porte. Si M. X... meurt, on dira que c'est celui qui porte le nom qui meurt, non pas la signification du nom. Et ce serait pur non-sens que de parler de la sorte, car si le nom cessait d'avoir une signification, il n'y aurait aucun sens à dire : M. X... est mort. »

1.4. *L'équivoque de la* Bedeutung

La distinction entre signifié et référence a été rendue possible par le fait que, dans un essai qui allait avoir une grande influence sur la pensée logique et sémantique, Frege [1892 *a*] avait déterminé une sorte de triangle sémiotique semblable, en apparence seulement, à celui de la figure du paragraphe 1.3 :

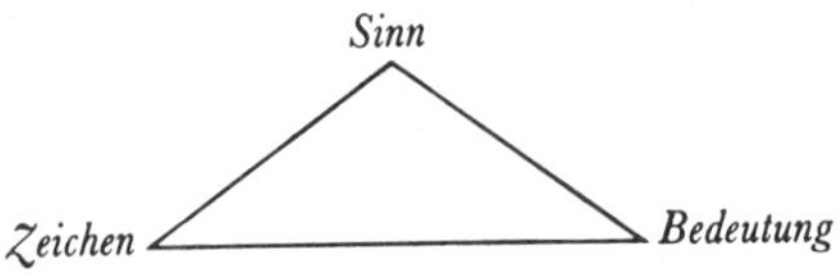

La langue allemande autorise une traduction de |*Bedeutung*| par |signifié| ou par le terme anglais ambigu |*reference*|, et il semble que Frege lui-même ait autorisé Peano à employer en italien le terme |*significazione*|. Mais, outre le fait que rien ne garantit qu'un auteur soit le meilleur juge de ses traductions, l'emploi de |*Bedeutung*| a été, à raison, taxé « d'extravagance » [Cohen, 1962, éd. 1966, p. 174; cf. aussi Husserl, 1900-1901].

Frege dit que la *Bedeutung* est l'Objet *(Gegenstand)* auquel le signe se réfère. Mais surtout, il distingue l'objet d'un signe simple de l'objet d'une proposition. La *Bedeutung* d'une proposition est une valeur de vérité. Aujourd'hui, on dirait qu'elle est son extension. En fait, pour Frege, une proposition ne peut avoir que deux objets, le Vrai ou le Faux, et paradoxalement « toutes les propositions vraies ont (la) même *Bedeutung* » (mais dans la traduction italienne [1892 *b*, p. 386] l'affirmation résonne d'une manière encore plus paradoxale, parce qu'il est dit que toutes les propositions vraies auront *lo stesso significato* [le même signifié]). En conséquence, ce n'est pas à partir de la *Bedeutung* que l'on pourra distinguer le signifié différent de deux propositions.

Le problème des noms propres d'objets individuels est autre. Le fait que Frege emploie le terme |objet| induit à penser que la *Bedeutung* est l'objet concret auquel le nom se réfère. Le *Sinn* serait en revanche le sens, ou « le mode de donation de l'objet » [*ibid.*, trad. franç., p. 103]. A un objet physique concret *x* correspondraient les deux sens « étoile du matin » et « étoile du soir », et l'on pourrait dire que les deux sens sont deux *descriptions définies* référables au même objet.

Mais la notion d'objet chez Frege est beaucoup plus vaste que celle d'objet concret ou de classe d'objets concrets. Frege [1892 *a*] avait établi que est objet au sens logique tout ce qui, par relation non réversible, tombe sous un concept. Mais même un concept peut devenir un objet si on le rend sujet de prédication, comme dans le cas de |*Le concept* « *homme* » n'est pas vide| où « il faut comprendre les trois premiers mots comme un nom propre » [trad. franç., p. 132]. L'objet de Frege est donc n'importe quel *sujet* de jugement. La distinction objet/concept n'a pas l'importance ontologique que pourrait avoir la distinction individu concret / propriété : c'est une distinction logico-grammaticale.

On se demande, étant donné cette notion très vaste d'objet, ce qu'est alors la *Bedeutung* d'un nom propre. Pour Frege, le point d'intersection des trois médianes d'un triangle est un objet : il peut être donné sous forme de deux sens différents, à savoir comme le point d'intersection entre la première et la seconde médiane, ou entre la seconde et la troisième. Mais qu'est-ce qui distingue cet objet (qui serait la *Bedeutung* du nom correspondant) des deux sens sous lesquels il est donné ? Ce mystérieux point d'intersection n'existe pas dans la nature mais il apparaît constructible et compréhensible uniquement sous les deux descriptions que Frege appelle sens (et vraisemblablement sous d'autres descriptions complémentaires).

Bien sûr, un problème se pose quand on se demande à quel objet correspond le nom |corps céleste plus loin de la Terre| [ou : le plus éloigné de la Terre !] : Frege pense qu'il a un sens mais il doute qu'il ait une *Bedeutung*. Il veut probablement dire que cette expression renvoie à un sens compréhensible en vertu des signifiés lexicaux avec lesquels on l'exprime à son tour, mais que ce sens-description ne circonscrit pas assez les propriétés d'un individu correspondant dans quelque monde possible (comme cela se passait pour le cercle carré). C'est pourquoi la *Bedeutung* de l'expression reste indéterminée. Frege conçoit la *Bedeutung* comme un objet susceptible d'individuation dans un monde possible : cela apparaît clairement à la façon dont il traite l'expression |Ulysse fut déposé sur le sol d'Ithaque dans un profond sommeil| : il avance l'hypothèse que l'expression n'a pas de *Bedeutung* (et donc qu'elle n'est ni vraie ni fausse) parce qu'il n'y a pas une *Bedeutung* du nom propre |Ulysse|; mais il admet que « si l'on prend sérieusement cette proposition pour une proposition vraie ou fausse, on attribue, ce faisant, une dénotation *(Bedeutung)* au nom d'Ulysse, en plus du sens » [1892 *b*, trad. franç., p. 108-109]. Ainsi, il suffit que pour quelqu'un (on pourrait dire : dans quelque monde doxastique) Ulysse soit posé comme un objet, donné par quelque sens, pour que l'on puisse lui assigner une *Bedeutung*. Pour parler de *Bedeutung*, il suffit alors d'être en mesure de décrire un quelconque objet (individu réel, entité fictive, concept mathématique) au moyen d'une série concomitante de sens. De sorte que la *Bedeutung* de Frege serait alors curieusement plus proche de ce que, jusqu'à présent, on a appelé |signifié| que de ce que l'on a appelé |référence|. La *Bedeutung* est l'objet constructible d'une référence possible.

Nous ferons une ultime précision sur l'emploi équivoque du terme |dénotation|. La tradition anglo-saxonne s'en sert souvent pour traduire soit |*Bedeutung*| soit, en général, la relation de référence, tandis que dans la tradition linguistico-structurale il nomme souvent la relation entre un terme et son signifié. Lyons propose d'employer |*denotation*| au sens neutre quant à l'intension et l'extension : « Nous dirons, par exemple, que "chien" dénote la classe des chiens (ou peut-être un membre typique, un échantillon de cette classe), mais que "canin" dénote la propriété, si elle existe, qu'il faut connaître pour appliquer correctement cette expression » [1977, trad. franç., p. 169].

Il convient de manier ce terme avec beaucoup de prudence étant donné que son sens extensionnel est exprimé aussi bien par |désignation| que par |référence| ou par |extension|. Mais dans ce cas, l'usage courant allemand impose désormais le terme |*Bezeichnung*|, réservant |*Bedeutung*| pour parler du signifié comme contenu. Dans des contextes intensionnels, il faut l'employer uniquement quand on veut distinguer la relation entre une expression et la propriété qu'elle signifie immédiatement, et la relation entre cette relation et une nouvelle propriété dont la signification dépend du rapport de signification précédent. |Cochon| *dénote* « porcin mâle » mais pour cette raison précise il peut *connoter* « individu qui a des habitudes de porc ». Disons pour finir que le conflit entre emploi extensionnel et emploi intensionnel de |dénotation| se réduit si l'on considère l'intension comme condition de dénotation dans au moins un monde possible.

1.5. *Signification et communication*

Dire que l'intension détermine la possibilité de l'extension équivaut à dire que l'on ne peut mettre en œuvre des *processus de communication* qu'à partir de *systèmes de signification* [cf. Hjelmslev, 1943].

Une référence — c'est évident — ne peut être opérée que dans un processus de communication où un émetteur produit une expression pour un destinataire dans une situation spécifique. Toutefois, il ne faut pas identifier communication à référence parce que — et ceci même les sophistes le savaient — on ne communique pas uniquement pour faire des assertions (ou des déclarations à propos d'un monde de référence) mais aussi pour réaliser d'autres actes communicatifs tels que les prières, les ordres ou les questions. En somme, on communique pour manifester une grande variété d'*attitudes propositionnelles* dont les assertions ou références ne sont qu'une espèce. On peut entendre l'expression de n'importe quelle attitude propositionnelle comme une référence, mais seulement dans la mesure où l'expression d'une croyance ou d'un ordre fait référence à des mondes possibles. « La théorie de la référence est... la théorie du signifié pour certains types simples de langue » [Hintikka, 1969 *b*]. Aujourd'hui les logiques modales emploient le concept de monde possible pour traiter extensionnellement les phénomènes intensionnels. Mais il devrait aller de soi que, de cette façon, on peut traiter intensionnellement les phénomènes extensionnels (cf. § 1.2).

1.6. *Signifié lexical et signifié textuel*

On communique par *énoncés* et, en général, par *textes*. Nous entendons par « texte » soit une chaîne d'énoncés unis par des liens de cohérence, soit des groupes d'énoncés émis simultanément sur la base de plusieurs systèmes sémiotiques. En ce sens, l'expression holophrastique de l'enfant (cf. § 1.3) est déjà un texte. La caractéristique des textes, c'est qu'ils expriment des signifiés *directs* (fonction du signifié des expressions simples) mais aussi des signifiés *indirects*. L'enfant dit |Chat!| pour exprimer aussi, indirectement, qu'il est heureux d'assister à cet événement merveilleux.

Il est donc nécessaire d'établir la différence entre le signifié des expressions simples *(signifié lexical)* et le *signifié textuel*; ainsi que la différence entre signifié direct et indirect. Peut-on parler de signifié dans tous ces cas ?

Il a été suggéré que pour « comprendre » le sens d'un texte, surtout s'il est indirect, le destinataire doit mettre en œuvre des processus de *coopération interprétative*, tandis qu'il comprend automatiquement le signifié lexical à partir de sa connaissance d'une langue L.

Cependant, le problème n'est pas si simple que cela. Le signifié de l'expression |La reine est une femme| n'est fonction des signifiés lexicaux de |reine| ou de |femme| qu'en théorie. En fait, l'interprète doit coopérer pour sélectionner la langue L de référence, et en plus il doit se prononcer sur les alternatives que la langue L lui offre, puisque |Reine| peut signifier soit un individu donné, soit une figure de cartes à jouer. Au cours de ces opérations, le destinataire confronte en général l'expression en question avec un co-texte déterminé — car on communique rarement par énoncés isolés — ou avec les circonstances extraverbales qui accompagnent l'énonciation.

Peut-on parler de signifié lexical comme d'une série de règles conventionnées indépendamment des contextes ? Accepter cela, n'est-ce pas impliquer que le signifié textuel n'est pas fonction des signifiés lexicaux ? En ce cas, quel sens cela aurait-il de parler encore de signifiés lexicaux ?

1.7. *Signifié conventionnel et signifié situationnel*

En réélaborant librement certaines suggestions de Grice [1957; 1968], nous distinguerons entre *ce qu'une expression « dit » conventionnellement et ce que quelqu'un « veut dire » (ou entendre) en employant cette expression*. Nous définirons ces deux types de signifié comme *conventionnel* et *situationnel*.

Considérons :

I. un émetteur E qui produit un énoncé *y* pour un destinataire D;
II. une classe Y d'énoncés types dont *y* est l'occurrence concrète;

III. une langue L sur laquelle E et D concordent;
IV. une situation S_1 où E produit *y* pour D;
V. un acte d'énonciation *e* qui n'est pas l'énoncé *y* mais l'activité par laquelle E produit *y* pour D dans la situation S_1;
VI. un signifié *x* que L associe conventionnellement à *y*;
VII. une série de signifiés situationnels que D attribue à *y* selon les intentions présumées de E (qu'ils soient *a*, *b*, *c*, ..., *z*).

Supposons maintenant que E produise en S_1 un *y* (qui est une phonation) pouvant être transcrit alphabétiquement ainsi : |L'avant-centre du PSG a donné une belle leçon à l'arrière de l'OM|.

Assumons que, sur la base de L, on puisse assigner conventionnellement à la classe Y un signifié *x* que l'on pourrait traduire comme suit (où la « traduction » est indubitablement un artifice qui conserve, pour l'instant, une fonction intuitive) : « L'avant-centre du PSG a mis le ballon au but d'une façon si magistrale qu'il a humilié l'arrière adverse. »

Mais aussitôt, on se trouve plongé dans l'incertitude : que veut-on dire quand on assume que L assigne à |donner une belle leçon| (conçu comme expression simple ou syntagme préformé) le signifié « gagner magistralement en humiliant l'adversaire » ? Si E avait parlé d'un père et de son fils qui a commis une bêtise, l'expression aurait dû être interprétée comme « administrer une sévère punition corporelle ». Il faut alors supposer que L prévoit pour |donner une belle leçon| une série de *contextes*. Le contexte est une classe d'occurrences de chaînes ou groupes d'expressions (appartenant dans le même temps à un ou plusieurs systèmes sémiotiques) ; en revanche, le *co-texte* est l'occurrence actuelle et spécifique d'un membre de cette classe. L prévoit des contextes, mais dans l'acte de communication, les expressions sont produites et interprétées dans un co-texte. L prévoira donc que, dans des contextes concernant une compétition quelconque, l'expression |donner une belle leçon| signifie « gagner magistralement en humiliant l'adversaire ». Le destinataire D, en identifiant dans le co-texte de *y* des termes comme |avant-centre| et |arrière|, décidera, en se fondant sur les règles de L pour ces termes, qu'il a affaire à l'un des contextes compétitifs, et interprétera en conséquence.

Donc, le signifié lexical doit être plus complexe que l'association d'une expression à quelques propriétés atomiques, il doit être entendu comme l'association d'une expression à une série d'instructions pour l'emploi dans des contextes différents. Comme nous le verrons (§ 1.9), cette notion de L implique une sémantique en forme d'encyclopédie.

Si l'on admet provisoirement que L est constituée en forme d'encyclopédie, cependant on peut continuer à dire qu'elle associe *conventionnellement* des signifiés à des expressions.

Toutefois, il se peut que ce que E dit conventionnellement ne soit pas ce qu'il *entendait dire*. On exclut l'éventualité d'un mensonge de E. Dans ce cas, E se réfère faussement à un état de choses, et il appartiendra à D, quand il aura compris le signifié conventionnel de *y*, de décider que la proposition exprimée par *y* ne correspond pas à ce qui est le cas. Considérons par contre que E énonce *y* et *veut* que D se rende compte qu'il n'entendait pas (seulement) dire *x* mais aussi, au choix, que :

(a) l'avant-centre *n'a pas* donné une belle leçon (E est enclin à l'ironie) ;
(b) E croit que l'avant-centre a donné une belle leçon (E veut que D le juge incompétent en football ; en réalité, l'avant-centre a très mal joué) ;
(c) on ne doit pas poser certaines questions (D avait demandé à E s'il a eu une relation sentimentale avec Mme Untel, et E, ostensiblement, *change de conversation*) ;
(d) E a eu une relation sentimentale avec Mme Untel (D lui a posé la question citée ci-dessus, et E sait qu'en changeant de conversation, il fera croire à D qu'il est embarrassé pour répondre par l'affirmative) ;
(e) E est un supporter du PSG (et il chante les louanges de l'avant-centre et de sa magnifique action) ;
(f) D ne devrait pas trop faire le mariolle (D a défié E au football et E lui rappelle que d'autres avant lui ont subi de sévères leçons) ;
(g) un approvisionnement de cocaïne doit arriver demain (E est en train de parler en message chiffré) ;
(h) E est au courant des trafics de D (E *cite y* à D, parce qu'il sait que *y* en chiffre signifie *g*, que D a reçu hier un message de cette teneur, et il veut que D sache qu'il sait tout).

Dans toutes ces éventualités, E essaie de faire comprendre à D quelque chose qui va au-delà du signifié conventionnel de *y*. Il peut le faire (suggère Grice) soit pour faire croire à D que lui, E, nourrit une certaine attitude propositionnelle, soit pour provoquer une attitude propositionnelle correspondante chez D. Mais cette distinction introduit des complications excessives dans notre discours. Tenons-nous-en au fait que si D « comprend » ce que E voulait lui faire entendre, il saisit quelque chose qui va au-delà des références auxquelles *y* pouvait être orienté au cas où il ne signifierait *conventionnellement* que *x*. Je m'explique : D ne se demande plus si E dit ou non la vérité, il « comprend » l'attitude propositionnelle de E et le type d'attitude propositionnelle que E veut susciter en lui. Naturellement, si D traduisait le résultat de ses déductions dans le nouvel énoncé y_1 |Tu voulais me faire croire que *p*|, E aurait le droit de répondre à D qu'il dit une chose fausse. Mais alors, le problème de la référence concernerait le nouvel énoncé de D, et non pas l'énoncé de E (D se serait référé, faussement semble-t-il, à un état du monde, c'est-à-dire au fait qu'une attitude propositionnelle donnée de E était le cas).

1.8. *Sémantique et pragmatique*

Si l'on considère maintenant tous les cas de signifié entendu *a*, ..., *h*, on comprend pourquoi ce type de signifié a été défini comme *situationnel*. Pour pouvoir l'assigner à *y*, D doit comparer le signifié conventionnel *x* à une série de données qui constituent la situation d'énonciation S_1 : ce peut être la façon dont E prononce *y*, ce que D connaît de la personnalité de E (E manie habilement le sarcasme, ou bien E est un faux jeton qui dit toujours une chose pour en faire accroire une autre, ou encore E est tellement fourbe que lorsqu'il feint de faire accroire une chose c'est qu'en réalité lui en croit une autre), ou ce que D sait sur d'autres circonstances qui accompagnent S_1 (par exemple : *y* est énoncé en réponse à une question indiscrète ou à un défi lancé en matière de football). Cette nécessité de prendre en compte la situation S_1 peut amener à penser que, dans de tels cas, la compréhension du signifié *situationnel* n'a rien à voir avec le problème du signifié — qui relève de la sémantique — mais avec le problème de la pragmatique.

Toutefois, si l'on assume, avec Bar-Hillel [1968], que la pragmatique est l'étude de la dépendance essentielle de la communication — dans le langage naturel — du locuteur et de l'auditeur, du *contexte linguistique* et du *contexte extralinguistique*, de la disponibilité des connaissances de fond, de la promptitude à obtenir ces connaissances de fond, et de la bonne volonté des participants dans l'acte communicatif, alors, il est indubitable que toutes les façons dont D comprend que E entendait *a*, *b*, ..., *h*, dépendent des facteurs énumérés.

Au stade où nous arrivons, deux options s'offrent à nous :

(a) Une sémantique, comme représentation systématique de L, concerne les seuls signifiés conventionnels, qui sont fonction du signifié lexical de l'énoncé mais pas de tous les signifiés situationnels ou indirects que l'on peut en inférer; ainsi, la sémantique de L sera construite *sous forme de dictionnaire* et ne rendra compte que d'un « signifié littéral », les autres signifiés dépendant, eux, d'un ensemble de connaissances du monde qu'aucune théorie ne peut représenter et prévoir.

(b) Il n'existe pas un signifié littéral des termes, dont seraient fonction les signifiés complexes des expressions, et le signifié littéral présumé d'un énoncé dépend *toujours* des contextes et des assomptions de fond qui ne sont ni codifiables ni sémantiquement représentables [cf. Searle, 1978]. Dans un exemple amusant, Searle se demande pourquoi, en vertu de quelles garanties « littérales », quand je commande au garçon un hamburger-moutarde, je *n*'entends *pas* (et personne ne devrait entendre, et on s'étonnerait si quelqu'un entendait) qu'on m'apporte un hamburger long d'un kilomètre ou enveloppé dans un cube de plastique à casser à l'aide

d'un marteau. La réponse est évidente : des assomptions de fond — que Searle, le garçon et moi partageons — entrent en jeu pour rendre compréhensible mon discours. Mais Searle ne pense pas qu'elles puissent être représentées sémantiquement.

Nous pensons au contraire — et c'est l'hypothèse qui guide ces pages — que l'on doit postuler une langue L qui contienne, parmi ses règles de signification, des instructions pragmatiquement orientées.

Mais comment concevoir un L capable de prévoir des contextes, des circonstances et des situations infinis ? Si cela était impossible, on aurait tout au plus un dictionnaire de L, très rigoureux, mais insuffisant pour rendre compte des signifiés situationnels; et l'on aurait d'autre part la richesse insaisissable des conditions d'emploi communicationnel des termes, que Wittgenstein évoque de manière provocatrice quand il dit que la signification d'un mot est son usage dans le langage, que comprendre un mot veut dire savoir comment il est employé et être capable de l'appliquer. « Si "comprendre la signification d'un mot" veut dire "connaître les possibilités grammaticales de son utilisation", je peux demander : "comment puis-je savoir immédiatement ce que j'entends par le mot que je prononce, je ne peux quand même pas avoir en tête d'un seul coup l'ensemble de ses utilisations" » [1932, trad. franç., p. 57]. Mais plus loin, le même Wittgenstein se contredit en admettant que « l'explication de la signification explique l'usage d'un mot » [*ibid.*, trad. franç., p. 59].

Une théorie du signifié dépasse cette contradiction si elle réussit à formuler un modèle capable d'intégrer, tout ou partie, sémantique et pragmatique. Mais cela présuppose que l'on entende L non comme un *dictionnaire* succinct mais comme un système complexe de compétences encyclopédiques.

1.9. *Coopération textuelle et encyclopédie*

Quels mouvements coopératifs accomplit l'interprète d'un texte ? Il est avant tout confronté au texte en tant que *manifestation linéaire*, chaîne d'énoncés. Il lui faut, en première instance, déterminer une langue L, si pauvre soit-elle (nous l'appellerons « dictionnaire de base »), commune à l'émetteur et au destinataire. Au départ, il peut suffire à D de décider que l'émetteur parle français, italien ou turc. Par ailleurs, D effectue immédiatement un examen préliminaire de la situation d'énonciation S_1. Il doit savoir qui énonce, quel acte linguistique est accompli, en relation à quelles circonstances, etc. Il est évident que les inférences infinies sur la situation d'énonciation ne peuvent pas être prévues par L, si complexe soit-il. Mais si L a le format de l'encyclopédie, D est en mesure d'établir, d'après le ton employé par E, qu'il reçoit une prière ou un ordre, parce que L (en tant que compétence encyclopédique) doit comporter un dictionnaire paralinguistique.

D peut reconnaître que E a donné un ordre parce qu'il sait que E est son supérieur hiérarchique. Cette notion — en général, ce sont les supérieurs qui donnent des ordres aux inférieurs et pas *vice versa* — fait partie d'une compétence encyclopédique. Pour cette seule raison, si E avait employé un ton impératif alors qu'il est l'inférieur hiérarchique de D, D pourrait envisager que E s'est trompé de ton, car il est conventionnellement impossible qu'un inférieur donne un ordre à son supérieur.

Reste à savoir comment l'encyclopédie peut enregistrer les habitudes et les règles hiérarchiques. On propose aujourd'hui [cf. la bibliographie *in* Eco, 1979] que l'encyclopédie enregistre ces emplois sous forme de *scénarios* (ou *frames* ou *scripts*). Les scénarios seraient des schémas d'action et de comportement préétablis (comme la participation à une fête, le fait d'aller à la gare pour partir, servir et consommer un hamburger). On peut concevoir, outre ces scénarios communs, des scénarios intertextuels, ou règles de genre (par exemple l'issue vraisemblable d'un duel entre shérif et bandit dans un western traditionnel).

Revenons-en à la situation décrite au § 1.7 : si E parle et si D en conclut que E ment, parce qu'il connaît le score final de la rencontre PSG-OM, ou parce qu'il sait par expérience personnelle que E est un fieffé menteur, nous dirons qu'il s'agit ici d'inférences idiosyncrasiques que l'encyclopédie ne prévoit pas. Par contre, si D est un journaliste qui interviewe un magistrat E, et si E répond à une question précise en changeant de conversation, D sait conventionnellement (il a des raisons conventionnelles pour supposer) que E ne veut pas répondre à une question trop délicate, car l'encyclopédie devrait enregistrer la règle suivante : les magistrats répondent évasivement aux questions des journalistes quand les problèmes qu'elles soulèvent sont couverts par le secret de l'instruction.

De la même façon, D pourrait décider que E parle de manière ironique car il connaît par convention quelques règles rhétoriques (par exemple : dans un texte, l'ironie est toujours signalée par des artifices de *pronuntiatio*).

Il est plus difficile d'expliquer en termes d'encyclopédie comment D reconnaît qu'un terme est employé au sens figuré (métaphore, synecdoque, métonymie) : D peut y parvenir uniquement s'il entend le texte comme un acte de référence et le compare à des états de fait. Mais les règles linguistiques permettent à D de déceler l'emploi d'une expression au sens figuré. Pour |L'auto dévorait la route|, il n'est pas nécessaire de vérifier si une voiture « mange » réellement l'asphalte. Il suffit d'avoir une règle en L qui établit que |dévorer| est une action accomplie par un sujet organique sur un sujet organique, pour savoir qu'il ne peut être vrai (si L a raison) qu'une auto dévore la route. Donc, *si l'on exclut un mensonge de l'émetteur*, on doit se douter qu'il s'agit d'un emploi figuré : et ici, l'encyclopédie offre des instructions pour la détermination des mécanismes métaphoriques, mais, en plus, elle pourrait offrir aussi des schémas intertextuels d'emplois métaphoriques analogues, véritables scénarios rhétorico-stylistiques.

Enfin, quand je commande un hamburger, je présume que le garçon possède des scénarios appropriés prévoyant la dimension moyenne d'un hamburger et les modalités d'un service « normal ». Ces scénarios sont socialement codés, et ils sont enseignés dans les écoles hôtelières. On ne voit pas pourquoi ces écoles seraient théoriquement plus efficaces que les écoles de philosophie du langage. Le problème n'est donc pas de savoir si ces règles peuvent être représentées, mais *combien* de ces règles peuvent être représentées; nous y reviendrons plus tard (cf. § 4.2). Le signifié contextuel va bien au-delà des signifiés lexicaux, mais cela n'est possible que si l'encyclopédie fournit *(a)* des signifiés lexicaux sous forme d'instruction pour l'insertion contextuelle et *(b)* des scénarios.

Le destinataire pourra élaborer sur cette base des chaînes d'inférences capables de faire « croître » le signifié contextuel au-delà de toute prévision encyclopédique. Mais pour que ces investissements de signifié soient possibles, il faut l'existence d'une structure de L telle que ces signifiés contextuels soient actualisables.

Dans le roman de science-fiction *The Space Merchants* (1953) de Pohl et Kornbluth, le protagoniste, au réveil, ouvre le robinet d'eau douce, d'où coulent quelques gouttes, parce que — affirme-t-il — il n'arrive pas à se raser avec de l'eau salée. L'encyclopédie dit seulement au lecteur que d'*habitude* dans une maison, il n'y a que des robinets d'eau douce. L'opposition avec |salée| suggère que |*fresh water*| n'a pas de valeur rhétorico-ornementale. Dans le cadre de ce texte, le lecteur doit décider qu'il se trouve dans un monde du futur où l'eau douce se raréfie et où les appartements sont aussi alimentés en eau de mer. Le co-texte a fondé une encyclopédie idiolectale.

On devrait dire qu'une théorie du signifié ne comprend que les données fournies par l'encyclopédie commune, et ne peut s'occuper de ces actualisations idiosyncrasico-contextuelles. Pourtant, le nouveau signifié est effectivement rendu possible par le contraste avec celui qui est conventionnellement enregistré; et ce n'est pas tout : on devrait dire aussi que, en enregistrant ce roman au nombre des scénarios intertextuels possibles, l'encyclopédie s'est désormais enrichie de nouvelles potentialités. C'est pourquoi une sémiotique du signifié doit *(a)* théoriser les possibilités de ces phénomènes non prévisibles, et *(b)* constituer les possibilités d'une *représentation* encyclopédique conventionnelle qui en rende compte.

2. Le contenu

2.1. *Signifié et synonymie*

Les artifices les plus communs pour enregistrer le signifié d'un terme sont : *(a)* le terme équivalent dans une autre langue (chat = *gatto*) ; *(b)* le synonyme supposé (chat = minou) ; *(c)* la définition (chat = félin domestique) ; *(d)* la convention barres-guillemets de type « » (|chat| = « chat ») où les barres indiquent que le mot vaut comme expression et les guillemets que le même mot vaut (comme terme du métalangage théorique, et faute de mieux) comme signifié de cette expression.

L'hypothèse qui régit l'emploi de ces artifices est que le signe d'égalité ou d'équivalence placé entre expression et signifié a une valeur *biconditionnelle* : si chat, alors félin domestique et si félin domestique, alors chat. Naturellement, il faut assumer que le signifié puisse s'exprimer uniquement par synonymie, c'est-à-dire au moyen d'autres expressions qui aient le même signifié. On le voit, les définitions de |signifié| et de |synonymie| s'impliquent réciproquement, et la définition du signifié comme synonymie est *circulaire*.

Cette circularité peut être tout au plus confortée par des relevés empiriques : les usagers d'une langue L emploient deux expressions dites synonymes pour se référer aux mêmes objets. Mais dans une gnoséologie qui ne considère pas nécessairement la connaissance comme une reproduction spéculaire et intuitive de la réalité, même cette preuve a un caractère circulaire. Elle présume que l'on peut reconnaître plusieurs ensembles de données de la sensation comme « le même objet », et donc comme deux occurrences physiques du même type abstrait, ou classe ou catégorie. On doit donc présumer que les processus de catégorisation ne dépendent pas des processus sémiotiques.

Il est en revanche légitime de supposer que processus sémiotiques et processus de catégorisation (et donc, à la limite, les processus perceptifs) sont très solidaires. C'est à cela que conduirait en tout cas une théorie qui définirait le signifié non pas en termes synonymiques ou en termes de référence, mais de façon plus formelle : une théorie qui décrirait le signifié comme le résultat d'une organisation catégorielle du monde. La tentative la plus intéressante de parvenir à une définition formelle du signifié est celle de Hjelmslev.

2.2. *Signifié comme contenu*

Le principe dont part Hjelmslev pour analyser la structure d'une « sémiotique » (systèmes de signes) c'est que « une totalité ne se compose pas d'objets mais de dépendances » [1943, trad. franç., p. 37]. « Postuler des objcts comme quelque chose de différent que des termes de rapports, c'est introduire un axiome superflu » [*ibid.*, p. 37]. On le sait, Hjelmslev propose de considérer une sémiotique (un système de signes) comme une fonction contractée par deux fonctifs, le plan de l'expression et le plan du contenu. Il distingue les deux plans comme des systèmes analysables en entités formelles, des types dont l'occurrence concrète génère des substances. La forme d'un quelconque des deux plans résolue par l'organisation en unités pertinentes d'un continuum indifférencié (que l'on pourrait définir autrement comme l'ensemble amorphe de la matière, ou de l'univers non encore sémiotisé) donne lieu au diagramme suivant (qui représente une interprétation et une reformulation des idées de Hjelmslev) :

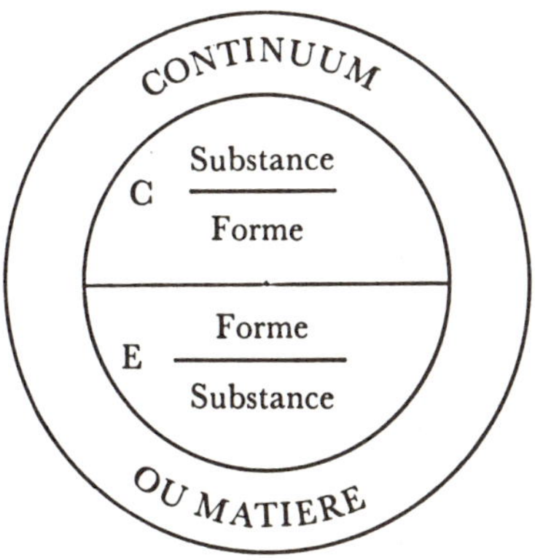

La forme de l'expression rend pertinente une portion déterminée de continuum (sons, couleurs, relations spatiales...) en construisant un système de types structuré par oppositions, et dont les occurrences singulières produites sont des substances. De la même façon, la forme du contenu structure des portions déterminées (idéalement, la totalité) du continuum de l'exprimable (en d'autres mots : le monde comme expérience possible), en construisant un système de types structuré par oppositions mutuelles. Alors qu'à la lumière des acquisitions modernes de la linguistique, il est facile d'imaginer un système de l'expression — le système phonologique par exemple — Hjelmslev éprouve quelques difficultés à faire concevoir un système du contenu, et toutes les tentatives d'en exemplifier l'organisation se limitent à en reconstruire des portions particulières, comme des systèmes de couleurs ou d'entités végétales. Dans la figure ci-dessus, on a décidé de représenter le continuum de l'expression et le continuum du contenu comme une même entité, en interprétant Hjelmslev selon des critères de cohérence théorique. Le continuum que l'on forme pour s'exprimer est le même que celui que l'on exprime. Parfois, la langue rend pertinents des aspects sonores du continuum pour en exprimer des aspects spatiaux (énonciation verbale de théorèmes géométriques) ; parfois, on forme du son pour exprimer les lois des sons (discours sur les lois phonétiques) ; parfois un diagramme qui exprime des relations spatiales rend expressivement pertinent de l'espace pour parler d'espace.

Cette façon d'entendre le continuum ouvre une question de grande portée métaphysique et pose, en dernière analyse, le problème (dû, en apparence seulement, à une simple homonymie) du *signifié perceptif* et phénoménologique, du signifié de l'expérience, de l'identité ou de la différence entre contenu cognitif et contenu sémantique [cf. en particulier Husserl, 1900-1901, Sixième recherche]. Ce problème est d'ailleurs celui que l'on retrouvera chez Peirce (cf. § 4.1) à propos des rapports entre Objet Dynamique et Objet Immédiat. Le continuum de Hjelmslev représente une sorte de chose-en-soi, connaissable seulement par les organisations qu'en donne le contenu ; établir, en termes de mise en pertinence du contenu, que la France est ce qui est formellement délimité par le fait de ne pas être l'Espagne, l'océan Atlantique, la Manche, la Belgique, le Luxembourg, l'Allemagne, la Suisse, l'Italie et la Méditerranée signifie (dirait Frege) qu'elle peut *être donnée* de cette façon-là comme d'autres façons. La question est de savoir si le continuum exhibe des lignes de tendances, des lois, qui rendent certaines organisations plus « naturelles » que les autres.

Que Hjelmslev pense au continuum comme à quelque chose de déjà *doté de sens* est suggéré par le fait que, bien que sa décision puisse sembler étrange, il se réfère au continuum de l'expression et à celui du contenu en les nommant tous deux |*mening*|, terme danois traduisible par |sens|. Hjelmslev affirme d'un côté que ce sens est « une masse amorphe » [*ibid.*, p. 69] et de l'autre il dit aussi que ce sens, bien qu'il soit inaccessible à la connaissance, bien qu'il n'ait pas d'existence scientifique avant sa formation, représente toutefois « un principe universel de formation » [*ibid.*, p. 98].

Se demander quelle est l'organisation optimale du contenu implique que l'on s'interroge sur les rapports entre perception, « remplissement de sens » (Husserl), et activité catégorielle. Et il ne faut pas oublier que, au cas où serait reconnu un sujet transcendental qui recouvre le réel de catégories, ce sujet, en tant qu'activités, serait aussi une partie du continuum, et, en tant qu'unité de contenu, serait un résultat de la mise en pertinence sémiotique.

Donc, le problème sémiotique de la construction du contenu comme signifié est étroitement solidaire du problème de la perception et de la connaissance comme attribution de sens à l'expérience. Et cela explique les raisons de l'apparente synonymie entre signifié sémiotique et signifié (ou sens) perceptif, gnoséologique, phénoménologique. Pour des raisons d'économie « disciplinaire », on peut renvoyer à plus tard ce problème, mais on ne peut l'éluder [cf. Garroni, 1977]. Une sémiotique mûre devra se heurter et s'amalgamer à la problématique philosophique de la théorie de la connaissance. Pour l'heure, contentons-nous d'affirmer que nous croyons que l'approche sémiotique du problème du signifié (telle qu'elle est posée par Hjelmslev et Peirce) est plus productive, même dans cette direction, que bien d'autres débats philosophiques.

2.3. *Les figures du contenu*

Hjelmslev traduit la notion traditionnelle de signe par celle de fonction sémiotique qui désigne « l'unité constituée par la forme du contenu et la forme de l'expression » [1943, trad. franç., p. 77]. Le parallélisme entre expression et contenu exige que, si une expression peut se résoudre en *figures*, il doit en aller de même pour le contenu : « Le procédé consiste donc pratiquement à analyser les grandeurs qui entrent dans des inventaires illimités en grandeurs qui entrent dans des inventaires limités. (...) Notre tâche consistera donc à poursuivre l'analyse jusqu'à ce que tous les inventaires soient aussi restreints que possible. Par cette réduction de grandeurs du contenu en "groupes", le contenu d'un signe simple se trouve identique à celui d'une chaîne de contenus de signes qui contractent des relations mutuelles données » [*ibid.*, p. 92]. Hjelmslev parle ici d'une analyse en *composantes sémantiques*.

Toutefois, il sait, en analysant une langue naturelle, que l'inventaire des contenus des mots est illimité, c'est-à-dire que les adresses d'un lexique d'une langue naturelle constituent une série ouverte. Il a pourtant l'espoir de pouvoir trouver des inventaires limités (sélectionnant), comme les contenus d'éléments dérivés et inflexionnels, et d'autres inventaires — fussent-ils illimités — comme des inventaires de contenu de racines.

« Si, par exemple, l'inventaire établi mécaniquement à un stade donné de la procédure conduit à l'enregistrement des grandeurs de contenu : "taureau", "vache", "homme", "femme", "garçon", "fille", "étalon", "jument", "bœuf", "humain", "enfant", "cheval", "il" et "elle", les grandeurs "taureau", "vache", "homme", "femme", "garçon", "fille", "étalon" et "jument" doivent être éliminées de l'inventaire des éléments, puisqu'on peut les interpréter univoquement comme des unités de relation qui comprennent exclusivement "il" ou "elle" d'une part et d'autre part, respectivement, "bœuf", "humain", "enfant", "cheval". Ici comme dans le plan de l'expression, le critère est l'épreuve d'échange par laquelle on constate une relation entre une corrélation d'un plan et une corrélation d'un autre plan. (...), l'échange des grandeurs de contenu "taureau", "il" et "bœuf", peut entraîner l'échange de trois expressions différentes. "Taureau" = "il-bœuf" sera différent de "vache" = "elle-bœuf" » [*ibid.*, p. 90-91]. Bref, Hjelmslev propose une combinatoire de composantes qui peut être ramenée à un schéma de ce type :

	BŒUF	HUMAIN	ENFANT	CHEVAL
IL	Taureau	Homme	Garçon	Etalon
ELLE	Vache	Femme	Fille	Jument

Hjelmslev affirme ici que |il| |elle|, en tant que pronoms, appartiennent à un inventaire limité, alors que les autres figures du contenu (comme bœuf ou humain) appartiennent encore à un inventaire illimité. Il affirme la nécessité de trouver des inventaires limités mais ne réussit pas à trouver des garanties pour définir les limites d'un inventaire, et mis à part |il| |elle|, tous les inventaires sur lesquels il travaille, que ce soit des mots ou des figures de contenu, apparaissent comme illimités. Or, le système des figures limitées est trop pauvre, tandis que la série des figures illimitées est trop riche. Le problème est certes bien posé parce qu'on a réussi à réduire le contenu de 12 mots à la combinatoire de 4 × 2 figures, mais on ne peut pas dire encore que l'idée d'un dictionnaire à composantes finies soit réalisée.

La proposition de Hjelmslev semble être en accord avec les exigences de nombreuses théories sémantiques postérieures. Un dictionnaire ne concerne que la connaissance linguistique et ne fournit pas d'instructions pour reconnaître les référents éventuels des termes qu'il décrit intensionnellement. Le dictionnaire de Hjelmslev nous dit pourquoi |un taureau est un bœuf mâle| et |si *x* est une jument, alors ce n'est pas un étalon| sont des expressions sémantiquement bien formées, même si l'usager de la langue n'a jamais vu un taureau et/ou un étalon. D'autres théories du dictionnaire, pour fournir des instructions sur la possibilité de reconnaissance du référent, introduisent dans la représentation du dictionnaire des éléments illégitimes comme par exemple les *distinguishers* de Katz et Fodor [1963; et pour une reformulation de ce principe voir « la théorie néoclassique de la référence », *in* Katz, 1979].

Nous pouvons donc établir que le dictionnaire de Hjelmslev est en mesure d'expliquer certains phénomènes sémantiques qui, selon la littérature courante, relèvent justement du dictionnaire :

I. synonymie et paraphrase (une vache est un bœuf femelle) ;
II. similarité et différence (il y a une composante sémantique commune entre taureau et étalon, ou entre étalon et jument, et par ailleurs on peut établir à partir de quelles autres composantes ces différentes entités de contenu se distinguent) ;
III. antonymie (|taureau| est antonyme de |vache|) ;
IV. hyponymie et hyperonymie (|bœuf| est l'hyperonyme dont |taureau| est l'hyponyme) ;
V. correction et anomalie sémantique (|les étalons sont des mâles| est correct alors que |un étalon femelle| est sémantiquement anormal) ;
VI. redondance (malheureusement, en tant qu'exemple de dictionnaire, à cause de son format réduit, la redondance coïncide avec la correction : |étalon mâle| est correct mais redondant) ;
VII. ambiguïté (un dictionnaire plus ample devrait expliquer la différence entre |taureau| comme animal et |taureau| comme figure topologique, et résoudre les ambiguïtés qui sont la conséquence de cette homonymie) ;
VIII. vérité analytique (une fois encore, en raison des limites du dictionnaire, l'expression |les étalons sont des mâles| est analytiquement vraie, parce que le contenu attribué au sujet contient le prédicat, mais, en même temps, elle est redondante) ;
IX. contradiction (on ne peut pas dire |les juments sont des mâles|) ;
X. synthéticité (le dictionnaire établit que des expressions comme |les vaches font du lait| dépendent de la connaissance du monde) ;
XI. inconsistance (|ceci est une vache| et |ceci est un étalon| ne peuvent être affirmés comme également vrais s'ils sont référés au même individu) ;
XII. contenance et implicitation sémantique.

Ce dernier réquisit est très important et les deux phénomènes sont étroitement liés. Sur la base du dictionnaire, tout terme « contient » ou « comprend » certaines propriétés et, en vertu de cette relation sémantique de contenance (et indépendamment d'autres lois logiques), |ceci est une vache| implicite |ceci est un bœuf| ; |ceci n'est pas un bœuf| implicite |ceci n'est pas une vache| tandis que |ceci n'est pas une vache| laisse en suspens la question de savoir si c'est ou non un bœuf.

Les réquisits pour un dictionnaire ont été rigoureusement limités, même si certains auteurs en introduisent d'autres plus controversés [cf. par exemple Katz, 1972, p. 5-6]. Quoi qu'il en soit, le dictionnaire de

Hjelmslev ne résout pas deux problèmes importants. D'abord, s'il définit une vache comme un bœuf femelle, il ne définit pas ce qu'est un bœuf (ni ce qu'est une femelle) et il laisse donc ouvert le problème de l'interprétation des figures de contenu. Ensuite — nous l'avons vu — Hjelmslev aspire à restreindre les inventaires des figures, mais il n'établit pas si et comment c'est possible.

Parlons tout de suite du second problème qui est celui dont on a le plus discuté dans les débats postérieurs sur la possibilité d'un dictionnaire. Le réquisit auquel on ne peut renoncer, c'est qu'un dictionnaire doit permettre d'analyser le signifié des expressions linguistiques à travers un nombre *fini* de *primitifs* (que ce soit des composantes sémantiques, des marques, des propriétés, des universaux, ou autres).

Il n'est pas indispensable d'assumer que les expressions à définir soient en nombre fini, même si la condition idéale d'un dictionnaire serait que l'on ait un nombre fini d'adresses analysable à travers un nombre fini de primitifs [Katz, 1972, p. 50-60]. Mais, pour ouvert que soit le nombre des adresses à définir, il est indispensable que l'on puisse manier un nombre fini de primitifs, en partant du principe que « tout esprit humain contient comme partie de son patrimoine un système sémantique, c'est-à-dire un ensemble de concepts élémentaires ou "atomes logiques", et des règles selon lesquelles ces atomes sont combinés en entités plus complexes » [Wierzbicka, 1972, p. 25].

Le problème sera alors de savoir comment déterminer les primitifs et comment en limiter le nombre. Dans une des critiques les plus pointues menée sur l'idée du dictionnaire, Haiman [1980] suggère que les primitifs peuvent être déterminés de trois manières (et historiquement, ils ont été déterminés de l'une de ces trois manières).

Première manière. Les primitifs sont des concepts « simples », le plus simple possible. Malheureusement, il est très difficile de définir un concept simple. Pour un locuteur commun, le concept de « homme » est plus simple, au sens où il est plus facilement compréhensible, que celui de « mammifère »; pour un dictionnaire, il est beaucoup plus aisé de définir des termes comme |infarctus| que des verbes comme |faire| [Rey-Debove, 1971, p. 194 et suiv.]. Et les concepts simples *(definientia)* risquent d'être plus nombreux que les concepts complexes à définir. Fodor [1977, p. 154] a remarqué que le réquisit établissant que les primitifs doivent être moins nombreux que les *definienda* n'est pas strictement nécessaire : il est en effet possible d'imaginer un système phonologique où il y aurait plus de traits distinctifs que de phonèmes. Mais les phonèmes d'une langue sont bien toujours en nombre fini, tandis que, pour un système lexical, il faut accepter l'idée d'une chaîne indéfiniment ouverte d'adresses définissables au moyen d'une série indéfiniment ouverte de primitifs, ce qui compromet définitivement le réquisit de contrôlabilité du système du dictionnaire. En outre, cette première manière de découvrir les primitifs prête le flanc aux critiques adressées à la deuxième manière.

Deuxième manière. Les primitifs dépendent de notre expérience du monde, c'est-à-dire [comme le suggère Russell, 1940] qu'ils sont des « mots-objets » dont nous apprenons la signification par ostension, tout comme l'enfant apprend la signification du mot |rouge| en le trouvant associé aux diverses occurrences du phénomène « rouge ». A l'inverse, il y aurait des « mots du dictionnaire » qui peuvent être définis par d'autres mots du dictionnaire. Russell est le premier à déterminer le flou de ce critère, car il admet que |pentagramme| est pour la majorité des locuteurs un mot du dictionnaire, alors que c'est un mot-objet pour un enfant qui a grandi dans une chambre dont la tapisserie reproduit des pentagrammes comme motif décoratif.

Wierzbicka [1972, p. 21] semble être très large avec les mots-objets en énumérant « des noms pour les parties du corps et pour des objets qui sont occurrents dans la nature — comme mer, fleuve, champ, bois, nuage, montagne, vent, etc. — pour des artefacts humains — comme table, maison, livre, papier, etc. Les expressions qui, en un certain sens, ne peuvent être expliquées sont les mots pour les "espèces" (au sens large du terme) : chat, rose, pomme, roseau, or, sel, etc. ». Outre que cette position rejoint la théorie de la désignation rigide [Kripke, 1972; Putnam, 1975], il est évident que, en suivant cette démarche, la liste des primitifs ne peut être finie. Mais le risque de cette optique est autre, et de nature théorétique : l'idée d'une liste de primitifs est née pour expliquer une connaissance linguistique indépendante de la connaissance du monde, mais de la sorte, la compétence linguistique est radicalement fondée sur une connaissance précédente du monde.

Troisième manière. Les primitifs sont des idées innées de type platonicien (une direction vers laquelle s'oriente désormais Katz, 1981). Cette position serait philosophiquement impeccable, si ce n'était que Platon lui-même n'a pas réussi à déterminer de façon satisfaisante quelles sont les idées universelles innées ni combien il y en a. Soit il y a une idée pour chaque genre naturel (l'Idée de Cheval) et alors la liste est ouverte. Soit il y a peu d'idées beaucoup plus abstraites (l'Un et les Multiples, le Bien, les concepts mathématiques) et alors elles sont insuffisantes pour distinguer le signifié des termes lexicaux.

Il ne reste plus qu'une quatrième possibilité. Supposons que l'on établisse un système de primitifs tel que — en vertu de la relation systématique entre ses termes — il ne puisse être que fini. Si nous réussissions à concevoir un système de ce genre, nous pourrions admettre qu'il reflète des structures universelles de l'esprit (et peut-être même du monde). Or, nous avons un bon exemple d'un tel système avec l'emboîtement réciproque entre hyponymes et hyperonymes que nous proposent les lexicographes. Il est organisé hiérarchiquement en arbre de façon à ce que chaque couple (ou triplet ou *n*-tuple) d'hyponymes corresponde à un seul hyperonyme et que chaque *n*-tuple d'hyperonymes constitue à son tour le niveau hyponymique d'un seul hyperonyme supérieur, et ainsi de suite. A la fin, pour nombreux que soient les termes à emboîter, l'arbre ne peut que se rétrécir vers le haut, jusqu'à l'hyperonyme patriarche.

Si nous réorganisons les termes de l'exemple de Hjelmslev comme le montre la figure 2, nous obtenons un arbre de ce type :

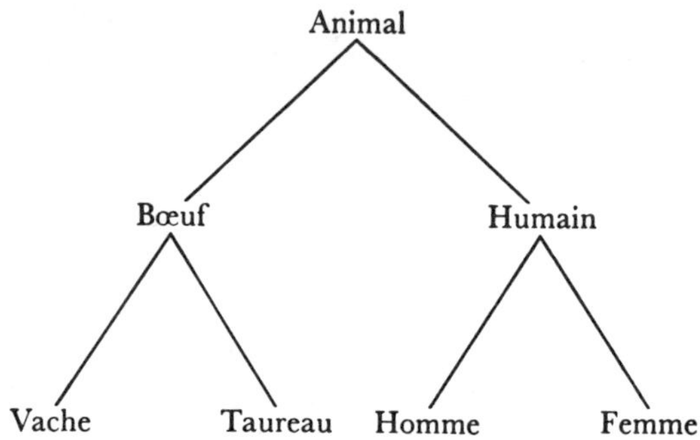

Fig. 2

Donc, on pourra dire que |taureau| implicite « bœuf » et (par propriété transitive de la classification) implicite « animal ». On pourrait dire aussi que cet arbre représente un ensemble de postulats de signifié [Carnap, 1947]. La forme du postulat de signifié

$$(x)\ (Px \supset Ox)$$

nous garantit en effet que |*x* est un taureau| postule |*x* est un animal|.

Toutefois, un ensemble de postulats de signifié s'établit sur des bases pragmatiques [cf. Lyons, 1977, p. 204] sans distinction entre propriétés synthétiques et propriétés analytiques. La formule du postulat de signifié est valable même si P est mis pour « taureau » et O pour « bête à cornes ». Plus encore : si l'on a postulé que tous les taureaux sont des bêtes à cornes mais si l'on *n'a pas* postulé que tous les taureaux sont des animaux, dans la perspective carnapienne |si *x* est un taureau, alors *x* est une bête à cornes| sera une vérité analytique, tandis que |si *x* est un taureau, alors *x* est un animal| sera réduit au rang de vérité synthétique et factuelle [Carnap, 1966]. La série des postulats de signifié est indéfiniment ouverte et n'obéit pas aux discriminants séparant propriétés de dictionnaire et propriétés d'encyclopédie.

En revanche, l'arbre de la figure 2 représente un ensemble *ordonné* et donc un système de postulats de signifié *structuré hiérarchiquement*. C'est pourquoi *il doit* être fini.

Malheureusement, le système de la figure 2 (qu'il représente ou non une quelconque structure universelle) ne *fonctionne pas comme un bon dictionnaire* :

I. il ne dit pas ce que signifie |bœuf| ou |animal| (c'est-à-dire qu'il n'explique pas le signifié des figures ou des primitifs) ;
II. il n'aide pas à distinguer entre une vache et un taureau, étant donné que ce sont tous deux des animaux bovins;
III. il explique les phénomènes de l'hyperonymie et de la synonymie, de la correction et de l'anomalie sémantique, de la redondance, des vérités analytiques, du caractère contradictoire, de l'inconsistance et de l'implicitation, mais *il n'explique pas* la synonymie, la paraphrase et la différence sémantique.

L'arbre de la figure 2 *ne permet pas d'élaborer des définitions*. Pour reprendre Aristote, on a une définition quand, pour caractériser l'essence de quelque chose, on choisit des attributs tels qu'à la fin, bien que chacun de ces attributs pris isolément ait une extension plus grande que le sujet, tous ensemble aient la même extension que le sujet. [*An. Sec.**, II, 96 *a*, 35]. En d'autres termes, il doit y avoir une *absolue capacité d'être réciprocable* entre *definiens* et *definiendum* de sorte qu'ils puissent être mutuellement substitués dans tout contexte. Dans un arbre qui nous permettrait d'affirmer que |homme| est définissable comme « mâle humain adulte », alors |ceci est un homme| impliciterait |ceci est un mâle humain adulte| et *vice versa*; de la même façon, |ceci n'est pas un mâle humain adulte| impliciterait |ceci n'est pas un homme| et |ceci n'est pas un homme| impliciterait |ceci n'est pas un mâle humain adulte|. Mais avec l'arbre de la figure 2 tout cela ne peut se produire : non seulement |ceci est un animal humain| n'implicite pas que ceci soit un homme, mais de plus |*x* est mon homme préféré| n'implicite pas du tout que |*x* est mon être humain (ou animal) préféré| de même que |tous les hommes sont moustachus| n'implicite pas |tous les humains sont moustachus| (sans parler du fait — regrettable — que l'arbre ne me permet pas d'employer la propriété « moustachu »).

Il faut donc tenter de trouver un système de déterminations lexicales qui, tout en ayant les mêmes garanties de fermeture et de finitude que l'arbre de la figure 2, permette dans le même temps d'obtenir aussi des définitions absolument réciprocables avec le terme à définir.

Etant donné que, en partant de Hjelmslev, nous nous étions demandé

* Trad. franç., *Organon*, IV, *Les Seconds Analytiques*, trad. M. Tricot, Paris, Vrin, nouv. éd., 1979.

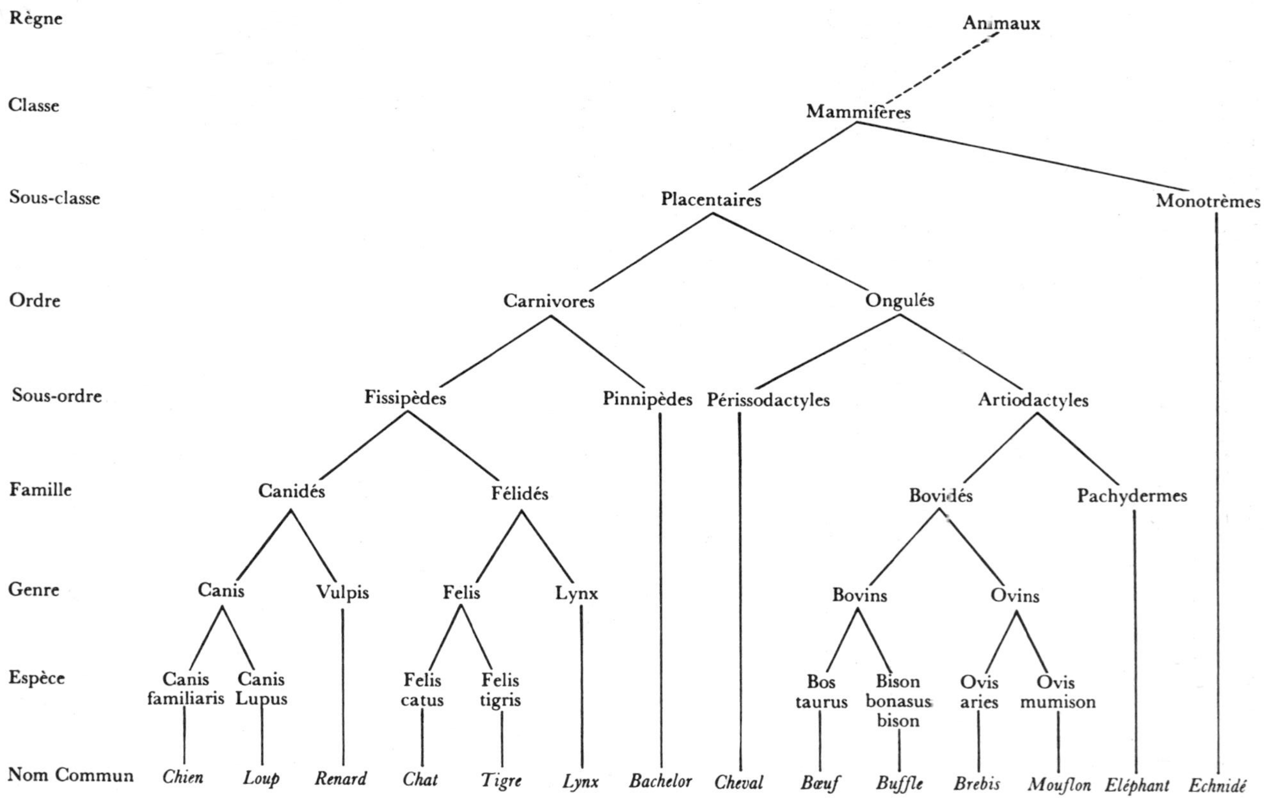

Règne
Classe
Sous-classe
Ordre
Sous-ordre
Famille
Genre
Espèce
Nom Commun
Animaux
Mammifères
Placentaires
Monotrèmes
Carnivores
Ongulés
Fissipèdes
Pinnipèdes
Périssodactyles
Artiodactyles
Canidés
Félidés
Bovidés
Pachydermes
Canis
Vulpis
Felis
Lynx
Bovins
Ovins
Canis familiaris
Canis Lupus
Felis catus
Felis tigris
Bos taurus
Bison bonasus bison
Ovis aries
Ovis mumison
Chien
Loup
Renard
Chat
Tigre
Lynx
Bachelor
Cheval
Bœuf
Buffle
Brebis
Mouflon
Eléphant
Echnidé

Fig. 3

comment définir vaches et chevaux, essayons maintenant (dans la fig. 3) d'établir un arbre qui reproduise les modalités de classification des animaux utilisée par les naturalistes.

3. Pseudo-dictionnaire de chambre pour une langue de chambre

Certes, il est imprudent de prendre une taximonie des sciences naturelles comme modèle pour un inventaire du contenu d'une langue naturelle : Dupré [1981] a démontré que là où le non-spécialiste reconnaît une espèce comme « *beatle* », l'entomologiste, lui, identifie à peu près 290 000 espèces, et que souvent le système lexical d'une langue naturelle ne se superpose que très vaguement aux taxinomies scientifiques. Nous appelons |arbre| un orme et un pin, le naturaliste dira que le premier est un angiosperme et le second pas. Il n'y a pas d'équivalent scientifique de |arbre| comme il n'y a pas d'équivalent naturel de |angiosperme|.

Essayons malgré tout, en partant de la proposition de Hjelmslev, de concevoir une série de disjonctions (cf. fig. 3) qui puissent définir sans ambiguïté et avec la plus grande économie une série d'expressions linguistiques comme *chien*, *loup*, *renard*, *chat*, *tigre*, *lynx*, *bachelor* (au sens de phoque qui reste sans partenaire à la saison des amours, cf. Katz et Fodor, 1963), *cheval*, *bœuf*, *buffle*, *brebis*, *mouflon*, *éléphant* et *échidné*.

Nous avons déterminé un univers linguistique où il n'est pas possible de distinguer un cheval d'un âne ou un éléphant d'un rhinocéros, afin d'éviter de nombreuses disjonctions inférieures de l'arbre. C'est pourquoi la figure 3 ne reproduit qu'approximativement ce que devrait être une bonne taxinomie scientifique.

Cet arbre nous fournit l'image d'un univers très limité, constitué par un nombre réduit de ce que l'on appelle les « genres naturels » dont les mots en italique à la dernière ligne donnent les noms. Cet univers ressemble de très loin à celui de notre expérience quotidienne, où il y a aussi des poissons, des oiseaux, des hommes, des coffres et des tournevis (pour ne citer que quelques exemples). Mais si l'on veut déterminer un dictionnaire « fort », il faut toujours concevoir un univers très pauvre et très réduit, disons un univers de chambre. L'ennui, c'est qu'en général les concepteurs de dictionnaires idéaux n'arrivent plus à sortir de leur univers de chambre; mais c'est une autre histoire et nous en parlerons plus loin.

D'autre part, on a dit combien il est difficile de décrire — à côté des genres naturels — les genres artificiels (comme chaises et maisons), sans parler de tous les prédicats possibles (tels que être froid ou chaud, être le grand-père de, se trouver à la droite de) et de tous les rôles et fonctions possibles (parentales, politiques, etc., comme être le mari de, être célibataire, être président, pilote, médecin de garde — cf. par exemple Schwartz, 1977, p. 37-41).

Face à l'arbre de la figure 3, nous devrions au préalable résoudre l'alternative suivante :

I. Tous les termes en romain sont des noms de classe, de sorte que chaque terme hyponyme nomme une sous-classe incluse dans la classe plus vaste, et les termes en italique (qui sont des termes du langage objet) nomment tous les individus qui peuvent être membres de la classe immédiatement supérieure. Dans ce cas, il resterait à savoir à partir de quelles instructions nous pourrions reconnaître les données d'expérience (les objets) que nous sommes autorisés à désigner avec ces noms du langage objet.

II. Les noms en romain sont des noms de propriétés, des primitifs sémantiques, des termes du métalangage théorique. Dans ce cas, il resterait à établir s'ils sont encore interprétables à leur tour ou s'ils constituent des primitifs ultérieurement inanalysables. L'arbre de la figure 3 (comme d'ailleurs celui de la fig. 2) nous permettrait de dire que chaque hyponyme « contient » ou postule son hyperonyme, c'est-à-dire que si *x* est un chat, il a la propriété d'être un « *felis catus* » et que tous les *x* qui ont la propriété d'être des « *felis catus* » ont la propriété d'être « *felis* », « félidés » et ainsi de suite, jusqu'à « animaux ».

Laissons *pour l'instant* cette alternative en suspens : disons que, si l'arbre représente une structure (finie) de postulats de signifié qui doivent servir au bon fonctionnement d'une langue naturelle, cela revient au même de dire que tout chat appartient nécessairement à la classe des « *felis catus* » et que la sous-classe des « *felis catus* » est incluse dans celle des « *felis* », ou de dire que si quelque chose est un chat, il a nécessairement la propriété d'être « *felis* », « félidés » et ainsi de suite.

L'avantage de l'arbre de la figure 3 par rapport à celui de la figure 2, c'est que, en en conservant toutes les propriétés, il permet en plus de rendre compte de phénomènes comme la synonymie, la paraphrase et la différence sémantique. Il permet donc de formuler des définitions réciprocables avec le *definiendum* et de distinguer ainsi sans ambiguïté le signifié de chaque terme.

En vertu de la structure de ce système lexical, il est nécessairement vrai qu'un |chat| est un « mammifère, placentaire, carnivore, félidés, *felis*, *felis catus* » et s'il n'est pas *toutes* ces choses exprimées *conjointement* par la définition, cela ne peut pas être un chat. Qui nie le chat, nie tout le bloc définitionnel, même s'il ne nie aucune de ces marques prises singulièrement.

Ainsi conçu, l'arbre apparaît comme un bon dictionnaire fini. Même si la liste des termes du langage objet était ouverte et si nous devions définir aussi, par exemple, le terme |truite|, il suffirait de compliquer l'arbre en opposant « poissons » à « mammifères », mais à la fin, l'arbre se rétrécirait toujours au nœud supérieur « animaux » — et il en irait ainsi, même si l'on voulait représenter des genres « artificiels » et des substances non vivantes.

Toutefois, pour parfait que soit ce dictionnaire, il suscite une objection. Dans la figure 3, un chat est un « *felis catus* », mais en latin, fût-ce à deux stades différents du développement de la langue, tant |*felis*| que |*catus*| sont synonymes de |chat|. La réciprocabilité entre *definiens* et *definiendum* se réduit à un cas de plate synonymie : cet arbre ne définit pas un chat, il dit simplement qu'on peut l'appeler |*felis catus*|. Et si nous demandons ensuite à l'arbre ce qu'est un « *felis catus* », il nous répondrait que c'est un « *felis* », mais à ce stade nous ne réussirions plus à le distinguer d'un tigre. Un chat est-il seulement un des félidés qui se distingue d'un tigre parce que les latins l'appelaient |*felis catus*| ?

Un zoologiste nous répondrait évidemment que lorsqu'il emploie l'*expression* |*felis catus*|, il ne fait pas un simple jeu de mots. Il emploie |*felis*| comme nom d'un genre et |*catus*| comme nom d'une différence, mais à travers ces expressions linguistiques, il entend résumer d'autres propriétés intéressantes (et caractéristiques). Pour le zoologiste, être un « *catus* » signifie posséder les propriétés p_1, p_2, ..., p_n, et être un « *felis* » signifie posséder les propriétés p_1, p_2, ..., p_n; *idem* en ce qui concerne des expressions comme ovin, bovidés, jusqu'à mammifère et *au-delà*.

Le fait est que si la figure 3 représente une taxinomie zoologique, elle ne prétend absolument pas fournir le signifié des mots |chat| ou |brebis| : l'arbre représente une classification de genres naturels, accidentellement étiquetés au moyen de certains noms (qui changent de langue à langue), au moyen de noms de classes ou de *taxa* qui (accidentellement) sont exprimés dans un esperanto naturaliste s'apparentant au latin classique. Le zoologiste, en tant que tel, cherche à définir les propriétés des *taxa* qu'il a enregistrées, mais ces propriétés, dans l'arbre taxinomique, sont simplement *signifiées* par le terme qu'il emploie comme étiquette taxinomique.

Si on disait à un zoologiste que les gorilles naissent en Irlande, il aurait deux réactions possibles : soit il entendrait l'assertion dans le sens où des gorilles peuvent naître en Irlande, et il serait alors prêt à concéder que de tels phénomènes se produisent dans des parcs zoologiques; soit il entendrait l'assertion comme le véhicule d'une proposition éternelle (tous les gorilles, tous les animaux de cette espèce naissent en Irlande) et il dirait alors que cette proposition est fausse car elle contredit certaines informations sur la nature des gorilles, qui sont pour lui impératives et font donc partie de sa définition scientifique du gorille. Peut-être le zoologiste s'exprimerait-il en d'autres termes, mais ce qu'il voudrait dire c'est que la proposition citée plus haut est *analytiquement fausse*, parce que dire dans le même temps et du même individu |ceci est un gorille| et |ceci est un animal appartenant à une espèce qui naît habituellement en Irlande| constituerait un cas d'inconsistance sémantique.

Le même zoologiste ne discuterait pas l'assertion |cette brebis a trois pattes| car il ne peut exclure l'éventualité d'une malformation accidentelle, mais il refuserait comme scientifiquement erronée (et donc — dans le contexte de son langage — comme sémantiquement inconsistante) l'assertion |ceci est une brebis et ce n'est pas un quadrupède| parce que dans sa définition (pas dans sa taxinomie) de brebis, il doit y avoir une propriété (dépendant probablement du nœud « ongulés ») que nous enregistrerons comme « être quadrupède ». Je ne sais si le zoologiste dirait que les brebis sont nécessairement ou analytiquement des quadrupèdes, mais il dirait sûrement que la propriété d'avoir quatre membres *appartient* de quelque façon à cette espèce.

Les zoologistes savent pertinemment que les noms des genres, des ordres, des familles ne sont pas de pures constructions théoriques non analysables, mais qu'ils sont interprétables. Ces noms sont des « mots » de leur langage spécifique. Pour le zoologiste, |mammifère| n'est pas seulement une construction théorique qui garantit l'anormalité d'expressions comme |une pierre mammifère| : pour lui, |mammifère| est plus ou moins interprétable comme « un animal vivipare qui nourrit ses petits avec du lait sécrété par les glandes mammaires ». Il est intéressant de voir que les usagers d'une langue naturelle se comportent de la même manière et que, dans toute cette histoire, les seuls êtres anormaux sont les partisans d'une sémantique en forme de dictionnaire. Quand nous disons qu'une terre est riche en minéraux, nous ne voulons pas seulement entendre qu'elle est riche en objets naturels non vivants. Nous employons des expressions comme |mammifère| ou |minéral| de la même façon que nous parlons de chats, de loups et de tigres.

Si l'arbre de la figure 3 était le dictionnaire d'une langue naturelle (ou d'une langue de chambre homologue à une langue naturelle) nous devrions dire soit I / que nous employons avec la même fréquence et les mêmes intentions tant des termes de la langue naturelle que des termes du métalangage sémantique, soit II / que, lorsqu'en parlant, nous disons |animal| ou |minéral|, nous employons des mots qui n'ont rien à voir avec les constructions théoriques « animal » et « minéral ». A ce stade, en tant que locuteurs de la langue naturelle, nous saurions parfaitement ce que nous faisons, mais nous ne réussirions pas à expliquer ce que font les partisans des primitifs sémantiques : ils empruntent des termes de la langue naturelle, ils les vident de leur signifié puis ils les emploient pour expliquer le signifié d'autres termes. Et ce, au moment où, tout compte fait, le locuteur naturel n'a pas vraiment besoin qu'on lui explique ce qu'est un chat, mais où il a vraiment besoin qu'on lui explique ce qu'est un mammifère.

Bien sûr, le partisan du dictionnaire essaie d'échapper à cette impasse : et il peut le faire uniquement en assumant que même les primitifs peuvent être interprétés. Par exemple Katz [1972, p. 40] analyse le lexème |chaise| comme

> (Objet) (Physique) (Non vivant) (Artefact) (Meuble) (Que l'on peut déplacer) (avec pieds) (avec dossier) (avec siège) (pour une personne)

(et il resterait à se demander s'il n'insère pas dans sa représentation de nombreux éléments d'encyclopédie), mais il dit ensuite que chaque concept représenté par les marques sémantiques devrait à son tour être analysé et interprété. Il suggère que |objet| puisse être analysé comme « toute organisation de parties spatio-temporellement contiguës qui forment un tout stable ayant une orientation dans l'espace ».

Et cela ne suffit pas. Un arbre en dictionnaire devrait contenir aussi l'interprétation de « organisation », « partie », « orientation », etc. Même en admettant que ces marques puissent être insérées dans un arbre bidimensionnel (ce qui est impossible [cf. Eco, 1975, 2.12]), et en postulant qu'ensuite, outre « objet », doivent être définis aussi « vivant », « artefact » et ainsi de suite, il est clair que tous les problèmes concernant la finitude du système des primitifs se reposent.

En effet, pour arriver à une représentation comme celle de Katz (que nous venons d'exemplifier), il faut décider de refuser le principe de hiérarchisation des marques pour adopter un système de classification croisée, dépourvu de rapports hiérarchiques définis [cf. pour un examen très pointu de ce problème Jane Dean Fodor, 1977, p. 153]. Mais si l'on abandonne la hiérarchisation (avec tous les avantages que présentaient les arbres des fig. 2 et 3), on se prive du moyen de limiter le nombre des primitifs.

Donc, soit les marques ne doivent pas être interprétées, et alors on ne définit pas le signifié; soit elles doivent être interprétées, et on perd le moyen le plus sûr d'en limiter le nombre.

Enfin, un autre problème reste ouvert : l'interprétation des marques (quand bien même on en garantirait la limitation d'une quelconque autre façon) impose l'introduction d'un nouvel élément du jeu, à savoir la différence spécifique. Dans l'arbre de la figure 3, « *catus* » était la différence spécifique qui distinguait un « *felis* » qui était chat d'un « *felis* » qui était tigre. Mais, outre qu'il faudrait aussi interpréter |*catus*|, on devrait appliquer le même procédé à n'importe quel autre nœud de l'arbre. C'est le critère adopté par l'arbre définitionnel le plus ancien et le plus vénérable de l'histoire, l'arbre de Porphyre. Nous montrerons dans les paragraphes suivants que, dès que dans un arbre d'hyponymes et d'hyperonymes, entendus comme genres et espèces, on introduit la différence spécifique, l'arbre cesse d'être un exemple de dictionnaire pour devenir fatalement une encyclopédie.

4. L'arbre de Porphyre

4.1. *Définition, genres et espèces*

Aristote établit que « la définition porte sur l'essence et la substance » [*Les Seconds Analytiques*, 90 *b*, 30]. Puisque définir une substance signifie en établir la cause, au-delà des accidents qui peuvent l'affecter, il faudra travailler uniquement sur les déterminations essentielles. On ne définit pas l'homme en disant qu'il court ou qu'il est malade, mais en disant que c'est un animal rationnel, et de façon telle que le *definiens* soit coextensif au *definiendum* et *vice versa*, c'est-à-dire qu'il n'y ait aucun animal rationnel qui ne soit pas homme et aucun homme qui ne soit pas animal rationnel. Pour arriver à cette détermination utile qu'est la définition « ce sont des attributs de cette nature que nous devons prendre, en nous arrêtant au point précis où chacun d'eux aura une extension plus grande que le sujet, mais où leur totalité sera coextensive avec lui, car cette totalité est nécessairement la substance même de la chose » [*ibid.*, 96 *a*, 30-35].

Notons que pour Aristote, donner la définition d'un terme signifie trouver le moyen terme, c'est-à-dire la cause, mais la définition n'est pas la démonstration : elle ne vise pas à démontrer *qu'une chose est* (extension) mais *ce qu'est une chose* (intension) [*ibid.*, 90 *b*, 1 suiv.]. C'est si vrai que dans le syllogisme qu'il démontre, les termes ne sont pas convertibles, alors que dans la définition ils le sont. Donner une définition, c'est établir des postulats de signifié et dans cette opération, on *assume* ce que le syllogisme devrait au contraire *prouver* [*ibid.*, 91 *a*, 35]. La définition postule un système de dépendances même si celui qui répond ne donne pas son assentiment, et en effet, elle est assumée comme indémontrable en tant que prémisse pour un syllogisme. « La définition ne prouve pas que la chose définie existe » [*ibid.*, 92 *b*, 20]. La définition « sera un discours expliquant ce que signifie le nom, autrement dit un discours purement nominal (différent de celui qui exprime l'essence) » [*ibid.*, 93 *b*, 30].

Pour arriver à définir cette équivalence, il faut trouver une méthode qui n'admette pas d'équivoques. Et c'est ici qu'entre en jeu ce que la tradition successive appellera les *prédicables*, à savoir les façons dont les catégories peuvent être *prédicats* d'un sujet. Dans les *Topiques* [I, 101 *b*, 17-24] Aristote, identifie quatre prédicables : le genre, le propre, la définition et l'accident. Porphyre en distinguera cinq : le genre, l'espèce, la différence, le propre et l'accident. Aristote avait quelques bonnes raisons pour limiter le nombre à quatre : l'espèce est donnée par le genre plus la différence, et le genre plus la différence forment la définition; donc, si on parle de définition, il n'est plus nécessaire de mentionner l'espèce. Il est vrai qu'alors, il serait aussi superflu de nommer le genre; tout compte fait, la solution de Porphyre semblerait plus logique : éliminer la définition et conserver le genre, l'espèce et la différence. Mais Aristote excluait l'espèce car elle ne se prédique de rien, étant le sujet ultime de toute prédication, et ne peut donc être au nombre des prédicables. Certains ont vu, dans l'optique de Porphyre, l'inspiration d'une vision plus platonicienne de l'espèce. Nous ne nous appesantirons pas sur ce sujet car — nous le verrons à la fin de notre argumentation — une fois que nous aurons clarifié la question de la différence, l'espèce et le genre deviendront négligeables.

Porphyre reprend ces problèmes dans l'*Isagoge* (IIIe siècle) et son développement, grâce au commentaire qu'en donne Boèce, a constitué la pièce maîtresse de tout commentaire médiéval sur le problème des catégories et de la définition. C'est donc sous la forme que nous a transmise Porphyre qu'il faut étudier le problème de l'arbre définitionnel. Les prédicables établissent le mode de prédication de chacune des dix catégories. Il peut donc y avoir dix arbres de Porphyre, l'un des substances qui permette de définir l'homme comme animal rationnel mortel, l'autre (par exemple) des qualités, qui permette de définir le pourpre comme espèce du genre rouge et le rouge comme une espèce du genre couleur.

Il n'y a pas un arbre des arbres, car l'être n'est pas un *summum genus* et seules les catégories sont les genres tout à fait généraux, mais cela n'exclut pas qu'il puisse y avoir un nombre fini d'inventaires finis.

Porphyre évite le débat sur la nature des prédicables et les traite comme des artifices logiques. Pourtant, il suggère une structure en arbre.

Quand Aristote parlait d'inventaire fini [*Seconds Analytiques*, 83 *a*, 1 suiv.], il partait des substances premières et essayait de les définir en inventant, pour ainsi dire, des arbres presque *ad hoc*; Porphyre, lui, n'échappe pas à la tentation néo-platonicienne de concevoir (fût-ce au sens logique) une « cascade des êtres ». Le fait est que dans toute théorie des inventaires finis intervient une *forma mentis* néo-platonicienne, même si elle est complètement sécularisée.

La définition que Porphyre donne du genre est totalement formelle : le genre est ce à quoi est subordonnée l'espèce. Pareillement, l'espèce est ce qui est subordonné au genre. Genre et espèce sont des termes relatifs, un genre situé sur un nœud haut de l'arbre définit l'espèce sous-jacente, laquelle devient genre de l'espèce sous-jacente, et ainsi de suite. Au sommet de l'arbre, on a le genre tout à fait général, ou catégorie, qui n'est espèce de rien d'autre, en bas les espèces tout à fait spécifiques ou substances secondes, et puis les individus, les substances premières. Le rapport entre espèce et genre n'est pas biconditionnel : de l'espèce on prédique *nécessairement* le genre, tandis que du genre on ne peut prédiquer l'espèce.

Mais quand il a défini l'espèce et le genre, Porphyre n'a pas encore fourni les instruments pour une définition réciprocable avec le défini. Un arbre des espèces et des genres aurait en effet la forme suivante :

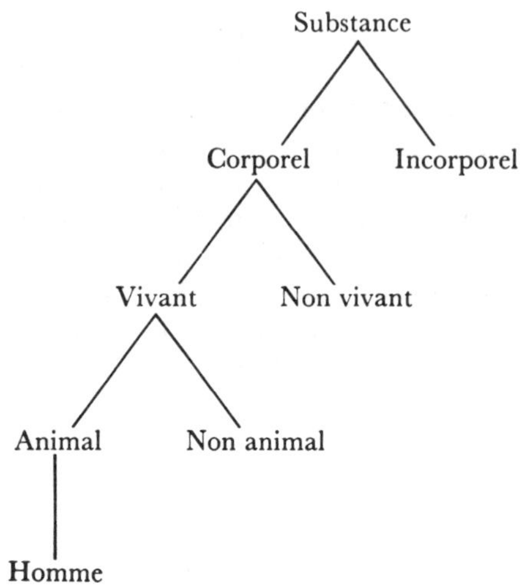

Fig. 4

et s'exposerait à toutes les critiques que, au paragraphe 2.3, nous avons faites à l'arbre de la figure 2.

Dans un arbre de ce type, homme et cheval (ou homme et chat) ne pourraient être distingués l'un de l'autre. Un homme est différent d'un cheval parce que, même si tous deux sont des animaux, le premier est irrationnel et le second pas. La rationalité est la *différence* de l'homme. La différence représente l'élément crucial, car les accidents ne sont pas requis pour produire une définition et le propre a un statut très curieux; il appartient à l'espèce et seulement à elle, mais il ne fait pas partie de sa définition. Il y a divers types de propres : ce qui appartient à une seule espèce mais pas à chaque membre (comme la capacité de guérir chez l'homme); ce qui appartient à toute l'espèce mais non à elle seule (comme le fait d'être bipède); ce qui appartient à toute l'espèce et à elle seule, mais uniquement de façon momentanée (comme le fait d'avoir des cheveux blancs à un âge avancé); ce qui appartient à toute l'espèce, à elle seule et en tout temps (comme la capacité de rire pour l'homme). Ce dernier type, le plus fréquemment cité dans les écrits sur ce sujet, présente la caractéristique très intéressante d'être réciprocable avec l'espèce (le rire est le propre de l'homme et l'homme a comme propre le rire). En ce sens, il aurait toutes les raisons d'appartenir par essence à la définition et pourtant il en est exclu et apparaît comme un accident, fût-ce avec un statut particulier. Le motif le plus évident de cette exclusion est que, pour découvrir le propre, il faut obligatoirement un acte de jugement assez complexe, alors que — pensait-on — le genre et l'espèce étaient « saisis » intuitivement (saint Thomas et la tradition aristotélico-thomiste parleront de *simplex-apprehensio*). Quoi qu'il en soit, puisque le propre est exclu du jeu, il n'est pas nécessaire de le prendre en considération, du moins dans le cadre de notre présent discours.

Revenons alors à la différence. Les différences peuvent être séparables du sujet (comme être chaud, se mouvoir, être malade), et en ce sens elles ne sont autres que des accidents. Mais elles peuvent aussi être inséparables : parmi elles, certaines sont inséparables mais toujours accidentelles (comme

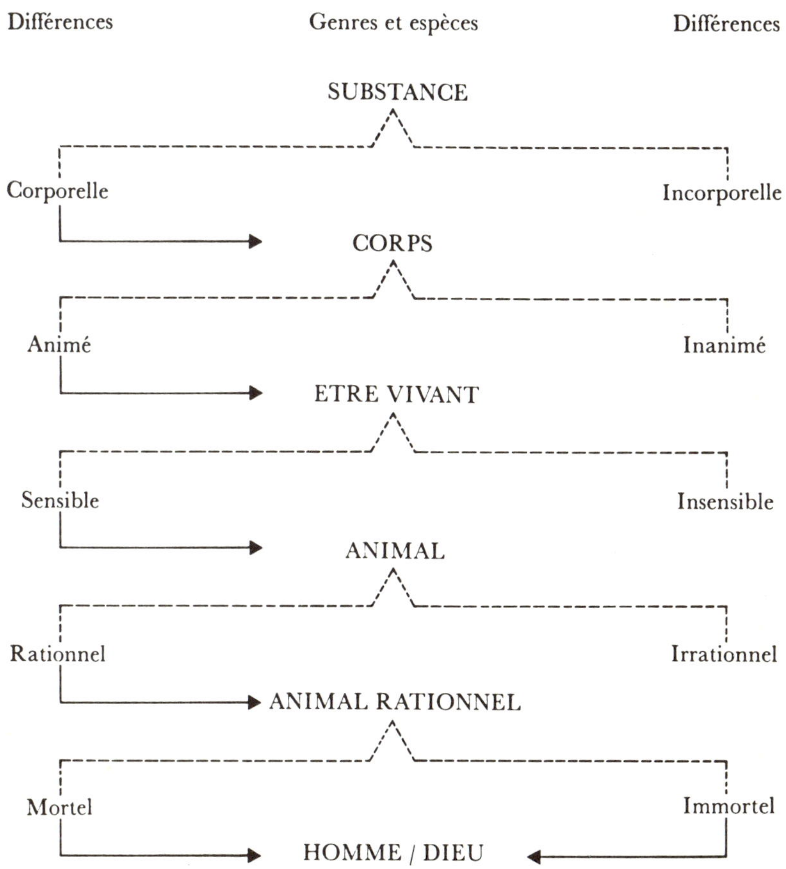

Fig. 5

le fait d'avoir le nez camus), d'autres appartiennent au sujet *per se*, c'est-à-dire essentiellement (comme être rationnel ou mortel). Ce sont les différences *spécifiques* et elles sont ajoutées au genre pour former la définition de l'espèce.

Les différences peuvent être divisives et constitutives. Par exemple, le genre « être vivant » est potentiellement divisible dans les différences « sensible/insensible », mais la différence « sensible » peut être composée avec le genre « vivant » pour constituer l'espèce « animal ». « Animal » à son tour devient un genre divisible en « rationnel/irrationnel » mais la différence « rationnel » est constitutive, avec le genre qu'elle divise, de l'espèce « animal rationnel ». Donc, les différences divisent un genre (et le genre les contient en tant qu'opposés potentiels) et elles sont sélectionnées pour constituer en acte une espèce sous-jacente, destinée à devenir à son tour un genre divisible en nouvelles différences.

L'*Isagoge* ne suggère que verbalement l'idée de l'arbre, mais la tradition médiévale a visualisé le projet (cf. fig. 5).

Dans l'arbre de la figure 5, les lignes en pointillé marquent les différences divisives alors que les lignes continues marquent les différences constitutives. Rappelons que le dieu apparaît comme animal et comme corps parce que dans la théologie platonicienne, à laquelle Porphyre se réfère, les dieux sont des forces naturelles intermédiaires et ne doivent pas être identifiés à l'Un. La tradition médiévale reprend cette idée pour de simples raisons de fidélité à l'exemple traditionnel, tout comme la logique moderne assume, sans vérification ultérieure, que l'étoile du soir et l'étoile du matin sont toutes les deux Vénus, et qu'actuellement il n'existe aucun roi de France.

4.2. *Un arbre qui n'est pas un arbre*

Le défaut de cet arbre, c'est que d'une certaine manière il définit la différence entre dieu et l'homme mais pas celle entre le cheval et l'âne, ou entre l'homme et le cheval. Le défaut pourrait n'être qu'apparent, dû au fait que dans toute discussion canonique l'exemple qui présentait le plus grand intérêt était celui de l'homme. Si on avait voulu définir le cheval, l'arbre aurait dû être enrichi d'une série de disjonctions ultérieures sur son côté droit, de façon à isoler à la fois les animaux rationnels et les animaux irrationnels (et mortels). Il est vrai que, même dans ce cas, le cheval n'aurait pu être distingué de l'âne, mais il aurait suffi de compliquer encore l'arbre sur son côté droit.

L'analyse des problèmes que doit affronter Aristote dans le *De partibus animalium* suffirait à montrer que cette opération n'est pas aussi simple qu'il n'y paraît de prime abord; mais sans aller si loin, le seul fait d'avoir à décider, d'un point de vue théorique, de la position de l'âne et du cheval dans l'arbre de la figure 5 crée un sérieux problème.

Essayons de distinguer le cheval de l'homme. Indubitablement, tous deux sont des animaux. Inbidutablement, tous deux sont mortels. Donc, ce qui les distingue c'est la rationalité. Par conséquent, l'arbre de la figure 5 est erroné car la différence « mortel/immortel » doit être posée comme divisive du genre « animal », et ce n'est qu'en deuxième instance que l'on devrait poser la différence divisive « rationnel/irrationnel ». Mais voyons quelles sont les conséquences formelles de cela.

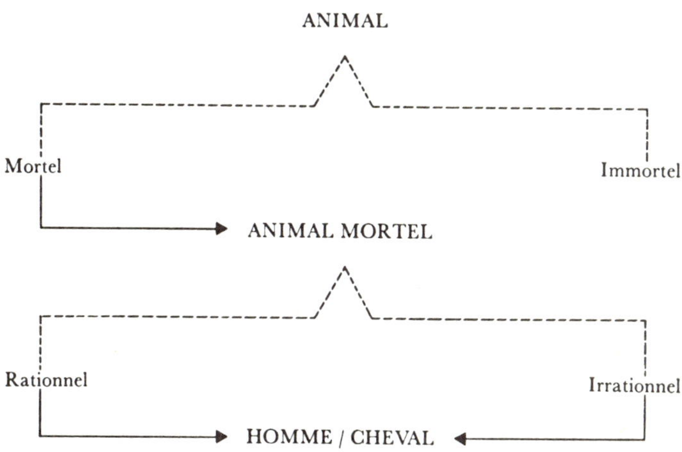

Fig. 6

Comment résoudre à ce stade la différence entre homme et dieu ? Pour ce faire, il faudrait revenir à la figure 5 et nous aurions de nouveau perdu la possibilité de distinguer l'homme du cheval. La seule alternative, c'est que la différence « mortel/immortel » soit occurrente *deux fois*, l'une sous « animal rationnel » et l'autre sous « animal irrationnel », comme le montre la figure 7.

Porphyre n'aurait pas désapprouvé cette décision, puisqu'il dit (18.20) que « la différence est aperçue souvent dans une pluralité d'espèces : quadrupède s'applique à plusieurs espèces différant spécifiquement » (nous négligeons le fait que quadrupède doive être un propre et non une différence, étant donné qu'ailleurs « bipède » est donné comme exemple de propre).

Aristote aussi dit que lorsque deux ou plusieurs genres sont subordonnés à un genre supérieur (comme c'est le cas chez l'homme et le cheval, en tant qu'ils sont tous deux des animaux), rien n'exclut qu'ils aient les mêmes différences [*Cat.*, I *b*, 15 et suiv.; *Top.*, VI, 164 *b*, 10].

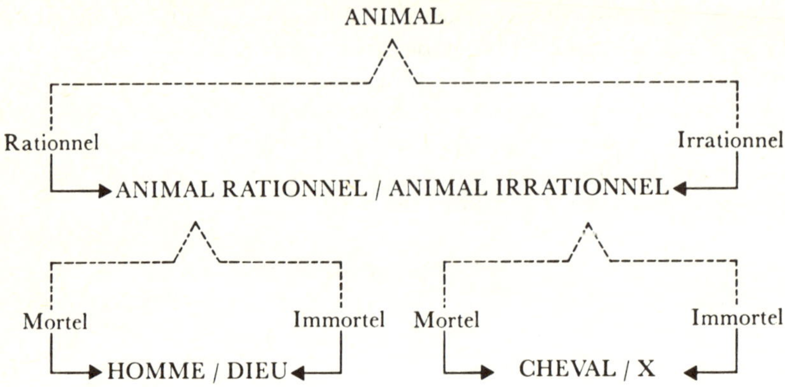

Fig. 7

Dans *Les Seconds Analytiques* [II, 96 *a*, 25 et suiv.], Aristote montre comment il est possible d'arriver à une définition non ambiguë du nombre 3. Etant posé que 1, pour les Grecs, n'était pas un nombre (mais la source et la mesure de tous les autres nombres), 3 peut être défini comme cet impair qui est premier dans les deux sens (c'est-à-dire qu'il n'est ni somme ni produit d'autres nombres). Cette définition serait totalement réciprocable avec l'expression |trois|. Il est intéressant de reconstruire dans la figure 8 le processus de division qui conduit Aristote à cette définition :

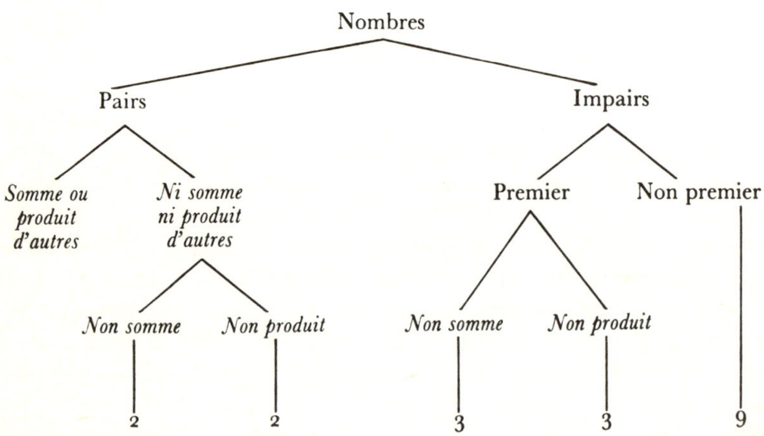

Fig. 8

Ce type de division suggère deux conséquences qui méritent notre attention : *(a)* les propriétés enregistrées en italique ne sont pas exclusives d'une seule disjonction, elles sont occurrentes sous plusieurs nœuds; *(b)* l'espèce donnée (par exemple deux, trois ou neuf) peut être définie par la conjonction de plusieurs de ces propriétés. Celles-ci sont en réalité des différences. Ainsi Aristote montre non seulement que beaucoup de différences peuvent être attribuées à une même espèce, mais aussi que le même couple de différences divisives peut être occurrent sous divers genres. Il montre de plus que, lorsqu'une certaine différence est apparue utile pour définir sans ambiguïté une certaine espèce, il importe peu de prendre en considération tous les autres sujets dont elle est également prédicable. Autrement dit, une fois que une ou plusieurs différences ont servi à définir le nombre trois, il est négligeable qu'elles servent tout aussi bien, dans d'autres combinaisons, à définir le nombre deux. Pour une précision claire et sans équivoque de ce point, voir *Les Seconds Analytiques* [II, XIII, 97 *a*, 16-25].

On peut essayer maintenant de poursuivre notre démarche. Une fois que l'on a dit que rien n'empêche certains genres subordonnés d'avoir les mêmes différences, et étant donné que l'arbre des substances est totalement constitué de genres tous subordonnés au genre maximum, il est difficile de dire combien de fois le même couple de différences peut être occurrent.

4.3. *Un arbre constitué uniquement de différences*

De nombreux commentateurs médiévaux de l'*Isagoge* semblent nous encourager à chercher en ce sens. Boèce [*Is. CSEL*, 256, 10-12 et 266, 13-15] écrit que « mortel » peut être une différence de « animal irrationnel » et que l'espèce « cheval » est constituée par les différences « irrationnel » et « mortel ». Il suggère d'autre part que « immortel » peut être une différence valable pour les corps célestes qui sont et inanimés et immortels : « En ce cas, la différence "immortel" est commune à des espèces qui diffèrent entre elles non seulement par genre proche mais aussi par tous les genres supérieurs jusqu'à ce genre subalterne qui occupe la deuxième place au sommet de l'arbre » [Stump, 1978, 257].

Selon Stump, l'hypothèse de Boèce est « surprenante » et « déconcertante ». Pour nous, elle est au contraire totalement raisonnable. Tant Aristote que Boèce savaient que la différence est plus grande que son sujet, c'est-à-dire qu'elle a une extension plus vaste, et cela est possible uniquement parce que les hommes ne sont pas les seuls à être mortels ou les dieux à être immortels (id. pour les autres différences concevables). Si la différence « mortel/immortel » était occurrente sous un seul nœud, « mortel » et |homme| seraient réciprocables, et donc nous n'aurions pas affaire à une différence mais à un propre. Il y a plus d'êtres mortels qu'il n'y a d'hommes, précisément parce que ce couple de différences intervient aussi sous d'autres genres. C'est pourquoi — et Aristote le savait bien [*Topiques*, VI, 144 *a*, 25] — homme est réciprocable avec toute la définition mais pas avec ses éléments singuliers : pas avec le genre (« animal rationnel ») parce que le genre a une extension plus grande que l'espèce, et pas avec la différence parce qu'elle aussi (fût-ce différemment) a une extension plus grande que l'espèce. Il y a plus d'êtres mortels qu'il n'y a d'animaux rationnels. Mais le problème qu'il nous faut aborder maintenant concerne exactement la nature ambiguë de la plus grande extension de la différence par rapport à l'espèce qu'elle constitue.

Abélard, dans son *Editio super Porphyrium* [157 *v*, 15], pense lui aussi qu'une différence donnée est davantage prédiquée qu'une espèce : « Falsum est quod omnis differentia sequens ponit superiores, quia ubi sunt permixtae differentiae, fallit. » Donc : *(a)* la même différence comprend de nombreuses espèces; *(b)* le même couple de différences peut être occurrent sous divers genres; *(c)* divers couples de différences occurrents sous divers genres peuvent être pourtant exprimés (analogiquement) par les mêmes noms; *(d)* on ne peut pas décider à quel niveau de l'arbre il faut poser le genre commun dont les genres subordonnés abritent le même couple de différences. Par conséquent, nous sommes autorisés à reproposer l'arbre de Porphyre selon le modèle de la figure 9.

C'est une idée de Gil [1981, p. 1027] qui est vérifiée ici : les genres et les espèces peuvent être utilisés comme des paramètres extensionnels

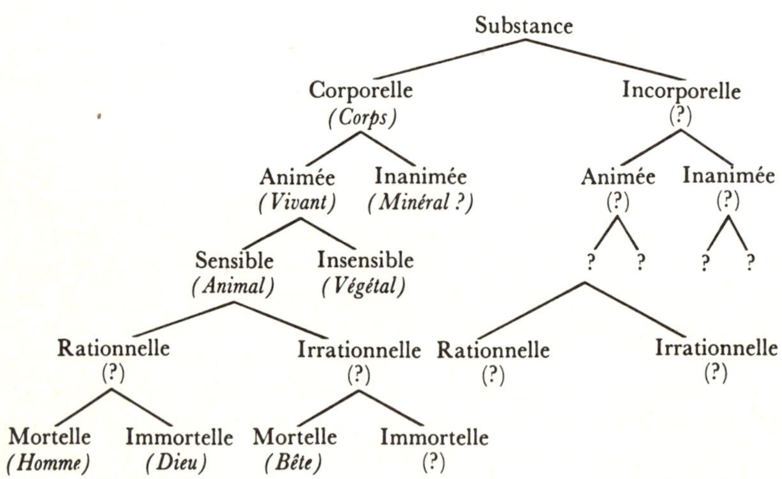

Fig. 9

(classes) mais seules les différences fixent le régime intensionnel. Il est donc évident que dans un « bon » arbre de composantes sémantiques (régime intensionnel) seules doivent survivre les différences.

Cet arbre présente des caractéristiques intéressantes :

(a) il permet la représentation d'un univers possible où peuvent être prévus et situés de nombreux genres naturels encore inconnus (par exemple des substances incorporelles, animées mais irrationnelles);

(b) il montre que ce que nous étions habitués à considérer comme des genres et des espèces (représentés ici en italique entre parenthèses) sont de simples noms qui étiquettent des groupes de différences;

(c) il n'est pas régi par des relations d'hyponymes à hyperonymes : dans cet arbre, on ne peut établir que si quelque chose est mortel, alors il est rationnel, ou que s'il est irrationnel, alors c'est un corps et ainsi de suite;

(d) comme conséquence de *(c)* il peut continuellement être réorganisé selon diverses perspectives hiérarchiques entre les différences qui le constituent.

En ce qui concerne la caractéristique *(a)*, nous avons vu ce que Boèce disait sur les corps célestes. Quant à *(b)*, il est clair que cet arbre est constitué de pures différences. Genres et espèces ne sont que des *noms* donnés à ses nœuds. Boèce, Abélard et d'autres penseurs médiévaux étaient obsédés par le problème de la *penuria nominum*, à savoir qu'il n'y avait pas assez d'items lexicaux disponibles pour étiqueter chaque nœud (sinon, on aurait trouvé une expression pour substituer « animal rationnel » qui, on le voit, est nommé en répétant le nom du genre proche et celui de la différence spécifique). Admettons que le regret des médiévaux soit dû à des raisons empiriques : puisque dans leur expérience (comme dans la nôtre) on n'avait jamais rencontré d'autres animaux rationnels que l'homme et (sous forme de force naturelle) le dieu, dont le lien à travers un genre commun n'était certes pas intuitif et ne pouvait donc pas être enregistré par le langage, l'origine accidentelle de ce cas de pénurie se trouvait ainsi expliquée. Mais, à y bien regarder, il n'y a aucune raison pour que dût exister un nom pour cet autre nœud supérieur résultant de la conjonction du genre « vivant » avec la différence « sensible », et ce raisonnement pourrait se répéter pour tous les nœuds supérieurs. En réalité, les noms des genres sont insuffisants parce qu'ils sont *inutiles* : un genre n'est rien d'autre qu'une conjonction de différences.

Aristote n'avait pas compté les espèces au nombre des prédicables car l'espèce est le résultat de la conjonction d'un genre avec une différence; mais il aurait dû, pour la même raison, rayer aussi de la liste le genre qui est la pure conjonction d'une différence avec une autre différence conjointe à une autre différence, et ainsi de suite jusqu'au sommet de l'arbre — où se trouve l'unique entité qui est peut-être un genre, la substance, mais dont la généralité est si vaste que l'on pourrait lire l'arbre à rebours et dire que la substance n'est rien d'autre que la matrice vide d'un jeu de différences. Genres et espèces sont des fantômes verbaux qui cachent la vraie nature de l'arbre et de l'univers qu'il représente, *un univers de pures différences*.

Pour ce qui est de la caractéristique *(c)*, étant donné que les différences inférieures ne postulent pas nécessairement celles du nœud supérieur, l'arbre ne peut être fini : rétrécissable vers le haut, il n'y a aucun critère qui établisse jusqu'où il peut se ramifier sur les côtés et vers le bas.

Comme nous le verrons au chapitre II.5, les différences, qui proviennent de l'extérieur de l'arbre des substances, sont des accidents et les accidents sont potentiellement infinis. Ajoutons que, n'étant pas des propriétés analytiques, au sens contemporain du terme, les différences seront des propriétés synthétiques. Ainsi, l'arbre se transforme (en vertu de tout ce qui a été dit dans les premiers paragraphes de cet essai) : de dictionnaire il devient encyclopédie, puisqu'il se compose d'éléments de connaissance du monde.

Enfin, en ce qui concerne la caractéristique *(d)*, cet arbre pourra continuellement être remanié selon de nouvelles perspectives hiérarchiques. Du moment que « mortel » n'implicite pas « rationnel », qu'est-ce qui interdit de placer « rationnel » sous « mortel » au lieu du contraire, comme cela se produit en revanche dans l'arbre classique de la figure 4 ? Boèce le savait très bien, et si l'on interprète un passage du *De divisione*, VI, 7, il est clair que, étant donné certaines substances comme la perle, le lait, l'ébène, l'encre et certains accidents comme blanc, dur, liquide, on peut construire des arbres alternatifs, comme le montre la figure 10 :

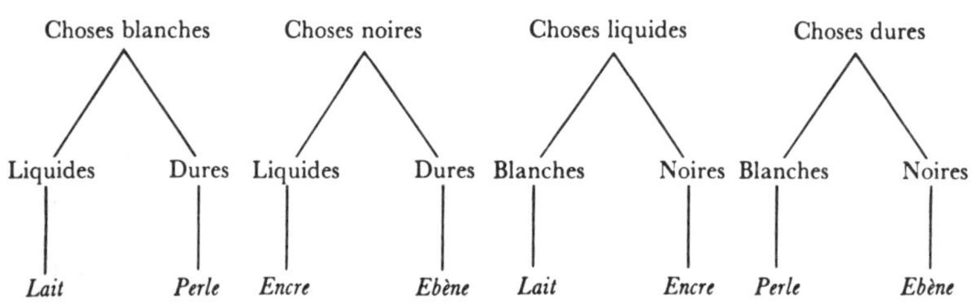

Fig. 10

Il est vrai que, dans ce passage, Boèce parle des seuls accidents, mais dans le *De divisione*, XII, 37, il applique le même principe à toute division de genre : « Generis unius fir multiplex divisio. »

Abélard dit la même chose dans *Editio super Porphyrium* [150, V, 12] :

« Pluraliter ideo dicit genera, quia animal dividitur per rationale animal et irrationale; et rationale per mortale et immortale dividitur; et mortale per rationale et irrationale dividitur. » C'est-à-dire, comme le montre la figure 11 :

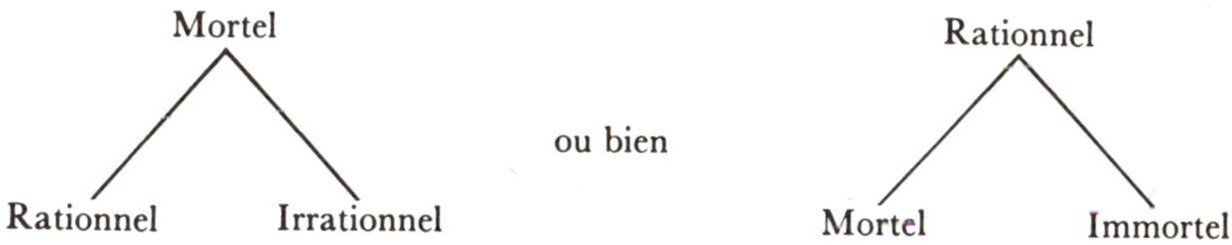

Fig. 11

Dans un arbre constitué uniquement de différences, celles-ci peuvent être réorganisées continuellement *selon la description sous laquelle* un sujet donné est considéré. L'arbre est une structure *sensible aux contextes*, pas un dictionnaire absolu.

4.4. *Les différences comme accidents et comme signes*

Les différences sont des accidents et les accidents sont infinis ou du moins indéfinis quant au nombre.

Les différences sont des qualités (et ce n'est pas un hasard si les différences sont exprimées par des adjectifs, alors que les genres et les espèces, illusions de substance, sont exprimés par des noms communs). Les différences proviennent d'un arbre qui n'est pas celui des substances et leur nombre n'est pas connu *a priori* [*Mat.*, VIII, 2.6, 104 *b* 2 - 1043 *a*]. Il est vrai qu'Aristote dit cela des différences non essentielles, mais à ce stade, qui peut dire quelles différences sont essentielles et lesquelles ne le sont pas ? Aristote joue sur quelques exemples (rationnel, mortel) mais quand il parle d'espèces différentes de l'homme — comme les bêtes ou les objets artificiels — il devient beaucoup plus vague, les différences se multiplient... D'un point de vue théorique, nous sommes autorisés à avancer l'hypothèse qu'il n'aurait pas su construire un arbre de Porphyre fini; et d'un point de vue pratique (c'est-à-dire sur la base de l'évidence philologique), quand nous lisons le *De partibus animalium*, nous voyons que *de fait* il renonce à construire un arbre unique et qu'il réajuste des arbres complémentaires selon les propriétés dont il veut expliquer la cause et la nature essentielle [cf. Eco, 1981 *a* et Balme, 1975]. La notion de différence spécifique est, rhétoriquement parlant, un oxymoron. Différence spécifique signifie accident essentiel. Mais cet oxymoron cèle (ou dévoile) une contradiction ontologique bien plus grave.

Celui qui a compris le problème sans détours (mais qui, très prudemment, n'en a pas donné acte, comme d'habitude) c'est saint Thomas d'Aquin. Dans le *De ente et essentia*, il est dit que la différence spécifique correspond à la forme substantielle (autre oxymoron ontologique — si je puis dire — étant donné que la chose la plus substantielle que nous puissions concevoir est identifiée à un ou plusieurs accidents). Mais la pensée de saint Thomas ne prête pas à équivoque : la différence correspond à la forme et le genre à la matière, et tout comme la forme et la matière constituent la substance, ainsi le genre et la différence constituent l'espèce. Le raisonnement est ouvertement analogique, mais le recours à l'analogie n'exclut pas que ce que définit la forme substantielle soit la différence comme accident.

Pour justifier une conclusion aussi hardie, Thomas trouve — par un de ses habituels coups de génie — une solution lumineuse : « In rebus sensibilibus etsi ipsae differentiae essentiales nobis ignotae sunt : unde significatur per differentia accidentales quae ex essentialibus oriuntur, sicut causa significatur per suum effectum, sicut bipes ponit differentia hominis » [*De ente*, VI]. Donc : il existe des différences essentielles mais nous ne savons pas ce qu'elles sont; celles que nous connaissons comme différences spécifiques ne sont pas les différences essentielles elles-mêmes, mais elles en sont pour ainsi dire les signes, les symptômes, les indices; ce sont des manifestations superficielles, forcément de quelque chose d'autre, pour nous inconnaissable. Nous inférons la présence de différences essentielles à travers un processus sémiotique, à partir des accidents connaissables.

L'effet est signe de la cause : c'est là une idée coutumière à saint Thomas (une grande partie de sa théorie de l'analogie dépend de cette assomption qui, en dernière analyse, est d'origine stoïcienne : les effets sont des signes *indicatifs*). Cette idée est réitérée par exemple dans la *S. th.*, 1.29, 2 *a* 3, ou dans la *S. th*, 1.77, 1 *a* 7 : une différence comme « rationnel » n'est pas la vraie différence spécifique qui constitue la forme substantielle. La *ratio* comme *potentia animae* apparaît extérieurement comme *verbo et facto*, à travers des actions extérieures, des comportements psychologiques et physiques (et les actions sont des accidents, pas des substances!). Nous disons que les hommes sont rationnels parce qu'ils manifestent leur puissance rationnelle par des actes de connaissance, soit quand ils accomplissent des actions dans un discours intérieur (et l'on imagine que cette activité de pensée est saisie par introspection), soit quand ils la manifestent par un discours extérieur, c'est-à-dire par le langage [*S. th.*, I, 79, 8 co]. Dans un texte décisif de la *Contra Gentiles* [III, 46] saint Thomas dit que l'être humain ne sait pas ce qu'il est *(quid est)* mais il sait qu'il est ainsi *(quod est)* en tant qu'il se perçoit comme acteur d'une activité rationnelle. Nous avons la connaissance de ce que sont en réalité nos puissances spirituelles « ex ipsorum actuum qualitate ».

Ainsi, même « rationnel » est un accident comme le sont toutes les différences dans lesquelles l'arbre de Porphyre se dissout. Thomas comprend que les différences sont des accidents, mais il n'envisage pas toutes les conclusions qu'il aurait dû tirer de cette découverte sur une possible nature de l'arbre des substances : il ne peut pas se permettre (il ne le peut ni « politiquement » ni, probablement, « psychologiquement ») de remettre en question l'arbre en tant qu'instrument logique pour obtenir des définitions (ce qu'il aurait pu faire sans risque) car tout le Moyen Age est dominé par la conviction (fût-elle inconsciente) que l'arbre mime la structure du réel, et ce soupçon néo-platonicien touche même les aristotéliciens les plus rigoureux.

Mais nous, nous pouvons dire sans ambages que l'arbre des genres et des espèces, de quelque façon qu'il soit construit, éclate en une poussière de différences, en un tourbillon infini d'accidents, en un réseau non hiérarchisable de *qualia*. Le dictionnaire (parce que c'est en tant que tel que l'arbre nous intéresse aujourd'hui, et nous pouvons considérer avec détachement la « fission » d'un univers néo-platonicien) se dissout nécessairement, par une force interne, en une galaxie potentiellement désordonnée et illimitée d'éléments de connaissance du monde. Et donc, il devient une encyclopédie et il le devient parce que — de fait — c'était une encyclopédie qui s'ignorait, c'est-à-dire un artifice inventé pour masquer l'inévitabilité de l'encyclopédie.

S'il en est ainsi, nous devons en tirer la conclusion que l'arbre définitionnel ne donne plus les garanties d'être fini. Ses primitifs, genres et espèces, ne sont que des noms qui doivent être à leur tour interprétés en termes de « paquets » de différences.

La première et la plus illustre des formulations de l'idéal du dictionnaire en sanctionne (pour toujours nous semble-t-il) l'impossibilité et nous dit que le dictionnaire est une encyclopédie déguisée.

Nous arrivons à une ultime conclusion, que les médiévaux ne pouvaient accepter et qui n'émergera qu'à une époque plus proche de la nôtre : ce qui constitue la « vraie » différence, ce n'est pas l'un ou l'autre des accidents, c'est la façon dont on les regroupe en réorganisant l'arbre. Autrement dit, la « vraie » différence ce n'est pas l'accident en soi (qu'il soit « rationnel », « mortel » ou autre) : c'est l'opposition dans laquelle l'un de ces accidents entre par rapport à son contraire, selon la façon dont l'arbre est articulé. Mais avec cette observation, nous abordons une seconde saison de la pensée de la différence, à laquelle il nous semble opportun (pour ne pas trop forcer les textes) de rester ici extérieurs. Bien sûr, dans un autre cadre, on ne saurait éviter le débat sur ce que le concept contemporain de la différence doit à la crise du concept antique [cf. Bateson, 1972; Deleuze, 1968, 1969].

5. Les sémantiques en forme d'encyclopédie

5.1. *Le principe d'interprétance*

Si les sémantiques en forme de dictionnaire sont inconsistantes, il faut avoir recours aux sémantiques en forme d'encyclopédie. Mais nous devrons au préalable essayer de résoudre l'autre problème soulevé par Hjelmslev sur la nature des figures du contenu.

A ce sujet, l'indication la plus fructueuse nous vient de Peirce. Tout signe (ou *representamen*) exprime immédiatement un Objet Immédiat (que l'on pourrait définir comme son contenu) mais pour rendre compte d'un Objet Dynamique. L'Objet Immédiat est le mode de donation de l'Objet Dynamique par le signe (cf. la définition du sens de Frege). L'Objet Dynamique, que stimule la production du signe, est la Chose-en-soi : naturellement, on retrouve chez Peirce le même problème que chez Hjelmslev à propos du continuum. L'Objet Dynamique détermine-t-il les modes d'organisation de l'Objet Immédiat ? Puisque Peirce croyait à la constance des lois générales dans la nature, il est évident que l'Objet Immédiat rend compte d'un sens déjà implicite dans l'Objet Dynamique. Le signifié sémiotique est lié au signifié cognitif.

Mais ce qui nous intéresse, c'est de savoir ce que l'Objet Immédiat a à voir avec le signifié. Or, si l'on veut établir le signifié d'un signe, c'est-à-dire s'en représenter en quelque sorte l'Objet Immédiat, il est nécessaire de le traduire au moyen d'un Interprétant, car l'Interprétant « tel qu'il est révélé dans la compréhension correcte du Signe lui-même... est ordinairement appelé le *signifié* du signe » [*CP*, 4.536] et « il semble naturel d'employer le terme signifié pour dénoter l'interprétant compris d'un symbole » [*CP*, 5.175], tandis qu'ailleurs l'Objet Immédiat complet est identifié au signifié [*CP*, 2.293]. Si signifié et interprétant coïncident, « le signifié d'un signe est le signe où il doit être traduit » [*CP*, 4.132] et il est « dans son acception première la traduction d'un signe dans un autre système de signes » [*CP*, 4.127].

Cette traduction d'un signe (expression) dans une autre expression est précisément le *processus d'interprétation*. « Un signe, ou *representamen*, est quelque chose qui tient lieu pour quelqu'un de quelque chose sous quelque rapport ou à quelque titre. Il s'adresse à quelqu'un, c'est-à-dire crée dans l'esprit de cette personne un signe équivalent, ou peut-être un signe plus développé. Ce signe qu'il crée, je l'appelle l'*interprétant* du premier signe » [*CP*, 2.228].

Dans le processus de *sémiosis illimitée* que Peirce fonde et décrit, il est impossible d'établir le signifié d'une expression, c'est-à-dire d'interpréter cette expression, si ce n'est *en la traduisant* en d'autres signes (qu'ils appartiennent ou non au même système sémiotique) de façon à ce que l'interprétant rende compte de l'interprété sous quelque rapport, mais aussi de façon à ce qu'il fasse connaître quelque chose de plus de cet interprété.

Dans une sémantique structurée en encyclopédie, l'interprétant visuel du mot |chat| est l'image d'un chat (qui, sans conteste, fait connaître certaines propriétés de l'animal qui n'étaient pas présentes à l'esprit de celui qui prononçait le mot) ; c'est la définition, qui relie l'entité en question à la chaîne des entités plus vastes en extension mais moins vastes en compréhension; c'est l'inférence « Si chat, alors animal qui miaule quand on lui marche sur la queue », qui caractérise le signifié de chat par rapport à ses conséquences illatives les plus variées et plus ou moins éloignées. La chaîne des interprétants est infinie, ou du moins indéfinie.

Nous l'avons déjà dit [cf. Eco, 1975, § 2.7.3], la fécondité de la notion d'interprétant ne réside pas seulement dans le fait qu'il décrit l'unique moyen dont les êtres humains établissent, fixent et reconnaissent les signifiés des signes qu'ils emploient. Sa fécondité, c'est de montrer comment les processus sémiotiques, par des déplacements continuels qui réfèrent un signe à d'autres signes ou à d'autres chaînes de signe, circonscrivent les signifiés (ou les contenus, bref, ces « unités » que la culture a individuées dans son processus de mise en pertinence du contenu) de façon assymptotique, sans jamais réussir à les « toucher » directement, mais en les rendant accessibles de fait, par le biais d'autres *unités culturelles*. Cette circularité continue est la condition normale des systèmes de signification et elle est mise en acte dans les processus de communication.

D'autre part, à la différence des propriétés universelles posées de manière métalinguistique, les interprétants, ou les relations d'interprétations sont des *données objectives*, et ce en un double sens : ils ne dépendent pas nécessairement des représentations mentales (inaccessibles) des sujets, et ils sont collectivement vérifiables. En effet, un rapport d'interprétation est *enregistré* par le trésor de l'intertextualité (notion qui s'identifie à celle d'encyclopédie). Un chat, c'est non seulement un félin domestique, mais c'est aussi l'animal défini par les classifications zoologiques comme *felis catus*, l'animal adoré par les Egyptiens, l'animal qui figure dans l'*Olympia* de Manet, l'animal que l'on mangeait comme un morceau de roi dans le Paris assiégé par les Prussiens, l'animal chanté par Baudelaire, l'animal que Collodi associe au renard pour la ruse et la méchanceté, l'animal qui dans une certaine fable est au service du marquis de Carabas, l'animal paresseux qui s'attache aux lieux mais ne va pas mourir d'inanition sur la tombe de son maître, l'animal de prédilection des sorcières, etc. : tout cela ce sont des *interprétations* de l'expression |chat|. Elles sont toutes enregistrées, posées intersubjectivement dans quelque texte de cette immense bibliothèque idéale dont le modèle théorique est l'encyclopédie. Chacune de ces interprétations définit sous quelque rapport ce qu'est un chat, et pourtant elle fait toujours connaître quelque chose de plus à propos du chat. Chacune d'entre elles est valable et actualisable dans un contexte déterminé, mais l'encyclopédie devrait fournir idéalement des instructions permettant d'interpréter de la manière la plus fructueuse l'expression |chat| dans de nombreux contextes possibles.

Naturellement, dans une sémantique à interprétants, chaque interprétation est à son tour sujette à interprétation. Dire d'un chat que c'était l'animal de prédilection des sorcières impose l'interprétation tant de |sorcière| que de |prédilection|. Dans une sémantique à interprétants, il n'y a ni entités métalinguistiques ni universaux sémantiques. Chaque expression peut être le sujet d'une interprétation et l'instrument pour interpréter une autre expression [cf. le modèle Q, *in* Eco, 1975, § 2.12].

5.2. *Structure de l'encyclopédie*

L'encyclopédie est un postulat sémiotique. Pas au sens où ce ne serait pas aussi une réalité sémiosique : elle est l'ensemble enregistré de toutes les interprétations, concevable objectivement comme la bibliothèque des bibliothèques, quand bibliothèque veut dire aussi les archives de toute l'information non verbale enregistrée d'une manière ou d'une autre, des peintures rupestres aux cinémathèques. Mais elle doit rester un postulat parce qu'elle n'est pas effectivement descriptible dans sa totalité, et cela pour plusieurs raisons : la série des interprétations est indéfinie et on ne peut matériellement pas en faire une classification; l'encyclopédie comme totalité des interprétations comprend aussi des interprétations contradictoires; l'activité textuelle que l'on élabore à partir de l'encyclopédie, en agissant sur ses contradictions et en y introduisant sans cesse de nouvelles resegmentations du continuum, même sur la base d'expériences progressives, transforme dans le temps l'encyclopédie, si bien qu'une représentation globale idéale — si jamais elle était possible — serait déjà infidèle au moment où elle serait terminée; enfin, l'encyclopédie comme système objectif de ses interprétations est « partagée » différemment par ses divers usagers.

Quand Peirce écrivait que le signifié d'une proposition embrasse chacune de ses déductions évidentes et nécessaires [*CP*, 5.165], il entendait dire que chaque unité sémantique implique tous les énoncés où elle peut être insérée, et ceux-ci toutes les inférences qu'ils autorisent sur la base des règles enregistrées encyclopédiquement. Mais, si du point de vue idéal de l'encyclopédie objective, une proposition *p* implique toutes les propositions qui peuvent en être déduites, cela n'implique pas que (si de *p* peut être déduit *q*, et de *q* peut être déduit *k*) un individu qui connaît *p* connaisse automatiquement *k*. Quand Basil Bernstein a parlé de codes élaborés et de codes restreints, il voulait se référer aux modalités de possession culturelle des données encyclopédiques : pour un usager *a* qui sait qu'un chat est un félin, il y a toujours un usager *b* qui ne le sait pas mais qui sait en revanche ce que *a* ne sait pas, c'est-à-dire que le chat bien cuisiné ressemble à du civet de lapin.

Donc, si du point de vue d'une sémiotique générale on peut postuler l'encyclopédie comme compétence globale, du point de vue socio-sémiotique il est intéressant de reconnaître les divers niveaux de possession de l'encyclopédie, *i.e.* les encyclopédies partielles (de groupe, de secte, de classe, d'ethnie, etc.).

De même, tout interprète ayant à interpréter un texte n'est pas tenu de connaître l'encyclopédie dans son entier; il lui suffit de connaître la portion d'encyclopédie nécessaire à la compréhension de ce texte. Une sémiotique textuelle étudie aussi les règles à partir desquelles l'interprète d'un texte, en se fondant sur des « signaux » contenus dans ce texte (et éventuellement sur une connaissance précédente), décide du format de la compétence encyclopédique nécessaire pour aborder ce texte. Ce qui établit aussi la distinction entre *interprétation* et *utilisation* sans discernement d'un texte. On ne peut décider d'utiliser Homère comme description de la structure de l'atome, car la notion moderne d'atome était indubitablement étrangère à l'encyclopédie homérique : toute lecture d'Homère dans ce sens serait librement allégorique (ou symbolique : cf. le chapitre sur le Symbole) et pourrait être révoquée en doute. En revanche, si quelques « signaux » textuels autorisaient à le faire, on pourrait interpréter les théories atomiques de Niels Bohr comme une allégorie de la guerre de Troie, parce que à l'époque où Bohr écrivait, une série de notions sur la guerre de Troie faisait partie de l'encyclopédie collective. Evidemment, le devoir d'une sémiotique textuelle est d'établir quels signaux autorisent à croire que Bohr se référait à cette portion de compétence encyclopédique. En l'absence de ces signaux, une telle interprétation devrait plutôt être définie comme une *utilisation* (mystique, allégorique, symbolique) du texte de Bohr [cf. Eco, 1979, § 3.4].

Donc, l'encyclopédie est une *hypothèse régulative* à partir de laquelle, à l'occasion des interprétations d'un texte (que ce soit une conversation du Café du Commerce ou la Bible), le destinataire décide de construire une *portion* d'encyclopédie concrète qui lui permette d'assigner au texte ou à l'émetteur une série de compétences sémantiques.

Nous verrons plus avant les procédures à mettre en œuvre pour élaborer ces constructions partielles (toujours hypothétiques quant à leur structure et leur adéquation au texte donné). Quoi qu'il en soit, il est clair que toute interprétation est toujours un pari, car c'est un pari que de configurer la portion d'encyclopédie requise pour interpréter. Naturellement, ces paris varient de « force conjecturale » selon les cas : si je dois interpréter l'énoncé émis par le haut-parleur de la gare de Lyon |Le train pour Rome partira du quai 6|, je peux raisonnablement déterminer, dans une situation S_j, la portion d'encyclopédie adéquate sans craindre que l'émetteur ne se réfère à une encyclopédie alternative. Par contre, si je dois interpréter la phrase d'Héraclite |Le maître, dont l'oracle est à Delphes, ne dit ni ne cèle, mais signifie|, je reste excessivement perplexe sur la portion d'encyclopédie à déterminer parce qu'on ne sait pas ce qu'Héraclite entendait exactement par les verbes λέγειν et σημαίνειν.

Ces prémisses étant posées, il est évident que l'encyclopédie comme hypothèse régulative ne prend pas la forme d'un arbre (même si l'on peut recourir, pour en déterminer des portions partielles, à des structures en arbre, à condition qu'elles soient entendues justement comme des modes de description provisoire).

Pour d'Alembert, dans son discours introductif à l'*Encyclopédie*, il était clair que toute structure en arbre est le moyen provisoire de discipliner et de sélectionner les points d'une « carte » qui pourraient être connectés autrement : le système général des sciences est une sorte de labyrinthe, de chemin tortueux capable d'anéantir n'importe quel arbre encyclopédique qui voudrait le représenter. Le système des sciences est composé de diverses branches « dont plusieurs ont un même point de réunion; et comme en partant de ce point il n'est pas possible de s'engager à la fois dans toutes les routes, c'est la nature des différents esprits qui détermine le choix » [1751, Paris, Ed. Vrin, 1984, p. 59]. Le philosophe est celui qui sait regarder ce labyrinthe en en découvrant les connexions secrètes, les ramifications provisoires, les dépendances mutuelles qui constituent ce réticule comme une mappemonde. C'est pourquoi les articles de l'*Encyclopédie* ne peuvent être que des cartes particulières qui rendent, en modèle réduit uniquement, la mappemonde globale, « les objets sont plus ou moins rapprochés et présentent un coup d'œil différent selon le point de vue où l'œil est placé par le géographe » et « on peut donc imaginer autant de systèmes différents de la connaissance humaine que de mappemondes de différentes projections; (...) Mais souvent tel objet qui par une ou plusieurs de ses propriétés a été placé dans une classe, tient à une autre classe par d'autres propriétés, et aurait pu tout aussi bien y avoir sa place. Il reste donc nécessairement de l'arbitraire dans la division générale » [*ibid.*, p. 60-62].

Le modèle de l'encyclopédie sémiotique n'est donc pas l'arbre mais le *rhizome* [Deleuze et Guattari, 1976] : tout point du rhizome peut être connecté, et il doit l'être avec tout autre point, car dans le rhizome il n'y a pas de points ou de positions mais seulement des lignes de connexion ; un rhizome peut être brisé en un point quelconque et reprendre en suivant sa ligne; on peut le démonter, le retourner; un réseau d'arbres qui s'ouvriraient dans toutes les directions peut constituer un rhizome, ce qui équivaut à dire que dans tout rhizome une série indéfinie d'arbres partiels peut être découpée; le rhizome n'a pas de centre. L'idée d'une encyclopédie en rhizome est la conséquence directe de l'inconsistance d'un arbre de Porphyre.

5.3. *Représentations encyclopédiques « locales »*

Les tentatives de représentation du contenu que fait la sémantique intensionnelle contemporaine sont soit en forme de dictionnaire soit en forme d'encyclopédie. Celles qui sont en forme de dictionnaire ne nous intéressent pas car nous en avons démontré l'inconsistance logique et la parfaite inutilité quant à l'explication des processus communicatifs.

Toutefois, il faut reconnaître, en se fondant sur tout ce qui a été postulé jusqu'ici, qu'il n'existe pas de modèles de compétence encyclopédique globale, et qu'ils ne pourraient pas exister. Il y a donc deux seuls ordres de recherches sémantiques qui paraissent intégrables à une perspective encyclopédique :

(a) celles qui mettent en lumière — fût-ce sans exigences systématiques — le caractère arbitraire des oppositions sémantiques et leur irréductibilité à des modèles de dictionnaire;
(b) celles qui laissent entrevoir des modalités de représentation encyclopédique partielle, non plus globale mais « locale » [cf. Petitot, 1979].

Quand des spécialistes de sémantique comme Lyons [1977] et Leech [1974] parlent de la variété de la logique oppositionnelle, ils aident à comprendre qu'aucun arbre pophyrien ne pourra jamais discipliner de manière univoque ces *champs*, *axes* ou *sous-systèmes* sémantiques partiels qui expriment des relations de sens. Les couples oppositionnels suivants présentent en effet des structures logiques différentes :

I. *bien* vs *mal* est une opposition par antonymie « sèche » (l'un exclut l'autre);
II. *mari* vs *épouse* est une opposition par complémentarité (on est le mari de la personne qui nous est épouse);
III. *vendre* vs *acheter* est une opposition de conversité (si *x* vend *y* à *k*, alors *k* achète *y* à *x*);
IV. *dessus* vs *dessous* ou *plus grand* vs *plus petit* sont des oppositions relatives, qui de fait engendrent des échelles proportionnelles (opposition non binaire);
V. *lundi* vs *mardi* vs *mercredi*, etc., représente un continuum gradué (opposition non binaire);

VI. *centimètre* vs *mètre* vs *kilomètre* sont d'autres continua gradués mais *hiérarchiquement*;
VII. *Sud* vs *Nord* sont opposés *de façon antipodale* alors que *Nord* vs *Ouest* le sont *de manière orthogonale*, mais le système de relations implique des diagrammatisations spatiales;
VIII. *arriver* vs *partir* semblent être des oppositions de conversité mais elles impliquent des directions spatiales et suggèrent que dans la représentation du contenu du verbe doivent s'inscrire des propriétés non verbalisables, exprimables à travers des *vecteurs* [cf. Eco, 1975, § 3.6.5].

Cette liste n'est pas exhaustive, et en tout cas, ces oppositions varient avec le point de vue contextuel. Peut-on dire, hors contexte, que « homme » est plus opposé à « femme » qu'il n'est opposé à « enfant » ? Et quelles sont les vraies implications de ces oppositions ou relations de sens ? |Lundi, il y avait des roses rouges sur la table| implique presque « nécessairement » que ces fleurs *n'*étaient *pas* des tulipes et qu'elles *n'*étaient *pas* jaunes, mais cela *n'*implique *pas* qu'elles n'y étaient pas aussi dimanche, ni qu'il n'y avait pas de roses rouges sur le coffre (bien que dans une certaine situation d'énonciation, l'expression pourrait vouloir dire justement que dimanche il n'y avait pas de fleurs). Donner des coups de poing s'oppose d'une certaine manière à donner des gifles, mais dire que j'ai donné un coup de poing à un type signifie-t-il vraiment que je *ne* lui ai *pas* donné *aussi* une gifle ? |Une forte faiblesse| est un oxymoron qui réunit les deux membres d'une opposition par antonymie, mais si j'établis une échelle des états de faiblesse et que je nomme ces états en termes de force plus ou moins grande, l'expression devient totalement littérale.

Enfin, les concepts flous *(fuzzy concepts)* ont été amplement étudiés en montrant que dans l'usage commun du langage, nous n'attribuons jamais une même propriété à des entités de contenu différentes avec la même « force ». Nous disons qu'une poule est un oiseau et qu'un aigle est un oiseau, mais si on nous interrogeait sur ce sujet, nous aurions tendance à dire que d'une certaine manière, l'aigle est plus oiseau que la poule, et que le cobra est plus reptile que le lézard. C'est cette capacité que nous avons de réorganiser continuellement et contextuellement les unités de contenu qui fonde la possibilité du réseau encyclopédique .

Les sémantiques en forme de dictionnaire achoppent en général — nous l'avons déjà suggéré — au test de la négativité. Qu'est-ce qui est nié (quelle information est effacée) par l'assertion |ceci n'est pas un homme| ?

Katz [1977, p. 14] propose un critère pour une compétence de dictionnaire idéal : « Un locuteur idéal d'une langue reçoit une lettre anonyme contenant une seule phrase dans une certaine langue, sans aucune trace à propos du motif, des circonstances de la transmission ou de tout autre facteur qui pourrait aider à la compréhension de cette phrase à partir de son contexte énonciatif... » Un tel critère tracerait une ligne divisive nette entre compétence de dictionnaire et compétence d'encyclopédie. Un dictionnaire comprendrait seulement cette information dont disposerait un locuteur/auditeur idéal dans le cas de la lettre anonyme.

Certes, si la lettre disait |dans cette maison il y a un homme|, le destinataire, en admettant qu'il se réfère à un dictionnaire de type porphyrien, comprendrait que dans une certaine construction en brique il y a un animal rationnel mortel, ou un être humain mâle adulte. Mais que se passerait-il si la lettre disait |dans cette masion il n'y a pas, comme tu le croyais, un homme| ? A quoi devrait s'attendre le destinataire ? Une femme, un fantôme, un crocodile, une statue de bronze ?

Mais prenons un exemple plus vraisemblable. Il est minuit, nous sommes dans un pavillon de banlieue, une femme, regardant par la fenêtre, dit avec inquiétude à son mari : |il y a un homme dans le jardin...|. Le mari vérifie puis affirme : |non, ma chérie, ce n'est pas un homme...|. Que ferait en ce cas le mari avec ses mots ? Rassurerait-il sa femme ou la terroriserait-il encore plus ? Qu'est-ce que ce non-homme ? Un enfant, un chien, un extra-terrestre, l'ombre d'un arbre, l'énorme ours en peluche abandonné par leur fils de dix ans ?

Attention, il faut savoir que nous avons ici deux éventualités. Si le mari veut faire naître une crainte diffuse (s'il souffre de cruauté mentale), il peut se borner à sa négation inachevée et obtenir, de manière perlocutoire, l'effet désiré. Mais alors, nous sommes hors de la langue, il y a en jeu une stratégie sémiotique plus complexe que la stratégie linguistique, une stratégie qui fait intervenir le silence, la figure rhétorique de la réticence, et probablement des éléments paralinguistiques dont nous ne pouvons tenir compte ici. En l'occurrence, le mari profite d'une faiblesse de la langue pour mener un autre jeu. Mais nous considérons ici le cas où le mari veut effectivement dire quelque chose de linguistiquement interprétable, où il veut fournir à sa femme une information sur un état du monde (en admettant même qu'il mente pour la rassurer ou pour l'effrayer *a posteriori* — ce qui nous intéresse, ce n'est pas ce qu'il y a réellement dans le jardin mais la façon dont le mari en parle). Dans ce second cas, nous ne pouvons pas lui permettre de se limiter à sa négation incomplète et nous devrions tout bonnement l'accuser de ne pas savoir utiliser la langue pour ce qu'elle peut lui donner dans sa flexibilité contradictoire.

Le mari devra dire (s'il entend rassurer) qu'il ne s'agit pas d'un homme mais plutôt d'un enfant, d'un chien, de l'ours en peluche, de l'ombre d'un arbre, ou (s'il entend faire naître une terreur ultérieure) qu'il s'agit d'un extra-terrestre en forme de pieuvre.

Ce faisant, il ne procède pas sans code. Il doit simplement construire la portion de code utile dans cette circonstance, comme s'il formulait (en toile de fond de son discours) un arbre de Porphyre partiel et *ad hoc* identique à celui qui — présume-t-il — a régi le discours de sa femme.

Il conjecture sur la représentation sémantique de |homme| la plus adaptée au contexte discursif et à la circonstance d'énonciation. Etant donné la phrase de sa femme, le moment (et probablement le ton sur lequel elle a été dite), il peut raisonnablement penser que le contenu de |homme| peut être réduit à un système particulier de marques stéréotypées, et que ce sont ces marques qui doivent être *aimantées* alors que toutes les autres doivent être *narcotisées* [cf. Eco, 1979, 5.1].

Ce qui intéresse la femme, à propos de l'homme, ce n'est ni la mortalité, ni la rationalité — sinon dans le sens où rationnel signifie capable d'intentions (et d'intentions agressives) ou habileté à manier des armes et à perpétrer des infractions. Ce qui l'intéresse, c'est qu'un homme est un mâle humain adulte dans la mesure où ces marques connotent la force. Ce qui l'intéresse, c'est qu'un homme est un bipède mais seulement dans le sens où la bipédie implique la mobilité et donc la capacité de s'approcher de la maison. Enfin, des scénarios ou *frames* entrent en jeu, le premier de tous étant le scénario hautement codé selon lequel un homme qui rôde tout seul la nuit à proximité de la maison d'autrui peut avoir des intentions malveillantes et constituer un danger.

Si le mari pense que sa femme parle en se fondant sur ces représentations stéréotypées, il devra (pour la tranquilliser) effacer explicitement les marques de force, de malveillance préméditée, de capacité d'effraction et il dira que ce n'est pas un homme mais un chien; s'il veut effacer les marques de force, de malveillance et de capacité à manier des armes, sans occulter la masculinité et la mobilité, il dira que ce n'est pas un homme mais un enfant (en mettant en jeu, entre-temps, le scénario « enfant perdu dans la nuit ») ; s'il veut effacer les marques de forces, d'intentionnalité et de mobilité, il dira que ce n'est pas un homme mais l'ombre d'un arbre ou l'ours en peluche — et il sera décisif, voire fondamental, que la « chose » ne puisse se mouvoir, indépendamment du fait qu'elle soit bipède ou quadrupède,.

En fait, le mari peut supposer comme trésor actif de compétence commune un arbre *ad hoc* très simplifié, comme le montre la figure 12.

C'est à ces seules conditions qu'il saura (et que sa femme saura) que,

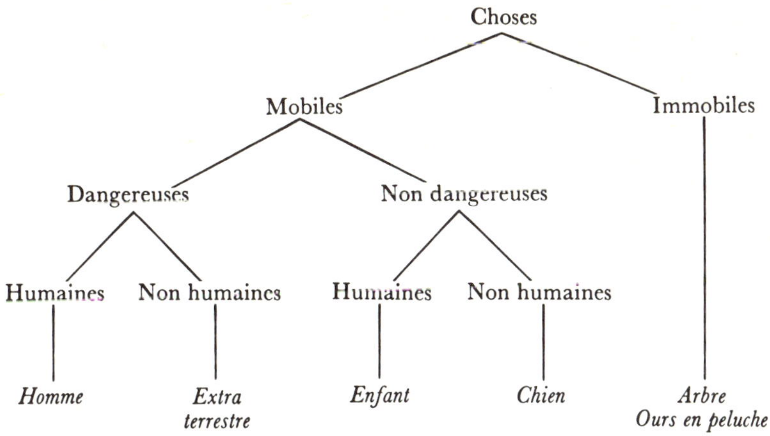

Fig. 12

en niant l'homme et en affirmant le chien, l'arbre, le jouet ou l'enfant, il a effacé tout ou partie des marques que sa femme avait incluses dans son assertion inquiète.

Mais si le mari n'agit pas avec cette force conjecturale, la langue qu'il emploie, prise isolément, est affaiblie par sa complexité — complexité qu'un dictionnaire, dans l'illusion de sa force, ne peut rendre,

L'encyclopédie est l'hypothèse régulative qui permet au mari de fixer (conjecturalement) la portion de dictionnaire qui lui est utile. Et la preuve que l'hypothèse est « bonne » est donnée par le fait que, en règle générale, une interaction conversationnelle comme celle que nous avons supposée est couronnée de succès (et je dirais même plus : même l'échec planifié, l'implicature malicieuse, fonctionnent parce que l'encyclopédie conjecturée reflétait *une* des formes que notre compétence linguistique peut prendre).

Nous savons que l'encyclopédie en tant que système global existe d'une manière ou d'une autre, sinon nous ne pourrions pas en articuler avec succès des représentations locales. Qu'est-ce donc que ce système global ? Cela, nous pouvons l'inférer — inférence pâle (faible) — des succès locaux qu'il permet.

5.4. *Quelques exemples de représentations encyclopédiques*

Face à cette situation, certains lexicologues décident d'utiliser librement un paquet de propriétés *ad hoc*, nommées linguistiquement et assumées intuitivement, pour rendre compte d'un seul sous-système sémantique. Par exemple Pottier [1965] ordonne ainsi un groupe de meubles :

	Moelleux	*A une place*	*Avec bras*	*Avec dossier*	*4 pieds*
Chaise	—	+	—	+	+
Fauteuil	+	+	+	+	+
Sofa	+	—	+	+	+
Tabouret	—	+	—	—	—
Pouf	+	+	—	—	—

Toutefois, cela semble n'être qu'un artifice pour produire des descriptions de vocabulaire. Les représentations par cas comme celles de Fillmore [1968] sont plus conscientes de la nature inférentielle de la représentation sémantique; elles peuvent être ramenées aux diverses structures actancielles [cf. Greimas, 1966] où pour une action déterminée on enregistre l'Agent, le Contre-Agent, l'Objet, l'Instrument, le But. Les représentations tentées par Bierwisch [1970; 1971] sont similaires. Prenons cette représentation de |tuer| : X_s CAUSE (X_d CHANGE EN (— VIVANT X_d)) + (ANIME X_d), où si le verbe avait été |*to assassinate*| (en anglais), on aurait dû spécifier que X_d était un personnage politique. Cette représentation a une limite : les expressions en majuscules sont assumées comme des primitifs non autrement analysables.

En définitive, ces types de représentation reformulent la proposition de la « logique des relatifs » de Peirce qui déjà avait entrevu comment le signifié devait être représenté à travers des références à d'autres termes avec lesquels il sera nécessairement contextualisé. Il s'agit de représenter par exemple une action comme un prédicat à plusieurs arguments. |Vendre| sera : $V(x, y, z)$ pour exprimer la règle que *si* il y a vente, *alors* il y aura un x qui vend y à z.

C'est dans cette ligne que se situe aussi la proposition d'un modèle sémantique [cf. Eco, 1975, § 2.11] qui tienne compte des diverses sélections contextuelles (parmi les éléments d'un même système sémiotique) et circonstancielles (parmi les éléments de systèmes différents) :

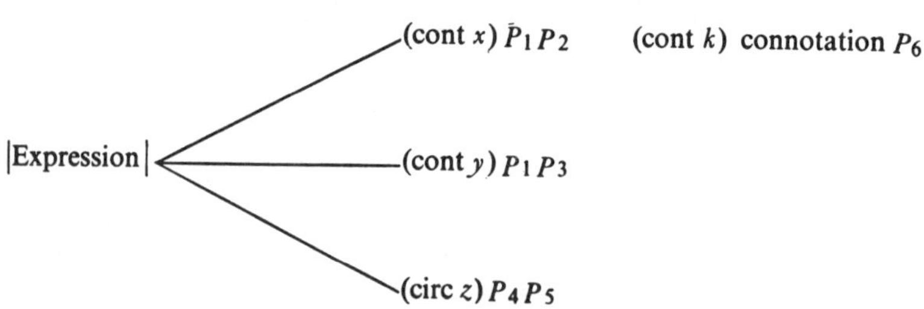

où p_1, ..., p_n sont différentes propriétés assignées à une expression selon les contextes et les circonstances. Un tel modèle présume que : (1) les propriétés ne sont pas des primitifs sémantiques mais des interprétants, c'est-à-dire d'autres expressions qui peuvent devenir à leur tour sujet d'une représentation successive; (2) les contextes et les circonstances enregistrés ne sont pas infinis, ce sont ceux que l'on considère *statistiquement*, selon une hypothèse de compétence moyenne (ou en référence à la compétence requise par un certain co-texte) comme faisant partie de la compétence encyclopédique de l'émetteur ou du destinataire. Par exemple, pour une expression comme |chien|, on peut prévoir que la compétence moyenne considérera le contexte zoologique, le contexte « armes à feu » et le contexte astronomique : dans chacun d'eux, |chien| signifie une chose différente. La représentation ne peut tenir compte de contextes idiosyncrasiques (un agent secret qui aurait décidé d'assigner à |chien| le sens de « agent ennemi », par exemple).

Ce modèle, affiné par la suite, tient compte des différences entre *dénotations* et *connotations*. Ainsi, dans un contexte zoologique |chien| dénote les propriétés « animal + mammifère + carnivore + etc. » mais c'est uniquement à partir de l'actualisation de ces propriétés (et de toutes celles qu'une portion d'encyclopédie peut assigner directement à cette expression : le chien aboie, il bave, il peut avoir la rage, etc.) que l'on peut décider d'assigner à |chien|, dans des contenus successifs, la connotation « animal méprisable ». Selon Hjelmslev [1943], une sémiotique connotative a comme plan de l'expression une sémiotique dénotative. Pour qu'un tel modèle fonctionne, il faut à chaque fois dessiner des portions d'encyclopédie, mêmes disjointes (axes, champs, sous-systèmes) qui dotent l'expression de propriétés assignables, sous la forme suivante :

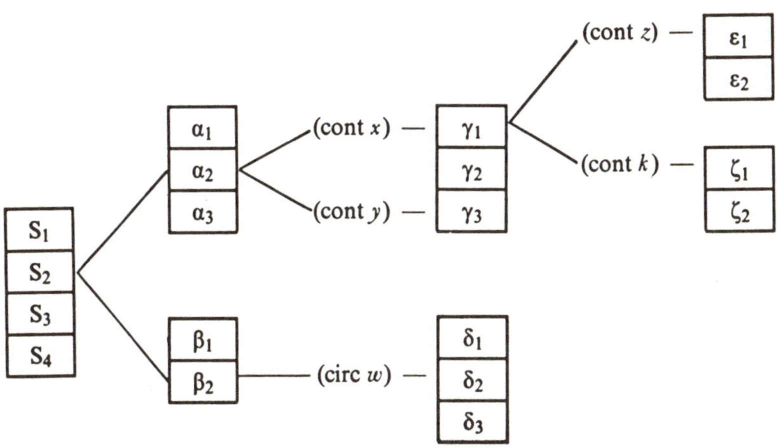

où S_1, ..., S_4 sont des expressions et où les lettres grecques représentent des propriétés organisées en portions d'encyclopédie. Ainsi, à une expression donnée peuvent être assignées des positions différentes dans divers sous-systèmes, de manière telle qu'une propriété signifie, par connotation, une propriété ultérieure. Il est aussi possible de concevoir une expression qui, en variant les sélections contextuelles ou circonstancielles, assume des propriétés contradictoires, c'est-à-dire opposées à l'intérieur de la portion d'encyclopédie à laquelle on se réfère. Ce modèle rend compte des hypothèses émises par certains [cf. par exemple Putnam, 1970] selon lesquelles une même expression peut assumer, pour tel usager cultivé, une série hiérarchisée de propositions, alors que pour tel autre usager moins cultivé, elle assumera une série disjointe de propriétés diverses. Ainsi, |chien| pour un zoologiste assume des propriétés « scientifiques » dûment hiérarchisées selon les taxinomies officielles, tandis que pour un autre usager, qui ignore les définitions des naturalistes, le chien renvoie à une série de caractéristiques plus ou moins disjointes : « bête, qui aboie, très fidèle, qui pue, bon pour la chasse ». En tout cas, un tel modèle révèle la nature inférentielle propre du signe, étant donné que *si* une expression donnée, *alors* (si l'occurrence d'un contexte donné se vérifie) la propriété p_j.

Putnam [1975] a développé par la suite ces idées en élaborant le concept de représentation stéréotypée : « La forme normale de la description du signifié d'un mot devrait être une séquence finie, ou "vecteur", dont les composantes devraient certainement inclure tout ce qui suit (même s'il serait souhaitable d'avoir d'autres types de composantes) : (1) les marques syntaxiques du mot en question, par exemple "nom"; (2) les marques sémantiques du mot, par exemple "animal" ou "période de temps"; (3) une description d'un trait stéréotypé additif, s'il existe; (4) une description de l'extension. La convention suivante fait partie de la proposition : les composantes du vecteur représentent toutes ensemble une hypothèse sur la compétence du locuteur, *sauf l'extension* » [1975, p. 269]. C'est pourquoi la forme normale de la description de « eau » que Putnam tente de suggérer se présente comme suit :

Marques syntaxiques	*Marques sémantiques*	*Stéréotype*	*Extension*
Nom Concret	Genre naturel Liquide	Incolore Transparent Insipide Désaltérant	H_2O

Cette proposition appelle quelques réflexions. L'extension est posée pour des raisons de fidélité à la théorie des désignateurs rigides que

Putnam emprunte (avec des variantes personnelles) à Kripke. L'extension dépend d'un rapport originaire avec « l'essence » de ce genre naturel et on admet que lorsque les locuteurs parlent d'eau, ils se réfèrent — indépendamment de leur compétence — à quelque chose qui est « naturellement » H_2O. Nous reprendrons plus loin le problème de la désignation rigide. En ce qui concerne notre cadre de référence, il est évident que H_2O aussi est un artifice sémiotique devant à son tour être interprété, tout comme doivent être interprétées les notions, qui l'interprètent, d'hydrogène et d'oxygène. Il faudra alors — nous allons le voir dans la proposition de Petöfi et Neubauer — ajouter une série d'informations sur le nombre atomique, la structure atomique, et ainsi de suite.

Le stéréotype représente — synthétiquement — ce qu'un locuteur commun assigne au contenu de |eau|, mis à part qu'un locuteur pourrait considérer aussi « liquide » comme un bon stéréotype. La raison pour laquelle Putnam assigne « liquide » aux marques sémantiques et « incolore » au stéréotype est évidente : il pense que l'eau est nécessairement un liquide par définition, alors qu'il y a des cas d'eau sale ou colorée. Il faudrait reprendre à ce propos l'argumentation magistrale de Quine [1951] sur le fait qu'il est impossible de déterminer dans l'absolu la nature des marques analytiques (en tant que distinctes des marques synthétiques), hors du contexte d'une culture donnée capable de définir son « centre » d'assomptions incontestables et sa « périphérie » d'assomptions continuellement révisables. Mais nous verrons cela plus en détail au paragraphe 5.5.

Admettons pour l'instant que ce que Putnam définit comme marques sémantiques sont, lexicalement parlant, de simples *expressions hyperonymes*, avec lesquelles il évite de spécifier d'autres propriétés typiques des liquides et des genres naturels. S'il en est ainsi (comme nous essaierons de le montrer au § 5.5), même les marques sémantiques devraient se dissoudre dans un lacis d'autres marques probablement stéréotypées. En ce cas, la représentation encyclopédique proposée par Neubauer et Petöfi [1981, p. 367], exemplifiée par l'analyse qu'ils fournissent de |chlore|, semble plus adéquate, même si elle est plus compliquée.

Il est clair qu'ici la distinction entre connaissance commune et connaissance scientifique est purement hypothétique et peut changer selon les contextes culturels. En tout cas, cette représentation renonce à toute distinction entre propriétés analytiques et synthétiques, entre dictionnaire et encyclopédie, entre intension et extension. Chaque aspect de la connaissance scientifique peut servir à établir l'extension du terme sous certaines conditions, mais on pourrait dire la même chose de la connaissance « de sens commun » : dans une certaine situation ménagère, je peux entendre par |chlore| tous ces types de liquide verdâtre à l'odeur suffocante que mon interlocuteur peut identifier dans un rayon de quelques mètres.

L'exemple proposé ne représente qu'une des tentatives (multiples, et en continuelle révision) que Petöfi a faites pour construire des modèles de connaissance encyclopédique.

A. Connaissance de sens commun		B. Connaissance scientifique	
		1. Connaissance chimique	
Terme générique	élément	*Elément, catégorie*	métalloïde
Couleur	verdâtre	*Famille*	halogènes
Odeur	suffocante	*Valence*	univalent
		Symbole	Cl
		Occurrence	dans les chlorures
		Composés	NaCl, HCl
		2. Connaissance physique	
		Etat naturel	gazeux
		Autres états	liquide
		Poids	deux fois et demie plus lourd que l'air
		Nombre atomique	17
		Poids atomique	33, 453
		3. Connaissance biologique	
		Effet sur des organismes vivants	vénéneux
		4. Connaissance géologique	
		Quantité dans la croûte terrestre	0,15 %
		5. Information historique	
		Découverte	Scheele, 1774; Davy, 1810
		Autres recherches	production de chlore liquide en 1823
		6. Information étymologique	
		Origine	du grec *klôros*
		7. Connaissance industrielle	
		Production	électrolyse par sel commun
		Emplois	blanchissement pour papier et tissus; désinfectant (germicide et pesticide); guerre chimique
		Conservation	à froid et au sec dans des containers métalliques

Prenons la TeSWeST de Petöfi (théorie de la structure du texte et de la structure du monde) [cf. Petöfi, 1969]. Parmi les composantes de la théorie, il y a un *lexicon*, qui s'articule dans un secteur de définitions lexicales, un secteur de relations de convertibilité et un *thesaurus* (ce dernier étant un concept assimilable à celui de compétence encyclopédique). Ainsi, alors que la définition lexicale d'un terme comprend des informations de type phonologique, syntaxique, morphologique et un ensemble ordonné de marques sémantiques de type du dictionnaire, les constituants d'un système de *thesaurus* sont beaucoup plus complexes et comprennent entre autres : SY (synonymes), EQ (termes équivalents), TR (traductions), ISF (syntagmes plus amples dont l'item est une composante sémantique), FIELD (champ ou groupe thématique), CAT (catégorie), BT (termes plus vastes, comme les genres logiques, les rapports partie/tout, les termes généralement liés), NT (termes plus restreints, comme les hyponymes, les parties, les termes liés), COL (termes collatéraux), ASC (termes associés), EC (termes empiriquement liés).

C'est pourquoi, un item comme |oiseau| peut être analysé en termes de *thesaurus* comme : SY (volaille), ISF (oiseau migrateur), FIELD (animaux), BT (*logique :* vertébrés; *tout :* être vivant), NT (*logique :* oiseau de proie, oiseau chanteur; *partie :* bec, aile; *termes liés :* oiseaux migrateurs), COL (*logiques :* mammifères, reptiles), EC (nid, air, arbre, eau), ASC (voler, chant).

On le voit, il s'agit d'un enregistrement de tous les interprétants possibles du terme analysé, et de toutes les sélections contextuelles et circonstancielles. Naturellement, dans cette optique, l'encyclopédie perd en maniabilité et en représentabilité globale ce qu'elle gagne en complexité (d'ailleurs, Petöfi a jusqu'ici tenté des constructions très partielles orientées à l'analyse de textes spécifiques). Quoi qu'il en soit, il est indubitable que cette proposition de Petöfi est une *sémantique à instructions*.

Dans Eco [1979], nous avons défini comme théories de seconde génération (indépendamment de leur date de naissance) toutes celles qui conçoivent la nécessité de représenter le contenu des expressions comme des séries d'instructions orientées à l'insertion contextuelle. Dans de telles sémantiques, le sémème (ou la représentation du contenu) apparaît comme un texte virutel, et tout texte n'est que l'expansion de la virtualité d'un ou de plusieurs sémèmes. Idée par ailleurs déjà présente chez Greimas [1973, p. 174] à propos des « programmes narratifs » : « Le *pêcheur* porte en lui, évidemment, toutes les possibilités de son faire, tout ce que l'on peut attendre de lui en fait de comportement. »

Les représentations actuelles des programmes d'Intelligence Artificielle, nourries de scénarios ou *frames*, ou *scripts* [cf. Schank, 1975; Schank et Abelson, 1977] relèvent de cette catégorie; elles essaient non seulement de représenter encyclopédiquement le signifié lexical d'une expression, mais aussi d'enregistrer toutes ces formes de connaissance qui permettent de tirer des inférences contextuelles. Par l'emploi de quelques primitifs représentant des opérations fondamentales (comme ATRANS, EJECT, INJEST, MOVE, etc.), Schank représente comme suit le verbe |*to eat*| « manger » dans l'expression |*John ate a frog*| « John a mangé une grenouille » :

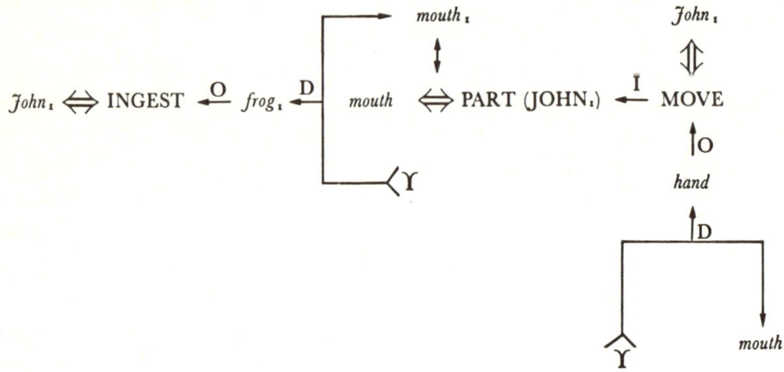

Schank se pose ailleurs [1979] le problème de savoir comment fournir à l'ordinateur des instructions pour résoudre le problème dit de Mohammed Ali. L'ordinateur doit avoir des connaissances telles qu'elles lui permettent de tirer des inférences différentes selon qu'on lui dit que John a giflé Mary ou qu'il a giflé Mohammed Ali. Dans le premier cas, il devra faire des inférences sur ce qui est arrivé à Mary, dans le second sur ce qui est arrivé à John. Il ne s'agit pas d'un jeu mais d'une question qui renvoie à la compétence effective.

C'est dans cette ligne que se situent les tentatives de représentation du signifié des termes dits syncatégorématiques (comme les conjonctions, les adverbes, les prépositions, etc.). C'est là un point fondamental d'une sémantique à instructions. Si on pense à une sémantique en dictionnaire, il semble alors difficile d'établir quelles sont les propriétés assignables à des expressions comme |toutefois|, |*invece*| et autres.

Mais si l'on conçoit une sémantique à instructions, fondée sur des mécanismes inférentiels, alors le contenu d'une expression syncatégorématique coïncide avec le type d'opérations de coopération contextuelles dont on attend du destinataire qu'il les mette en acte pour faire fonctionner l'expression dans un contexte donné. Dans Eco [1979], nous analysons par exemple le contenu de l'expression |*invece*| en considérant que, lorsqu'elle est suivie syntaxiquement de |di|, elle a une fonction prépositionnelle et exprime, à l'intérieur d'une phrase simple, « substitution » [elle signifie en ce cas « au lieu de »]; lorsqu'elle n'est pas suivie de |di| et apparaît en référence à une phrase précédente (c'est-à-dire lorsqu'elle n'est pas un opérateur phrastique mais textuel) elle est grammaticalement adverbe et exprime « opposition » au *topic* ou argument de la phrase précédente [elle signifie en ce cas « au contraire »] :

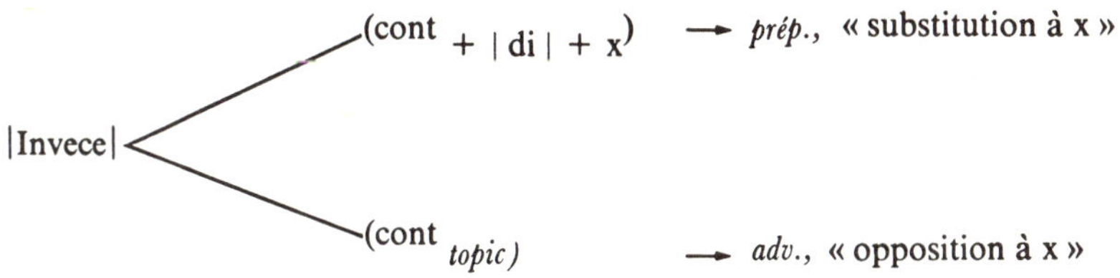

Etant donné trois expressions |*Maria ama le mele, Giovanni invece le odia*| (Marie aime les pommes, Jean au contraire les déteste), |*Maria ama le mele e invece odia le banane*| (Marie aime les pommes et au contraire déteste les bananes), |*Maria sta suonando il violino. Giovanni invece mangia una banana*| (Marie est en train de jouer du violon. Jean au contraire mange une banane), une simple règle lexicale établissant que |invece| signifie seulement « opposition » ne dirait pas *à quoi* l'adverbe s'oppose, puisqu'il semble s'opposer indifféremment au sujet, à son action, à l'objet, parfois à tous les éléments de la phrase précédente. En réalité, ces trois phrases doivent être entendues comme des réponses à trois questions différentes, et doivent donc être contextualisées en référence à trois *topics* ou arguments discursifs différents : dans le premier cas, l'argument est « personnes qui aiment les pommes », dans le deuxième « fruits que Marie aime » et dans le troisième « leçon de musique ». Une fois que l'on a établi le *topic*, on sait à quoi |invece| s'oppose dans un co-texte donné.

Ce type de représentation permet de (instruit pour) faire des inférences contextuelles après que l'argument du discours a été déterminé. Il n'établit pas les innombrables arguments possibles mais il en enregistre la possibilité abstraite : la compétence encyclopédique fournit au destinataire des éléments suffisants pour actualiser le signifié lexical du terme à partir d'autres inférences co-textuelles que la théorie sémantique prévoit sans pouvoir les enregistrer à l'avance.

Une sémantique instructionnelle de ce genre peut s'étendre à la représentation encyclopédique de phénomènes qui jusqu'à maintenant étaient imputés génériquement à la pragmatique. Prenons le phénomène de la *présupposition* [cf. Petöfi et Franck, 1973]. Il y a certaines présuppositions qui seront définies comme « lexicales » et qui, en quelque sorte, sont véhiculées par l'emploi d'une expression donnée. On ne peut employer l'expression |nettoyer| sans présupposer que l'objet nettoyé ou à nettoyer était auparavant sale. La règle permettant d'établir le pouvoir présuppositionnel d'un terme se formule ainsi : ce que le terme présuppose n'est pas éliminé quand le terme est précédé d'une négation. C'est-à-dire que si |Marie a nettoyé la pièce| présuppose que la pièce était précédemment sale, |Marie *n*'a *pas* nettoyé la pièce| nie que Marie a accompli l'action mais continue à présupposer que la pièce était sale.

Certaines recherches plus ou moins récentes [par exemple Karttunen, 1971, sur les verbes « implicatifs »] laissent penser qu'il existe des termes ayant un pouvoir présuppositionnel tout en étant réfractaires au test de la négation. Ainsi, le verbe anglais |*to manage*| que l'on pourrait traduire par |réussir à| semble entrer dans cette catégorie : |Jean a réussi à prendre le train| présuppose qu'il l'a pris, mais |Jean *n*'a *pas* réussi à prendre le train| présuppose qu'il ne l'a pas pris.

De tels problèmes risquent de faire couler inutilement beaucoup d'encre si l'on ne prend pas des décisions théoriques rigoureuses. C'est pourquoi notre position sera de définir comme présupposé lexicalement par une expression tout ce qui résiste au test de la négation. Dans le cas de |réussir à|, la vraie présupposition est que le sujet avait l'*intention* d'accomplir l'action et que l'action était *difficile*. Nous en voulons pour preuve le fait que si l'on dit que |Jean n'a pas réussi à prendre le train|, on nie qu'il l'a pris, mais on continue à présupposer qu'il *voulait* le prendre et que l'action *présentait quelques difficultés*.

Ce type de présupposition doit être enregistré comme partie du contenu de l'expression dans une sémantique encyclopédique à instructions. Les modes d'enregistrement peuvent varier, et des représentations de ce genre peuvent être réalisées par l'utilisation de *cas* ou *actants* et d'*indices à des mondes possibles* (cf. Eco et Violi, 1987). C'est pourquoi |réussir à| serait représentable comme :

$$[SW_0\ t_{-1}\ \text{VOULOIR}\ (SW_0\ t_{-1}\ \text{CAUSER}\ (OW_j\ t_j\ \text{DEVENIR}\ OW_0\ t_j))\ \&\ \text{DIFFICILE}\ (OW_j\ t_j\ \text{DEVENIR}\ OW_0\ t_0)]\ \&\ SW_0\ t_0\ \text{CAUSER}\ (OW_j\ t_j\ \text{DEVENIR}\ OW_0\ t_0)$$

où

I. les expressions entre crochets représentent le présupposé;

II. S est le sujet et O l'objet de l'action (un état de choses linguistiquement représentable même à travers une phrase enchâssée);

III. les expressions en majuscules sont considérées comme des primitifs (en assumant cependant que l'encyclopédie les analyse : ce sont donc des interprétants);

IV. W_0 représente le monde de référence (monde réel) et W_j un quelconque monde possible qui représente l'attitude propositionnelle (croyances, espoirs, projets) du sujet;

V. t_0 représente le laps de temps exprimé par le temps verbal, et t_{-1} un quelconque laps de temps antérieur.

A partir de ces instructions, il est possible de lire la représentation proposée. *Présupposé :* le sujet, dans le monde réel et dans un temps antérieur à celui qui est exprimé par l'énoncé, voulait, dans ce même monde et temps, faire en sorte qu'un état de fait possible en un temps indéterminé se transforme en état du monde réel dans un temps indéterminé et il était difficile que cette transformation ait lieu. *Assertion :* le sujet, dans le monde actuel et dans le temps de l'énoncé, réalise de fait cette transformation. La négation ne doit pas s'appliquer à ce qui est présupposé entre crochets.

Une telle représentation permet d'enregistrer encyclopédiquement (c'est-à-dire comme contenu *conventionnel* de l'expression) une série de conditions qui, autrement, seraient imputables à d'obscurs mécanismes pragmatiques ou à une connaissance du monde qui ne serait pas davantage représentable.

Le modèle s'en tient à l'idée d'une *sémantique à instructions*, *au format encyclopédique*, orientée à l'*insertion contextuelle* du terme analysé, selon le *mode de l'inférence : si* on présuppose *p*, *alors* il faut appliquer l'expression dans le contexte *q*. Il est fondamental de soustraire ces présuppositions au flou des normes pragmatiques et de les insérer dans une représentation sémantique pour expliquer la force persuasive qui résulte de l'emploi des termes. Certes, si je dis à Jean |Tu n'as pas réussi à devenir président de la République|, il est en droit de me répondre que j'emploie *improprement* (ou malheureusement) le terme |réussir à| car il n'avait pas l'intention de le devenir. Il nierait la présupposition et donc contesterait *de dicto* l'emploi d'une expression qui véhiculait conventionnellement cette présupposition; en d'autres termes, il me dirait que je ne suis pas autorisé à employer une expression qui exprime par convention une présupposition illégitime dans la situation d'énonciation (Jean se comporterait dans le cas de mon énoncé comme dans le cas d'un mensonge : j'ai fait référence, par la force présuppositionnelle du terme employé, à un état de fait qui n'est pas le cas).

Mais supposons qu'une mère ait, à plusieurs reprises, recommandé à son fils de ne pas jouer au ballon dans la maison car il risque de briser le miroir. Le fils persiste et casse le miroir. La mère lui dit |Tu as réussi à le briser!| L'emploi de l'expression en question *pose* comme indiscutée la présupposition que l'enfant voulait briser le miroir même si l'opération impliquait quelque difficulté. L'emploi de l'expression sert à culpabiliser l'enfant. Cette stratégie persuasive ne peut fonctionner que si la présupposition fait déjà partie du signifié lexical du verbe. Le caractère licite (ou heureux) est sans aucun doute une question pragmatique, mais les conditions du caractère licite sont fondées sur des bases sémantiques.

Comme ultime exemple de sémantique à instructions, au format encyclopédique, nous citerons le modèle pour l'interprétation (et la production) des métaphores proposé dans le chapitre « Métaphore » de ce livre.

5.5. *Utilité du dictionnaire*

Toute l'argumentation des paragraphes précédents visait à démontrer qu'il est théoriquement impossible de concevoir un dictionnaire de primitifs universels structurés de façon à fournir un ensemble fini.

Cela ne veut absolument pas dire que : (1) pour des raisons pratiques, chaque fois que l'on veut réaliser une représentation d'une portion locale d'encyclopédie, on ne peut ni ne doit recourir à une représentation structurée en marques de dictionnaire; (2) il y a des raisons culturelles qui font que certaines marques ou propriétés encyclopédiques, dans un contexte donné, ne doivent pas être employées comme relevant « davantage du dictionnaire » que d'autres. Essayons d'éclaircir ces deux points.

Dans l'exemple fourni dans la figure 12 (à la fin du § 5.3) pour expliquer les assomptions encyclopédiques nécessaires à une bonne interaction communicative entre mari et femme, nous avons dû recourir à une organisation en arbre structurée selon des marques qui, *selon cette certaine description*, fonctionnaient comme des marques de dictionnaire. Au chapitre II de ce livre, pour expliquer les mécanismes de génération et d'interprétation des métaphores, nous aurons recours à un type de décision faisant que l'on élit certaines marques comme des marques de dictionnaire et que l'on considère tant le terme métaphorisant que le terme métaphorisé du point de vue de leurs hyperonymes. Enfin, nous avons vu comment — dans le paragraphe 5.2 de ce chapitre — d'Alembert (rédacteur en chair et en os d'encyclopédies), tout en pressentant que chaque objet doit être *inclus* dans des classes différentes selon les propriétés par rapport auxquelles il est considéré, dit que, au bout du compte, pour que l'on puisse parler de cet objet de manière ordonnée, celui-ci doit toujours être *inclus* dans *une* des classes possibles — c'est-à-dire qu'il doit être traité en termes de dictionnaire.

Ainsi, il semble que l'organisation en dictionnaire soit la façon dont on peut représenter localement l'encyclopédie. Revenons à la *vexata quaestio* des propriétés analytiques et synthétiques, distinction que l'on retrouve dans diverses théories, comme par exemple dans la distinction entre propriétés *conceptuelles* (mode Σ) et propriétés *factuelles* (mode π) pour l'analyse des métaphores proposée par le Groupe μ (voir le prochain chapitre), ou bien dans la distinction entre propriétés *attributives* et propriétés *descriptives* ou encore dans celle entre propriétés *nécessaires* et propriétés *accidentelles*.

Revenons un instant sur la distinction des propriétés assignables au contenu du terme |eau| et (en suivant les suggestions de Putnam citées au § 5.4) organisons-les comme suit :

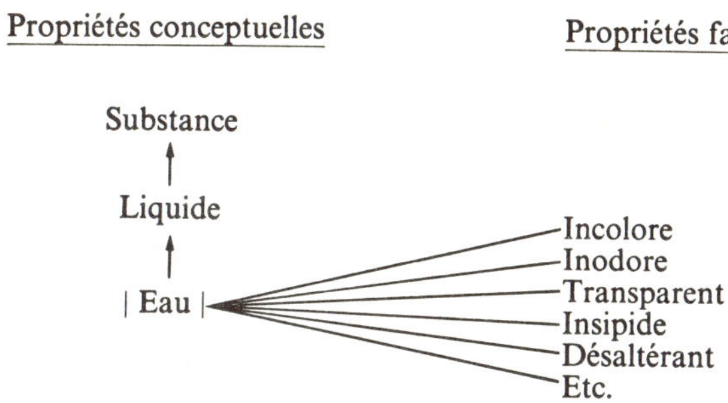

Voilà ce que vaudraient toutes les considérations déjà faites sur la « nécessité » que l'eau soit un liquide et une substance et sur le caractère accidentel de ses autres propriétés. Mais pourquoi aucun dictionnaire (même en chair et en os), après avoir défini l'eau comme « liquide », n'ajoute-t-il qu'elle est physiquement perceptible, qu'elle a la propriété de mouiller, qu'elle ne peut se rassembler ou couler que dans un lit ou un récipient artificiel, qu'elle tend à s'évaporer, etc. ? C'est que la notion de perceptibilité est en quelque sorte « comprise » dans celle de « substance physique » et que les autres propriétés sont communes à tous les liquides. Chacune de ces propriétés comprises par les marques « conceptuelles » est pour sa part une propriété factuelle, car les liquides ne s'évaporent pas toujours de la même façon, ils mouillent diversement les différents corps, ils stagnent ou coulent dans un lit ou un récipient avec des dynamiques différentes et ainsi de suite.

On en déduit que les propriétés ou marques conceptuelles sont de simples artifices *sténographiques* grâce auxquels les dictionnaires évitent de fournir d'autres informations « sous-entendues » pour ne pas compliquer outre mesure les définitions. Si la communauté des locuteurs accepte (et on suppose qu'elle l'accepte sans discussions particulières) qu'un liquide est une substance évaporable, capable de mouiller et qui peut être contenue, en définissant l'eau comme un liquide on économise de l'énergie. Telle est *la fonction des hyperonymes dans un système lexical*. Il n'y en a pas d'autres. Les marques « sémantiques » de Putnam n'ont aucun statut logique ou métaphysique spécial : elles ont un statut lexicographique. Ce sont des artifices hyperonymiques. De même que les genres et les espèces dans un arbre de Porphyre sont de simples noms pour des paquets de différences, de même les marques conceptuelles sont des abréviations lexicales pour des paquets de propriétés factuelles que l'on ne juge pas opportun de discuter.

On peut recourir pour cela aux marques de dictionnaire : il y a d'infinis contextes où sont remises en question différentes propriétés de |eau|, de |homme| ou de |chat|, à l'exception des propriétés d'être respectivement un liquide, un être humain et un animal. L'organisation locale d'un dictionnaire établit quelles sont les propriétés — parmi celles qui ont été précédemment assignées à une certaine unité de contenu — qui ne doivent pas être remises en question dans le cadre d'un certain discours, étant donné que tout discours (tout contexte) présuppose quelques notions comme étant « indiscutablement acceptées ». Accepter indiscutablement une notion ne signifie pas la considérer comme plus ou moins sémantiquement nécessaire : cependant, cela veut dire qu'il est pragmatiquement nécessaire, pour la bonne marche de l'interaction communicative, d'accepter quelque chose pour présupposé. L'eau est un liquide, jusqu'à ce que nous nous trouvions devant un discours qui (en visant à changer radicalement notre paradigme scientifique) mette en discussion la nature des liquides. Il est des contextes où l'on peut employer l'expression |atomique| en partant du présupposé que tout ce qui ne peut être « découpé » en unités plus petites est « a-tome »; et il est des contextes où il faut partir de l'assomption opposée.

En ce sens, donc, nous organisons un dictionnaire chaque fois que nous voulons circonscrire *l'aire de consensus* à l'intérieur de laquelle un discours se meut.

Si l'encyclopédie est un ensemble non ordonné (et potentiellement contradictoire) de marques, l'ordonnancement de dictionnaire qu'on lui confère au fur et à mesure, tente de la réduire, transitoirement, à des ensembles le plus hiérarchisés possible.

Passons maintenant au second problème : y a-t-il des raisons pour que certaines marques de dictionnaire présentent une plus grande inertie historique et culturelle que d'autres, si bien qu'il est impossible de trouver des contextes où elles seraient remises en question ? La réponse est comprise dans la question : si nous acceptons les thèses de Quine [1951], nous devons dire qu'en règle générale, il n'y a aucune raison de privilégier certaines marques par rapport à d'autres. Mais ce qui est, en principe, impossible se réalise comme donnée historique et donc comme donnée de vie culturelle. Il ne fait aucun doute que les marques occupant les nœuds ultimes de tant d'arbres de dictionnaire (comme

« vivant », ou comme « corps » opposé à « non-corps ») sont enracinées dans le mode de pensée d'une civilisation. Même la distinction entre genres naturels (qui peut être ramenée à la distinction aristotélicienne d'espèce ou substance seconde) et accidents semble ancrée dans la structure des langues indo-européennes (sujets et prédicats, substantifs et verbes, substantifs et adjectifs, etc.). Le problème n'est pas que ces distinctions ne peuvent pas être soumises à discussion : c'est que pour les discuter, il faut remettre en question toute notre façon de penser et de parler, de sorte qu'il paraît beaucoup plus commode de les présupposer comme indiscutables. Mais il suffit de passer des contextes « fonctionnels » aux contextes « poétiques » pour réaliser à quel point on tend parfois, à travers les stratégies métaphoriques et symboliques, à remettre en question même et peut-être justement ces distinctions-là. Ce sont des cas où il semble très difficile de recourir à des structures de dictionnaire courantes.

Il est indéniable que la différence usuelle, au niveau lexical, entre dénotations et connotations reproduit encore une différence entre dictionnaire et encyclopédie. On peut discuter le fait que le chien soit le meilleur ami de l'homme, qu'il soit fidèle, inoffensif ou humble, mais pas le fait que c'est un animal. La raison de cette résistance est culturelle, elle dépend de la durée d'une certaine vision du monde, qui a fixé très fortement son centre et sa périphérie. Nous sommes aujourd'hui disposés à soumettre à discussion la distinction entre matière et esprit, mais beaucoup moins celle entre êtres humains et animaux irrationnels.

Voilà pourquoi il semble parfois difficile d'accepter l'idée que, si dans une perspective encyclopédique toute propriété a le droit d'être privilégiée selon les contextes, ce soit toujours et dans tous les cas le contexte qui décide des propriétés à privilégier [cf. Violi, 1982] : « Certaines propriétés semblent en effet être plus indépendantes du contexte — et donc plus constitutives — que d'autres, dans le sens où elles semblent être génériquement activées dans tous les contextes. » Cette observation nous amène bien sûr à assumer qu'une hiérarchie « en dictionnaire » des propriétés n'est pas une notion dont on doit se défaire complètement. Diverses théories sémantiques s'efforcent d'établir une distinction entre propriétés diagnostiques ou centrales, ou prototypiques, et d'autres plus sujettes à variation. Mais nous l'avons déjà dit, il suffit d'admettre que cette « résistance » des propriétés dépend non seulement de la force d'inertie des systèmes de croyances et d'opinions enracinées dans une culture (le paradigme) mais encore de la mesure où un discours déterminé entend ou non se risquer à la critique et à la destruction de ce paradigme donné.

En conclusion, après avoir démontré que le dictionnaire n'est pas une condition stable des univers sémantiques, rien n'empêche de (et beaucoup de facteurs encouragent à) l'admettre comme un artifice utile, tout en étant conscient de sa nature d'artifice.

6. Signifié et désignation rigide

Cependant, il existe des expressions qui semblent non analysables en termes de contenu et paraissant fonctionner exclusivement dans des opérations de référence. C'est le cas de ce que Peirce appelait les *indices*, qui, semble-t-il, n'acquièrent et n'identifient leur Renvoi que lorsqu'ils sont en connexion physique évidente avec un objet ou un état du monde. Ce sont des signes *déictiques* comme |ceci| ou |cela|, des gestes de pointage ou d'indication, et les *noms propres* au sens strict (ainsi que les noms propres au sens large, représentés par des syntagmes indiciels comme |ce chat|).

Nous avons déjà montré [cf. Eco, 1975, § 2.II.5] comment une représentation en termes de contenu est possible même pour les indices verbaux et non verbaux, et comment ce contenu est compréhensible même si l'indice n'est pas, de façon perceptible, associé à un objet ou à un état du monde. Si je dis |ce| et que je pointe l'index sur le vide, mon destinataire ne comprend certes pas à quoi je me réfère, mais il comprend que je suis en train de me référer à quelque chose ou que je feins de me référer à quelque chose. Ce que le destinataire *comprend*, c'est justement le *signifié* de l'expression, même si son *utilisation* à des fins de référence semble échouer. Ces expressions indicielles peuvent être analysées comme les termes syncatégorématiques du type |*invece*|.

Quant aux noms propres au sens strict, nous représentons de fait leur contenu sous forme de descriptions définies, c'est-à-dire que, selon Searle, les noms propres sont des « crochets auxquels on peut suspendre des descriptions définies » [Searle, 1958, p. 172; cf. aussi Eco, 1975, § 2.9.1]. Le prénom |Jean| est largement synonymique, il peut être référé à diverses entités; mais quand ce prénom est introduit dans un discours, soit le destinataire le réfère à une entité de son univers de connaissance déjà défini d'une certaine manière, soit il en demande la définition : il apprendra par exemple que Jean est le neveu de Marie, et que c'est l'épicier du coin. Il en va de même avec les noms propres des personnages historiques, dont on donne des descriptions encyclopédiques abondantes et publiques. Les différentes descriptions possibles de Jean sont des *sens* sous lesquels Jean m'est donné (Frege) : *idem* pour celui qui entendrait nommer pour la première fois l'étoile du soir. Je définis l'objet au moyen de sens complémentaires, c'est-à-dire que je cerne l'extension du terme au moyen de la détermination de ses intensions.

Toutefois, cette position a été récemment remise en question par une série d'expériences d'effacement des descriptions définies [cf. Kripke, 1972; Schwartz, 1977; French et autres, 1979]. Supposons que l'on connaisse Aristote comme l'auteur de la *Métaphysique*, l'auteur de la *Poétique*, le maître d'Alexandre et le disciple le plus célèbre de Platon. Il est possible d'avoir des énoncés et des inférences contrefactuelles du type |Si Aristote n'était pas l'auteur de la *Poétique*, alors...|. A la lumière de ce que l'on a admis précédemment (et de la théorie sémiotique de l'identification d'individus à travers des mondes possibles alternatifs, développée *in* Eco [1979]), on peut dire que le contrefactuel en question est formulable comme |Si le philosophe auteur de la *Métaphysique*, disciple le plus célèbre de Platon et maître d'Alexandre, n'avait pas écrit la *Poétique*...|. Où, en admettant que la description sous laquelle Aristote est vu soit celle d'auteur de la *Métaphysique*, on pourrait facilement identifier celui que l'on *stipule* être « nécessairement » auteur de la *Métaphysique* et qui, dans un monde possible W_j, n'a pas écrit la *Poétique*, comme le même individu de notre onde de référence W_0. En effet, si les propriétés nécessaires ne sont pas telles ontologiquement mais en vertu d'une stipulation, c'est-à-dire par rapport à la description qui est assumée comme importante, l'Aristote que l'on considère comme *nécessairement* caractérisable en tant qu'auteur de la *Métaphysique* pourrait *accidentellement* dans quelque monde possible n'avoir jamais écrit la *Poétique*.

Mais l'expérience de Kripke concerne des cas où sont soustraites à Aristote *toutes* les caractérisations possibles. Si Aristote n'avait écrit ni la *Métaphysique* ni la *Poétique*, s'il n'avait pas été le maître d'Alexandre, s'il n'avait pas été le plus célèbre disciple de Platon, pourrait-on encore parler d'Aristote ? La théorie de Kripke suggère que l'on parlerait toujours d'une certaine entité spatio-temporelle, dotée d'une certaine essence individuelle, que le nom |Aristote| *désigne rigidement*. Un nom est un « désignateur rigide » parce qu'il se relie à un objet précis, initialement identifiable de façon intuitive, qui a été dénommé ainsi et dont la dénomination s'est prolongée au long des siècles à travers une chaîne de désignations, comme si un fil rouge d'indications gestuelles, d'indiquant à indiquant, s'était transmis jusqu'à aujourd'hui sans interruption. Cette théorie du signifié, opposé à la théorie descriptionnelle, a été définie comme *théorie causale* et semble s'inspirer d'une épistémologie sceptique à la Hume [cf. Dauer, 1980].

Les objections que l'on peut formuler à l'égard de cette théorie causale du signifié sont de deux ordres. Admettons que ce soit vraiment une théorie radicalement sceptique, selon laquelle, étant donné des essences que l'on ne peut définir autrement que comme objet d'intuitions individuelles, le rapport entre les noms et ces essences (« genres naturels ») [cf. Quine, 1969] se transmet d'usager à usager au long des siècles sous forme d'un lien de *croyance* qu'on ne peut définir davantage.

En ce cas, cette théorie représenterait la destruction même d'une sémiotique et d'une théorie de signifié. Il n'y a pas de signifiés, il n'y a que des références, des chaînes de références, et des réactions mentales aux chaînes de référence, plus une règle de comportement ne pouvant être définie davantage qui permet intuitivement d'employer les désignateurs rigides. Cependant, cette règle de comportement est *postulée*, elle n'est ni fondée ni décrite. Par ailleurs, les partisans de la théorie causale eux-mêmes pensent qu'elle est valable pour les *genres naturels* (substances aristotéliciennes, poissons, chats, oiseaux et individus comme Aristote) mais pas pour les genres *non naturels* (comme célibataire ou évêque), pour lesquels une théorie descriptionnelle serait encore plus efficace. Les théories seraient donc multipliées par deux pour deux comportements sémiotiques différents, irréductibles l'un à l'autre. Il y aurait des genres non naturels que l'on doit décrire, et des genres naturels pour lesquels on a un « flair inné » [*ibid.*].

Le concept de désignation rigide est peut-être plus souple chez Putnam. Supposons, suggère-t-il [1975, p. 200], que j'aie été auprès de Benjamin Franklin quand il a réalisé sa première expérience sur l'électricité et que Franklin m'ait dit que |électricité| était le nom d'un phénomène de telle et telle sorte. Il m'aurait donné une définition définie, approximativement correcte, du phénomène. Or, quand j'emploie le terme |électricité| je me réfère à cet événement introductif, au moment où j'ai appris ce terme, et chacun de mes emplois du terme serait causalement lié à cet événement, même si j'avais oublié où et quand j'ai entendu le nom pour la première fois. Supposons maintenant que j'enseigne le terme à quelqu'un d'autre, pour la première fois, en lui disant que |électricité| signifie une certaine grandeur physique de telle et telle sorte, sans mentionner le lien causal qui unit mon emploi actuel du terme à cet événement introductif. Il n'empêche que la présence de ce terme dans mon vocabulaire et dans celui de l'autre serait toujours *causalement lié* à cet événement.

Toutefois, cette connexion causale resterait purement historique et serait, pour ainsi dire, d'ordre juridique (au sens où Franklin pourrait prétendre à des droits d'auteur à chaque emploi du terme) ; mais elle ne clarifie pas le signifié du terme lui-même. Ce qui est décisif, semble-t-il, c'est qu'aujourd'hui, pour en expliquer le signifié, je dois moi aussi recourir à des descriptions, comme Franklin l'avait fait ce jour-là. L'événement introductif était quelque chose de semblable à l'Objet Dynamique de Peirce (l'électricité comme grandeur physique et la séquence de faits qui s'est produite ce jour-là étaient objet dynamique), mais ce qui permet la communication entre Putnam et la personne à laquelle il enseigne le terme, ou entre Putnam et nous, c'est que nous sommes tous capables de configurer, à travers des descriptions, un Objet Immédiat, et cet objet immédiat est interprété en termes de données d'encyclopédies. Il se peut que l'encyclopédie enregistre aussi, parmi les interprétants d'électricité, une photographie (si cela avait été possible) de Putnam discutant avec Franklin (comme les encyclopédies enregistrent à l'entrée |électricité| des images de Franklin qui manipule un cerf-volant). Mais c'est précisément cela qui permet de se rendre compte que l'on ne parle de l'existence même et de la possibilité de l'événement introductif qu'à travers des interprétants (même le récit que fait Putnam de sa rencontre avec Franklin est un phénomène sémiotique : si l'événement a eu lieu, les lignes imprimées à la p. 200 de Putnam, 1975, en sont l'unique preuve).

Autre chose. Imaginons que, pour empêcher de futures guerres, les Nations Unies décident de créer un Peace Corp, et que pour éviter que ses membres ne prennent parti pour l'un ou l'autre peuple, ceux-ci doivent être des ISP (Inter-Species Clones), à savoir des êtres semi-humains produits par clonage, en hybridant des punks rockers avec des chimpanzés élevés par les époux Gardner. Les Nations Unies devront discuter longuement sur la possibilité de produire ce « genre naturel », c'est-à-dire qu'elles devront parler longuement des ISP avant que ceux-ci n'existent, et cela justement afin qu'ils puissent exister un jour. Il est clair alors que si l'assignation du nom |ISP| aux ISP (avant qu'ils n'existent) représente un baptême, ce qui est baptisé ce n'est pas une chose mais une description encyclopédique. Il ne peut y avoir d'ostension originaire, comme pour les mots-objets, mais seulement une décision légale qui met en corrélation une phonation à une description encyclopédique (verbale, visuelle, alpha-numérique).

La question est de savoir si nous employons davantage les noms pour désigner des choses qui ont été rencontrées pour la première fois par un de nos ancêtres, ou si nous employons davantage les noms pour désigner des choses qui *devront* être en vertu de nos décisions encyclopédiques. On retrouve ce second processus pour des membres de genres naturels, comme lorsqu'un homme et une femme décident de s'unir pour engendrer un enfant qui s'appellera Théobald IV.

D'autre part, la théorie de la désignation rigide ne permet pas d'établir la différence entre des noms comme |Aristote| et des noms comme |Achille|. Seul le fait d'assumer que le signifié du nom est déterminé par une série complémentaire de descriptions culturelles garantit la possibilité de reconnaître qu'Aristote est un personnage historique et Achille un personnage imaginaire. S'il y avait, dans le cadre de la théorie de la désignation rigide, un moyen de remonter la chaîne des désignations et de délimiter les propriétés ontologiquement attribuées à Aristote ou à Achille au moment où ils sont été nommés pour la première fois, la théorie de la désignation rigide se transformerait en théorie de la compétence encyclopédique.

Mais il y a une seconde manière de concevoir la désignation rigide : c'est que la chaîne ininterrompue des désignations soit traduisible dans cette chaîne historique de descriptions en termes de contenu. La première personne qui a nommé Aristote comme |Aristote|, parlant à une deuxième personne, dit entendre par Aristote un certain personnage qu'elle a connu la veille dans le *Peripatos*. Et la deuxième personne, parlant à une troisième, désignera Aristote comme celui dont lui a parlé la première personne qui l'a rencontré la veille dans le *Peripatos*. Et ainsi de suite. Dans ce cas, la désignation rigide serait seulement un terme *non technique* pour indiquer les processus de transmission d'une connaissance encyclopédique par description de propriétés (même si ce sont des propriétés *non techniques*).

Quand Hintikka [1969 *a*] dit que si je vois un homme sans être sûr que ce soit Jean ou Henri, il n'en demeure pas moins que cet homme sera toujours le même, quel que soit le monde possible où je le conçoive, parce qu'il aura dans tous les cas la propriété nécessaire d'être l'homme dont j'ai la perception physique à ce moment précis, il n'énonce pas seulement un paradoxe en réduisant la notion de propriété à un pur fantôme doxastique. Il dit en fait que, au-delà de toute discussion ontologique sur les essences ou les genres naturels, ou les choses-en-soi, quand je parle de l'homme que je suis en train de percevoir, et que j'en parle dans tous les mondes possibles dont il est possible de parler, je dois stipuler que j'en parle comme de cette entité qui a la propriété d'être perçue par moi en ce moment. Cette propriété sera non technique, elle sera idiosyncrasique (mais elle ne le sera pas plus que si je décide collectivement de la rendre co-textuellement « nécessaire »), mais ce sera une propriété, exprimée par une description. L'unique contrefactuel qu'il serait illégitime d'énoncer est : |Si l'homme que je perçois en ce moment n'était pas celui que je perçois en ce moment|. S'il en était ainsi, *je ne pourrais pas parler*. Mais si Kripke parle d'Aristote après lui avoir retiré toutes ses propriétés, c'est parce que, fût-ce en termes d'une singulière mystique du lien occulte qui unit les locuteurs tout au long des siècles, il attribue à Aristote la propriété encyclopédique d'être celui dont *x* lui a parlé comme étant celui dont *y* lui avait précédemment parlé en le décrivant comme celui dont *z* lui avait parlé avant encore, et ainsi de suite, sinon à l'infini, du moins jusqu'à une « origine » du nom qui n'est pas mieux identifiée.

En fait, il nous paraît plus opportun de substituer à cette *métaphysique* de l'origine une *physique* de l'encyclopédie : Aristote est celui que les livres de philosophie interprètent comme auteur de tel ou tel livre, et que la tradition médiévale avait pris comme protagoniste d'un lai moralisateur où il était chevauché par sa servante. Chaque fois que l'on parlera d'Aristote, il faudra stipuler la portion d'encyclopédie qui est concernée : si l'Aristote du lai médiéval n'avait pas écrit ce qu'il a écrit et s'il n'était pas né à Stagire, pourvu que l'on ait décidé d'en parler comme du « savant sur lequel ironise et moralise le lai médiéval », on parlerait toujours de la même personne. Evidemment ce ne serait pas la personne dont parlaient Ross et Jaeger quand ils écrivaient des ouvrages sur l'auteur de la *Métaphysique* et de la *Poétique*. Mais ce qui permet toujours l'interprétation du lai médiéval, c'est que de toute façon, l'encyclopédie de l'époque décrivait Aristote comme un célèbre philosophe de l'Antiquité sur lequel nombre de commentateurs avaient écrit. Un examen de l'encyclopédie médiévale permettrait de déterminer un réseau d'interprétants (pas de désignations rigides) qui caractériseraient Aristote, sinon comme l'auteur de la *Poétique* (découverte fort tard), du moins comme l'auteur des *Catégories* et comme celui qui avait été commenté par Porphyre. L'Aristote du lai avait, outre une possible référence, un signifié, un signifié *certain* parce que *interprétable*.

CHAPITRE III

MÉTAPHORE ET SÉMIOSIS

1. Le nœud métaphorique

La métaphore, le « plus lumineux et, parce que le plus lumineux, le plus nécessaire et le plus épais » de tous les tropes, met au défi toute entrée d'encyclopédie. D'abord, elle fait l'objet d'une réflexion philosophique, linguistique, esthétique, psychologique depuis la nuit des temps : il n'est point d'auteur ayant écrit sur les humanités les plus diverses qui ne lui ait consacré au moins une page (sans compter tous ceux qui l'ont évoquée à propos de sciences et de méthode scientifique). La bibliographie raisonnée sur la métaphore de Shibles [1971] enregistre à peu près 3 000 titres : et pourtant, même avant 1971, elle néglige des auteurs comme Fontanier, presque tout Heidegger, Greimas — pour ne citer que certains de ceux qui avaient des choses à dire sur la métaphore — et elle ignore naturellement, après les auteurs de la sémantique componentielle, les études successives sur la logique des langages naturels, Henry, le Groupe μ de Liège, Ricœur, Samuel Levin, la linguistique textuelle dans ses dernières recherches et la pragmatique.

Ensuite, parler de la métaphore signifie parler de l'activité rhétorique dans toute sa complexité : en effet, pour nombre d'auteurs, le terme |métaphore| a indiqué toute figure de rhétorique en général — c'était le cas d'Aristote et de Tesauro — en la considérant, comme disait le vénérable Bède, comme « un *genus* dont les autres tropes sont des espèces ». Et la première question à se poser, c'est de savoir ce qui, de la myopie, de la paresse ou de quelque autre raison a amené à opérer sur la métaphore cette curieuse synecdoque, en la prenant comme partie représentative du tout. Il en ressortirait immédiatement — et nous essaierons de le démontrer — qu'il est très difficile de considérer la métaphore sans la voir inscrite dans un cadre qui inclut nécessairement la synecdoque et la métonymie : si bien que ce trope qui, de tous, semble être le plus originel apparaît au contraire comme le plus dérivé, résultat d'un calcul sémantique présupposant d'autres opérations sémiotiques préliminaires. Curieuse situation pour une opération qui, entre toutes, a été reconnue par beaucoup comme celle qui fonde toutes les autres.

Enfin, si l'on entend par métaphore tout ce qui a été prédiqué d'elle au cours des siècles, traiter de la métaphore signifie traiter aussi, au bas mot (et la liste n'est pas exhaustive), de : symbole, idéogramme, modèle, archétype, rêve, désir, délire, rite, mythe, magie, créativité, paradigme, icône, représentation — ainsi que, c'est évident, de langage, signe, signifié, sens.

Une autre contradiction, un autre paradoxe — et non des moindres — auxquels on s'expose en abordant cette réflexion, c'est que l'on s'aperçoit très vite que, sur les milliers de pages écrites à propos de la métaphore, la plupart n'ajoutent rien de nouveau aux deux ou trois premiers concepts fondamentaux énoncés par Aristote. En effet, on a dit très peu de choses d'un phénomène sur lequel il semble que tout ait été dit. L'histoire du débat sur la métaphore, c'est l'histoire d'une série de variations autour de quelques tautologies, voire d'une seule : « La métaphore est cet artifice qui permet de parler métaphoriquement. » Certaines de ces variations constituent toutefois une « rupture d'épistémè », elles font glisser le concept vers des horizons nouveaux : pas de beaucoup, mais juste ce qu'il faut. Ce sont ces variations-là qui nous intéressent.

Le discours sur la métaphore tourne autour de deux options : *a* / le langage est, par sa nature et par origine, métaphorique, le mécanisme de la métaphore fonde l'activité linguistique et toute règle ou convention postérieure naît afin de réduire, de discipliner (et d'appauvrir) la richesse métaphorique qui définit l'homme comme animal symbolique; *b* / la langue (et tout autre système sémiotique) est un mécanisme conventionné, régi par des règles, une machine prévisionnelle qui dit quelles sont les phrases générables et celles qui ne le sont pas, et, parmi celles qui sont générables, celles qui sont « bonnes » ou « correctes » ou « dotées de sens »; la métaphore, c'est la panne de cette machine, son soubresaut, l'issue inexplicable, et dans le même temps, le moteur de son renouvellement. On le voit, cette opposition est calquée sur l'opposition classique entre φύσις et νόμος, analogie et anomalie, motivation et arbitraire.

Voyons ce que cela entraîne si l'on avalise l'un ou l'autre des termes de ce dilemme. Si la métaphore fonde le langage, on ne peut parler de la métaphore si ce n'est métaphoriquement. Toute définition de la métaphore ne pourra alors qu'être circulaire. En revanche, s'il existe au préalable une théorie de la langue qui en prescrit les résultats « littéraux », et si la métaphore est le scandale de cette théorie (ou si elle est la violation de ce système de normes), alors le langage (en tant que métalangage théorique) doit parler de quelque chose que par définition il ne peut pas définir. Une théorie « dénotative » de la langue peut indiquer les cas où la langue est employée incorrectement et où pourtant *elle semble dire quelque chose* : mais elle est bien embarrassée pour expliquer quoi et pourquoi. Elle en arrive par conséquent à des définitions tautologiques du type : « On a une métaphore chaque fois qu'il se produit quelque chose d'inexplicable que les usagers de la langue ressentent comme métaphore. »

Et ce n'est pas fini : étudiée à propos de la langue verbale en particulier, la métaphore a des airs de scandale pour toute linguistique, parce qu'elle est en fait un mécanisme sémiotique qui apparaît dans presque tous les systèmes de signes, mais de façon telle qu'elle renvoie l'explication linguistique à des mécanismes sémiotiques qui ne sont pas propres à la langue parlée. Il suffit de penser à la nature souvent métaphorique des images oniriques. En d'autres termes, il ne s'agit pas de dire qu'il existe *aussi* des métaphores visuelles (à l'intérieur de l'univers du visuel il faudra distinguer les systèmes figuratifs, gestuels, etc.) ou qu'il existe *aussi* — peut-être — des métaphores olfactives ou musicales. Le problème, c'est que la métaphore verbale requiert souvent, pour être expliquée d'une manière ou d'une autre dans ses origines, le renvoi à des expériences visuelles, auditives, tactiles, olfactives. Au cours de ce chapitre, nous nous limiterons en général aux métaphores verbales, mais chaque fois que cela sera nécessaire, nous ferons référence à un cadre sémiotique plus vaste. Aristote, Vico, Tesauro l'ont fait; bien des théoriciens contemporains les plus « scientifiques » n'ont pas jugé bon de le faire, et mal leur en a pris.

Quoi qu'il en soit, le problème central est de savoir si la métaphore est une modalité expressive qui a *aussi* une valeur cognitive (ou qui l'a *éminemment*) : c'est à cause de cela, et comme cause de cela, que naît la question de savoir si la métaphore est φύσις ou νόμος, c'est-à-dire fondatrice ou fondée. Nous négligerons la métaphore en tant qu'ornement, car si elle n'était que cela (dire en termes choisis ce qui pouvait se dire autrement), elle serait totalement explicable en termes d'une théorie de la dénotation. Elle nous intéresse en tant qu'instrument de connaissance *additive* et non *substitutive*.

2. Pragmatique de la métaphore

Toutefois, considérer la métaphore comme cognitive ne signifie pas l'étudier en termes de conditions de vérité. C'est pourquoi nous ne prendrons pas en compte les discussions sur une *aléthique* de la métaphore : c'est-à-dire chercher à savoir si la métaphore dit ou non la vérité et si l'on peut tirer des inférences vraies d'un énoncé métaphorique. Il est évident que celui qui fait des métaphores, littéralement parlant, *ment* — et que tout le monde le sait. Mais cela rejoint le problème plus vaste du statut aléthique et modal de la *fiction* : comment *on fait semblant* de faire des assertions en voulant cependant affirmer *sérieusement* quelque chose de vrai au-delà de la vérité littérale.

Mais si l'on peut laisser de côté une sémantique extensionnelle de la métaphore (cf. tout au plus le § II sur les débats actuels de sémantique logique), on ne peut en négliger une *pragmatique*.

Nous pouvons commencer (historiographiquement parlant) par la fin et voir comment se présente l'activité métaphorique dans les termes des *règles conversationnelles* [Grice, 1971]. Faire une métaphore, c'est indéniablement violer la maxime de la Qualité (« Fais en sorte que ta contribution à la conversation soit vraie »), celle de la Quantité (« Fais en sorte que ta contribution soit informative autant que le requiert la situation d'échange »), celle de la Manière (« Sois clair »), et celle de la Relation (« Ne parle pas pour ne rien dire »). Celui qui fait une métaphore ment apparemment, il parle de façon obscure et surtout il parle d'autre chose, en fournissant une information vague. Donc, si un locuteur parle en violant toutes ces maximes, et s'il le fait de manière telle qu'on ne puisse le soupçonner ni de stupidité ni de maladresse, on a une *implicature* : de toute évidence, il veut faire entendre autre chose.

Cela nous est utile pour clarifier les cas de refus de la métaphore (et d'autres figures) qui sont bien plus nombreux qu'on ne croit. Certes, la situation de l'imbécile qui, à l'affirmation |Cette bière est divine!|, répondrait « Non, c'est un produit humain et industriel » est comique. Mais c'est beaucoup moins comique (au sens où le jeu comique est en ce cas le témoin d'une idéologie de la littérature) dans le texte que Giovanni Mosca consacrait à l'analyse des poètes hermétiques, dans le « Bertoldo » du 30 juin 1939.

Quand Ungaretti écrit |Hurlé par quel Erèbe| (*D'août*, 1925), Mosca commente : « On ne sait même pas combien d'Erèbes il y a. Monsieur Perozzi dit douze... A quoi nous répondons : "Des preuves, cher Monsieur Perozzi, des preuves!". » Ou encore, quand Ungaretti écrit |C'était une nuit étouffante / Où tout à coup je vis des crocs violets / Dans une aisselle de feinte douceur| (*Premier amour*, 1929), Giovanni Mosca ironise, entre autres : « Il est prouvé que par les nuits étouffantes les aisselles feignent la douceur. Alors les naïfs, ceux qui ne savent rien des pièges axillaires, s'appochent d'elles, confiants, ils vont pour les toucher, et crac!, juste à ce moment-là, voilà que tout à coup pointent les caractéristiques crocs violets des aisselles... » Et ainsi de suite, sans épargner ni l'*Oboe Sommerso* de Quasimodo ni le *Crudele Addio* de Cardarelli.

Ici, Mosca veut faire rire (divertir) en montrant comment la métaphore peut être pragmatiquement refusée : il n'y a pas d'implicature possible, soit on parle littéralement, soit on ne parle pas. Mais voulait-il vraiment dire cela ? Nous ne le croyons pas. L'humoriste aurait été tout disposé à accepter la métaphore de la « forêt obscure » ou de « Vénus tout entière à sa proie attachée ». Son refus est le refus d'une tension métaphorique que la culture d'une époque *ne peut pas supporter*. Cet article marque la limite de l'acceptabilité pragmatique d'une culture par rapport aux *nouvelles* hardiesses métaphoriques. Et ce n'est pas une limite d'acceptabilité sémantique, car l'effort pour interpréter les Erèbes qui hurlent ou les crocs violets n'est pas différent de celui qui est requis pour interpréter les serpents qui sifflent sur une tête. Donc, parmi les lois pragmatiques qui régissent l'acceptation des métaphores (et la décision de procéder à leur interprétation), il y a aussi des lois socio-culturelles qui instaurent des tabous, des limites *quos ultra citraque nequit consistere rectum*. Il y a des modèles intertextuels qui fonctionnent comme des garanties catachrétiques : cela a déjà été dit et on peut le dire, cela n'a jamais été dit et on ne peut pas le dire. Il a été remarqué que l'on peut dire que la jeunesse est le matin de la vie mais pas que le matin est la jeunesse du jour. Pourquoi « ne peut-on pas le dire » ? Une fois que l'on a accepté le principe d'implicature selon lequel une expression conversationnellement déviante peut être interprétée métaphoriquement, une expression en vaut une autre. Cela ne peut-il pas se dire parce que cela n'a jamais été dit ? Ou bien parce que c'est « mauvais » ? Mais quel est le critère du « bon » pour une métaphore ? Et puis, ne peut-il exister un contexte où il semblera bon et persuasif que le matin soit la jeunesse du jour comme (on le sait maintenant) il existe des contextes où d'incolores idées vertes peuvent dormir furieusement ? Une sémiotique de la métaphore passe aussi par une sémiotique de la culture. Nous verrons cela plus loin.

3. Les définitions traditionnelles

Les dictionnaires courants sont en général embarrassés pour définir la métaphore. A côté des maladresses de certains dictionnaires populaires (*Nuovissimo Melzi* de 1906 : « Figure par laquelle on donne à un vocable une signification qui n'est pas la sienne propre »), les meilleurs des dictionnaires frôlent souvent la tautologie.

« Transfert du nom d'un objet à un autre objet par rapport d'analogie » (mais le rapport analogique, c'est justement le rapport métaphorique); « Substitution d'un terme propre par un terme figuré » (la métaphore étant une espèce du genre figure, on définit la métaphore avec une synecdoque); « Similitude abrégée... » Nous nous en tenons aux définitions classiques [voir à ce sujet une vaste documentation *in* Lausberg, 1960]; pour le reste, on a, dans le meilleur des cas, des typologies des différents types de substitution, d'animé à inanimé, d'inanimé à animé, d'animé à animé et d'inanimé à inanimé, soit au sens physique, soit au sens moral; ou alors des substitutions effectuées sur le nom, l'adjectif, le verbe, l'adverbe [cf. l'étude la plus circonstanciée à ce sujet : Brooke-Rose, 1958].

Quant à la synecdoque, on parle de « substitution de deux termes entre eux, selon un rapport de plus ou moins grande extension » (partie pour le tout, tout pour la partie, espèce pour le genre, singulier pour le pluriel ou *vice versa*) tandis que pour la métonymie on parle de « substitution de deux termes entre eux, selon un rapport de contiguïté » (où la contiguïté est un concept assez flou car il comprend les rapports cause/effet, contenant/contenu, instrument pour opération, lieu d'origine pour objet originaire, emblème pour emblématisé et ainsi de suite). Quand en plus, on spécifie que la synecdoque opère des substitutions à l'intérieur du *contenu conceptuel* d'un terme alors que la métonymie agit en dehors de lui, on ne comprend pas pourquoi « le fer » pour une épée ou « la pourpre » pour des habits de pourpre sont définis par Fontanier comme des synecdoques de la matière (et il est à noter que pour d'autres auteurs, la matière pour l'objet est considérée comme métonymie) tandis que l'organe pour la fonction (il a un bon nez, il a une bonne oreille) est un cas de métonymie. Comme s'il n'était pas *de la même façon* conceptuellement essentiel pour une épée d'être faite de fer et pour l'ouïe de dépendre de l'oreille.

Nous verrons au paragraphe 12.2 que cette confusion a des racines « archéologiques » et extra-rhétoriques. Nous verrons aussi qu'il serait possible de limiter la synecdoque aux représentations sémantiques en forme de dictionnaire et de réserver la métonymie aux représentations en forme d'encyclopédie. En fait, cet embarras des dictionnaires se retrouve dans les traités classiques, qui ont construit une typologie non négligeable des figures rhétoriques (utile à bien des égards aujourd'hui encore) mais riche d'équivoques. L'examen du schéma récapitulatif de la figure 13 révèle aussitôt les défauts de cette typologie :

(1) elle considère les tropes comme des opérations sur des *verba singula* et s'interdit leur analyse contextuelle;
(2) elle introduit, nous l'avons déjà dit, la distinction synecdoque/métonymie à travers la catégorie non analysée de *contenu conceptuel*;

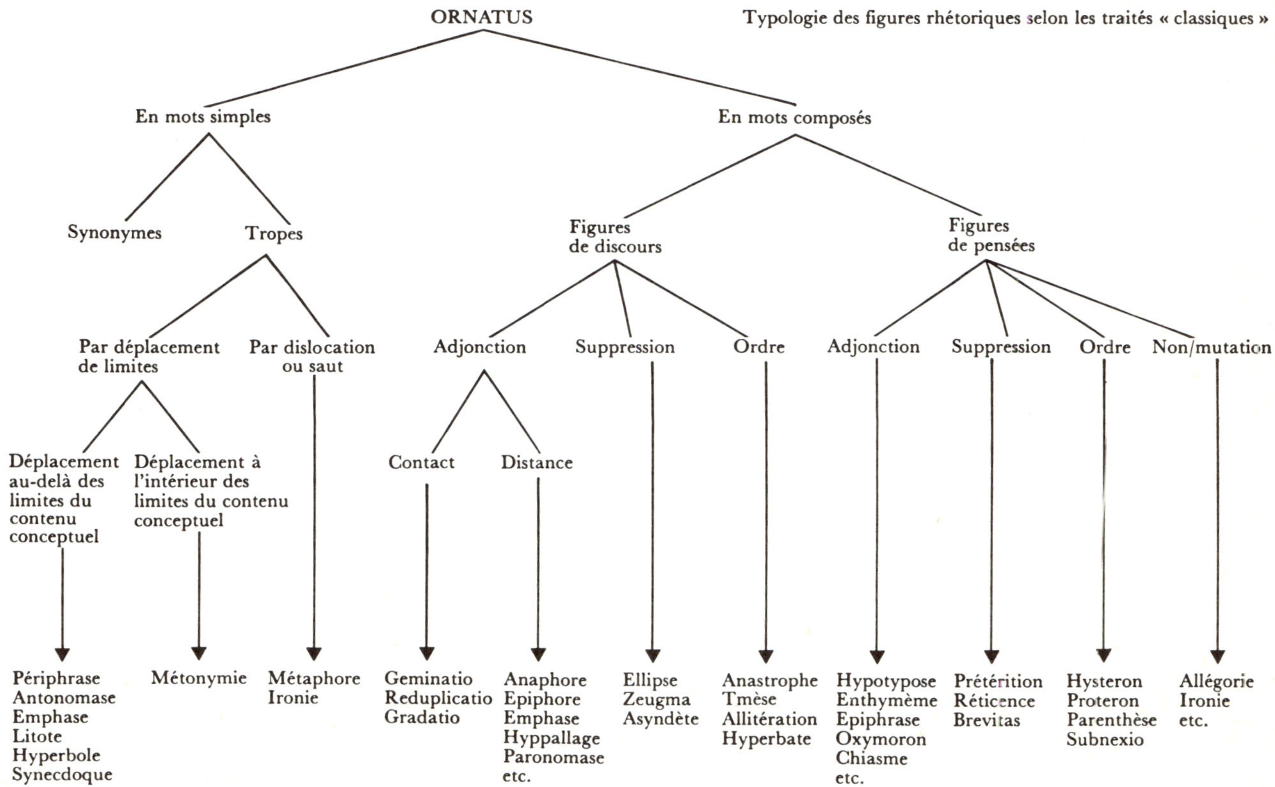

Fig. 13. — Typologie des figures rhétoriques selon les traités « classiques »

(3) elle ne distingue pas entre opérations syntaxiques et opérations sémantiques (l'asyndète et le zeugme, par exemple, sont deux cas de figures par suppression, mais la première relève de la pure distribution syntaxique et la seconde implique des décisions sémantiques) ;
(4) surtout, elle définit la métaphore comme trope de dislocation ou de saut, où |dislocation| et |saut| sont des métaphores de « métaphore », et où |métaphore| est à son tour une métaphore, parce que justement elle veut dire « transport » ou « déplacement ».

Nous avons reproduit dans le tableau 1 la classification proposée par le Groupe μ, qui tient compte de la distinction entre expression et contenu. Bien des problèmes s'y trouvent sinon résolus, du moins mieux posés. Mais puisque la tradition a laissé des notions disjointes, il va nous falloir partir à la recherche d'une théorie de la métaphore au moment où elle a été proposée pour la première fois, c'est-à-dire chez Aristote.

Nous consacrerons un grand nombre de pages à cette étude, car toutes les théories successives, jusqu'à nos jours, dépendent — avec des variantes, bien sûr — de la définition aristotélicienne.

4. Aristote : la synecdoque et l'arbre de Porphyre

Aristote aborde pour la première fois le thème de la métaphore dans la *Poétique** [1457 *a*, 1 - 1458 *a*, 17]. Pour animer le langage, on peut employer, à côté de mots communs, des mots étrangers, des mots d'ornement, des mots forgés artificiellement, des mots allongés, écourtés, modifiés (la *Rhétorique* analysera nombre de ces jeux verbaux, véritables calembours) et enfin des métaphores. La métaphore est définie comme le recours à un nom d'un autre type ou comme le transport à une chose d'un nom qui en désigne un autre, opération qui peut s'effectuer par transport du genre à l'espèce, de l'espèce au genre, de l'espèce à l'espèce ou par analogie.

On a dit qu'Aristote, en fondant une science de la métaphore, emploie |métaphore| comme terme générique : en effet, les métaphores des deux premiers types sont en fait des synecdoques. Mais c'est l'analyse attentive de l'ensemble de cette classification et des exemples qui la commentent qui nous amènera à l'origine de tout ce qui a été dit sur la métaphore au cours des siècles suivants.

Premier type : du genre à l'espèce. Aujourd'hui, d'après la définition

* Trad. franç., *La Poétique*, Paris, Les Belles-Lettres, 1932.

Tableau 1. — Tableau général des métaboles (grammaticales et logiques) ou figures de rhétorique (tiré de Groupe μ, 1970, p. 49)

		MÉTABOLES GRAMMATICALES (Code)			MÉTABOLES LOGIQUES (Référent)
		EXPRESSION		CONTENU	
	OPÉRATIONS	A. MÉTAPLASMES Sur la morphologie	B. MÉTATAXES Sur la syntaxe	C. MÉTASÉMÈMES Sur la sémantique	D. MÉTALOGISMES Sur la logique
SUBSTANTIELLES	I. SUPPRESSION				
	1.1. Partielle	Aphérèse, apocope, syncope, synérèse	Crase	Synecdoque et antonomase généralisantes, comparaison, métaphores *in praesentia*	Litote 1
	1.2. Complète	Déléation, blanchissement	Ellipse, zeugme, asyndète, parataxe	Asémie	Réticence, suspension, silence
	II. ADJONCTION				
	2.1. Simple	Prosthèse, diérèse, affixation, épenthèse, mot-valise	Parenthèse, concaténation, explétion, énumération	Synecdoque et antonomase particularisantes, archilexie	Hyperbole, silence hyperbolique
	2.2. Répétitive	Redoublement, insistance, rimes, allitération, assonance, paronomase	Reprise, polysyndète, métrique, symétrie	*Néant*	Répétition, pléonasme, antithèse
	III. SUPPRESSION-ADJONCTION				
	3.1. Partielle	Langage enfançon, substitution d'affixes, calembour	Syllepse, anacoluthe	Métaphore *in absentia*	Euphémisme
	3.2. Complète	Synonymie sans base morphologique, archaïsme, néologie, forgerie, emprunt	Transfert de classe, chiasme	Métonymie	Allégorie, parabole, fable
	3.3. Négative	*Néant*	*Néant*	Oxymore	Ironie, paradoxe, antiphrase, litote 2
RELATIONNELLES	IV. PERMUTATION				
	4.1. Quelconque	Contrepet, anagramme, métathèse	Tmèse, hyperbate	*Néant*	Inversion logique, inversion chronologique
	4.2. Par inversion	Palindrome, verlen	Inversion		

du Groupe μ, on l'appellera *synecdoque généralisante du type* Σ. L'exemple d'Aristote est |voici mon navire arrêté| car être arrêté est le genre qui comprend parmi ses espèces être ancré. Un exemple plus évident et plus canonique (de nos jours) serait l'emploi de |animaux| pour « hommes », les hommes étant une espèce du genre animaux. Même les logiciens s'intéressant à la métaphore admettent que la substitution du genre à espèce constitue un excellent artifice. Pour une raison logiquement évidente.

Selon les *Catégories*, I *a*, 1-12, deux choses sont synonymes quand elles sont toutes deux nommées d'après leur genre commun (homme et bœuf sont tous deux nommables comme animaux). Donc, une métaphore du premier type est une forme de synonymie dont la génération et l'interprétation dépendent d'un arbre de Porphyre (cf. le chap. II de ce livre).

Dans les deux cas (synonymie et métaphore du premier type), nous sommes face à une définition « pauvre ». Un genre ne suffit pas à définir une espèce; le genre étant posé, il n'en dérive pas nécessairement une des espèces sous-jacentes. En d'autres mots, celui qui assume animal pour homme fait une sorte d'inférence illicite, du type : $((p \supset q) \cdot q) \supset p$.

Du point de vue logique, la métaphore aristotélicienne du deuxième type est plus acceptable, étant donné qu'elle représente un exemple correct de *modus ponens* : $((p \supset q) \cdot p) \supset q$; Pour le Groupe μ, la métaphore du deuxième type est une *synecdoque particularisante du type* Σ. L'exemple fourni par Aristote est |Certes, Ulysse a accompli des milliers de belles actions| où |milliers| est en lieu de « beaucoup », un genre dont milliers est une espèce. On voit ici comment une implication matérielle, formellement correcte, paraît peu convaincante du point de vue d'une langue naturelle. Milliers n'est *nécessairement* beaucoup que si on a un arbre de Porphyre qui concerne une échelle donnée de quantité. On pourrait en imaginer une autre, concernant des grandeurs astronomiques, où milliers serait une infime quantité. Voyons d'autre part ce qui se passe si l'on interprète le schéma du deuxième type en analogie avec l'exemple fourni pour le premier type : cela signifierait que, étant donné homme comme espèce et animal comme genre, il existe une métaphore capable de signifier « animal » à travers |homme|.

Autrement dit, s'il semble *assez* nécessaire qu'un homme soit un animal, et si s'ancrer implicite nécessairement s'arrêter, il ne semble pas autant nécessaire que milliers soit beaucoup. Admettons même que l'homme soit animal uniquement dans un certain cadre de référence, c'est-à-dire sous une certaine description et non pas dans l'absolu; même dans ce cas, le cadre et la description selon lesquels milliers serait beaucoup sont bien plus réduits que le cadre et la description selon lesquels un homme est un animal. Comment se fait-il qu'Aristote ne se soit pas rendu compte de la différence entre le premier et le deuxième exemple ? Sans doute parce que, d'après le code de la langue grecque du IVe siècle avant J.-C., l'expression |milliers| était désormais hypercodée (comme phrase toute faite) et servait à désigner une grande quantité. C'est-à-dire qu'Aristote explique les modalités d'interprétation de cette synecdoque en donnant pour déjà désambiguïsée la synecdoque elle-même. Nouvel exemple de confusion entre structure du langage, ou du lexique, et structure du monde.

Pour Aristote, les deux premiers types sont équivalents quant à leur validité métaphorique. Le Groupe μ considère en revanche que la synecdoque particularisante est difficilement perceptible, et il oppose à la clarté de |noir| pour zoulou la difficulté de |nuit zoulou| pour nuit noire. Mais si, pour indiquer péjorativement un Noir, on dit |zoulou|, on est parfaitement compris, trop bien même. D'autant plus que, justement en termes d'arbre de Porphyre, il semble que la synecdoque particularisante requière moins de tension interprétative que la synecdoque généralisante. En effet, dans la synecdoque particularisante on doit remonter du nœud inférieur au nœud supérieur, et il ne peut y avoir qu'un seul nœud supérieur ; dans la synecdoque généralisante, au contraire, il faut descendre du nœud supérieur à l'un des nombreux nœuds inférieurs possibles. Ne devrait-il pas être plus facile de comprendre que |homme| signifie « animal » plutôt que de comprendre que |animal| signifie « homme » et non pas, par exemple, « crocodile » ? Quoi qu'il en soit, on en arrive à une conclusion surprenante : les métaphores du deuxième type sont logiquement correctes mais rhétoriquement insipides, alors que celles du premier type sont rhétoriquement acceptables mais logiquement injustifiables.

5. Aristote : la métaphore a trois termes

Passons au troisième type. L'exemple d'Aristote est double : |Ayant au moyen de son glaive de bronze épuisé sa vie| et |Ayant au moyen de sa coupe de bronze coupé l'eau|. Une autre traduction veut que dans le second cas il s'agisse encore de l'arme de bronze qui coupe le flux du sang ou de la vie. De toute manière, ce sont deux exemples de passage d'espèce à espèce : |épuiser| et |couper| sont deux cas d'un plus général « enlever ». Ce troisième type semble être plus authentiquement une métaphore : on dirait tout de suite qu'il y a quelque chose de « semblable » entre épuiser et couper. Si bien que la structure logique et le mouvement interprétatif se représenteraient comme suit :

Troisième type :

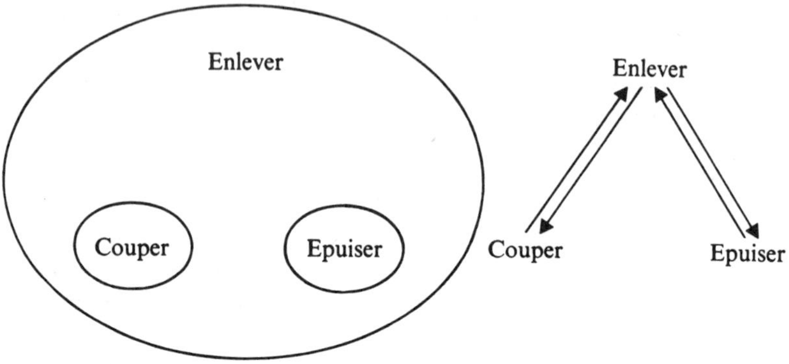

où le passage d'une espèce au genre puis du genre à une seconde espèce peut se faire de droite à gauche ou de gauche à droite, selon l'exemple aristotélicien que l'on veut discuter.

Ce troisième type semble être si authentiquement une métaphore que bien des théoriciens postérieurs travailleront de préférence sur des exemples de ce genre. Nous donnons ici un diagramme que l'on retrouve chez divers auteurs, où *x* et *y* sont respectivement métaphorisant et métaphorisé et Z le terme intermédiaire (le genre de référence) qui permet la désambiguïsation :

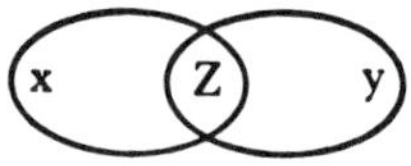

Le diagramme rend compte d'expressions comme |La dent de la montagne| (cime et dent participent du genre « forme pointue »), ou bien |Elle était un roseau| (jeune fille et roseau participent du genre « corps flexible »). Les théories contemporaines disent que le roseau acquiert une propriété « humaine » ou que la jeune fille acquiert une propriété « végétale », et qu'en tout cas les unités en jeu perdent certaines de leurs propriétés [cf. par exemple la théorie des *transfer features*, *in* Weinreich, 1972]. Au paragraphe 12, nous parlerons plus précisément de sémèmes (ou unités de contenu) qui acquièrent ou perdent des *sèmes*, ou *traits sémantiques*, ou *propriétés sémantiques*. Mais à ce propos, deux problèmes se posent à nous.

Premièrement : pour définir les propriétés qui survivent et celles qui doivent tomber, il faut contruire un arbre de Porphyre *ad hoc*, et cette opération doit être orientée par un univers de discours ou un cadre de référence [pour une des premières assertions de ce principe, cf. Black, 1955]. Deuxièmement : dans cette opération d'intersection sémémique se produit un phénomène nouveau par rapport aux synecdoques ou métaphores des deux premiers types.

Considérons le double processus qui préside à la production et à l'interprétation de |La dent de la montagne|.

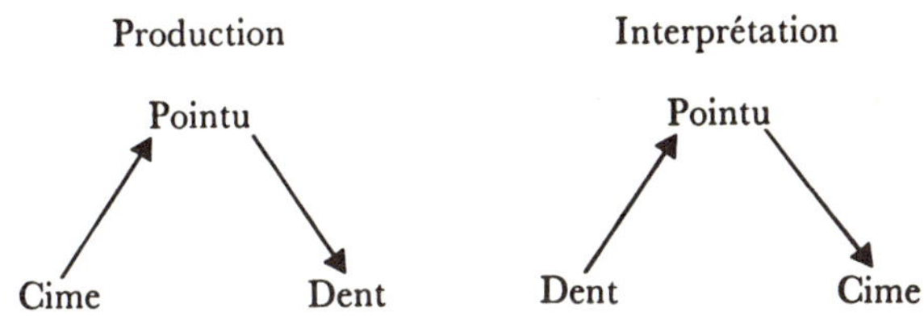

Dans une synecdoque où l'on nommerait la cime comme |chose pointue|, la cime perdrait certaines de ses propriétés caractérisantes (comme par exemple être minérale) pour partager avec le genre auquel elle est réduite certaines propriétés morphologiques (être pointue, justement). Dans une métaphore du troisième type, la cime perd certaines propriétés en devenant chose pointue et en acquiert d'autres en devenant dent. Mais si cime et dent ont *en commun* la propriété d'être pointues, le fait même de les comparer met en évidence les propriétés qu'elles ont *en opposition*. C'est si vrai que l'on parle de transfert de propriétés (la cime devient plus humaine et organique, la dent acquiert une propriété de minéral). Mais ce qui rend toujours très discutables ces théories de *transfer features*, c'est que l'on ne sait pas qui acquiert quoi et qui perd quoi. Plus que de transfert, on pourrait parler d'un *va-et-vient* de propriétés. Nous évoquerons au paragraphe 7 ce phénomène dit de *condensation* — ainsi que l'a appelé Freud — qui caractérise la métaphore du quatrième type. En fait, si on analyse de plus près ce qui se passe avec |La dent de la montagne|, on s'aperçoit que la métaphore du troisième type est une métaphore du quatrième type car elle met en jeu non pas trois mais quatre termes, qu'ils soient ou non exprimés dans la manifestation linguistique : la cime est à la montagne comme la dent est à la bouche; d'autre part, la jeune fille est à la rigidité d'un corps masculin comme le roseau est à la rigidité du chêne, sinon on ne comprendrait pas par rapport à quoi roseau et jeune fille sont plus flexibles. En tout cas, ce qui apparente la métaphore du troisième type à celle du quatrième, c'est qu'il n'y a plus en jeu de pures identifications ou absorptions (d'espèce à genre) mais soit des « similarités » soit des « oppositions ».

6. Aristote : le schéma proportionnel

La métaphore par analogie ou par proportion est une métaphore à quatre termes. Non plus A/B = C/B (la cime est au genre pointu comme l'est la dent) mais bien A/B = C/D. Le terme |coupe| est avec le terme |Dionysos| dans le même rapport que le terme |bouclier| est avec le terme |Arès|. De cette façon, on peut définir le bouclier comme |la coupe d'Arès| ou la coupe comme |le bouclier de Dionysos|. Ou encore : la vieillesse est à la vie comme le soir est au jour, de sorte que l'on pourrait définir la vieillesse comme |le soir de la vie| et le soir comme |la vieillesse du jour|.

Cette définition d'Aristote a toujours paru superbe de clarté et de concision. Elle l'est en effet, et l'idée de trouver une sorte de fonction proportionnelle infiniment remplissable pour tout cas de métaphore de ce quatrième type est réellement un coup de génie. D'autant que cette formule proportionnelle permet aussi de représenter les cas de catachrèse au sens strict, où le métaphorisant est mis pour un terme métaphorisé qui, lexicalement parlant, n'existe pas : A/B = C/*x*. Aristote fournit un exemple complexe mais il suffit de se référer aux deux catachrèses connues du |pied de la table| et du |bras de lecture de l'électrophone|. L'analogie concernant le pied joue sur des propriétés *fonctionnelles* (soutien) au détriment des ressemblances *morphologiques* alors que l'analogie concernant le bras laisse tomber les pertinences fonctionnelles et insiste sur les pertinences morphologiques. Ce qui revient à dire que divers critères de construction de l'arbre de Porphyre sont à nouveau en jeu, si toutefois on peut encore parler d'arbre de Porphyre *tout court*. Etant donné un format indiscutable de l'arbre de Porphyre (c'est-à-dire quand sont mises entre parenthèses les conditions culturelles et co-textuelles de sa construction), l'arbre choisi explique comment et pourquoi il est possible de penser (productivement et interprétativement) les métaphores des trois premiers types. Mais prenons la situation particulière d'une métaphore du quatrième type : coupe/Dionysos = bouclier/Arès. Comment la calculer selon un quelconque arbre de Porphyre ?

Pour commencer, le rapport coupe/Dionysos, d'après les critères de la rhétorique postérieure, est de type métonymique. On associe communément la coupe à Dionysos par *contiguïté*, par un rapport sujet/instrument, par habitude culturelle (sans laquelle la coupe pourrait *être à* beaucoup d'autres sujets). Ce rapport n'est absolument pas reconductible à un arbre de Porphyre, à moins d'accomplir de l'équilibrisme ensembliste (du style : la coupe appartient à la classe de toutes les choses qui caractérisent Dionysos, ou bien Dionysos appartient à la classe de tous ceux qui utilisent des coupes). *Idem* pour le rapport bouclier/Arès. Autrement dit, il est très difficile de recommaître ce rapport comme un cas d'enchâssement espèce/genre.

Dans le cas hommes/animaux, on est — semble-t-il — face à un rapport *analytique*, alors que pour coupe/Dionysos on est face à un rapport *synthétique*. L'homme est animal en vertu de la définition du terme |homme| tandis que la coupe ne renvoie pas nécessairement à Dionysos, sinon dans un co-texte très restreint où l'on énumérerait, iconographiquement, les différents dieux païens avec leurs attributs caractéristiques. Panofsky et le Caravage seraient d'accord pour soutenir que *si Dionysos, alors coupe*, mais eux-mêmes conviendraient qu'il est impossible de penser un homme qui ne soit pas animal alors qu'il est toujours possible de penser Dionysos sans coupe. Admettons cependant qu'il soit possible de dire que le rapport coupe/Dionysos est homologue à celui de homme/animal. On se trouverait alors confronté à un nouveau problème : pourquoi Dionysos doit-il être posé en rapport avec Arès et non pas, par exemple, avec Déméter, Athéna ou Héphaïstos ?

Malgré la décision d'exclure l'intuition du locuteur de ce genre de considération (car l'intuition du locuteur est établie par des contextes culturels), c'est l'intuition — il faut en convenir — qui amène à penser que pour Aristote lui-même il serait très difficile de nommer la lance d'Athéna comme |coupe d'Athéna| et les moissons de Déméter comme |bouclier de Déméter| (même si l'on tient compte des contextes « baroques » où cela pourrait se produire). L'intuition dit que bouclier et coupe peuvent être mis en rapport car ils sont tous deux ronds et concaves (ronds et concaves différemment, mais c'est en cela que résiderait la finesse de la métaphore, en faisant reconnaître une certaine ressemblance entre des choses différentes). Mais qu'est-ce qui unit Dionysos à Arès ? Au panthéon des dieux païens, ce qui les unit (admirable oxymoron) c'est leur diversité. Dionysos dieu de la joie et des rites pacifiques, Arès dieu de la mort et de la guerre. Donc, un jeu de ressemblances qui entre en interaction avec un jeu de dissemblances. Semblables la coupe et le bouclier parce que tous deux ronds, dissemblables par leur fonction; semblables Arès et Dionysos parce que dieux tous les deux, dissemblables par leur domaine d'action respectif.

Un tel nœud de problèmes suscite quelques réflexions. Ce qui n'avait pas paru si évident à Aristote a été développé, à des époques différentes, par les études postérieures sur la métaphore.

7. Proportion et condensation

La métaphore à quatre termes ne met pas en jeu uniquement des substances verbales. Dès que la proportion fonctionne, il est impossible de ne pas voir, de manière incongrue, Dionysos buvant dans un bouclier et Arès se défendant avec une coupe. Dans la métaphore des deux premiers types, le métaphorisant absorbait (ou se confondait avec) le métaphorisé, comme une figure entre dans une multitude — ou en sort — sans que nos habitudes cognitives ne soient ébranlées. Si une image devait correspondre à l'apprentissage verbal, on avait tout au plus quelque chose qui s'appauvrissait quant à la richesse de ses déterminations, conceptuelles et perceptives. En revanche, dans la métaphore du troisième type, il y a déjà création d'une superposition quasi visuelle entre végétal et jeune fille, comme pour le quatrième type.

Aristote — confusément certes — s'en avise : en nommant une chose avec le nom d'une autre, on nie une des qualités propres à celle-ci. Ainsi, le bouclier d'Arès pourrait être nommé « coupe sans vin » [*Poétique*, 1457 *b*, 32]. Albert Henry [1971] remarque que cela n'est plus une métaphore mais un « phénomène secondaire », conséquence de la métaphore préliminaire. Tout à fait exact, mais cela signifie que, lorsque la métaphore commence à être comprise, le bouclier devient une coupe, mais que cette coupe, tout en restant ronde et concave (fût-ce différemment du bouclier) perd la propriété d'être pleine de vin; ou au contraire, cela veut dire que l'on a la formation d'une image où Arès possède un bouclier qui s'enrichit de la propriété d'être plein de vin. Autrement dit, deux images se superposent, deux choses deviennent différentes d'elles-mêmes tout en étant reconnaissables : c'est la naissance d'une absurdité visuelle (outre que conceptuelle).

Ne dirait-on pas que l'on se trouve face à une sorte d'image onirique ? Et en fait, l'effet de la proportion qui s'est instaurée est très semblable à celui que Freud [1899] appelait « condensation » : où les traits qui ne coïncident pas peuvent tomber tandis que les traits communs se renforcent. Ce processus n'est pas typique du seul rêve mais aussi du « mot d'esprit », de ces arguties ou mots composés (ψυχρὰ) [*Rhétorique*, 1406 *b*, I] et plus encore de ces bons mots (ἀστεῖα) [*ibid.*, 1410 *b*, 6] qui ressemblent tant à certaines des catégories de *Witze*, *Kalauer* et *Klangwitze* analysées chez Freud [1905]. Si la typologie freudienne peut être ramenée à une typologie rhétorique du genre de celle que propose le tableau 1, il est en tout cas certain que le résultat final de la proportion aristotélicienne est vraiment un processus similaire à la condensation freudienne, et que cette condensation — nous le préciserons plus loin — peut être décrite dans son mécanisme sémiotique en termes d'acquisition ou de perte de *propriétés* ou, si l'on veut, de *sèmes*.

8. Dictionnaire et encyclopédie

Nous l'avons vu au chapitre II de cet ouvrage, les propriétés mises en jeu par les métaphores du troisième et du quatrième type n'ont pas le même statut logique que les propriétés mises en jeu par les métaphores des deux premiers types. Pour obtenir la condensation coupe/bouclier — mais bien sûr on condense de la même façon Dionysos et Arès, ou encore matin et soir, jour et vie — il est nécessaire de mettre en jeu des propriétés ou sèmes comme « rond », « concave », « ultimativité » ou « phase finale », « guerre » et « paix », « vie » et « mort ». Or, nous voyons de toute évidence se profiler ici une différence entre *description sémantique en forme de dictionnaire et en forme d'encyclopédie* ou, avec des variations peu consistantes, entre propriétés Σ et propriétés π [Groupe μ, 1970] et entre propriétés sémantiques et propriétés sémiologiques [Greimas, 1966].

Le Groupe μ distingue une série *endocentrique* de propriétés « conceptuelles » (mode Σ) et une série *exocentrique* de propriétés empiriques (mode π). Un exemple de série endocentrique serait l'emboîtement bouleau-arbre-végétal (curieusement les auteurs considèrent une seule direction : si *x* est un arbre, il sera ou peuplier, ou bouleau, ou chêne, sans considérer que si *x* est un peuplier alors c'est nécessairement un végétal; mais les deux mouvements sont complémentaires). Un exemple de série exocentrique serait le rapport entre un arbre et ses parties : et tronc, et branches, et feuilles. Voyons la différence entre ces deux « modes » :

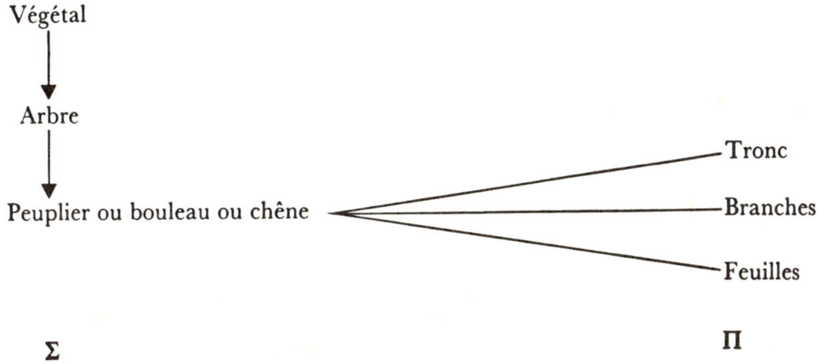

Le Groupe μ sait très bien que « ces endoséries existent virtuellement dans le vocabulaire, mais c'est nous qui les y traçons, car chaque mot ou concept peut être en principe le croisement d'autant de séries qu'il contient de sèmes » [1970, p. 101]. Mais après avoir montré cette conscience critique des mécanismes métalinguistiques d'un dictionnaire, le Groupe μ n'en tire pas le parti qu'il devrait et retombe dans une sorte d'identification aristotélicienne des catégories avec les choses. Analysons la façon dont sont considérées les différentes constructions métaphoriques en vertu d'un double passage synecdochique, d'une synecdoque généralisante (Sg) à une synecdoque particularisante (Sp) et *vice versa*, soit selon le mode Σ soit selon le mode π.

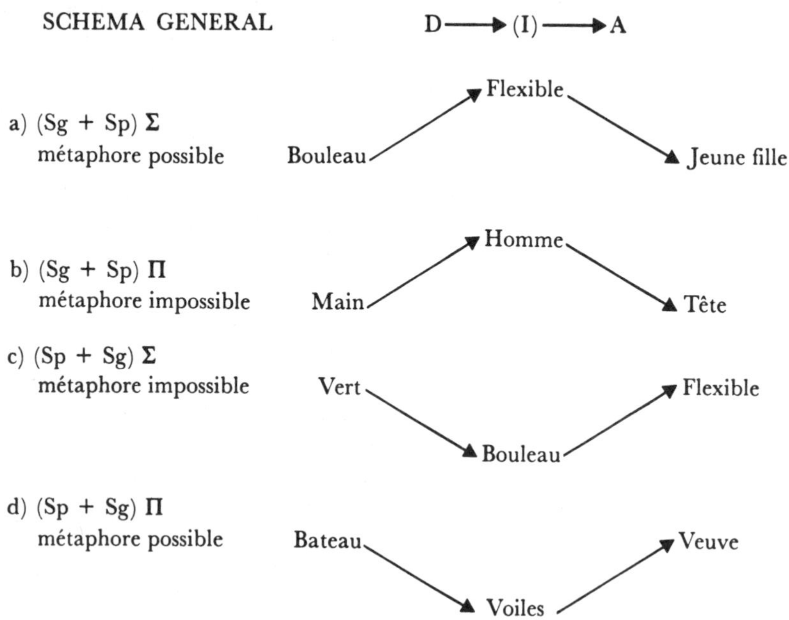

Le schéma obéit à la règle suivante : le terme I, qui reste absent de l'interprétation métaphorique, doit être une synecdoque du terme de départ D, alors que le terme d'arrivée A doit être une synecdoque de I, la condition étant que A et D se trouvent au même niveau de généralité. Le double échange de synecdoques doit produire une intersection entre D et A. Sur le mode Σ, la métaphore reposera sur les sèmes communs à D et à A, et sur le mode π, elle reposera sur leurs parties communes. La partie matérielle doit être plus petite que son tout, la partie sémique doit être plus générale que lui.

L'exemple *a)* est incorrect. Qu'un bouleau soit flexible est une propriété π, à moins de ne pas changer d'arbre de dictionnaire et de considérer toutes les choses flexibles. Reprenons le schéma précédent : l'exemple devrait être |peuplier de la jungle| pour « baobab »; ou mieux encore |navire du désert| pour « chameau », si le contexte a déjà caractérisé du point de vue du dictionnaire le chameau comme véhicule.

L'exemple *b)* est correct car on ne peut pas dire |il me serra la tête| pour « il me serra la main ». Mais le mécanisme qu'il exemplifie n'est pas impossible du tout. La situation de rêve (ou de *Witz*) dans laquelle de |nez| on remonte à « homme » et de celui-ci on descend à « pénis » n'est absolument pas impensable. Pourquoi le nez peut-il métaphoriser le pénis et la main ne peut-elle métaphoriser la tête ? La réponse est suggérée à plusieurs reprises par Greimas [1966] : deux sèmes s'opposent ou s'unissent en fonction du *classème* (qui n'est autre qu'une *sélection contextuelle* [cf. Eco, 1975; 1979]). Nez et pénis ont en commun leur nature de « appendice » et leur « longueur » (outre que tous deux sont en pointe, tous deux sont des canaux, etc.). En revanche, la tête a des sèmes de « rotondité », d' « apicalité » et d' « unicité » que la main n'a pas. Mais alors, la substitution ne repose pas seulement sur un jeu de synecdoques, elle fait aussi intervenir une relation sémique plus complexe, où la référence commune du nez et du pénis au corps devient négligeable. C'est uniquement ainsi que se produit l'effet de superposition typique des processus de condensation.

Quant à l'exemple *c)*, le Groupe μ a une fois encore choisi — semble-t-il — comme relevant du dictionnaire (ou Σ) des propriétés qui se rattachent au mode π, et s'il a voulu les construire comme étant du dictionnaire, il ne dit pas les raisons contextuelles qui l'ont poussé à le faire. Il est vrai que, de toute manière, la métaphore semble impossible puisque l'on passe d'un genre à une espèce pour ensuite remonter de cette espèce à un autre genre qui n'a rien en commun avec le premier. Selon le Groupe μ, tel serait le cas d'une descente du genre « fer » à l'espèce « lame » puis de l'espèce « lame » au genre « chose plate ». La coexistence dans un même objet de la qualité de fer et de la qualité plate ne produirait pas d'intersection de propriétés.

Prenons maintenant le cas *d)*. Une meilleure exemplification serait, à partir de |pétrole|, un passage sur « précieux » (propriété π du pétrole); de la propriété « précieux » on remonte à un autre lexème auquel elle peut être inscrite — |or| par exemple — et il en résulterait la substitution or/pétrole dans des métaphores comme |l'or des cheiks| ou |l'or noir|. Mais ici aussi, il y aurait d'autres propriétés en jeu, comme « noir » ou « des cheiks », que le schéma du Groupe μ ne prend pas en considération. Ce sont là des problèmes que nous essaierons de résoudre plus loin.

Au terme de cette étude de la proposition aristotélicienne (que même les travaux les plus en pointe sur la métaphore n'ont pas su résoudre, ainsi que nous venons de le voir), nous avons mis en lumière deux nœuds de problèmes : 1 / l'existence de processus de condensation qui rend assez pauvre l'explication proportionnelle; 2 / la nécessité d'une considération plus souple des rapports entre propriétés du dictionnaire et propriétés de l'encyclopédie, qui sont subdivisées selon des nécessités contextuelles. Comment se fait-il alors que la proposition d'Aristote ait fasciné au cours des siècles des myriades d'interprètes ? Nous voyons deux raisons à cela : une équivoque et une intuition très lucide.

9. La fonction cognitive

L'équivoque, c'est qu'en passant de l'analyse des trois premiers types au quatrième, Aristote, sans s'en rendre compte, *change de jeu* : en parlant des trois premiers types, il dit *comment* est produite et comprise la métaphore; en décrivant le quatrième type, il dit *ce que* la métaphore fait connaître. Dans les trois premiers cas, il dit comment la production et l'interprétation métaphoriques fonctionnent (et il peut le faire car le mécanisme — qui est celui de la synecdoque — est assez simple et repose sur la logique inflexible de l'arbre de Porphyre, de quelque manière qu'on le choisisse). Dans le quatrième cas, il dit *ce que la métaphore dit*, ou en quoi elle accroît la connaissance des rapports entre les choses. En fait, cela n'est dit que partiellement. Certes, la métaphore |coupe d'Arès| insinue qu'il existe une quelconque relation entre coupe et bouclier et entre Arès et Dionysos. Mais par la théorie de la condensation, nous savons que ce que l'on apprend ne se résume pas à cela. La proposition aristotélicienne est le schéma abstrait et indéfiniment remplissable d'une connaissance beaucoup plus riche en réalité (en quoi consiste cette relation, qu'élimine-t-elle et que conserve-t-elle, de quelle façon les termes mis en rapport se superposent-ils tout en se distinguant, etc. ?). Les études traditionnelles postérieures sur la métaphore adoptent la théorie de la proportion ou analogie comme explication du mécanisme métaphorique — au prix d'une avilissante chaîne de tautologies (« La métaphore est cette chose qui permet une connaissance analogique — c'est-à-dire métaphorique ») — et elles délaissent souvent la plus géniale et la plus vigoureuse des prises de position d'Aristote : la métaphore n'est pas seulement un instrument de plaisir mais aussi et surtout un instrument de connaissance (comme, par ailleurs, Freud a su l'indiquer à propos des *Witze*).

A la lecture des textes aristotéliciens (*Poétique* et *Rhétorique*), on est frappé de voir que souvent on se heurte à des exemples métaphoriques peu convaincants, où même le traducteur-philologue avoue ne pas saisir l'évidence d'une proportion donnée comme évidente. Et c'est un sentiment que l'on éprouve à l'égard de nombreux textes de civilisations lointaines. Relisons par exemple le Cantique des Cantiques : « A ma cavalle... Je te compare, ma bien-aimée... » [1, 9]; « Tes dents, un troupeau de brebis à tondre qui remontent du bain » [*ibid.*, 4, 2]; « Ses jambes sont des colonnes d'albâtre » [*ibid.*, 5, 15]; « Ton nez, la tour du Liban » [*ibid.*, 7, 5]. Notons que ce sont des similitudes, c'est-à-dire qu'elles fournissent à l'avance la proposition au lieu de la suggérer sous forme d'une petite énigme. Si la métaphore n'était que la contraction d'une proposition déjà posée, de sorte que l'on part productivement de la similitude et qu'on y arrive interprétativement, une similitude devrait toujours être convaincante. Et pourtant, comment nier que, si l'on voulait offrir un minimum de résistance pragmatique, on pourrait jouer sur ces images bibliques comme Mosca jouait sur les images hermétiques, On verrait les brebis qui remontent du bain comme des êtres *velus* et *dégoulinants* (bêlants et pestilentiels) : terrible prémisse pour construire une analogie de la jeune fille *nigra sed formosa* dont les seins sont comme deux faons.

Toutefois, avec un minimum d'effort, on devine que le poète biblique délaisse, à propos des brebis, toutes les propriétés que nous avons malicieusement identifiées, pour ne conserver que leur nature de *aequalitas numerosa*, splendide unité dans la diversité. Et leur blancheur. On comprend qu'il réussit à le faire parce que dans sa culture, telles étaient les propriétés associées aux brebis *au moins dans le cadre de l'usage poétique*. Et l'on saisit que les qualités sélectionnées pour définir la beauté d'une pastourelle saine et robuste, destinée à mener les troupeaux le long des collines ardues de Palestine, concernaient sa solidité verticale (colonnes), son intègre perfection; de même que pour les colonnes, n'était pas tant sélectionnée leur nature cylindrique que leur blancheur, leur grâce élancée.

Pour en arriver à ces conclusions, il faut accomplir un va-et-vient herméneutique tout à fait passionnant : on présuppose un code, on le vérifie sur la similitude, on en savoure à l'avance les transformations métaphoriques; on part de la similitude pour inférer un code qui la rende acceptable; on commence à connaître à la fois l'idéologie esthétique du poète biblique et les propriétés de la jeune fille, c'est-à-dire que l'on apprend en même temps quelque chose de plus sur cette enfant et sur l'univers intertextuel du poète biblique. Si l'on analysait plus en profondeur ce processus par tentative et erreur, on s'apercevrait que l'on est face à de multiples mouvements inférentiels : hypothèse (ou abduction), induction, déduction. Il se passe la même chose quand on comprend une catachrèse. Pas la catachrèse institutionnalisée, transformée en lexème codé (les pieds de la table), mais la catachrèse constitutive que par la suite beaucoup identifieront au moment "auroral" du langage. |Serpent monétaire| est une catachrèse constitutive (le langage crée des métaphores même hors de la poésie, poussé par la nécessité de trouver des noms aux choses). Et si les catachrèses constitutives requièrent un travail interprétatif, c'est que la proposition fondatrice (qui pourrait être exprimée par la similitude) n'existe pas avant la métaphore : elle doit être trouvée, soit par celui qui l'invente soit par celui qui l'interprète (du moins pour un laps de temps assez court de la circulation du trope : après, la langue l'absorbe, le lexicalise, l'enregistre comme expression hypercodée).

C'est exactement ce que voulait dire Aristote quand il assignait à la métaphore une fonction cognitive. Non seulement quand il l'associe à l'énigme, séquence continue de métaphores, mais quand il affirme que faire des métaphores « est un indice de dons naturels », car savoir trouver de belles métaphores signifie percevoir ou penser la ressemblance des choses entre elles, le concept semblable (τό ὅμοιον θεωρεῖν) [*Poétique*, 1459 *a*, 6-8]. Mais si la proportion entre coupe et bouclier et entre Arès et Dionysos était déjà hypercodée, la métaphore ne dirait que *ce que l'on sait déjà*. Si elle dit quelque chose qui doit être vu pour la première fois, cela signifie soit que *(a)* la proportion n'était pas si communément acceptée, soit que *(b)* si elle était acceptée, on avait oublié qu'elle l'était. Et donc la métaphore pose (« poser » au sens philosophique mais aussi physique, dans le sens qu'elle « pose sous les yeux » — πρό όμματων ποιεῖν) une proportion qui, où qu'elle ait été posée, n'était pas sous les yeux; ou bien elle était sous les yeux et les yeux ne la voyaient pas, comme la lettre volée de Poe.

Faire voir, enseigner à regarder, donc. Quoi ? Les ressemblances entre les *choses* ou le réseau subtil des proportions entre *unités culturelles* (en d'autres mots : le fait que les brebis soient vraiment uniques et pareilles dans leur diversité, ou le fait qu'une certaine culture voit le troupeau comme un exemple d'unité dans la diversité) ? Aristote n'apporte pas de réponse à cette question, et c'est légitime pour quelqu'un qui avait identifié les modes d'être de l'être (les catégories) aux modes d'être du langage.

Ce qu'Aristote a très bien compris, c'est que la métaphore n'est pas un fard (κοσμος), mais un instrument cognitif, clarté et énigme, « C'est la métaphore qui produit surtout l'effet indiqué [de connaissance] (...) Or, nécessairement, le style et les enthymèmes élégants [les bons mots sont les ἀστεῖα, ceux qui, dans le baroque, seront appelés les métaphores subtiles] sont ceux qui nous apportent rapidement une connaissance nouvelle. C'est la raison pourquoi ne sont réputés ni les enthymèmes superficiels (par superficiels nous entendons ceux qui sont clairs pour tout venant et ceux qui ne demandent aucune recherche), ni ceux qui, à l'exposé, ne se font point comprendre, mais ceux qui, aussitôt énoncés, répandent la lumière dans l'esprit, même quand elle n'y était point faite auparavant, ou dont l'intelligence suit de peu. Alors s'acquiert comme une connaissance » [*Rhétorique*, 1410 *b*, 14-25].

Aristote fournit la confirmation la plus lumineuse de la fonction cognitive de la métaphore quand il l'associe à la *mimésis*. Paul Ricœur [1975] remarque que si la métaphore est mimésis, ce ne peut être un jeu gratuit. *La Rhétorique* [1411 *b*, 25 et suiv.] ne laisse aucune place au doute : les métaphores les meilleures sont celles qui représentent les choses « en acte ». Donc, la connaissance métaphorique est une connaissance des dynamismes du réel. La définition semble quelque peu restrictive, mais il suffirait de la reformuler ainsi : les métaphores les meilleures sont celles qui montrent la culture en acte, les dynamismes même de la sémiosis. C'est l'opération que nous essaierons de mener à bien dans les paragraphes suivants. En tout cas, Aristote l'a emporté dès le départ sur les théoriciens de la métaphore facile, les moralistes classiques qui en redoutaient la nature cosmétique et mensongère, les immoralistes baroques qui la voulaient uniquement divertissante et pimentée, et enfin les sémanticiens contemporains qui ne voient dans l'ornement rhétorique qu'une structure plus superficielle encore que la structure de surface, incapable d'entamer les structures profondes, qu'elles soient syntaxiques, sémantiques ou logiques. A tous ceux-là, Aristote avait déjà dit : « Il faut (...) tirer ses métaphores de choses appropriées, mais non point évidentes, comme, en philosophie, apercevoir des similitudes même entre des objets fort distants témoigne d'un esprit sagace » [*ibid.*, 1412 *a*, 11-12].

Et le philosophe savait bien que ces similitudes ne résidaient pas seulement dans les choses mais aussi (et peut-être surtout) dans la façon dont le langage définit les choses, quand il déplorait [*ibid.*, 1405 *a*, 25-27] que les pirates aient désormais l'impudence de se donner le nom de pourvoyeurs, et que le rhéteur soit habile à appeler délit une erreur ou erreur un délit. Il suffit aux pirates — semble-t-il — de trouver un genre auquel leur espèce s'accorde et de manipuler un arbre de Porphyre digne de foi : il est « réel » qu'ils transportent des marchandises par mer, comme les pourvoyeurs. Ce qui est « déréalisant » (c'est-à-dire idéologique) c'est de sélectionner cette propriété là parmi toutes celles qui les caractérisent, et de *se faire connaître* par ce choix, de se poser sous les yeux *du point de vue d'une certaine description*.

10. Le fond sémiosique : le système du contenu

10.1. *L'encyclopédie médiévale et l'*analogia entis

On a vu que la limite d'Aristote réside dans l'identification des catégories du langage aux catégories de l'être. Ce nœud problématique n'est pas débattu par la rhétorique post-aristotélicienne qui, en passant par la *Rhetorica ad Herennium*, Cicéron, Quintillien, les grammairiens et les rhéteurs médiévaux, parvient à la classification traditionnelle des figures. Toutefois, il s'instaure au Moyen Age une attitude *panmétaphorique* sur laquelle il est intéressant de s'arrêter brièvement, car elle contribue à résoudre (même si c'est par la négative) la question qui nous occupe.

Saint Paul avait déjà affirmé : « Aujourd'hui nous voyons au moyen d'un miroir, d'une manière obscure » [*Les Corinthiens*, 13, 12]. Le Moyen Age néo-platonicien va fournir un cadre métaphysique à cette tendance herméneutique. Dans un univers qui n'est autre qu'une cascade d'émanations, de l'Un inaccessible (et non nommable en propre) aux ultimes ramifications de la matière, tout être fonctionne comme synecdoque ou métonymie de l'Un. Il importe peu de savoir, de notre point de vue actuel, comment fonctionne cette capacité de manifestation des entités à l'égard de leur cause première, cela concerne éventuellement une théorie du symbole. Mais quand Hugues de Saint-Victor affirme que « le monde sensible tout entier est, pour ainsi dire, un livre écrit par le doigt de Dieu... Toutes les choses visibles, présentées à nous visiblement pour une instruction symbolique — c'est-à-dire figurée —, sont proposées en tant que déclaration et signification des invisibles » [*Didascalicon*, *in* Migne, *Patrologia latina*, CLXXVI, col. 814], il laisse entendre qu'il existe une sorte de code qui, en assignant des propriétés émergentes aux entités, leur permet de devenir métaphore des choses surnaturelles, en accord avec la théorie traditionnelle des quatre sens (littéral, allégorique, moral et anagogique). Raban Maur, dans le *De universo*, fournit une trace de cette technique : « On y [dans ce livre] traite amplement de la nature des choses, et ainsi de la signification mystique des choses » [*ibid.*, CXI, col. 9]. C'est le projet des bestiaires, des lapidaires, des *imagines mundi*, sur la base hellénique du *Physiologus* : de chaque animal, plante, partie du monde, événement de nature, on prédique certaines propriétés; à partir de l'identité entre une de ces propriétés et une des propriétés de l'entité surnaturelle à métaphoriser, on effectue le renvoi. Il existe donc un *tissu d'informations* culturel qui fonctionne comme un code cosmique.

Toutefois, le code est équivoque, il ne choisit que quelques propriétés et ce sont des propriétés contradictoires. Le lion efface ses traces pour déjouer les chasseurs, c'est pourquoi il est figure du Christ qui a effacé les traces du péché; pourtant le Psaume 21 dit : « Salva me de ore leonis », la terrible gueule du fauve devient métaphore de l'enfer, et en définitive « per leonem antichristum intelligitur ».

Même si le Moyen Age néo-platonicien ne s'en rend pas compte (contrairement au Moyen Age rationaliste, d'Abélard à Occam), l'univers, qui apparaît comme un tissu rhizomatique de propriétés réelles, est en fait un tissu rhizomatique de propriétés culturelles, et les propriétés sont attribuées soit aux entités terrestres soit aux entités célestes afin que les substitutions métaphoriques soient possibles.

En revanche, le Moyen Age néo-platonicien sait que pour décider si le lion doit être vu comme figure du Christ ou comme figure de l'Antéchrist, il faut un *contexte* (et il fournit une typologie des contextes), et il sait qu'en définitive, l'interprétation la meilleure est décidée par une *auctoritas* (intertextuelle). Thomas d'Aquin s'aperçoit qu'il s'agit d'un pur tissu culturel et non pas de réalités ontologiques et il liquide le problème de deux façons. D'une part, il admet qu'il y a une seule portion de réalité où les choses et les événements eux-mêmes acquièrent une valeur métaphorique et allégorique parce qu'ils ont été disposés ainsi par Dieu lui-même : c'est l'histoire sacrée, et c'est pourquoi la Bible en soi est *littérale* (ce sont les choses dont elle parle littéralement qui sont des figures). Pour le reste, c'est le sens parabolique employé dans la poésie qui intervient (mais en ce sens, on ne sort pas des limites de la rhétorique antique). D'autre part, étant donné qu'il faut tout de même parler de Dieu selon la raison, et que Dieu est immensément distant de la création avec laquelle il ne s'identifie pas néo-platoniquement mais qu'il tient en vie par un acte de *participation*, saint Thomas recourt au principe de l'*analogia entis* : un principe aristotélicien, qui garde d'Aristote l'indifférenciation entre catégories du langage et catégories de l'être. De Dieu, cause dont la perfection transcende celle des effets, on ne peut parler de façon univoque et on ne doit pas se limiter à en parler de façon équivoque : on en parlera donc par analogie ou par rapport de proportion entre cause et effet. Une sorte de métonymie qui repose pourtant sur un rapport proportionnel de type métaphorique.

Quel est le fondement de l'analogie ? S'agit-il d'un artifice logico-linguistique ou effectivement d'un tissu ontologique ? Les interprètes divergent. Parmi les modernes, Gilson admet que ce que saint Thomas appelle notre connaissance de Dieu consiste en notre aptitude à former des propositions affirmatives à son sujet [1947, p. 157]. Il suffit de pousser un petit peu plus l'affirmation pour dire, sans abandonner l'orthodoxie thomiste, que l'analogie parle uniquement de la connaissance que les hommes ont de la réalité, de la façon de nommer les concepts, et non pas de la réalité elle-même. La métaphore qui en dérive est une *suppositio impropria* fondée sur la proportion entre *intentiones secundae*, c'est-à-dire où l'expression |chien| (qu'elle soit verbale ou visuelle) ne signifie pas le chien réel, mais bien le mot |chien| ou le concept de chien [McInerny, 1961]. Dans un univers connaissable par la proportion entre Dieu et les choses, le mécanisme fondamental est donné en réalité par une identité entre noms, même si pour saint Thomas (à la différence des nominalistes) ces noms reflètent les propriétés des choses. Pour trouver une acceptation lumineuse de cette idée, il faudra attendre que la théologie médiévale se soit détruite dans l'extrême nominalisme de la fin de la scolastique, et que les auteurs de traités du Moyen Age redécouvrent et recommentent la *Poétique*, inconnue à cette époque.

10.2. *L'index catégorique de Tesauro*

Le *Cannocchiale aristotelico* [1655] d'Emanuele Tesauro nous offre, en plein Baroque, un retour intéressant au modèle aristotélicien. Tesauro partage avec le Maître la tendance à appeler métaphore tout trope et toute figure. Nous n'évoquerons pas ici la minutie et l'enthousiasme avec lesquels l'auteur étudie les arguties dans des mots isolés et dans de véritables microtextes, ni la façon dont il élargit le mécanisme métaphorique aux arguties visuelles, peinture, sculpture, actions, inscriptions, devises, sentences tronquées, missives laconiques, caractères mystérieux, hiérogrammes, logogriphes, chiffres, gestes, médailles, colonnes, navires, jarretières, corps chimériques. Nous ne parlerons pas de ces pages où affleure la théorie moderne des actes linguistiques en disant comment on montre, on raconte, on affirme, on nie, on jure, on se corrige, on est réticent, on s'exclame, on doute, on approuve, on avertit, on ordonne, on flatte, on raille, on invoque, on demande, on remercie, on fait vœu. Pour tous ces aspects et pour ceux dont nous allons parler, nous renvoyons à la reconstruction de Speciale [1978]. Tesauro sait bien que les métaphores ne se font pas par bonheur inventif mais qu'elles imposent un *travail* dont l'apprentissage requiert de l'exercice.

Premier exercice : la lecture des catalogues, anthologies, recueil de hiéroglyphes, médailles, revers, emblèmes : on dirait une véritable invitation à l'intertextualité, à l'imitation du « déjà dit ». Mais la seconde phase de l'exercice présuppose l'apprentissage d'une *combinatoire*.

Tesauro invite à rédiger un *index catégorique* au moyen de fiches et de tableaux, c'est-à-dire un *modèle d'univers sémantique organisé*. On part des catégories d'Aristote (la substance, la quantité, la qualité, la relation, le lieu, le temps, la position, la possession, l'acte, la passion [cf. *Catégories*, I *b*, 25 - 2 *a*, 8]) puis on place sous chacune d'elles les différents membres qui recueillent toutes les choses qui peuvent être mises au-dessous. On doit faire une métaphore sur un nain ? On parcourt l'index catégorique à l'entrée Quantité, on identifie le concept Choses Petites, et toutes les choses microscopiques qui s'y trouvent pourront encore être divisées par (dirait-on aujourd'hui) sélections contextuelles : astronomie, organisme humain, animaux, plantes, etc. Mais l'index qui procède par substances devrait être intégré par un *second index* où chaque substance est analysée à travers les particules qui définissent la façon dont se manifeste l'objet en question (dans la catégorie de la Quantité on devra alors trouver « comment il se mesure », « combien il pèse », « combien de parties il a »; dans la Qualité, il y aura « s'il est visible », « s'il est chaud », etc.) : un véritable système du contenu organisé en encyclopédie. A ce stade, on trouvera que la mesure minimum est le Doigt Géométrique et on dira du nain que si l'on voulait mesurer ce petit corps, un doigt géométrique serait une mesure trop démesurée.

Confusément structuraliste, Tesauro sait pourtant que ce ne sont plus les rapports ontologiques mais la structure même du langage qui garantit les transferts métaphoriques. Prenons la métaphore aristotélicienne de la vieillesse comme soir de la vie (ou de la jeunesse comme printemps). Tesauro procède encore par analogie, mais le rapport est entre *contiguïté dans l'index*. Et le transfert se structure ainsi :

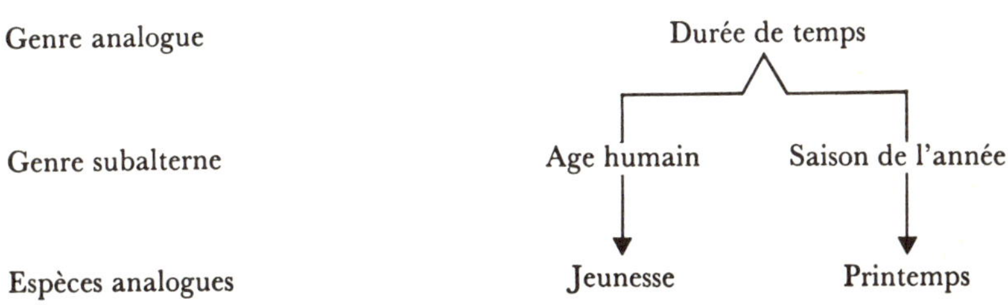

Les nœuds les plus hauts deviennent classèmes ou sélections contextuelles des nœuds les plus bas. On peut imaginer que l'analogie qu'Aristote trouvait entre |épuiser| et |couper| subsiste quand on considère l'acte d'épuiser sous la catégorie de la Passion, mais si on le considère sous celle de la Possession, épuiser devient analogue à d'autres processus d'acquisition et non à des processus d'appauvrissement (« enlever »). D'où la possibilité de parcourir l'index catégoriel *ad infinitum* en y découvrant une réserve de métaphores *inédites* et de propositions et arguments métaphoriques.

C'est le tissu du néo-platonisme médiéval mais résolu consciemment en un pur tissu d'unités de contenu culturel. C'est le modèle d'une *sémiosis illimitée*, un système (encore trop) hiérarchisé de sèmes, un réseau d'interprétants.

10.3. *Vico et les conditions culturelles de l'invention*

Un coup d'œil si rapide soit-il sur l'histoire de l'étude de la métaphore ne doit pas négliger Vico. Au moins pour ce que *La science nouvelle* (avec son chapitre « De la logique poétique ») semble évoquer : l'existence d'un tissu culturel, de champs et d'univers sémantiques, de sémiosis déjà fondée, qui devrait présider (sur la base des observations précédentes) à la production et à l'interprétation métaphoriques.

Certes, Vico discute des « premiers tropes », d'un parler par substances animées où les objets et les phénomènes de nature sont nommés par figures en référence aux parties du corps [1744, trad. franç. Michelet, Paris, Librairie classique de L. Hachette, éd. 1835, t. II, p. 49 et suiv.] (la langue de terre, la gorge d'une montagne, etc.). Beaucoup d'encre a coulé sur ce moment « auroral » du langage, et il semble justement que Vico parle de la capacité métaphorisante innée des créatures à l'aurore de leur intelligence, disant que ce parler était iconique parce qu'il instituait une sorte de relation onomatopéique originaire entre mots et choses. Mais en fait, Vico sait et dit que, au-delà de l'utopie (jadis dantesque, puis typique du XVIIe anglais et de son époque) d'une langue adamique, ce que l'on connaît c'est la diversité des langues : « Pourquoi y a-t-il autant de langues vulgaires qu'il existe de peuples ? Pour résoudre ce problème, établissons d'abord une grande vérité : par un effet de la diversité des climats, les peuples ont différentes natures. Cette variété de natures leur a fait voir sous différents aspects les choses utiles ou nécessaires à la vie humaine, et a produit la diversité des usages, dont celle des langues est résultée » [*ibid.*, p. 74]. Ce disant, Vico fait — semble-t-il — les considérations fondamentales suivantes : les langues, comme les coutumes, naissent de la réponse des groupes humains au milieu matériel où ils vivent; même si la tendance au langage fonctionne dans tous les groupes humains selon la même logique, et même si les utilités et nécessités de la vie sont les mêmes pour tous, cependant les groupes humains ont considéré ces universaux *sous différents aspects*, c'est-à-dire qu'ils ont *diversement fourni la pertinence de leur univers*.

Les propositions catachrétiques sont « tirées des objets naturels, d'après leurs propriétés ou leurs effets sensibles » [*ibid.*, p. 73], et en ce sens, le travail métaphorique est toujours motivé. La question est de savoir si, à la lumière de la description de la différenciation des coutumes et de la façon de fournir la pertinence des utilités et nécessités, ces effets et ces propriétés ne sont pas déjà le terrain d'une constructions culturelle. C'est sur cette construction, au fur et à mesure qu'elle se développe, que l'inventivité catachrétique continue à jouer le jeu de la sémiosis illimitée. Mais si la formation de métaphores requiert déjà un tissu culturel sous-jacent, une langue *hiéroglyphique*, plus fantastique que les langues *symbolique* et *épistolaire*, aurait-elle jamais pu exister, sans que toute invention hiéroglyphique ne repose déjà sur le tissu des « entreprises » symboliques et des conventions épistolaires ? La langue des dieux est un amas désordonné de synecdoques et de métonymies : 3 000 dieux identifiés par Varron, 30 000 attribués aux Grecs, rochers, sources, écueils, ruisseaux, menus objets, signifiants de forces, causes, connexions. Déjà, la langue des héros forme des métaphores (qui ne seraient donc pas si originelles que cela) mais la métaphore, ou la catachrèse, invente un terme nouveau en se servant au moins de deux termes *déjà connus* (et exprimés) et en en présupposant au moins un autre inexprimé. Pourrait-elle s'instaurer sans l'appui d'une langue épistolaire, la seule à être officiellement conventionnelle ? Vico est très explicite sur ce point : « Pour comprendre la formation de ces trois sortes de langues et d'alphabets, nous établirons le principe suivant : les dieux, les héros et les hommes commencèrent dans le même temps. Ceux qui imaginèrent les dieux étaient des hommes, et croyaient leur nature héroïque mêlée de la divine et de l'humaine. Les trois espèces de langues et d'écritures furent aussi contemporaines dans leur origine » [*ibid.*, p. 76].

A la lumière de ces considérations, la sémiotique de Vico ressemble, plus qu'à une esthétique de la créativité ineffable, à une anthropologie culturelle qui reconnaît les indices catégoriques sur lesquels jouent les métaphores — et elle cherche à connaître les conditions historiques, la naissance, la variété de ces indices, tout comme elle veut connaître la variété des entreprises, des médailles et des fables.

11. Les limites de la formalisation

A ce stade, on ne peut ignorer que la logique formelle, en essayant de se transformer en logique des langages naturels, a récemment accompli de nombreux efforts importants pour réduire le *scandale métaphorique*, c'est-à-dire pour enrichir une logique des conditions de vérité en reconnaissant une légitimité aux expressions métaphoriques, lesquelles parlent du monde *en mentant*. Ce que nous voudrions suggérer ici, c'est qu'une sémantique logique peut tout au plus définir la place que le calcul métaphorique pourrait occuper dans son propre cadre, mais qu'une fois encore, elle n'explique pas ce que veut dire comprendre une métaphore.

Prenons un exemple, parmi tant d'autres, peut-être le plus récent, de tentative de formalisation du phénomène. Le modèle proposé entend « refléter la dépendance contextuelle *(context-sensitivity)* de la métaphore, et donner une interprétation métaphorique à des énoncés qui peuvent être littéralement vrais et non déviants » [Bergmann, 1979, p. 225]. L'auteur propose un vocabulaire muni de prédicats monadiques P_1 et P_2, d'un prédicat dyadique $=$, de constantes individuelles a_1 et a_2, de variables individuelles v_1 et v_2, des connectifs logiques normaux. On fournit des règles grammaticales (du type : si t_1 et t_2 sont des termes, alors $t_1 = t_2$ est une formule), on unit à la sémantique de ce langage L une classe de « contextes idéaux » C. « Soit maintenant D une classe non vide; c'est l'univers de discours et on assume qu'il comprend des individus possibles (actuels ou non actuels). Une fonction d'interprétation assigne à tout prédicat monadique de L un sous-ensemble de D, et à toute constante un élément de D. Soit F la classe de toutes les fonctions d'interprétations en D. Choisissons quelques éléments de F comme la fonction d'interprétation *littérale* — de sorte qu'elle assigne aux prédicats monadiques et aux constantes du langage leur interprétation littérale. Appelons cette fonction f^0. Soit F^0 la classe de toutes les fonctions d'interprétation f en F qui concordent avec f^0 en ce qui concerne les valeurs assignées aux constantes. Soit g la fonction de désambiguïsation métaphorique : elle assigne à tout $c \in C$ un membre de $F^0 — (f^0)$. L'idée est que g nous dise, pour tout contexte idéal, quelles sont les interprétations des prédicats dans ce contexte. Enfin, soit un modèle pour L la 5-tuple $M = \langle D, C, f^0, F^0, g \rangle$ » [*ibid.*, p. 226].

On le constate, cette définition ne dit rien de la métaphore. En fait, elle ne prétend absolument pas dire quelque chose : l'intérêt de l'auteur n'était pas de comprendre comment fonctionnent les métaphores, mais (une fois que l'on a accepté *intuitivement* que dans les langages naturels se produisent et se comprennent parfaitement des métaphores) d'introduire ce phénomène dans la représentation formelle d'un langage naturel. Il est vrai que l'auteur lui-même avertit que le modèle proposé permet, en tout cas, de mieux considérer certaines questions et de les formuler de façon formellement acceptable : par exemple, que doit-on entendre par paraphrasabilité littérale ? Les interprétations métaphoriques dépendent-elles des interprétations littérales ? Chaque expression linguistique est-elle interprétable métaphoriquement dans certains contextes ou dans tous les contextes ? Et ainsi de suite. Mais ce sont là des questions auxquelles la sémantique formelle ne donne pas de réponse (pour l'instant du moins) : « sans un contexte idéal, il n'y a pas de règles strictes pour l'interprétation de la métaphore » [*ibid.*, p. 228]. Cela, la science de la métaphore le savait déjà, mais il est important que les sémantiques formelles en prennent conscience.

Naturellement, il y a des approches formelles qui, parce qu'elles prennent aussi en compte les apports de la linguistique, de la lexicologie et de la sémiotique en général, laissent davantage transparaître leur souci (tendanciel) du concret. C'est à des études de ce genre que l'on doit la distinction entre métaphore *intensionnelle* et métaphore *extensionnelle.* |La jeune fille est un roseau| est un exemple du premier type : étant donné certains postulats de signifié (par exemple : *si jeune fille, alors humain; si roseau, alors non-humain*), il démontre clairement son caractère métaphorique (sinon, ce serait une expression sémantiquement incorrecte, ou un mensonge flagrant). |L'empereur entra| appartient au second type : c'est une expression qui, en soi, est littérale et sémantiquement non ambiguë, à moins que, dans une circonstance particulière, elle ne soit référée à l'entrée du chef de service. Toutefois, cet exemple ne se trouverait que dans un univers absurde où les métaphores n'apparaîtraient que dans des expressions isolées du contexte et où un seul système sémiotique serait en jeu, celui de la langue verbale : une situation qui ne se réalise que dans les vieux livres de linguistique et dans les traités de sémantique logique. En effet, une phrase de ce genre est prononcée d'habitude : *a* / dans un contexte où il est dit, avant ou après, que le chef de service est en train d'entrer; *(b)* alors que l'on montre une image du chef de service qui entre; *(c)* en indiquant une personne que tout le monde reconnaît comme étant le chef de service et en tout cas comme un non-empereur. Ce qui signifie que, en mettant en contact l'expression isolée avec le contexte linguistique et les éléments extralinguistiques, celle-ci serait immédiatement retraduite par |Le chef de service (qui est) l'empereur entre| (en admettant qu'il ne s'agisse pas d'une information *de dicto* : le chef de service *que nous appelons* l'empereur entre). Alors, le second exemple rentre dans la catégorie du premier : la jeune fille n'est pas un roseau comme le chef de service n'est pas l'empereur [voir pour ces cas de référence ou de mention Eco, 1975, § 3.3].

Teun Van Dijk admet que « seul un fragment d'une théorie sérieuse de la métaphore peut être couvert par une approche en termes de sémantique formelle... Une sémantique formelle spécifie les conditions auxquelles... les énoncés métaphoriques peuvent être définis comme ayant une valeur de vérité » [1975, p. 173]. Et il explique qu'une sémantique formelle ayant ces ambitions ne peut être que *sortale* : à savoir une sémantique qui prend en considération ce que l'on appelle en linguistique les « sélections restrictives » (si |automobile| a un sème « mécanique » ou « inorganique » et |manger| a des sèmes comme « humain », « l'objet est organique », alors il sera sémantiquement déviant de dire |Louis mangea l'automobile|; si |manger| a un sème « humain », on ne pourra pas dire |L'automobile mangeait la route|, ou bien il faudra admettre que cette déviation sortale a des intentions métaphoriques). D'où la différence entre des expressions sortalement incorrectes comme |La racine carrée de Suzy est le bonheur|, dont même la négation est fausse, et qui ne semblent pas avoir d'interprétation métaphorique possible (bien entendu, ce n'est pas vrai, cela dépend du contexte), des expressions sortalement incorrectes mais avec une interprétation métaphorique possible (|Le soleil sourit haut dans le ciel|) et des expressions sortalement correctes qui peuvent être, dans des situations particulières de référence, métaphoriques (|L'empereur entre|). Une spécification sortale serait donc une fonction qui assigne à tout prédicat du langage une « région d'espace logique ».

Il semble qu'une région de ce genre — identifiée par une sémantique formelle comme entité abstraite et « vide » — ne puisse être, une fois remplie, qu'une portion de l'index catégorique de Tesauro. Etant donné que cette région serait peuplée de « points », d' « individus possibles » ou d' « objets possibles », le problème de la métaphore inclurait celui des similarités et différences entre ces objets. C'est juste, mais c'est trop peu. Naturellement, cette théorie est plus satisfaisante qu'il n'y paraît : à l'intérieur de la théorie, il est possible de donner une définition formelle — une fois admises les différences et les similitudes — de la distance plus ou moins grande entre métaphorisant et métaphorisé : |Le cheval rugit| serait une métaphore moins hardie que |La théorie de la relativité rugit| parce que dans le jeu des parentés, il y a indubitablement plus de rapport entre le rugissement et la propriété « animal » du cheval qu'entre le rugissement et la propriété « objet abstrait » de la théorie d'Einstein. Mais cette bonne définition de la distance n'est pas en mesure de décider quelle est la meilleure métaphore des deux. D'autant qu'à la fin, l'auteur (qui a une connaissance plus ample de la métaphore mais qui a été limité en raison de la méthode adoptée pour cet article) finit par admettre que « le choix des critères typiques pour la fonction de similarité est pragmatiquement déterminé sur la base de connaissances culturelles et de croyances » [*ibid.*, p. 191].

La tentative de Guenthner, un logicien qui prend Aristote comme point de départ, n'est pas plus satisfaisante : « Si les métaphores doivent être analysées dans le cadre d'une sémantique formelle, la première chose à faire sera naturellement de fournir un moyen d'enrichir l'information sur la structure de signifié des prédicats qui est importante pour leur comportement métaphorique » [1975, p. 205]. Mais aussitôt, il ajoute qu'il n'est pas nécessaire de construire cette information sémantique selon le format d'une encyclopédie, et que quelques spécifications sortales suffiront. Ce qui revient exactement à s'interdire la compréhension d'un trope. C'est si vrai que, lorsqu'il analyse quelques exemples empruntés au Groupe μ, Guenthner retrouve la fameuse jeune fille-roseau. Or, nous le verrons, le fait que la jeune fille et le roseau soient flexibles est précisément une donnée d'information encyclopédique. Quoi qu'il en soit, le modèle de Guenthner (inutile pour comprendre comment fonctionne une métaphore) s'avère plus utile que les autres pour enrichir une sémantique formelle des langages naturels. L'auteur part en effet d'une distinction entre des *natural kinds* (des entités ayant des propriétés fixes, comme le fait pour le lion d'être un animal féroce) opposés à des *non-natural kinds* (comme |président|), et il joue sur le fait que les propriétés d'un *natural kind* doivent être sélectionnées contextuellement (à partir du contexte évidemment) pour rendre la métaphore acceptable et compréhensible. Un *modèle sortal* est une 4-tuple $M = \langle D, f, k, s \rangle$ tel que D est un domaine non vide d'objets ou un univers de discours, *f* une fonction d'interprétation, *k* une fonction qui assigne à tout objet en D les ensembles *(kinds)* auxquels l'objet appartient dans le modèle, et *s* une fonction tirée de l'ensemble de ces prédicats non assignés comme *natural kinds* par *k*. Un modèle sortal détermine quels sont les énoncés vrais, faux ou dépourvus de signification (c'est-à-dire littéralement non signifiants). « Si maintenant nous ajoutons une fonction *p* qui assigne à tout prédicat P en L un ensemble de propriétés saillantes, un modèle sortal explique le sens métaphorique d'une expression peu ou prou de la façon suivante : Si un énoncé ø n'est ni vrai ni faux en M, si ø traduit par exemple l'énoncé anglais : *John is a mule* ($ø = \exists x\ (x = j\ \&\ Mx)$ ou bien Mj), alors ø peut être interprété métaphoriquement s'il y a une propriété saillante assignée à M telle que cette propriété vaut pour John. (Il est à noter que dans notre culture, ces propriétés sont d'habitude très bien délimitées, mais qu'elles ne sont jamais reliées au signifié de base d'une expression — et cela peut être facilement vérifié quand on traduit un énoncé métaphorique, d'un langage naturel à un autre) » [*ibid.*, p. 217].

Puisque les entités ayant des propriétés saillantes, et tout autre remplissage possible de l'appareil sortal, ne peuvent être données par une sémantique formelle, notre incursion dans cet univers de discours s'arrête là. Et il nous faut revenir, comme nous l'avions dit, aux sémantiques componentielles.

12. Représentation componentielle et pragmatique du texte

12.1. *Un modèle par « cas »*

Nous arrivons au stade où nous pouvons essayer de donner une explication du mécanisme métaphorique qui (1) soit fondée sur une *sémantique componentielle du format de l'encyclopédie* et (2) tienne compte en même temps des règles d'une *sémantique du texte*. Une sémantique en encyclopédie est sans aucun doute plus intéressante qu'une sémantique en dictionnaire. Nous avons vu que le format du dictionnaire permet de comprendre le mécanisme de la synecdoque mais pas celui de la métaphore. Prenons les tentatives faites en termes de grammaire transformationnelle et de sémantique interprétative [pour un résumé, cf. Levin, 1977] : établir que dans l'expression |Elle est un roseau| on applique un *transfert* de propriétés par lequel la jeune fille acquiert un sème « végétal » ou le roseau acquiert un sème « humain », ne dit presque rien sur ce qui se passe dans l'interprétation et la production de ce trope. En effet, si l'on paraphrase le résultat (« Cette jeune fille est humaine mais elle a aussi une propriété végétale »), on n'est pas très loin d'une parodie à la Mosca (cf. § 2). Le problème, c'est évidemment celui de la flexibilité (et encore..., un roseau n'est pas flexible de la façon dont l'est une jeune fille...), et il ne peut être considéré par une sémantique en dictionnaire.

Toutefois, une représentation componentielle en forme d'encyclopédie est potentiellement infinie et prend la forme d'un Modèle Q [Eco, 1975], c'est-à-dire d'un réseau de propriétés dont les unes sont les *interprétants* des autres, sans qu'aucune puisse aspirer au rang de construction métalinguistique ou d'unité appartenant à un paquet privilégié d'universaux sémantiques. Dans un cadre dominé par le concept de sémiosis illimitée, tout signe (linguistique et non linguistique) est défini par d'autres signes (linguistiques et non linguistiques), lesquels deviennent à leur tour des *definienda* par rapport à d'autres termes qui sont assumés, eux, comme *definientia*. En échange, une représentation encyclopédique (fût-elle idéale), fondée sur le principe de l'interprétation illimitée, est en mesure d'expliquer en termes purement sémiotiques le concept de « similarité » entre propriétés.

On entend par similarité entre deux sèmes ou propriétés sémantiques le fait que, dans un système de contenu donné, ces propriétés sont nommées par le même interprétant, qu'il soit verbal ou non, et indépendamment du fait que les objets ou choses pour la désignation desquels cet interprétant est d'habitude employé présentent des « similarités » perceptives. En d'autres mots, les dents de la pastourelle du Cantique sont *semblables* aux brebis si et seulement si dans cette culture donnée on emploie l'interprétant |blanc| pour désigner et la couleur des dents et celle des brebis.

Cependant la métaphore ne met pas en jeu que des similarités mais aussi des oppositions. La coupe et le bouclier sont semblables quant à la *forme* (rond et concave) mais opposés quant à la *fonction* (paix *vs* guerre), tout comme Arès et Dionysos sont semblables en tant que dieux mais opposés quant aux *buts* qu'ils poursuivent et aux *instruments* qu'ils utilisent. Pour rendre compte de ces phénomènes, une représentation encyclopédique doit adopter le format d'une *sémantique casuelle* qui prenne en considération le Sujet Agent, l'Objet sur lequel l'agent exerce son action, le Contre-Agent qui éventuellement s'y oppose, l'Instrument employé par l'agent, le Propos ou le but de l'action, etc. Une telle sémantique a été élaborée par divers auteurs (on peut penser aux « actants » de Tesnières et Greimas, aux « cas » grammaticaux de Fillmore, à la sémantique de Bierwisch).

La seule objection serait que jusqu'à présent une analyse casuelle s'est en général appliquée à des verbes et non à des substantifs. Mais s'il est possible d'analyser des *prédicats* à travers les *arguments* auxquels ils sont assignables, pourquoi ne pas analyser des *arguments* à partir des *prédicats* qui peuvent leur être assignés. Une représentation encyclopédique en termes casuels élimine la différence entre synecdoque et métonymie (du moins en première instance). Si l'on enregistre tout le savoir encyclopédique autour d'une unité culturelle donnée, il n'existe pas de notions hors du contenu conceptuel. La feuille est un sème du sémème arbre autant que l'est la graine, même si la première apparaît comme composante morphologique et la seconde comme cause ou origine.

12.2. *Métonymie*

Dans cette perspective, *la métonymie devient la substitution d'un sémème avec l'un de ses sèmes* (|Boire une bouteille| pour « boire du vin », parce que la bouteille sera enregistrée parmi les destinations finales du vin) ou *d'un sème avec le sémème auquel il appartient* (|Pleure Ô Jérusalem| pour « Que pleure le peuple d'Israël » parce que parmi les propriétés encyclopédiques de Jérusalem doit exister celle qui fait que c'est la ville sainte des Juifs).

Ce type de substitution métonymique n'est autre — semble-t-il — que ce que Freud appelle le « déplacement ». Et, de même que la condensation s'opère sur le déplacement, de même la métaphore s'opère (nous le verrons) sur ces échanges métonymiques.

Toutefois, ce terme de |déplacement| fait penser à ces métonymies qui ne sont enregistrées par aucune encyclopédie, que l'on dirait empiriques ou *idiosyncrasiques*, légitimées par des connexions qui dépendent de l'expérience individuelle — comme on en constate dans l'activité onirique ou dans le langage des aphasiques [Jakobson, 1954]. Mais la métonymie idiosyncrasique n'est désambiguïsable que dans un contexte, lequel agit exactement comme une *stipulation de code*. Il n'y a aucune raison pour que la saveur de la *madeleine* soit mise pour Combray ou même pour le temps retrouvé, si le contexte proustien n'intervient pas pour instituer ce rapport. Quand le rapport a fonctionné, il acquiert pour ainsi dire la force de la chose jugée, le code (ou encyclopédie) s'en empare, et pour tout le monde |madeleine| signifiera « temps retrouvé » comme |14 juillet| signifie « prise de la Bastille ». A partir d'une représentation par cas [Eco, 1975], nous avons essayé de montrer le mécanisme de déplacement de sème à sémème (et *vice versa*) en analysant l'expression virgilienne : « Vulnera dirigere et calamos armare veneno » [*Aeneidos*, X, v. 140].

Ce vers, qui peut être traduit aussi bien par « distribuer des blessures avec des dards empoisonnés » que par « enduire de poison les dards et les lancer », joue sur le fait que |*vulnera dirigere*| est mis pour « *dirigere tela* » (ou *dirigere ictus*, *dirigere plagas*, *vulnerare* »). Supposons que « *vulnerare* » soit la bonne interprétation et imaginons une représentation sémantique sous un format casuel de ce type :

$$|\textit{Vulnerare}| \rightarrow A_{\text{Humain}} \quad O_{\text{Humain}} \quad S_{\text{Arme}} \quad P_{\text{Blessure}\ (\textit{Vulnus})}.$$

L'expression |diriger les blessures| apparaît ainsi comme métonymie à la place de « blesser », étant donné qu'elle assume le Propos (ou Effet) pour l'action, c'est-à-dire qu'un sème est mis pour le sémème entier. Le |être arrêté| pour « s'ancrer » d'Aristote serait du même genre : le fait d'être arrêté apparaîtrait dans la représentation comme l'effet ou le propos de s'ancrer. Le cas opposé (sémème pour sème) serait de décrire une voiture garée comme solidement ancrée. Une représentation encyclopédique de |s'arrêter| devrait compter parmi ses différents instruments l'ancre.

Ce type de représentation semble fonctionner pour les verbes, mais il pose quelques problèmes pour les substantifs. Comment en effet trouver un Agent, un Objet, un Instrument pour des expressions telles que |maison|, |mer|, |arbre| ? On pourrait éventuellement proposer d'entendre tous les substantifs comme des verbes ou des actions réifiées [cf. Eco, 1979, chap. II]. Donc, non tant |maison| que |faire une maison|. Mais il y a un type de représentation qui pourrait remplacer cette difficile opération de traduction des substantifs en verbes : c'est celui qui permet de voir l' « objet » exprimé par le substantif comme le résultat d'une action productive qui comporterait un agent ou Cause, une Matière à manipuler, une Forme à imposer, une Fin ou Propos vers lequel diriger l'objet. A y bien penser, on en revient aux quatre causes aristotéliciennes (efficiente, formelle, matérielle et finale), même si elles sont assumées en termes opérationnels et sans connotations métaphysiques.

Ainsi, la représentation d'un substantif |*x*| pourrait prendre le format suivant :

$$|X| \rightarrow F_{\text{Aspect de } x} \quad A_{\text{Qui produit } x} \quad M_{\text{De quoi est fait } x} \quad P_{\text{A quoi sert } x}.$$

Une telle représentation, qui ne reproduirait que des propriétés encyclopédiques, pourrait donner lieu aux arbres de Porphyre les plus variés ou aux rapports de dictionnaire les plus divers. Par exemple, en admettant que l'on veuille considérer |*x*| du point de vue de ses fins, *x* appartiendrait à la classe de tous les *p* qui ont la même *fonction*. Ainsi, on aurait la représentation suivante :

$$\begin{array}{l} P \\ \uparrow \\ |x| \longrightarrow F,\ A,\ M,\ \ldots \end{array}$$

La même opération peut être accomplie du point de vue des propriétés F, M, ou A. Supposons que *x* soit |maison| et qu'il soit représenté (de manière extrêmement schématique) comme :

$$|\text{maison}| \rightarrow F_{\text{Toit}} \quad A_{\text{Culture}} \quad M_{\text{Briques}} \quad F_{\text{Refuge}}.$$

Si l'on décide de considérer la maison du point de vue de ses fonctions, la propriété d'être un refuge devient analytique, et de là il sera possible de nommer une maison comme refuge, ou un refuge comme maison. De même, si la maison est décrite du point de vue de ses caractéristiques formelles, on pourra nommer la maison comme toit, et *vice versa*.

Il est vrai que l'on a toujours considéré le rapport maison/refuge comme étant de type métonymique et le rapport maison/toit comme étant de type synecdochique. Cela appelle quelques réflexions.

En examinant une représentation ainsi conçue, on s'aperçoit (puisque la définition traditionnelle de la synecdoque ne comprend pas seulement le rapport genre/espèce mais aussi le rapport partie/tout) que les marques enregistrées sous F (aspects formels) paraissent privilégiées parce qu'elles autorisent des synecdoques particularisantes en π, alors que les autres marques (celles qui concernent le rapport objet/matière, objet/cause, objet/fin) semblent relever de la substitution métonymique. Disons tout de suite que cette distinction, due à une tradition rhétorique invétérée, ne tient pas du point de vue théorique. Le seul type de synecdoque possible, c'est la synecdoque généralisante ou particularisante en Σ, et elle est métalinguistiquement dérivée par rapport au tissu métonymique fourni par le code.

Pourquoi alors une distinction si irrationnelle entre synecdoque en π et métonymie s'est-elle imposée au cours des siècles, étant donné que dans l'optique d'une représentation sémantique cohérente, celles-ci devraient représenter deux types égaux de rapport sémème/sème, c'est-à-dire une métonymie ? Cette bizarrerie, une fois résolue, pourrait aussi expliquer pourquoi il a toujours été si difficile de faire le départ entre synecdoque et métonymie et pourquoi un auteur comme Jakobson [1954] a pratiquement unifié sous le nom de |métonymie| une série de phénomènes fondés sur la contiguïté (fût-ce en confondant contiguïté codée et contiguïté idiosyncrasique).

La réponse ne peut être qu'historico-phénoménologique. La perception des choses est avant tout visuelle, et même les entités non visuelles sont perçues principalement dans leurs caractéristiques morphologiques (un corps est rond ou rouge, un son est grave ou fort, une sensation tactile est chaude ou piquante, etc.). Seul un examen successif permet d'établir les causes, la matière dont est fait l'objet, ses fins ou ses fonctions éventuelles. C'est pourquoi la synecdoque particularisante (fondée sur le rapport entre un « objet » et ses parties) a obtenu un statut privilégié : c'est le statut privilégié de la perception par rapport à d'autres types de connaissance — que l'on appelle aussi des « jugements » — qui reposent sur des inférences postérieures et semblent, de prime abord, transporter *hors* de la chose elle-même, vers son origine ou son destin. Tandis que pour une coupe, être ronde et concave, être un produit manufacturé ou servir à contenir du liquide est important et déterminant au même degré. Mais par ailleurs, il est vrai que l'on peut ignorer à quoi sert une coupe, en quoi elle est faite, si elle est l'effet de l'œuvre humaine ou si elle est naturelle, et s'apercevoir pourtant qu'elle est ronde et concave. Toutefois, cette distinction dépend, nous l'avons dit, de la façon dont *on approche* les objets. Puisque, une fois connus, ils sont mis en pertinence et définis à travers leur origine — causale et matérielle — et leur finalité, il est tout à fait possible, dans une représentation encyclopédique, de négliger ces phases « historiques » de leur connaissance et d'en organiser les propriétés de façon, pour ainsi dire, synchronique.

12.3. Topic, frames, *isotopies*

Une représentation encyclopédique est potentiellement infinie. Dans une culture, les fonctions de la coupe peuvent être nombreuses, celle de recueillir du liquide n'en étant qu'une parmi tant d'autres (cf. les fonctions liturgiques du calice, les coupes sportives). Quels seront donc les interprétants que l'on devra enregistrer sous le cas P (propos ou fonction) de la coupe ? Et quels seront les interprétants à réunir sous F, A, M ? S'ils ne sont pas infinis, du moins sont-ils indéfinis. Ainsi que nous l'avons dit [Eco, 1975, § 2.13], « la sémiotique du code est un instrument opératif qui sert à une sémiotique de la production du signe (...) La recherche sémiotique devra donc se donner le principe méthodologique suivant : la détermination des champs et axes sémantiques et la description des codes comme actuellement efficients ne pourront presque toujours se faire qu'à la seule occasion de l'étude des conditions communicatives d'un message donné ». Autrement dit, l'univers de l'encyclopédie est tellement vaste (si l'hypothèse de l'interprétation infinie de signe à signe — donc de la sémiosis illimitée — est valide) qu'à l'occasion (et sous la pression) d'un certain contexte, une portion donnée d'encyclopédie est activée et proposée comme « espalier » [Eco, 1971] pour soutenir et expliquer les échanges métonymiques et leurs issues métaphoriques.

Par quoi est provoquée cette pression contextuelle ? Soit *a* / par l'identification d'un thème ou *topic* et, en conséquence, du choix d'un parcours d'interprétation ou *isotopie*; soit *b* / par la référence à des *frames* ou *scénarios intertextuels* qui permettent d'établir de quoi on parle, mais aussi sous quel profil, à quelles fins et dans quelle direction prévisionnelle on en parle. Tous ces aspects d'une sémantique textuelle ont été déterminés (à partir des recherches actuelles) *in* Eco [1979]. Contentons-nous de dire ici que si l'on dit |Louis n'a pas de problème de survie parce qu'il puise dans les richesses de son père|, le thème ou *topic* est sans aucun doute « ressources de Louis » (de sorte que l'on sera amené à sélectionner un arbre de Porphyre de l'acquisition) et le *frame* ou scénario est « vie sans souci de pénurie » (et une fois encore on sera amené à exalter tous les sèmes de « acquisition » et « accroissement »). Il suffirait cependant que le contexte ressemble à |Louis ne se pose pas de problème de survie parce que, comme la cigale de La Fontaine, il puise dans les richesses paternelles| pour que le *topic* reste inchangé, alors que le *frame* renverrait à une histoire de ressources à terme.

Une observation s'impose ici : si l'encyclopédie était très ample, il n'y aurait pas de différence entre ce type de métonymie et la métaphore. Parce que si (comme nous le verrons) on a une métaphore quand, à partir d'une identité de métonymies (deux propriétés semblables dans deux sémèmes différents), on substitue un sémème par l'autre — tandis que la métonymie est la substitution d'un sème par le sémème et *vice versa* —, alors dans une représentation encyclopédique ample on devrait enregistrer aussi que le sémème *x* a la propriété d'avoir une propriété semblable au sémème *y*. Blanc le cou du cygne, blanc le cou de la femme, et sur cette identité on substitue cygne à femme. Mais dans une bonne représentation encyclopédique, on devrait avoir aussi, parmi les propriétés (au moins connotées) du cou féminin, celle d'être « comme du cygne ». Si bien que la substitution serait de sème à sémème. Le fait est que l'encyclopédie n'est jamais si exhaustive. Ou alors elle le devient, quand on la construit au coup par coup. Et c'est exactement à cela que servent les métaphores. C'est-à-dire que les métaphores sont des métonymies qui s'ignorent et qui un jour le deviendront.

12.4. *Métaphores banales et métaphores « ouvertes »*

Prenons deux exemples élémentaires, deux *kenningar* islandais dont parle Borges [1953] : |L'arbre à s'asseoir| *i.e.* le « banc » et |La maison des oiseaux| *i.e.* « l'air ». Analysons la première expression. Le premier terme, sur lequel il n'y a pas de doute, est |arbre|. Construisons-en un spectre componentiel :

$$|\text{Arbre}| \rightarrow F_{\substack{\text{Tronc}\\ \text{Feuillage}\\ \dots\\ \text{(Vertical)}}} \quad A_{\text{Nature}} \quad M_{\textit{Bois}} \quad P_{\substack{\text{Fruits.}\\ \dots}}$$

On le voit, dans cette première phase on ne sait pas encore quels sont les sèmes qui doivent être gardés contextuellement présents. L'encyclopédie (réserve potentielle d'informations) permettrait de remplir indéfiniment cette représentation. Mais le contexte fournit aussi l'indication |à s'asseoir|. Aléthiquement parlant, l'expression est ambiguë. On ne s'assied pas sur les arbres, ou bien on peut s'asseoir sur toutes les branches de tous les arbres; mais alors on ne comprend pas pourquoi a été employé le déterminant |le| (qui est, selon Brooke-Rose, un indicateur d'emploi métaphorique). Donc cet arbre n'est pas un arbre. On doit trouver quelque chose qui ait certaines des propriétés de l'arbre, mais qui en perde d'autres, en imposant à l'arbre des propriétés qu'il n'a pas. Il s'agit d'un travail d'abduction (ce n'est pas un hasard si le *kenning* est une devinette fondée sur une métaphore « difficile »). Une série d'hypothèses pousse à individuer dans le tronc de l'arbre la « verticalité », de sorte qu'il faut chercher quelque chose qui soit également en bois mais qui soit « horizontal ». Tentons une représentation de |s'asseoir|. Cherchons parmi les Objets sur lesquels un Agent s'assoit, ceux qui ont le thème « horizontal ». Un Islandais primitif ou quelqu'un qui sait que l'expression doit être reportée au code de la civilisation islandaise primitive identifie tout de suite le banc. Composons la représentation de |banc| :

$$|\text{Banc}| \rightarrow F_{\text{Horizontal}}\quad A_{\text{Culture}}\quad M_{\textit{Bois}}\quad P_{\text{S'asseoir}}.$$

La marque en italique est la seule à être égale à une marque de |arbre|. Les autres sont opposées ou du moins différentes. Accomplissons maintenant une seconde opération. Supposons que les deux unités culturelles en jeu puissent faire partie du même arbre de Porphyre, par exemple :

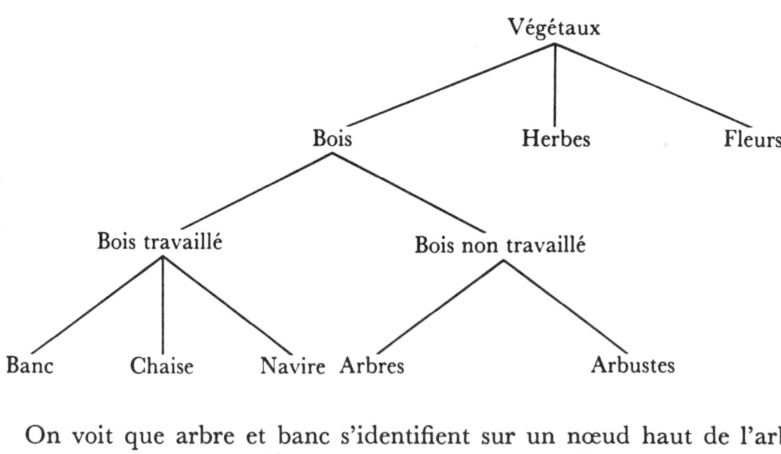

On voit que arbre et banc s'identifient sur un nœud haut de l'arbre (tous deux sont végétaux) et s'opposent sur le nœud le plus bas (l'un est travaillé, l'autre pas). La solution crée une *condensation* à travers une série de *déplacements*. Du point de vue cognitif, on n'apprend pas grand-chose, si ce n'est que les bancs sont faits de bois travaillé. Dans une représentation encyclopédique très riche, on aurait eu aussi parmi les marques de |arbre| celle de « sert à construire des bancs ». La métaphore est pauvre.

Passons au second *kenning*, |La maison des oiseaux|. Il est possible de construire immédiatement une double représentation :

|Maison| → $F_{\substack{\text{Rectangulaire}\\ \text{Fermée}\\ \text{Couverte}}}$ A_{Culture} $M_{\substack{\text{Terre}\\ \text{(Inorganique)}}}$ P_{Abri}.

|Oiseaux| → $F_{\substack{\text{Ailés}\\ \text{Etc.}}}$ A_{Nature} $M_{\substack{\text{Terre}\\ \text{(Organique)}}}$ $P_{\text{Voler dans l'air}}$.

Deux précisions. On a bien entendu identifié au départ des sèmes qui paraissent pertinents (déjà effets d'une série d'hypothèses). On a caractérisé les matières selon une logique des éléments (terre, air, eau, feu) et là, on a trouvé une contradiction entre le caractère terrestre de la maison et la finalité aérienne de l'oiseau. Il est à remarquer que, par une inclusion sémantique quelconque, le sème « air » est donné aussi par la forme « ailée » de l'oiseau. Il s'agit d'hypothèses hardies, mais le fait est que cette métaphore est plus « difficile » que l'autre et, nous le verrons, plus « poétique ». Mais essayons maintenant de représenter |air| en tenant compte évidemment du champ sémique ouvert par |maison| :

|Air| → $F_{\substack{\text{Informe}\\ \text{Ouvert}}}$ A_{Nature} M_{Air} $P_{\text{Non-abri}}$.

Il est clair que parmi les fins ou les fonctions de l'air, on a individué « non-abri » uniquement parce que dans |maison| il existait le sème « abri ». Dans cette métaphore, il semble cependant que tous les sèmes, dans la comparaison maison/air, soient en opposition. Qu'y a-t-il de semblable ? Une construction difficile en arbre sur le sème contextuel « éléments » tel que les deux unités en jeu trouvent un nœud commun — très haut dans l'arbre de Porphyre *ad hoc*.

L'interprète est amené alors à faire des inférences sur les sèmes identifiés, c'est-à-dire à prendre différents sèmes comme souches de nouvelles représentations sémantiques [cf. Eco, 1975, § 2.12]. Elargissons le domaine de l'encyclopédie : quel est le territoire des hommes et quel est celui des oiseaux ? Les hommes vivent dans des territoires clos (ou entourés d'enceintes) et les oiseaux dans des territoires ouverts. Ce qui pour l'homme est une chose dont il faut s'abriter est pour les oiseaux un abri naturel. Tentons de nouveaux arbres de Porphyre, habitation ou territoire clos *vs* habitation ou territoire ouvert, les oiseaux « habitent » pour ainsi dire dans l'air. C'est ce « pour ainsi dire » qui crée la condensation. Des *frames* ou scénarios se superposent : si un homme est menacé, que fait-il ? Il se réfugie dans une maison. Si un oiseau est menacé, que fait-il ? Il se réfugie dans l'air. Donc refuge fermé *vs* refuge ouvert. Mais alors, l'air qui paraissait être le lieu de la menace (vent, pluie, tempête) devient pour certains êtres le lieu de l'abri. Voilà un cas de métaphore « bonne » ou « poétique » ou « difficile » ou « ouverte ». Parce qu'il est possible de parcourir indéfiniment la sémiosis et de trouver des unifications sur quelque nœud d'un arbre de Porphyre et des dissemblances aux nœuds inférieurs, tout comme on trouve une foule de dissemblances et d'oppositions dans les sèmes encyclopédiques.

D'où une première ébauche de règle : en examinant le contexte, dans les deux premiers termes qu'il offre, il faut trouver des sèmes plus ou moins semblables (homonymes) qui poussent à supposer une troisième unité sémantique présentant avec l'unité métaphorisante (dont elle est le métaphorisé) peu de sèmes semblables et beaucoup de sèmes dissemblables et pouvant se composer avec la première à l'intérieur d'un arbre de Porphyre où il existe une unité sur un nœud très haut mais une inégalité sur les nœuds les plus bas. On ne cherchera pas une règle mathématique qui fixe la bonne « distance » et spécifie sur quel nœud doivent s'établir identité et dissemblances. On dira plutôt que la « bonne » métaphore sera celle qui interdit d'arrêter immédiatement la recherche (comme c'est le cas pour le banc) et qui permet des examens divers, complémentaires et contradictoires. Ce qui ne semble pas très éloigné du critère de plaisir que Freud [1905] détermine pour le bon mot d'esprit : épargne, économie, certes, mais uniquement parce qu'ainsi, se trouve facilité (instruit) un *court-circuit* qui, si on voulait le démêler dans tous ses passages, prendrait trop de temps.

Mais que devient dans tout cela la proportion aristotélicienne ? Certes, l'air est aux oiseaux comme la maison est aux hommes (sous un certain rapport). Mais cela est tout au plus le résumé du résultat final de chaque examen interprétatif. C'est la définition de tout ce que la métaphore, à partir de ce moment-là, permet de connaître *en plus*. Parce que la proportion en elle-même ne dit pas encore grand-chose, elle doit être remplie. Au maximum, elle rappelle le quatrième terme |hommes| (et on pourra ici compléter le jeu de condensation, hommes = terrestres, oiseaux = aériens, hommes avec des jambes, oiseaux avec des ailes, et ainsi de suite).

Il s'agit maintenant de voir si cette hypothèse interprétative tient pour d'autres expressions métaphoriques, pour les catachrèses les plus outrées comme pour les inventions poétiques les plus délicates. Commençons par nous placer du point de vue de celui qui doit désambiguïser pour la première fois |les pieds de la table|. Au début, c'était un *kenning*, *i.e.* une énigme (et Vico le savait). Cependant, il est nécessaire de savoir déjà ce qu'est une table et ce qu'est un pied. On trouve dans le pied (humain) une fonction P de soutien d'un corps. On trouve dans la description formelle F de |table| l'instruction qu'elle est soutenue par quatre éléments.

On fait l'hypothèse d'un troisième terme |corps| et on trouve que en F il se soutient sur deux pieds. On trouve évidemment des oppositions sur des sèmes comme « nature *vs* culture », « organique *vs* inorganique ». On réunit |table| et |corps| sous un arbre de Porphyre qui considère les « structures articulées » : on trouve que |corps| et |table| s'unissent au nœud supérieur et se distinguent aux nœuds inférieurs (par exemple structures articulées organiques *vs* structures articulées inorganiques). On passe à la comparaison entre le |pied| organique et le *x* dont la catachrèse fournit le pseudo-nom et on construit un arbre des soutiens : soutiens tous les deux, l'un organique et l'autre inorganique. En somme, le mécanisme est clair : on pourrait tout au plus se demander s'il s'agissait d'une « bonne » catachrèse. Mais on ne sait pas, on est trop habitué, on ne retrouvera jamais plus l'innocence de la première invention. Désormais, c'est un syntagme préformé, un élément de code, en un mot une catachrèse, *stricto sensu*, pas une métaphore inventive.

Essayons alors avec deux véritables métaphores. On peut dire d'une jeune fille éclatante de santé et de beauté qu'|elle est une rose|. Malherbe écrivait |Et rose elle a vécu ce que vivent les roses, l'espace d'un matin|.

La première métaphore dit tout de suite contextuellement qui est le métaphorisant et qui est le métaphorisé. On poursuit donc en comparant |femme| à |rose|. Mais l'opération ne sera jamais aussi complètement naïve. L'intertextualité que l'on connaît est riche d'expressions préformées, de *frames* déjà connus... On sait déjà quels sèmes mettre en relief et quels sèmes laisser tomber :

Organique
↑
Végétal
↑
$|\text{Rose}| \longrightarrow F_{\textit{Couleur, Fraîcheur}} \qquad A_{\textit{Nature}} \qquad M_{\text{Végétal}} \qquad P_{\textit{Gratia sui}}$

Organique
↑
Animal
↑
$|\text{Femme}| \longrightarrow F_{\textit{Couleur, Fraîcheur}} \qquad A_{\textit{Nature}} \qquad M_{\text{Animal}} \qquad P_{\textit{Gratia sui}}$

Le jeu est d'une simplicité déconcertante. La majeure partie des sèmes encyclopédiques est semblable. La seule opposition se situe sur l'axe végétal/animal. C'est sur lui que va se construire l'arbre de Porphyre, et on découvre que, malgré l'opposition aux nœuds inférieurs, il y a unité au nœud supérieur (organique). Mais pour ce faire, il fallait évidemment savoir déjà que lorsque l'on compare une femme à une fleur, on parle d'une femme-objet, qui vit comme les fleurs *gratia sui*, pur ornement du monde. Et finalement, la question de la similitude ou de la dissemblance des propriétés se clarifie. Ce n'est ni de la perceptivité, ni de l'ontologie, c'est de la sémiotique. Il faut que la langue (la tradition figurative) ait déjà entendu « fraîcheur » et « couleur » comme des interprétants, au même titre, de la condition de santé d'un corps humain et de la condition de santé d'une fleur, même si, du point de vue physique, le rose d'une joue de femme a rarement le même spectre qu'un rose de fleur. Il y a une différence en millicron, mais la culture les a rendus homologues, elle les nomme tous deux avec la même couleur.

Que s'est-il donc passé la première fois ? On ne le sait pas, la métaphore naît sur un tissu de culture déjà dite.

C'est donc une métaphore pauvre, « fermée », peu cognitive, elle dit ce que l'on sait déjà. Mais l'analyse fait comprendre qu'aucune métaphore n'est « fermée » dans l'absolu, sa fermeture est pragmatique. Imaginons un usager naïf de la langue qui la rencontre pour la première fois. Il sera pris dans un jeu de tentatives et d'erreurs comme celui qui désambiguïserait pour la première fois |La maison des oiseaux|. Il n'y a pas de métaphore *impoétique* dans l'absolu : il y en a seulement pour des situations socio-culturelles déterminées. Il semble en revanche qu'il y ait des métaphores *poétiques* dans l'absolu. Car, si l'on ne peut jamais dire ce qu'un usager sait de la langue (ou de tout autre système sémiotique), on sait toujours, peu ou prou, ce qu'une langue (ou un autre système)a déjà dit, et on peut reconnaître la métaphore qui impose des opérations inédites, et la prédication de sèmes jamais encore prédiqués.

Venons-en à la métaphore de Malherbe. Apparemment, elle impose le même travail de comparaison que la métaphore précédente. Le problème de |espace| est déjà résolu : la tradition l'a institué métaphore de « cours temporel ». Cette même tradition a déjà acquis l'emploi métaphorique de |vie| pour la « durée » d'entités non animales. Il faut donc travailler sur la relation entre « durée », « jeune fille », « rose » et « matin ». A la |rose| on reconnaîtra comme sème particulièrement pertinent celui (par ailleurs intertextuellement codé) de la « fugacité » (elle s'ouvre à l'aube et se ferme au crépuscule; ou bien elle dure très peu de temps; nous verrons qu'il ne s'agit pas de la même propriété). Toutes les autres similarités entre jeune fille et rose ont déjà la force de la chose jugée et sont prises comme intertextuellement bonnes. Quant au matin, il a la propriété d'être seulement une partie du jour, un jour incomplet. Il a aussi la propriété d'être la partie la plus belle, la plus délicate, la plus active. Donc naturellement, la jeune fille, belle comme une rose, a vécu une vie fugace, et elle en a vécu la partie qui, pour être brève, n'en est pas moins la meilleure (Aristote disait déjà : le matin de la vie est la jeunesse). Donc identité et dissemblance sur des marques encyclopédiques, unification sur un nœud haut d'un arbre de Porphyre (organique, ou vivant) et différence sur les nœuds bas (animal *vs* végétal). S'ensuivent toutes les condensations du cas, jeune fille et fleur, frémissement végétal qui devient frémissement charnel, rosée qui se fait œil humide, pétale et bouche : l'encyclopédie permet de faire marcher l'imagination (même visuelle) à plein régime, le réseau de la sémiosis s'anime de parentés et d'inimitiés. Mais il reste quelque chose d'ambigu. La rose vit un matin parce qu'elle se ferme le soir, mais le lendemain elle renaît. La jeune fille meurt et ne renaît pas. C'est là que la métaphore devient « difficile », « distante », « bonne » ou « poétique ». Doit-on revoir ce que l'on sait sur la mort des humains ? Renaît-on ? Ou doit-on revoir ce que l'on sait sur la mort des fleurs ? La rose qui renaît demain est-elle la même que celle d'hier ou bien celle d'hier reste-t-elle celle qui ne fut pas cueillie ? L'effet de condensation déteint, sous la rigidité cadavérique de la jeune fille bat une longue palpitation de la rose. Qui l'emporte ? La vie de la rose ou la mort de la jeune fille ? Bien évidemment, il n'y a pas de réponse : la métaphore est *ouverte*, justement. Même si elle repose sur un jeu de connaissances intertextuelles hypercodées qui frôlent le maniérisme.

13. Cinq règles

Nous sommes maintenant en mesure de déterminer cinq règles pour l'interprétation co-textuelle d'une métaphore (remarquons que le processus d'interprétation projette à l'inverse le processus de production) :

1. Il faut construire une première représentation componentielle du sémème métaphorisant (partielle et tâtonnante). Nous appelons le sémème métaphorisant *véhicule*. Cette représentation doit *aimanter* seulement les propriétés que le co-texte a suggérées comme importantes, et *narcotiser* les autres [cf. Eco, 1979]. Cette opération constitue une première tentative abductive.

2. Il faut identifier dans l'encyclopédie (localement postulée comme *ad hoc*) un autre sémème qui possède un ou plusieurs des mêmes sèmes (ou marques sémantiques) que le sémème véhicule, et qui exhibe en même temps d'autres sèmes « intéressants ». Ce sémème devient un candidat pour le rôle de sémème métaphorisé (teneur). S'il y a plusieurs sémèmes en compétition pour ce rôle, il faut tenter d'autres abductions à partir des

indices co-textuels. Qu'il soit bien clair que par les « mêmes sèmes », nous entendons les sèmes exprimables à travers le même interprétant. Par « autres sèmes intéressants », nous entendons seulement ceux qui sont représentables par des interprétants différents, mais tels qu'ils puissent être opposés selon quelques incompatibilités codées (comme ouvert/fermé, mort/vif, et ainsi de suite).

3. Il faut sélectionner une ou plusieurs de ces propriétés ou sèmes différents et construire sur eux un arbre de Porphyre tel que ces couples d'oppositions se rejoignent à un nœud supérieur.

4. Teneur et véhicule exhibent un rapport intéressant quand leurs diverses propriétés ou sèmes se rencontrent à un nœud comparativement très haut de l'arbre de Porphyre. Des expressions comme |sèmes intéressants| et |nœud comparativement très haut| ne sont pas vagues parce qu'elles se réfèrent à des critères de plausibilité co-textuelle. Similarités et différences peuvent être évaluées seulement en accord avec le succès co-textuel possible de la métaphore et il n'y a pas de critère formel qui établisse le degré « exact » de différence et la position « exacte » dans l'arbre de Porphyre. Selon ces règles, on part de rapports métonymiques (de sème à sémème) entre deux sémèmes différents et, en contrôlant la possibilité d'une double synecdoque (qui intéresse aussi bien la teneur que le véhicule), on accepte en conclusion la substitution d'un sémème avec l'autre. C'est pourquoi une substitution de sémèmes apparaît comme l'effet d'une *double métonymie* vérifiée par une *double synecdoque* [cf. aussi Eco, 1971]. Nous pouvons donc passer à la cinquième règle :

5. Il faut contrôler que, à partir de la métaphore supposée, on peut identifier de nouvelles relations sémantiques, de façon à enrichir ultérieurement le pouvoir cognitif du trope.

14. De la métaphore a l'interprétation symbolique

Une fois le processus sémiosique entamé, il est difficile de dire où s'arrête une interprétation métaphorique : cela dépend du contexte. Il est des cas où, à partir d'une ou de plusieurs métaphores, l'interprète est guidé vers une littérature allégorique ou une interprétation symbolique (voir le chapitre suivant). Mais quand on part d'une métaphore et que l'on commence le processus interprétatif, il n'est pas rare que les limites entre lecture métaphorique, lecture symbolique et lecture allégorique soient très floues.

Weinrich [1976] a proposé une distinction intéressante entre *micro-métaphorique*, *métaphorique du contexte* et *métaphorique du texte*. Voyons son analyse d'un long passage de Walter Benjamin dont nous ne pouvons que résumer les moments les plus marquants. Dans *Les Mouettes (Möven)*, Benjamin parle d'un de ses voyages en mer, dense de métaphores qui ne seront pas analysées ici. Il y en a deux pourtant qui semblent singulières à Weinrich : les mouettes, *peuple* de volatiles, *messagers* ailés, liés dans un *enchevêtrement* de *signes*, qui se divisent tout à coup en deux *troupes*, noires à l'occident qui disparaissent dans le néant, blanchâtres à l'orient, encore présentes et « à résoudre » : et le mât du navire qui trace dans l'air un *mouvement pendulaire*. (Il est à noter qu'en allemand, |Pendel| signifie à la fois pendule et balancier.) Weinrich développe d'abord une *micrométaphorique* (par exemple propriétés communes et dissemblables entre mât et balancier), puis une *métaphorique du contexte* où il met en relation les divers « champs métaphoriques » mis en œuvre par Benjamin. Bref, il en émerge petit à petit quelque chose qui ressemble de plus en plus à une déclaration allégorique, et qui dans la phase finale de la *métaphorique du texte* dévoile sa clé politico-idéologique (où le texte est vu aussi dans ses circonstances historiques d'énonciation) : 1929, crise de la République de Weimar, situation contradictoire de l'intellectuel allemand, d'un côté obsédé par la polarisation des contrastes (ami *vs* ennemi), de l'autre incertain quant à la position à adopter, oscillant entre la neutralité et la reddition dogmatique à l'une des parties. D'où le mât qui devient métaphore du « balancier des événements historiques » et le contraste antagoniste des mouettes.

Que la lecture de Weinrich soit correcte ou pas, revenons à la métaphore du mât-balancier, pour en déterminer le mécanisme constitutif, lequel doit aussi permettre toutes les inférences que le lecteur (assumé en ce cas comme Lecteur Modèle) en donne. Passons sur les pressions contextuelles qui induisent à sélectionner certains sèmes au détriment d'autres, et composons le spectre componentiel des deux termes présents dans le contexte : |mât| et |balancier|. En effet, le texte parle de « mouvement pendulaire » *(Pendelbewegungen)*, si bien que, plus que de métaphore, on devrait parler de similitude évidente (le mât se meut comme un balancier). Mais ce pourrait être aussi |le mât qui sonne les heures| ou |le mât oscillant|, et la nature contradictoire, l'effet spécifique de condensation de cette figure ne s'en trouverait pas invalidé. Composons la représentation de mât et de balancier.

|Mât| →	F *Vertical* Fixe Bloqué en bas	A *Culture*	M *Bois* *Fer*	P Soutient les voiles *Permet le mouvement du navire* Espace Légère oscillation Navire
|Balancier| →	F *Vertical* Mobile Bloqué en haut	A *Culture*	M *Bois* *Fer*	P Contrepoids *Permet le mouvement des aiguilles* Temps Sensible oscillation Horloge

On voit immédiatement sur quels sèmes s'établissent l'identité et la diversité. Une première unification sur un quelconque arbre de Porphyre donnerait des résultats décevants : tous deux sont des objets manufacturés, tous deux sont en bois et en fer, ou pire, tous deux appartiennent à la classe des choses verticales. Ce n'est pas assez. Les seules oppositions notables semblent être celle entre fixité et oscillation et le fait que l'un soit fonctionnel au parcours dans l'*espace* et l'autre à la mesure du *temps*. En seconde analyse, on verrait cependant que le mât lui aussi, pour rester solide, doit osciller un peu, et que le balancier, pour osciller, doit être solide autour de son pivot. Mais il ne s'agit pas encore d'une acquisition cognitive remarquable : le balancier fixé en haut sur un pivot oscille et mesure le temps, le mât fixé en bas sur un pivot oscille et est, d'une certaine manière, lié à l'espace. On le savait déjà.

Si la métaphore apparaissait dans un contexte qui, aussitôt, l'abandonne, elle ne constituerait pas une invention digne d'intérêt. L'analyse de Weinrich dit que le tissu intertextuel attire l'attention des interprètes sur le thème « oscillation » et d'autre part, que dans le même contexte, l'insistance sur le jeu alterné des mouettes et sur l'opposition droite/gauche, orient/occident établit une isotopie de la tension entre deux pôles. C'est cette isotopie qui l'emporte aux niveaux les plus profonds, pas celle que le *topic* « voyage en mer » détermine au niveau des structures discursives [cf. Eco, 1979]. Donc, le lecteur est amené à faire jouer la sémiosis sur le sème « oscillation », laquelle est fonction première pour le balancier et secondaire pour le mât (l'encyclopédie doit commencer par admettre une hiérarchie des sèmes). En outre, l'oscillation du balancier est fonctionnalisée à la mesure exacte, tandis que celle du mât est plus contingente. Le balancier oscille de façon sûre et constante, sans altération de rythme, le mât est soumis à des altérations, voire à des ruptures. Le fait que le mât soit fonctionnalisé au navire — ouvert au mouvement dans l'espace et à l'aventure indéfinie — et le fait que le balancier le soit à l'horloge — immobile dans l'espace et réglée dans sa mesure temporelle — donnent lieu à des oppositions successives : la certitude, la sûreté du balancier contre l'incertitude du mât, l'un fermé et l'autre ouvert... Et, bien entendu, le rapport du mât (incertain) avec les deux peuples contradictoires de mouettes... On le voit, la lecture peut continuer à l'infini. Isolée, la métaphore était pauvre; plongée dans le contexte, elle soutient d'autres métaphores et est soutenue par elles.

D'aucuns ont essayé de définir l'excellence d'une métaphore par la plus ou moins grande *distance* entre les propriétés des termes en jeu : nous ne pensons pas qu'il y ait une règle stable. C'est le modèle d'encyclopédie construit dans le but de l'interprétation d'un contexte donné, celui qui fixe comme *ad hoc* le centre et la périphérie des sèmes. Reste le critère de la plus ou moins grande ouverture, à savoir à quel point une métaphore permet de voyager au long de la sémiosis et de connaître les labyrinthes de l'encyclopédie. Au cours de ce voyage, les termes en jeu s'enrichissent de propriétés que l'encyclopédie ne leur reconnaissait pas encore.

Ces considérations n'instaurent pas vraiment et définitivement un critère esthétique permettant de distinguer les métaphores « belles » des métaphores « laides » : dans ce cas, interviennent aussi les rapports étroits entre expression et contenu, entre valeurs matérielles et valeurs de contenu (en poésie, on pourrait parler des éléments comme la rime, la paronomase, l'assonance, bref, tout l'attirail des *métaplasmes* dont on parlait dans le tableau 1). Toutefois, ces considérations autorisent la distinction entre métaphore fermée (ou peu cognitive) et métaphore ouverte qui fait mieux connaître les possibilités de la sémiosis, c'est-à-dire justement cet index catégorique dont parlait Tesauro.

15. Conclusions

Il n'existe pas d'algorithme pour la métaphore : elle ne peut être prescrite au moyen d'instructions précises à un ordinateur, indépendamment du volume d'information organisée que l'on peut y introduire. La réussite de la métaphore est fonction du format socioculturel de l'encyclopédie des sujets interprétants. Dans cette optique, on ne produit des métaphores que sur la base d'un tissu culturel riche, c'est-à-dire d'un univers du contenu déjà organisé en réseaux d'interprétants qui décident (sémiotiquement) de la similarité et de la dissemblance des propriétés. En même temps, seul cet univers du contenu, dont le format se postule non pas selon une hiérarchie rigide mais selon le Modèle Q [Eco, 1975], tire de la production métaphorique et de son interprétation l'occasion de se restructurer en de nouveaux nœuds de similarités et de dissemblances.

Mais cette situation de sémiosis illimitée n'exclut pas qu'il puisse exister des *premiers tropes*, *i.e.* des métaphores « nouvelles », jamais entendues ou vécues comme si elles n'avaient jamais été entendues. Les conditions d'apparition de ces moments que nous pourrions appeler métaphoriquement « auroraux » (mais que nous définissons dans Eco [1975] comme des cas d'*invention*) sont multiples :

(a) Il existe toujours un contexte capable de reproposer comme nouvelle une catachrèse codée ou une métaphore éteinte. On peut imaginer un texte de l'*école du regard* où l'on redécouvre, à travers une lente phénoménologie des perçus, la force et la vivacité d'une expression

comme |Les pieds de la table|. Et Mallarmé savait qu'il y a mille autres façons de dire |Une fleur...|.

(b) Il existe des passages inopinés de substance sémiotique à substance sémiotique où ce qui était une métaphore éteinte dans la substance *x* redevient une métaphore inventive dans la substance *y* : nous songeons aux portraits de femme de Modigliani, dont on peut dire qu'ils réinventent visuellement (et obligent aussi à repenser conceptuellement et, par diverses médiations, verbalement) une expression comme |cou de cygne|. Des enquêtes sur la métaphore visuelle [cf. Bonsiepe, 1965] ont montré comment une expression galvaudée comme |flexible| (pour indiquer l'ouverture d'esprit, l'absence de préjugés dans les décisions, l'adhésion aux faits) peut redevenir inédite quand, au lieu d'être nommée verbalement, la flexibilité est montrée comme représentant visuellement un objet flexible.

(c) Le contexte à fonction esthétique pose toujours ses tropes comme « premiers » : en effet, il oblige à les voir de façon nouvelle, et il dispose une telle quantité de renvois parmi les différents niveaux du texte que cela permet une interprétation toujours nouvelle de l'expression en jeu (laquelle ne fonctionne jamais seule, mais entre en interaction avec quelque nouvel aspect du texte : voir l'image du mât/balancier chez Benjamin). D'autre part, il est typique des contextes à fonction esthétique de produire des *corrélatifs objectifs* qui ont une fonction métaphorique « très ouverte » en tant qu'ils laissent entendre que des rapports de similarité ou d'identité s'établissent, sans que ces rapports puissent être éclaircis.

(d) Le trope le plus « éteint » peut fonctionner comme « nouveau » pour un sujet qui aborde d'une façon « vierge » la complexité de la sémiosis. Il existe des codes restreints et des codes élaborés. Il est possible d'imaginer un sujet qui n'a *jamais* entendu comparer une jeune fille à une rose, qui ignore tout des institutionnalisations intertextuelles et qui réagit à la plus éteinte des métaphores en découvrant pour la première fois les rapports entre un visage de femme et une fleur. C'est là que se situent les ratés de la communication métaphoriques, ces cas où le sujet « idiot » est incapable de comprendre le parler figuré, ou en entrevoit à grand-peine la fonction, le vivant comme une provocation. Des situations de ce genre se retrouvent dans les traductions de métaphores de langue à langue : il peut en sortir l'obscurité ou la fulgurance.

(e) On a enfin des cas privilégiés où le sujet « voit » pour la première fois une rose, en remarque la fraîcheur, les pétales perlés de rosée — quand jusque-là la rose n'était pour lui qu'un mot ou un objet entr'aperçu dans une vitrine de fleuriste. Dans ces cas, le sujet reconstruit, pour ainsi dire, son propre sémème en l'enrichissant de propriétés pas toutes verbalisées et verbalisables, certaines étant interprétables et interprétées par d'autres expériences visuelles ou tactiles. Dans ce processus, divers phénomènes synesthésiques concourent à constituer des réseaux de rapports sémio-

siques. Un homme qui, en mangeant du miel dans un moment privilégié, se pâmerait et déciderait que cette pâmoison est semblable, malgré les différences, à celle qu'il a éprouvée au cours d'une expérience sexuelle, cet homme inventerait pour la première fois une expression — éteinte sinon — telle que |miel| pour nommer la personne aimée; et il nous suffit de voir à quel point, dans l'usage anglo-saxon, est éteinte la métaphore qui consiste à appeler |*honey*| l'épouse que nous, avec une expression tout aussi éteinte, nous appelons |trésor|. Ces métaphores réinventées naissent pour la même raison qui fait que l'on révèle au médecin nos symptômes d'une manière impropre (|La poitrine me brûle... Je ressens des picotements dans le bras...|) : la métaphore se réinvente aussi à cause de l'ignorance du lexique.

Et pourtant, même ces premiers tropes naissent toujours parce qu'il y a un tissu sémiotique sous-jacent. Vico rappellerait que les hommes savent parler comme des héros parce qu'ils savent déjà parler comme des hommes. Même les métaphores les plus naïves sont faites avec des déchets d'autres métaphores, une langue qui se parle elle-même, et les limites entre les premiers et les derniers tropes sont trop minces, non pas matière de sémantique mais de pragmatique de l'interprétation. Quoi qu'il en soit, on a trop longtemps pensé que pour comprendre les métaphores il fallait connaître le code (ou l'encyclopédie) : la vérité, c'est que la métaphore est l'instrument qui permet de mieux comprendre le code (ou l'encyclopédie). C'est là le type de connaissance qu'elle réserve.

Pour en arriver à cette conclusion, nous avons dû renoncer à trouver pour la métaphore une définition synthétique, immédiate, brûlante : substitution, saut, similitude abrégée, analogie... On a l'illusion que la métaphore est définissable par une catégorie simple parce que la manière dont on croit la comprendre est simple. Mais cette simplicité, ou bonheur, dans l'accomplissement de courts-circuits à l'intérieur de la sémiosis, est un fait neurologique. Sémiotiquement parlant, en revanche, le processus de production et d'interprétation métaphorique est long et tortueux. Il n'est pas dit que l'explication des processus physiologiques ou psychiques immédiats doive être tout aussi immédiate. Freud cite, dans son recueil de *Witze* classiques, ce mot de Lichtenberg : « Il s'étonnait de ce que les chats aient, juste à la place des yeux, deux trous taillés à même la peau. » Et il commente : « La sottise, malgré son évidence, n'est qu'apparente; en réalité sous cette remarque simpliste se cache le grand problème du rôle de la téléologie dans la formation des animaux. Il ne s'impose pas en effet que la fente palpébrale s'ouvre justement au contact de la surface libre de la cornée et seule la théorie de l'évolution explique cette coïncidence » [1905, trad. franç., p. 137-138]. Derrière le « bonheur » de ces processus naturels (physiques et psychiques) se cache un long *travail*. Et nous avons essayé d'en définir *quelques* phases.

CHAPITRE IV

LE MODE SYMBOLIQUE

1. La forêt symbolique et la jungle lexicale

Σύμβολον de συμβάλλω, « jeter avec », « mettre ensemble », « faire coïncider » : le symbole est originairement le moyen de reconnaissance formé par les deux moitiés d'une monnaie ou d'une médaille brisée, et cette analogie devrait mettre en garde les rédacteurs de lexiques philosophiques. On a les deux moitiés d'une chose dont l'une est en-lieu-de l'autre (*aliquid stat pro aliquo*, comme dans toutes les définitions classiques du signe), toutefois les deux moitiés de la monnaie ne réalisent la plénitude de leur fonction que lorsqu'elles se rejoignent pour reconstituer une unité. Dans la dialectique de signifiant et signifié qui caractérise le signe, cette jonction apparaît toujours comme incomplète, différée; chaque fois que le signifié est *interprété*, *i.e.* traduit dans un autre signe, on découvre quelque chose de plus et le renvoi, au lieu de se recomposer, s'écarte, s'aiguise... Dans le symbole au contraire, il y a l'idée d'un renvoi qui, en quelque sorte, trouve son propre terme : une jonction avec l'origine.

Mais ce serait là déjà une interprétation « symbolique » de l'étymologie de |symbole| : procédé périlleux, car on ne sait pas encore ce que sont un symbole et une interprétation symbolique. Les rédacteurs de lexiques philosophiques et les théoriciens du symbolique le savent-ils ?

Un des moments les plus pathétiques de la lexicographie philosophique a été celui où les rédacteurs du *Dictionnaire philosophique Lalande* se sont réunis pour débattre publiquement de la définition de |symbole|.

La première définition parle de « ce qui représente autre chose en vertu d'une correspondance analogique » [1968, p. 1080]. Puis elle précise « Se dit (...) de tout signe concret évoquant (par un rapport naturel) quelque chose d'absent ou d'impossible à percevoir : "Le sceptre, symbole de la royauté" » [*ibid.*].

La deuxième définition est « Système continué de termes dont chacun représente un élément d'un autre système » [*ibid.*, p. 1081]. Définition plus vaste, qui vaut aussi pour indiquer des codes conventionnels comme le morse. Mais aussitôt après, comme en guise de commentaire, en citant Lemaître : « ... Un système de métaphores suivies » [*ibid.*].

Pour terminer, on trouve l'acception « Formulaire d'orthodoxie » avec une référence au « symbole de Nicée » [*ibid.*].

Suit, comme il est de coutume dans le *Lalande*, la discussion des experts. Delacroix insiste sur l'analogie, mais Lalande affirme avoir reçu de Karmin la proposition de définir comme symbole toute représentation conventionnelle. Brunschvicg parle d'un pouvoir « interne » de représentation et cite le serpent qui se mord la queue mais Van Biéma rappelle que le poisson était symbole du Christ uniquement à cause d'un jeu phonétique ou alphabétique. Lalande réitère sa perplexité : comment faire coïncider le fait qu'une feuille de papier peut devenir symbole de millions (et c'est de toute évidence le cas d'un rapport conventionnel) et le fait que les mathématiciens parlent de symboles d'addition, de soustraction et de racine carrée (où l'on ne voit pas le rapport analogique entre signe graphique et opération ou entité mathématique correspondante) ? Delacroix observe qu'en ce cas on ne parle plus de symbole au sens où l'on dit que le renard est le symbole de la ruse (en effet, dans ce cas, le renard est symbole par antonomase, un être rusé représentant tous les membres de sa classe). On a encore la distinction entre symboles intellectuels et symboles émotifs, et l'entrée se clôt sur cette complication. Mais *elle ne conclut pas* : la conclusion indirecte à laquelle Lalande invite est que le symbole est à la fois tout et rien. En somme, on ne sait pas ce que c'est.

Il semble que l'on retrouve ici le même phénomène que celui qui se produit lorsqu'on essaie de donner une définition du signe. Le langage commun, en tissant un nœud apparemment inextricable d'homonymies, exhibe un réseau de *ressemblances de famille*. Or, les ressemblances de familles peuvent être de types restreint ou vaste. Wittgenstein propose un exemple de type restreint en analysant la notion de jeu. En admettant que A, B et C soient trois sortes de jeux différents et que chacun présente des propriétés *a*, . . . , *n* (comme d'être de compétition, de comporter un effort physique, d'être désintéressé ou pas), on en arriverait à créer un réseau de ressemblances de ce type :

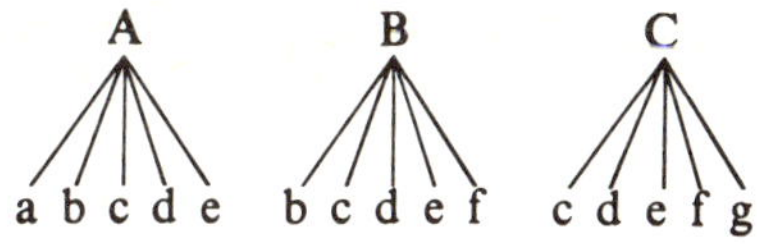

où on voit que chaque jeu a certaines des propriétés des autres, mais pas toutes. Cependant, si le réseau s'élargit, on a la conséquence formelle suivante :

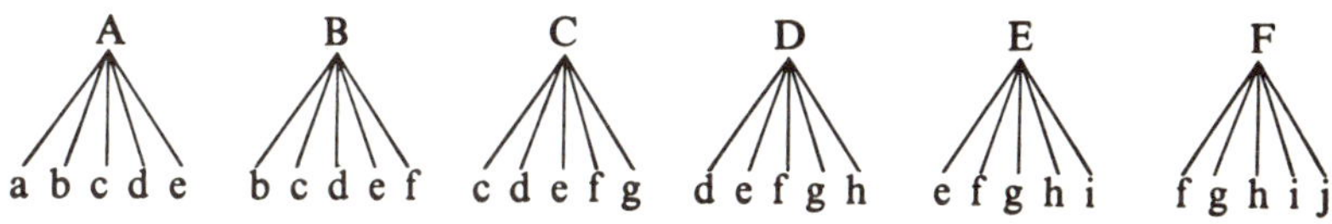

où on voit qu'à la fin A et F n'ont plus rien en commun, sinon le fait très curieux d'appartenir à la même série de choses « semblables » immédiatement entre elles. Dans certaines structures parentales, le fait d'être le beau-frère du beau-frère du beau-frère d'une quatrième personne implique un rapport parental. Lexicographiquement parlant, un lien de cette sorte se présente au contraire comme, tout au plus, un instrument de compréhension d'un processus en termes de sémantique historique. Il est naturel que dans un univers d'interprétance continue et de sémiosis illimitée, on puisse, par des interprétations sélectives, passer de *cosaque* à *soldat à cheval*, de celui-ci à *hussard*, de *hussard* à *personnage d'opérette* et enfin de ce dernier à *veuve joyeuse*. Mais cela ne permet pas de dire s'il y a des parentés sémantiques entre un cosaque et une veuve joyeuse.

Or, la tentative que le concept de signe autorise, c'est de voir si, au-dessous des ressemblances de famille, il existe une propriété très générale qui survit dans chacun des termes de la chaîne, et de construire sur la base de cette propriété un *objet théorique* qui ne s'identifie à aucun des phénomènes examinés mais rend compte de chacun d'eux, au moins du point de vue d'une sémiotique générale. On a montré qu'on a un signe quand quelque chose est en-lieu-de quelque chose d'autre selon les modes d'une inférence ($p \supset q$) où p est une classe d'événements perceptibles *(expressions)* et q une classe de *contenus*, c'est-à-dire de points de vue dont résulte la pertinence du continuum de l'expérience, de sorte que chaque membre de la classe des contenus puisse être « interprété », *i.e.* traduit dans une autre expression, si bien que la seconde expression véhicule quelques propriétés de la première (importantes dans un contexte donné) et en exhibe d'autres que la première expression ne semblait pas inclure.

Le devoir d'une sémiotique générale est de construire cet objet théorique, le devoir des sémiotiques spécifiques est d'étudier les diverses façons dont la classe des expressions s'unit à la classe des contenus, à savoir la force épistémologique de ce signe d'inférence que le modèle général posait de manière purement formelle.

L'impression que l'on éprouve face aux divers emplois de |symbole| dans leurs différents contextes, c'est que ce terme ne permet pas l'identification d'un noyau constant — même très général — de propriétés. Parce que |symbole| n'est pas, comme |signe|, un terme du langage commun. Le langage commun emploie des expressions comme |Faire signe de s'approcher| ou |C'est mauvais signe|, et même un locuteur inculte est en mesure d'expliquer (ou d'interpréter) sinon le signifié de |signe| du moins le sens global de ces syntagmes. Quand en revanche, non pas le langage de tous les jours, mais le pseudo-langage quotidien de la presse ou de l'éloquence publique dit qu'un pays est symbolisé par ses produits, que le voyage de Nixon en Chine avait une valeur symbolique, que Marilyn Monroe était un symbole du sexe et de la beauté, que l'institution du Marché commun a constitué un tournant symbolique ou que le ministre a posé symboliquement la première pierre, le locuteur commun aurait non seulement des difficultés à clarifier le sens du mot |symbole| mais fournirait aussi des interprétations vagues ou alternatives des syntagmes dans lesquels le terme apparaît.

Il suffirait de dire que |symbole| est un terme du langage cultivé dont s'empare le langage pseudo-quotidien en le considérant comme mieux défini dans des contextes théoriques appropriés. Pourtant, alors qu'un livre de sémiotique traitant du signe commence tout de suite par mettre au clair les conditions d'emploi de ce terme, ce qui dérange le plus dans les contextes théoriques consacrés au |symbole|, c'est que ce terme est rarement défini, comme si on renvoyait à une notion intuitivement évidente.

Nous citerons peu d'exemples, pris presque au hasard. Une théorie de l'art comme forme symbolique telle que *Feeling and Form* de Suzanne Langer [1953] commence par critiquer divers emplois confus du terme |symbole| et en appelle à la nécessité philosophique de mieux le définir. Mais aussitôt après, l'auteur affirme que dans des cas comme le sien, la définition ne pourra être fournie qu'au cours du livre et elle renvoie au chapitre XX. On y lit que l'œuvre d'art est un symbole indivisible à la différence des symboles du langage commun, mais on comprend difficilement ce qu'est cette entité qui est indivisible dans l'art et qui ne l'est pas ailleurs. Par bonheur, elle avait avancé une définition dans l'introduction : est symbole « tout artifice qui permet d'employer une abstraction ». Ce n'est pas beaucoup, certes, mais au moins l'auteur a essayé.

Le même interdit définitionnel se retrouve dans une œuvre — à bien d'autres égards riche d'analyses poétiques très fines — comme l'*Anatomy of Criticism* de Northrop Frye [1957]. Le chapitre consacré à la théorie des symboles affirme que le terme |symbole| « dans cet essai, désigne un élément d'une structure littéraire quelconque (...) en vue d'un examen critique » [trad. franç., p. 92] et il sera dit plus loin que ces symboles peuvent aussi être appelés « motifs ». Frye distingue le symbole du signe, qui semble être le terme linguistique « isolé de son contexte » et déclare que la critique s'intéresse au contraire aux symboles importants et remarquables définis comme « les noms, les verbes et les expressions où apparaissent des mots importants » [*ibid.*, p. 100]. Dans une perspective d'esthétique organique de dérivation romantique, on privilégie, au-delà des significations « littérales » et « descriptives », ces unités qui « expriment l'analogie des proportions entre le poème et la nature qu'il imite » [*ibid.*, p. 107] si bien que « sous cet aspect, le symbole est à proprement parler une image » [*ibid.*]. Mais à l'intérieur de la catégorie des images, Frye distinguera ensuite le symbole de l'allégorie, de l'emblème et de la corrélation objective et parlera plus proprement de symbolisme en référence à l'emploi des archétypes, par rapport auxquels se profile la possibilité d'une interprétation « anagogique » de l'œuvre poétique. La seule définition claire semble être celle des archétypes, mais elle est dérivée de la théorie de Jung.

Mary Douglas, à qui l'anthropologie symbolique doit beaucoup, consacre un volume entier aux *Natural Symbols* [1973] et commence en affirmant que « la nature doit être exprimée en symboles » et que « nous la connaissons à travers des symboles »; elle fait le départ entre les symboles artificiels et conventionnels et les symboles naturels, soutient une systématique des symboles mais ne définit jamais le symbole en termes théoriques. On sait bien sûr ce que sont, dans ce contexte, les symboles naturels, c'est-à-dire des images du corps employées pour refléter l'expérience qu'un individu a de la société. Mary Douglas élabore en effet une sémiotique des phénomènes corporels comme système d'expressions qui se réfèrent à des éléments d'un système social, mais on ne voit aucune raison pour que ces systèmes de symboles ne soient pas appelés systèmes de signes. Ce que l'auteur fait par ailleurs, en laissant entendre que pour elle, symbole et signe sont synonymes.

Un autre classique de l'anthropologie symbolique, *From Ritual to Romance* de Jessie L. Weston [1920] — qui entre autres a fourni une réserve de « symboles » à un poète comme Eliot — consacre un chapitre aux *Symbols*, *i.e.* aux Talismans du culte du Graal; il soutient que ces symboles fonctionnent uniquement dans un système de relations réciproques, il sait que Coupe, Lance ou Epée ont une signification mystique; mais quant à savoir ce que sont un symbole ou une signification mystique, cela est laissé à l'appréciation du lecteur.

L'une des tentatives les plus fécondes de pénétrer la forêt des symboles est *Symbols Public and Private* de Raymond Firth [1973]. Firth dénonce l'ambiguïté du terme et en suit les emplois, de la presse quotidienne à la littérature, des théories romantiques du mythe à l'anthropologie symbolique moderne. Il se rend compte qu'il se trouve face à un mécanisme de renvoi, typique du signe, mais il en décèle les connotations particulières comme le caractère non effectif (le geste purement symbolique), le caractère contradictoire par rapport à l'état des faits, le jeu de renvoi entre concret et abstrait (renard pour ruse) ou entre abstrait et concret (le symbole logique), le rapport métonymique ou synecdochique (rochers ou fleuves pour dieux ou forces naturelles), le flou (le sombre symbole du mystère)... Il observe que le symbole, à un niveau premier, peut être très conventionnalisé (les clés de saint Pierre pour le pouvoir de l'Eglise) mais qu'il suffit de le regarder en transparence (de quoi est symbole le geste de Jésus qui remet les clés à Pierre — et d'ailleurs les remet-il « symboliquement », car ne donne-t-il pas effectivement une paire de clés ?) pour en faire le point de référence d'interprétations opposées et beaucoup moins conventionnelles. A la fin de cet exposé, Firth semble aboutir (toujours provisoirement) à une sorte de définition terre à terre, autrement dit une définition *pragmatique* : dans l'interprétation d'un symbole, l'interprète a d'habitude une plus grande latitude pour exercer son jugement qu'avec les *signaux* réglés par un code commun à l'émetteur et au destinataire. Le moyen de distinguer entre signal et symbole serait de classer comme symboles tous les signes où l'on rencontre un manque d'accord interprétatif entre producteur et interprète.

La conclusion « pragmatique » de Firth semble être encore la plus raisonnable. En effet, même si l'on réussissait à trouver au-dessous du réseau de ressemblances de famille une caractéristique commune à tous les « symboles » analysés, on devrait dire que c'est là la caractéristique même du signe : *aliquid stat pro aliquo*. Il suffirait alors de dire que |symbole| est toujours employé comme synonyme de |signe| et qu'on peut lui donner la préférence parce qu'il a une apparence plus « cultivée ».

Dans les pages qui suivent, nous examinerons, par approximations et exclusions, les différents contextes où |symbole| est effectivement mis pour |signe| ou pour des espèces de fonctions du signe qui ont déjà été étudiées. En ce cas, il n'y aurait aucune raison de traiter plus longtemps du symbole car l'un des devoirs de la lexicographie philosophique est de clarifier et de réduire les synonymies.

Toutefois, en prenant appui sur le soupçon pragmatique de Firth, nous identifierons, par une série d'approximations successives, un noyau « dur » du terme |symbole|. L'hypothèse que nous essaierons d'élaborer est que ce noyau dur se réfère à une attitude sémantico-pragmatique que nous appellerons *mode symbolique*. C'est pourquoi nous déterminerons une série de contextes où le terme |symbole| doit être pris au sens strict comme allusion plus ou moins précise à un emploi des signes selon le mode symbolique. Que ce soit en excluant les acceptions synonymiques ou en définissant le mode symbolique, nous serons contraints de procéder à l'élaboration d'une typologie générale qui ne pourra se nourrir de tous les exemples disponibles car le terme « symbole » est employé par presque tous les penseurs depuis deux mille ans. Nous choisirons donc nos exemples pour leur capacité à représenter une infinité d'autres contextes plus ou moins semblables, et ce seront des raisons diversement « économiques » qui nous amèneront à nous référer à Creuzer et pas à Eliade par exemple, à Ricœur et pas à Bachelard, etc.

2. Approximations et exclusions

2.1. *Le symbolique comme sémiotique*

Tout d'abord, il existe des théories qui identifient l'aire du symbolique à l'aire de ce que l'on tend aujourd'hui à définir comme sémiotique. Dans une telle perspective est symbolique l'activité par laquelle l'homme rend compte de la complexité de l'expérience en l'organisant en structures de contenu auxquelles correspondent des systèmes d'expression. Le symbolique permet de « nommer » l'expérience, mais aussi de l'organiser et donc de la constituer comme telle, en la rendant pensable et communicable.

Il a été montré [Goux, 1973; Rossi-Landi, 1968] qu'une structure symbolique générale régit la théorie marxienne et permet l'articulation même d'une dialectique entre base et superstructures. Les rapports de propriété, les systèmes d'équivalence entre marchandise et marchandise, et marchandise et argent, sont déjà le résultat d'une mise en forme symbolique.

De la même manière, sémiotique et symbolique s'identifient dans le structuralisme de Lévi-Strauss : « Toute culture peut être considérée comme un ensemble de systèmes symboliques au premier rang desquels se placent le langage, les règles matrimoniales, les rapports économiques, l'art, la science, la religion » [1950, p. xix]. L'anthropologie a pour objet des modèles ou « des systèmes de symboles qui sauvegardent les propriétés caractéristiques de l'expérience, mais qu'à la différence de l'expérience, nous avons le pouvoir de manipuler » [1973, p. 25]. Les homologies, la possibilité de transformation des structures (qu'elles soient parentales, urbaines, culinaires, mythologiques ou linguistiques) sont dues au fait que toute structure dépend d'une capacité symbolique plus générale de l'esprit humain qui organise selon des modalités communes la globalité de son expérience.

Sémiotique et symbolique coïncident également chez Lacan. Des trois registres du champ psychanalytique (imaginaire, réel et symbolique), l'imaginaire est marqué par la relation à l'image du « semblable ». Mais la similarité de Lacan n'est pas celle d'une sémiotique de l'iconisme, c'est celle qui se réalise dans le mécanisme perceptif lui-même. Le rapport du sujet à sa propre image au stade du miroir est un rapport de similarité (donc imaginaire), le rapport érotique ou agressif qui se manifeste dans la réaction duelle est imaginaire, les cas d'isomorphisme relèvent de l'imaginaire. Dans le *Séminaire* sur les écrits techniques de Freud, Lacan examine des images virtuelles dues à des projections qui apparaissent ou disparaissent selon la position du sujet et il en conclut que « dans le rapport de l'imaginaire et du réel, et dans la constitution du monde telle qu'elle en résulte, tout dépend de la situation du sujet. Et la situation du sujet (...) est essentiellement caractérisée par sa place dans le monde symbolique, autrement dit dans le monde de la parole » [1975, p. 95]. Le registre du symbolique se réalise comme loi et l'ordre du symbolique est fondé sur la Loi *(le Nom-du-Père)*.

Tandis que pour Freud, nous le verrons, la symbolique est l'ensemble des symboles oniriques à signification constante (il y a chez Freud la tentative de constituer un code des symboles), Lacan s'est peu intéressé à une typologie des différences entre les divers types de signes, au point d'aplatir le rapport expression-contenu et ses modalités de corrélation sur la logique interne des signifiants. Comme Lévi-Strauss par ailleurs, ce qui l'intéresse ce n'est pas tant le fait que dans l'ordre symbolique se constituent des fonctions du signe mais plutôt le fait que les niveaux ou plans mis en corrélation par les fonctions possèdent une systématicité, c'est-à-dire une structure : « Penser, c'est substituer aux éléphants le mot *éléphant*, et au soleil un rond. » Mais « le soleil en tant qu'il est désigné par un rond ne vaut rien. Il ne vaut pour autant que ce rond est mis en relation avec d'autres formalisations, qui constituent avec lui ce tout symbolique (...) Le symbole ne vaut que s'il s'organise dans un monde de symboles » [*ibid.*, p. 250]. Dans cet exemple, Lacan parle clairement soit d'un « symbole » verbal comme le mot |éléphant| soit d'un symbole visuel comme le rond pour le soleil. Il n'accorde apparemment aucun intérêt à la différence de structure du signe des deux types de « symboles ». Cependant, à lire l'intégralité de son œuvre, on a l'impression que le modèle du symbolique auquel il se réfère de préférence est le modèle verbal. Pourtant, même si à un niveau théorique, le symbolique dans le lacanisme s'identifie au sémiotique et ce dernier au linguistique, il semble que la pratique du lacanisme (celle de Lacan et de ses disciples) réintroduise des modalités interprétatives que nous serions enclins à définir en termes de mode symbolique. Soupçon (ou certitude) qui demande à être contrôlé quand nous aurons mieux défini ce que nous entendons par « mode symbolique ».

Même l'ordre du symbolique qui constitue l'objet de la *Philosophie des formes symboliques* [1923] d'Ernst Cassirer est l'ordre du sémiotique, et il le dit expressément. La science ne reflète pas la structure de l'être (kantiennement repoussé dans une zone d'inaccessibilité propre à la Chose-en-Soi) mais pose ses propres objets de connaissance, et en définitive le tissu du monde connu, « comme symboles intellectuels librement créés ». Cassirer se réfère à la conception de Hertz (et de Helmholtz) des objets scientifiques comme symboles ou *simulacres* « d'une nature telle que les conséquences logiques de ces symboles soient elles-mêmes les images des conséquences nécessaires des objets naturels qu'ils reproduisent » [trad. franç., p. 15]. Il pourrait sembler qu'ici le symbole soit assimilé au modèle ou au diagramme — signes régis par *ratio difficilis* et communément dits « analogiques » — mais en réalité le but de Cassirer est plus vaste. Il assimile la théorie kantienne de la connaissance (où le « transcendental » devient plus historique et « culturel ») à une théorie sémiotique : l'activité symbolisatrice (qui s'exerce avant tout dans le langage verbal et, au même titre, dans l'art, la science et le mythe) ne sert pas à nommer un monde déjà connu mais à produire les conditions même de sa connaissance : « Toute pensée véritablement rigoureuse et exacte ne trouve de soutien que dans la symbolique et dans la sémiotique sur lesquelles elle s'appuie » [*ibid.*, p. 27].

A côté du monde des symboles linguistiques et conceptuels « sans commune mesure avec lui tout en lui étant apparenté par son origine spirituelle, se tient ce monde de figures que créent le mythe ou l'art » [*ibid.*, p. 30]. Cassirer reconnaît donc des différences d'articulations entre les diverses formes symboliques (« qui sont de nature soit conceptuelle, soit purement intuitive ») [*ibid.*, trad. franç., p. 31], mais il subsume toutes ces différences sous la catégorie du symbolique-sémiotique justement.

On retrouve chez Kristeva, à quelques différences terminologiques près que nous verrons, la même unification du sémiotique au symbolique. Elle oppose [cf. en particulier Kristeva, 1974] le sémiotique au symbolique. Mais dans cette optique, le sémiotique est un ensemble de processus primaires, de charges énergétiques, de pulsions qui articulent une *chora*, c'est-à-dire « une totalité non expressive constituée par ces pulsions et leurs *stases* dans une motilité aussi mouvementée que réglementée » [p. 23]. Le sémiotique n'appartient pas à l'ordre du signifiant même s'il s'engendre en vue de la position signifiante. La *chora* « ne tolère d'analogies qu'avec le rythme vocal ou kinésique » [*ibid.*, p. 24] ; soumise à une réglementation, elle exhibe des discontinuités organisables, voix, gestes, couleurs déjà coordonnées selon un déplacement ou une condensation. C'est sur cette base que s'instaure le *symbolique*, dans un sens proche de la notion lacanienne : il résulte du rapport social à l'autre. Face à l'*imago* du stade du miroir, la voix « portée du corps agité (de la *chora* sémiotique) à l'*imago* en face » [*ibid.*, p. 44], ou la position du phallus comme représentant symbolique du manque éprouvé avec la découverte de la castration, toutes ces positions, qui sont à la fois proposition et jugement, marquent le seuil entre sémiotique et symbolique [*ibid.*, p. 45-46]. « Le terme de *symbolique* nous paraît désigner de manière adéquate cette unification toujours scindée, produite par une rupture, et impossible sans elle » [*ibid.*, p. 46]. Le symbolique est le moment du langage « avec toute la stratification verticale de celui-ci (référent, signifié, signifiant) et toutes les modalités de l'articulation logico-sémantique qui s'ensuivent » [*ibid.*, p. 61].

On voit que le sémiotique kristévien est une sorte de seuil inférieur de la sémiotique (lieu d'une sémiotique cellulaire, d'une sémiotique animale) tandis que le symbolique est ce que l'on pourrait appeler sémiotique, dans toute la variété de ses manifestations. Il faudrait tout au plus se demander si pour Kristeva, comme pour Lacan, nombre de modalités de production du signe (reconnaissance de traces, d'indices, de vecteurs [cf. Eco, 1975]) ne se réalisent pas dans une zone intermédiaire entre imaginaire (et sémiotique) et symbolique. Ce qui est certain, c'est que le symbolique de Kristeva n'est pas celui de tous ceux qui assignent la symbolicité à l'art : le moment artistique est, éventuellement, pour Kristeva celui où le symbole, consciemment, laisse réaffleurer le sémiotique; le moment où le sémiotique déchire le symbolique et en stimule les pratiques d'auto-éversion. Moments qui sont par ailleurs décidés au niveau symbolique car le sémiotique sans le symbolique produit la dérive névrotique pure et simple. Le sémiotique contrôlé par le symbolique remodèle à travers la pratique artistique l'ordre du symbolique, en le renouvelant [Kristeva, 1974, p. 61-62]. Il est donc clair que ce qui en poésie est appelé symbole et qui dans d'autres théories est l'affleurement des puissances symboliques du langage (dont nous parlerons) est pour Kristeva le moment artistique (transgressif) et non pas le moment socialisé de son « symbolique ».

2.2. *Le symbole comme conventionnel-arbitraire*

Nous avons vu au premier chapitre (§ 6) comment Aristote déjà réservait le terme |symbole| aux signes linguistiques en tant que conventionnels et arbitraires. Cet usage ne s'est jamais tout à fait perdu, et dans la tradition mathématique et logique (ainsi que dans d'autres sciences exactes) on a employé |symbole| pour des expressions conventionnalisées comme les symboles chimiques ou algébriques.

Peirce définit comme symbole tout signe lié à son propre objet en vertu d'une convention. Alors que l'*indice* renvoie à son objet en vertu d'une causalité physique et que l'*icône* renvoie à son objet en vertu de caractères propres (similarité), le *symbole* « est un signe qui renvoie à l'objet qu'il dénote en vertu d'une loi, d'habitude une association d'idées générales » [*CP*, 2.249]. Le choix terminologique de Peirce est probablement dû au fait qu'il avait déjà décidé d'employer |signe| comme étant référé au *genus generalissimum*; il devait donc trouver une dénomination différente pour ce type spécifique auquel appartiennent également les signes linguistiques.

Il est vrai que les symboles algébriques, logiques ou chimiques ont aussi, pour Peirce, des aspects iconiques, étant donné que leur forme représente des relations logiques (on pourrait donc parler en termes de Eco [1975] de rapport de *ratio difficilis*); mais il est aussi vrai qu'en fait pour Peirce aucun signe n'est en soi uniquement un symbole, une icône ou un indice mais qu'il contient, dans des proportions variables, des éléments des trois modalités. En tout cas, il est certain que chez Peirce, le terme |symbole| ne suggère jamais ni la présence d'un signifié vague ou imprécis ni un rapport iconique. Donc, son emploi, bien que légitime et légitimé par une certaine tradition, s'écarte radicalement de celui que nous allons approfondir dans le paragraphe qui suit.

2.3. *Le symbolique comme signe régi par* ratio difficilis

Les définitions de Saussure et de Hjelmslev sont totalement alternatives à celle de Peirce. Saussure [1906-11] appelle |symbole| ce que Peirce appellerait |icône|; de son côté, Hjelmslev nomme symboliques les systèmes comme les diagrammes et les jeux et classe parmi les systèmes symboliques toutes les structures interprétables mais pas biplanes, parmi lesquelles aussi « des grandeurs qui sont isomorphes avec leur interprétation, telles que des représentations ou des emblèmes comme le Christ de Thorvaldsen, symbole de la miséricorde, la faucille et le marteau, symbole du communisme, les plateaux et la balance, symbole de la justice, ou les onomatopées dans le domaine de la langue » [1943, trad. franç., p. 143].

Il est curieux de remarquer que beaucoup de ces symboles (= icônes), comme les emblèmes, les drapeaux, les symboles astrologiques, sont plutôt des symboles dans le sens de Peirce. Même si ces configurations avaient à l'origine quelque motivation « iconique », elles ont par la suite fonctionné comme des artifices totalement conventionnels [cf. le concept de *stylisation*, *in* Eco, 1975].

Aux origines, la faucille et le marteau ou la balance manifestaient quelque relation plus ou moins « analogique » avec leur contenu, mais il est indubitable qu'aujourd'hui ils valent comme signes conventionnels et la preuve en est qu'ils sont totalement incompréhensibles à qui n'en possède pas le code.

Pourtant, dans cette catégorie entrent aussi ces signes qui peuvent être interprétés seulement dans la mesure où leur expression reproduit, à partir de quelques règles de projection, certaines des propriétés qui sont reconnues au contenu, et c'est là le procédé de *ratio difficilis* [Eco, 1975]. Cette acception est proche de celle qui prévaut en logique formelle, en algèbre et dans plusieurs autres sciences, et on comprend pourquoi dans tous ces cas on a parlé de |symbole|. En effet, on avait à l'esprit une relation de *ratio difficilis* en vertu de laquelle toute manipulation opérée sur l'expression implique des transformations au niveau du contenu. Ainsi, si sur une carte de géographie, j'altère la ligne frontière entre la France et l'Allemagne, je peux prévoir par une simple manipulation de l'expression ce qui se passerait si dans un monde possible (contenu) la définition géopolitique des deux pays était formulée différemment.

On comprend alors pourquoi on parle de « méthode symbolique » en électrotechnique en se référant aux courants alternatifs sinusoïdaux. Proposée par Seinmetz et Kennelly (et introduite certainement pas par hasard par Helmholtz, citée par Cassirer), cette méthode repose sur la possibilité d'insérer une correspondance bi-univoque entre l'ensemble des fonctions sinusoïdales de la même fréquence (exprimables par des « symboles » très conventionnés et absolument pas « analogiques ») et l'ensemble des points de plan d'Arnaud et Gauss, où il est question de vecteurs tournants. Une rotation de vecteur implique une fonction sinusoïdale diverse. Mais justement, des exemples de ce genre suggèrent que ces rapports fondés sur la *ratio difficilis* ne peuvent pas tous être appelés symbole au sens strict que nous essayons de définir : ici le rapport est de toute façon codé à partir de règles projectives, il est strictement codé et le contenu auquel l'expression renvoie n'est jamais vague et nébuleux; ainsi il n'existe pas de possibilité d'interprétations conflictuelles et alternatives. La ligne mélodique représentée sur une portée reproduit certaines propriétés du son auquel elle renvoie : en effet plus la note est écrite haut sur la portée, plus elle renvoie à un son de hauteur majeure. Mais il n'y a pas de liberté interprétative. Il existe une règle proportionnelle qui fait correspondre aux points d'une échelle ascendante sur la portée (hauteur dimensionnelle) des accroissements de fréquence (hauteur phonique).

Voilà pourquoi ce que Saussure et Hjelmslev appellent |symboles| constitue encore un genre très vaste dont les espèces sous-jacentes peuvent différer par bien des caractéristiques opposées.

2.4. *Le symbolique comme sens indirect et « figuré »*

Pour identifier le symbolique on pourrait adopter la clé sémantique suivante : on a un symbole chaque fois qu'une séquence donnée de signes suggère, au-delà du signifié qui leur est immédiatement assignable à partir d'un système de fonctions du signe, un signifié *indirect*. « J'entends faire un voyage en Pologne » : prononcée par Jean-Paul II, cette phrase aurait indubitablement un signifié *dénotatif* interprétable (ou paraphrasable) comme « Je me propose de partir du Vatican et de me rendre pour une certaine période dans la République populaire polonaise »; mais tout le monde admettrait que cette phrase a un sens second ou indirect, diversement interprétable. Autrement dit, un pontife ne se déplace pas par hasard. Le voyage envisagé par le pape ne durera que quelques jours, mais ses effets iront au-delà des modifications physiques rendues possibles par cette translation. C'est ce que l'on entend quand on dit que le voyage pontifical aura une valeur « symbolique ».

Il est à noter que sens indirect et relation de *ratio difficilis* ne coïncident pas. Dans l'exemple du voyage du pape, ou de l'assertion qui l'annonce, on a un sens indirect provoqué par une formulation verbale régie par un rapport de *ratio facilis*. D'un autre côté, le plan du métro de Paris est constitué selon une *ratio difficilis* mais il peut fonctionner tout seul, sans que lui soient attribués des sens indirects : il représente l'état (ou le projet d'un état possible) des lignes souterraines dans une métropole donnée. Comme tout signe, il peut produire des *interprétations* successives selon des inférences : si je modifiais d'une façon ou d'une autre le plan, je pourrais prévoir ce qui se passerait dans les souterrains de Paris et comment se modifieraient les flux de déplacement des masses parisiennes aux heures de pointe. En revanche, le cas de l'image du serpent qui se mord la queue est différent : n'importe quel destinataire devrait être en mesure de reconnaître que l'image représente un serpent dans une posture inhabituelle et devrait en inférer — à cause de cette étrange position — que *peut-être* l'image veut dire quelque chose d'autre. Donc, au sens indirect, on devrait faire le départ entre la possibilité normale d'interprétation ultérieure et le *sentiment de la sursignification* qu'éprouve un destinataire face à un signe dont l'émission semble bizarre ou peu justifiable dans certaines circonstances.

Todorov [1978] saisit parfaitement cette distinction mais il décide de réunir tous les cas de sens indirect sous la rubrique du symbolique. Pour lui, il y a dans tout discours une production indirecte de sens. Elle se manifeste dans la nature de l'assertion, dans des actes linguistiques où apparemment on suggère mais où on veut faire comprendre qu'on ordonne; dans des éléments paralinguistiques qui ajoutent une connotation ultérieure à tout ce qui est linguistiquement dit; dans des phrases adressées avec un sens à X pour que Y comprenne autre chose... Cette typologie peut être très large mais on est pris du soupçon que cette production de sens seconds soit le fondement de *tout* système sémiotique. En tout cas, elle l'est pour le langage verbal, auquel Todorov réserve son analyse. Le signe fait toujours connaître quelque chose de plus à travers l'activité de l'*interprétation* qui est nécessaire à la réalisation de contenu de toute expression. Tout mot s'ouvre toujours à un sens second parce qu'il comporte de nombreuses *connotations*, souvent contradictoires. Toute expression linguistique véhicule des descriptions de faits et ces faits peuvent devenir signe de quelque chose d'autre par des mécanismes d'inférence complexes. Tout terme et tout énoncé introduisent dans le cercle co-textuel des nœuds de *présuppositions*. Il existe une activité d'actualisation de la manifestation linéaire d'un texte qui est toujours une *coopération* pour faire dire au texte ce qu'en surface il ne dit pas, mais qu'en quelque sorte il veut faire connaître à son destinataire [cf. Eco, 1979]. Il suffit que je dise « Il fait froid dans cette pièce » pour que mon assertion puisse être entendue comme l'ordre ou la prière de fermer la fenêtre. Le langage est par nature producteur de sens seconds ou indirects. Pourquoi appeler « symbolique » cette propriété ? Todorov est le premier à reconnaître [1978, p. 16] que l'on ne distingue pas signe et symbole pour que l'un soit arbitraire et l'autre motivé. On ne peut pas non plus opposer le caractère inépuisable du symbole à l'univocité du signe parce que « dans ce cas, on fait d'une des conséquences du processus, la description du processus même ».

Mais alors, pourquoi appeler symbolique ce qui est sémiotique ? Il ne s'agit pas d'une pure question terminologique. En fait, dans sa typologie, Todorov est contraint de placer sous l'égide du symbolique des phénomènes aussi différents que *a* / des phénomènes de simple *implicature*, selon laquelle une phrase dite hors de propos ou avec une insistance exagérée dans les renseignements fournis laisse penser que le locuteur entend suggérer quelque chose d'autre; *b* / des phénomènes typiques du « symbolisme » poétique où une image émerge dans le contexte et se charge d'infinies significations possibles, en produisant des interprétations infinies. Certes, Todorov subsume sous le symbolique tout ce qui stimule (ou est produit par) l'interprétation. Mais cela est un trait caractéristique du sémiotique en général.

Todorov est conscient d'avoir affaire à des ressemblances de famille (même s'il n'emploie pas ce terme) : « Je n'ai pas une "théorie du symbole" ou une "théorie de l'interprétation" nouvelle à proposer (...) J'essaie d'établir un cadre qui permette de comprendre comment tant de théories différentes, tant de subdivisions irréconciliables, tant de définitions contradictoires ont pu exister (...) Je n'essaie pas de décider de ce que c'est qu'un symbole, de ce que c'est qu'une allégorie, ni comment trouver la bonne interprétation ; mais de comprendre, et si possible de maintenir, le complexe et le pluriel » [*ibid.*, p. 21]. Parmi tous les projets utiles à justifier ces ressemblances de famille, c'est encore l'un des plus œcuméniques : est symbolique tout ce qui permet l'interprétation et la réalisation d'un sens indirect. Mais, nous l'avons dit, cette catégorisation est encore trop générique. Cette théorie du symbole qui se nie au moment même où elle se pose dit seulement que, une fois que l'on a fermé le dictionnaire et que l'on commence à parler, tout dans le langage (et certainement même dans les langages non verbaux) est symbolique. Alors, est symbolique la pratique textuelle, c'est-à-dire est symbolique la communication dans son ensemble.

Si toute pratique textuelle en général est « symbolique », la pratique textuelle rhétorique le sera *a fortiori*. Par pratique textuelle rhétorique, nous entendons ces stratégies textuelles régies par des règles à partir desquelles on signifie indirectement au moyen de *substitutions* de termes ou de plus amples portions textuelles : avec la métaphore, en remplaçant un terme par un autre avec lequel il a un ou plusieurs sèmes en commun; avec la métonymie, en substituant un lexème à l'un de ses propres sèmes ou *vice versa*; avec l'ironie, en affirmant *x* par l'affirmation (dont le caractère artificiel est en quelque sorte signalé) de *non-x* et ainsi de suite.

Les substitutions rhétoriques sont indéniablement un cas typique de sens indirect. Apparemment le langage dit une chose : mais ce que le langage dit à un niveau dénotatif semble contredire soit les règles lexicales soit notre expérience du monde (et donc, en général, une quelconque règle encyclopédique). |L'automobile dévorait la route| est une expression qui s'oppose aux règles dites de sous-catégorisation stricte, qui assignent à |dévorer| un objet organique et un sujet tout aussi organique, alors qu'elles assignent à |automobile| un sème ou propriété de non-organicité. Puisque la phrase devrait être marquée comme « non grammaticale », on suppose qu'elle véhicule un *autre* sens. D'où le processus d'interprétation à partir de règles rhétoriques. |Jean entra dans la pièce : une forêt flambait dans un angle| : l'expression s'oppose à notre expérience du monde telle qu'elle est enregistrée par l'encyclopédie en vigueur. Dans les pièces, il n'y a pas de forêts. Donc, si la phrase n'est pas mensongère, |forêt| doit signifier quelque chose d'autre : il s'agira d'une métaphore, |forêt| est mis pour bois abondant dans la cheminée. La motivation pragmatique qui pousse à l'interpréter rhétoriquement, c'est que si l'on acceptait le sens « littéral » ou dénotatif, on se trouverait face à un mensonge. L'impulsion à chercher des clés métaphoriques naît du fait que l'expression métaphorique viole la maxime de la qualité des règles conversationnelles de Grice [1967]. Le sens indirect doit être élaboré et actualisé de façon à *rejeter* le sens direct. On peut le rejeter parce qu'il se révélerait trompeur ou parce qu'il paraît trop général (synecdoques généralisantes : une expression comme |la créature| est trop vaste, il faut la voir comme synecdoque pour un autre vivant, homme ou animal, dont parle le co-texte). |Le discours de la couronne| est une expression mensongère. Les couronnes ne parlent pas. Ce sera donc une métonymie. Et ainsi de suite. Mais la règle de désambiguïsation rhétorique veut que, une fois découvert le mécanisme de substitution, le contenu actualisé ne soit pas vague mais précis. La métaphore enrichit notre connaissance de l'encyclopédie parce qu'elle incite à découvrir de nouvelles propriétés des entités en jeu, et non parce qu'elle nous maintient dans une zone interprétative vague où l'on ne sait pas quelles sont les entités en jeu. Après avoir décidé que |cygne| est mis pour « femme », on pourra chercher pourquoi une femme peut être aussi un cygne, mais il restera indubitable que *ce* cygne était mis pour *une* femme.

Il n'est pas interdit d'appeler « symbolique » cette propriété des substitutions rhétoriques, mais une fois encore, on n'a pas identifié une nouvelle modalité de production du signe; on a simplement enrichi le dictionnaire d'un nouveau synonyme, et ce avec bien peu de profit.

Ces observations sont importantes pour comprendre les raisons qui ont amené Freud [1899] à parler de « symboles oniriques » et pour décider que — et en quel sens — les symboles freudiens ne sont pas des symboles au sens strict que nous essayons de déterminer actuellement. S'étant rendu compte que les rêves contiennent des images substitutives de quelque chose d'autre, Freud analyse comment le contenu latent (ou pensées du rêve) s'organise, par le travail onirique, en discours ou contenu manifeste du songe. Il parle explicitement d'interprétation symbolique et de symboles : une pensée latente se manifeste comme déformée et dissimulée par une censure [*ibid.*, chap. IV] : le rêve est l'assouvissement (déguisé) d'un désir réprimé, refoulé.

Toutefois, Freud refuse de suivre la tradition classique et d'interpréter le rêve comme une allégorie accomplie et organique. Il faut en isoler des bribes ou des fragments, les prendre un par un et travailler sur leur mystérieuse mécanique de substitution; l'allégorie a une logique, le rêve pas : il procède par *condensation* et *déplacement*. En d'autres termes — même si Freud ne le dit pas explicitement dans ces pages — le rêve a une rhétorique car il fonctionne selon les mécanismes typiques de la transformation tropique. Dans le rêve de la monographie botanique [*ibid.*, p. 245-246], le symbole « botanique » condense Gärtner, Flora, les fleurs oubliées, les fleurs préférées par la femme, un examen universitaire oublié : « Chacun des éléments du contenu du rêve est *surdéterminé*, comme représenté plusieurs fois dans les pensées du rêve » alors que « chacune des pensées du rêve y est représentée par plusieurs éléments » [*ibid.*, p. 246-247]. Dans un autre rêve, Irma deviendra une image collective avec des traits contradictoires. Freud sait que l'image onirique est corrélée à son contenu par *ratio difficilis* : en effet, elle réalise, manifeste certaines des propriétés qui reproduisent en quelque sorte des propriétés du contenu. Mais comme pour tous les cas de *ratio difficilis*, la projection va des propriétés *sélectionnées* du contenu aux propriétés de l'expression, et dans le rêve, le point de vue dont résulte la pertinence des propriétés à conserver obéit à une hiérarchie régie par des exigences de plasticité, de concret, de figurabilité [*ibid.*, p. 291-296].

Freud sait que les symboles oniriques ne se présentent pas comme des signes sténographiques, avec une signification fixée une fois pour toutes, mais il éprouve le besoin de *fixer* le symbole, d'ancrer l'expression dans un contenu discursif. Pour ancrer ses symboles, Freud recourt à deux décisions théoriques : étant donné que bien des symboles naissent pour des raisons privées, idiolectales, il faut les interpréter en se fondant sur les associations du patient; mais pour d'autres « cette symbolique n'est pas spécifique au rêve, on la retrouve dans toute l'imagerie inconsciente, dans toutes les représentations collectives, populaires notamment : dans le folklore, les mythes, les légendes, les dictons, les proverbes, les jeux de mots courants : elle y est même plus complète que dans le rêve » [*ibid.*, p. 301]. Il est vrai qu'il existe toujours une plasticité du rêveur qui peut plier à l'usage symbolique les choses les plus variées, mais d'un autre côté Freud prend la peine à plusieurs reprises, dans les éditions successives de l'*Interprétation des rêves* (1908[2], 1911[3], 1918[5]), de reconstruire un code du symbolisme onirique selon lequel les parapluies, les bâtons, les voyages en train, les escaliers... bref tout aurait une signification reconnaissable.

Dans cette recherche, Freud semble quelque peu partagé : admettre un code du rêve, c'est frôler l'hypothèse d'un inconscient collectif, comme le fera Jung : mais Freud a l'intuition qu'il faudrait remonter tellement en arrière, en déterminant quelque chose de vraiment universel et collectif, que comme chez Jung ce quelque chose ne pourrait plus être fixé par un code. D'autre part, fixer un code signifie reconnaître une loi qui règle la sémantique du rêve au-delà des limites du sujet rêvant. En ancrant le déchiffrage des symboles oniriques dans les jeux de mots et en suggérant à plusieurs reprises que la connaissance de la langue parlée par le rêveur peut aider à comprendre ses mécanismes de déplacement et de condensation, il justifie la décision lacanienne d'ancrer l'imaginaire onirique dans l'ordre du symbolique. Ce qui revient à dire que le code peut être reconstruit, mais qu'il n'est pas universel et collectif, il est historique, sémiotique et il dépend de l'encyclopédie du rêveur.

Mais si d'un côté Freud essaie d'ancrer l'interprétation dans ce que la société (et la langue) disent en dehors du rêve, d'un autre côté il saisit que les rêves, à cause des liens associatifs, sont « plurisignifiants et ambigus » et qu'ils doivent être décodés à partir du contexte et de l'idiolecte du rêveur. Toutefois — et ceci caractérise la symbolique freudienne —

il faut pourtant trouver la « bonne » signification de ces expressions ambiguës que sont les rêves. Une attitude totalement étrangère à d'autres « symboliques », qui privilégient le caractère vague et inépuisable du symbole.

La symbolique de Freud est donc une rhétorique, avec ses règles de génération des images et ses règles, très flexibles certes, d'interprétation contextuelle. Personne ne dit qu'une métaphore a une seule signification (si ce n'est dans des cas proches de la catachrèse) mais elle réagit, dans sa polysémie, à un contexte qui fixe des pertinences.

Si l'identification symbolique-rhétorique est jugée trop vaste, il faudra considérer que l'identification — semblable à bien des égards — symbolique-emblématique est tout aussi vaste. Beaucoup d'emblèmes, de devises, de blasons ont certainement un sens second. L'image représente un mont, une ville, un arbre, un haume et pourtant la signification est autre. Ce peut être une unité de contenu reconnaissable : le blason renvoie à une famille ou à une ville, et dans ce cas on a affaire à ces modalités de production du signe que nous avons déjà appelées *stylisations* [cf. Eco, 1975]. Il y a un code précis, il n'y a pas de place pour l'interprétation. Une stylisation est comme une métaphore catachrétisée, elle veut dire une seule chose. Même si, comme dans les devises, on a affaire à un texte énigmatique, celui-ci autorise une et une seule solution. Nous refusons d'appeler « symbole » un rébus ou une charade. Il y a un sens second, mais tout aussi préfixé que le premier.

Il en va de même pour les allégories, en admettant que par allégorie on entende un texte (visuel ou verbal) fonctionnant par l'articulation d'images qui pourraient être interprétées dans leur sens littéral si un code assez précis n'assignait à chaque image ou action un sens second : dans la mesure où elle est codée, l'allégorie n'est pas un symbole, pas plus que ne l'est la transcription d'un message verbal dans le code des pavillons navals.

2.5. *Le symbole romantique*

Les artifices producteurs de sens indirect ont donc ceci de particulier qu'ils autorisent à rejeter le sens premier considéré comme trompeur, après que le sens second a été dévoilé. Cela se produit effectivement dans les exemples de figure rhétorique ou de substitution onirique dont nous avons parlé, là où l'important est d'appréhender le « message profond » d'un énoncé visuel ou verbal.

Mais l'expérience esthétique commune nous dit que lorsqu'une image, une métaphore ou une autre figure rhétorique sont saisies dans le tissu vif d'un texte apte à retenir l'attention sur sa structure même (caractère *auto-réflexif* du signe esthétique), alors le sens direct n'est pas sacrifié au sens indirect : l'énoncé ambigu reste toujours disponible pour analyser plus en profondeur les rapports multiples qui liaient le sens direct au sens indirect.

Nous avons dit au début que l'étymologie de symbole est révélatrice, car les deux moitiés de la monnaie ou de la médaille brisée renvoient, certes, l'une à l'autre jusqu'à ce que l'une soit présente et l'autre absente, mais qu'elles réalisent leur concordance la plus satisfaisante au moment précis où elles se composent pour reformer l'unité perdue. Tel est l'effet que semble produire le message esthétique qui en quelque sorte vit et prospère dans la continuelle comparaison du signifiant au signifié, du dénotant au connoté, du sens direct au sens indirect, et de ces derniers aux expressions physiques qui les véhiculent [cf. Gadamer, 1958].

Dans cette optique, on peut peut-être comprendre pourquoi l'esthétique romantique a employé le terme |symbole| pour désigner cette unité indissoluble d'expression et de contenu qu'est l'œuvre d'art. Toute l'esthétique romantique est sous-tendue par l'idée de *cohérence interne* de l'organisme artistique : l'œuvre se signifie elle-même, elle est sa propre harmonie organique et interne; en ce sens elle est intraduisible, « indicible » ou « intransitive » [cf. Todorov, 1977]. Donc, l'œuvre est un organisme où se vérifie l'indissolubilité de l'expression et du contenu, son vrai contenu est l'œuvre elle-même dans la capacité qu'elle a de stimuler d'infinies interprétations : c'est précisément pour cela que l'on est amené à ne pas rejeter l'expression pour en actualiser les signifiés, mais à pénétrer l'œuvre toujours plus profondément (Kant), l'œuvre d'art étant une illusion à l'infini (Wackenroder). Chez Schelling, l'œuvre d'art est appelée expressément |symbole| au sens d'hypotypose, de présentation, d'analogie, si bien qu'est symbolique une image dont l'objet ne signifie pas seulement l'idée mais est cette idée même, de sorte que le symbole est l'essence même de l'art, c'est un rayon qui tombe tout droit du fond obscur de l'être et du penser dans notre œil et qui traverse toute notre nature. Si dans le schéma, le général permet d'arriver au particulier (et l'on est amené à penser aux schémas comme symboles scientifiques) et si dans l'allégorie, le particulier conduit au général, dans le symbole esthétique se réalise la présence contemporaine et le jeu mutuel des deux procédés.

C'est sur cette base que Goethe distinguera le symbole de l'allégorie. « L'allégorique se distingue du symbolique en ce que celui-ci désigne indirectement, celui-là directement » [1797, *JA*, 33, p. 94], l'allégorie est transitive, le symbole est *intransitif*, l'allégorie s'adresse à l'intellection, le symbole à la perception, l'allégorie est arbitraire et conventionnelle, le symbole est immédiat et motivé : on croyait que la chose était là pour elle-même et l'on découvre qu'elle a un sens secondaire. Le symbole est une image *(Bild)* naturelle, compréhensible à tout le monde; alors que l'allégorie emploie le particulier comme exemple du général, dans le symbole on saisit le général dans le particulier. Dans l'allégorie la signification est obligatoire tandis que l'on interprète et réinterprète inconsciemment le symbole, il réalise la fusion des contraires, il signifie plein de choses à la fois, il exprime l'*indicible* parce que son contenu échappe à la raison. « L'allégorie transforme le phénomène en concept, le concept en image, mais de telle sorte que le concept reste néanmoins toujours contenu dans l'image et qu'on puisse le tenir entièrement et l'avoir et l'exprimer en elle. La symbolique transforme le phénomène en idée, l'idée en image, et de telle sorte que l'idée reste toujours infiniment active et inaccessible dans l'image et que, même dite dans toutes les langues, elle reste indicible » [Goethe, 1809-1832, *JA*, p. 325-326].

Si la catégorie du symbolique se présente comme co-extensive à celle de l'esthétique, on a ici une simple substitution de termes : la symbolicité n'explique pas l'esthéticité, pas plus que l'esthéticité n'explique la symbolicité. Décrire l'effet que produit l'œuvre d'art mais pas la façon dont elle le produit est typique des esthétiques romantiques. L'esthétique romantique ne met pas à nu l'artifice — comme auraient dit les formalistes russes —, elle raconte l'expérience de celui qui succombe au charme de l'artifice. En ce sens, elle n'explique pas le « mystère » de l'art, elle raconte l'expérience de celui qui pense se soumettre au mystère de l'art.

Elle pose une équation entre symbolique, esthétique et indicible (et infiniment interprétable) mais ce faisant, elle joue sur certaines homonymies dangereuses. En effet, elle confond *interprétation sémantique* et *interprétation esthétique*, c'est-à-dire un phénomène typiquement sémiotique et un phénomène — esthétique — qu'on ne peut absolument pas résoudre en termes sémiotiques.

Dire d'un terme ou d'un énoncé qu'il est infiniment interprétable, c'est dire — avec Peirce — que l'on peut prédiquer de lui toutes les conséquences illatives les plus éloignées, mais cette interprétation, plutôt que d'enrichir le terme ou l'énoncé de départ, enrichit la connaissance que le destinataire a ou pourrait avoir de l'encyclopédie. Tout signe — dûment interprété — amène à connaître davantage le code.

Dire d'une œuvre qu'elle est infiniment interprétable c'est au contraire dire que non seulement on peut en actualiser divers niveaux sémantiques, mais qu'en comparant continuellement le sens qu'elle amène à actualiser avec l'expression matérielle que ce sens véhicule, on découvre toujours de nouveaux rapports entre les deux plans, en faisant intervenir aussi des mécanismes qui ne sont pas immédiatement sémiotiques (synesthésies, associations idiosyncrasiques, perceptions de plus en plus affinées de la texture même de la substance expressive) afin de connaître davantage la nature particulière de cet objet.

En termes hjelmsleviens l'interprétation sémiotique est une question de *formes*, l'interprétation esthétique est (aussi) une question de *substances*.

Julia Kristeva dirait que dans la pratique poétique le symbole se compromet avec les profondeurs de la *chora* sémiotique.

Si employer le terme |symbole| signifie dénommer ces caractéristiques spécifiques de l'expérience esthétique, alors on devra renoncer à parler de symbole religieux, de symbole du mystère, etc. On verra plus loin que la notion de symbole au sens strict comprend aussi indéniablement une composante esthétique, mais on se demande s'il faut aplatir totalement l'expérience symbolique sur l'expérience esthétique.

Cette tentation est certainement présente dans la pensée romantique. L'une des théories du symbolisme les plus influentes — celle de Creuzer — parle des symboles comme d'*épiphanies du divin* (élaborées ensuite par le clergé et fixées en une symbologie initiatique). Les idées constitutives des doctrines religieuses émergent des symboles comme « un rayon qui tombe tout droit du fond obscur de l'être et du penser » [1810-1812, I, p. 70] et bien sûr cette définition a influencé une grande partie de la symbolique postérieure. Mais Creuzer rappelle que même une statue grecque est un symbole plastique, le symbole dans sa plasticité nue. Ici, on éprouve à nouveau un sentiment de malaise : d'un côté l'idée de symbole semblait évoquer des profondeurs inépuisables à la fois dévoilées et cachées par une quelconque manifestation (dans le *Sartor Resartus* (1838), Carlyle donne une définition selon laquelle on a dans le symbole occultation et en même temps révélation); d'un autre côté, on a l'exemple d'une forme d'art où tout apparaît comme présent et dévoilé. Le problème est le suivant : soit le symbole est l'instrument de révélation d'une transcendance (et alors tant le transcendant dévoilé que le rapport de dévoilement entre symbole et transcendance sont inépuisables), soit le symbole est la manifestation d'une immanence, et alors c'est le symbole lui-même qui est inépuisable, il n'y a rien derrière.

Tout change en revanche si le terme |symbole| n'indique pas l'effet esthétique dans sa généralité mais un effet sémantique particulier que l'art peut ou non utiliser et qui se présente même hors de la sphère de l'art, comme semblent le suggérer les distinctions établies par Goethe. Mais dans l'esthétique romantique sont posés les prodromes d'une totale esthétisation de l'expérience, et cette distinction devient quelque peu difficile.

Hegel est en ce sens beaucoup plus explicite et précis : selon lui, le symbolique n'est qu'un des moments de l'art et il trouve ses racines avant et hors de l'art. *L'Esthétique* est peut-être l'un des traités les plus rigoureux, dans les termes de la systématique hégélienne, sur la question du symbole, et elle conduit à une meilleure approche de la notion du *mode symbolique*.

Le symbole hégélien représente le début de l'art ou le pré-art (l'art atteignant son développement maximum dans la dialectique ascendante des trois formes symbolique, classique et romantique). « Le symbole est une chose extérieure, une donnée directe et s'adressant directement à notre intuition; cette chose cependant n'est pas prise et acceptée telle qu'elle existe réellement, pour elle-même, mais dans un sens beaucoup plus large et plus général. Il faut donc distinguer dans le symbole : le *sens* et l'*expression* » [1817-1829, trad. franç., II, p. 12]. Le symbole est un signe mais du signe il n'a pas le caractère arbitraire de la corrélation entre expression et sens. Le lion est symbole du courage, le renard de la ruse, mais tous deux possèdent les qualités « dont ils doivent exprimer le sens ». Le symbole est donc, dirait-on aujourd'hui, analogique. Mais il l'est insuffisamment, il y a disproportion entre symbolisant et symbolisé : le symbolisant exprime *une* des qualités du symbolisé, mais il contient d'autres déterminations qui n'ont rien à voir avec ce à quoi cette forme renvoie. C'est à cause de cette disproportion qu'il est fondamentalement *ambigu* [*ibid.*, p. 13].

L'ambiguïté est telle que souvent des doutes surgissent quant à la symbolicité d'une image. Et donc, il ne sera pas question, comme chez Creuzer et d'autres romantiques, de symbolicité pour les dieux grecs « pour autant que l'art grec a réussi à les représenter comme des individus libres et indépendants (...) [qui] se suffisent à eux-mêmes » [*ibid.*, p. 22]. Le symbolique naît comme pré-art quand l'homme entrevoit (mais il n'y a pas d'identité absolue) dans les objets naturels le sentiment supérieur de quelque chose d'universel et d'essentiel. Mais dans ces premières phases où l'on essaie de spiritualiser le naturel et de naturaliser l'universel, on a des résultats fantastiques, confus, un mélange de ferments et d'ivresse où l'art symbolique ressent l'inadéquation de ses propres images et y remédie en les déformant jusqu'à la démesure d'une sublimité purement quantitative.

Il serait trop long de reparcourir les phases (symbolisme inconscient, symbolisme de la sublimité, symbolisme conscient de la comparaison) à travers lesquelles, des premiers symboles des religions et de l'art oriental antique, on en arrive aux fables, aux paraboles et aux apologues, à l'allégorie, à la métaphore et à la similitude, à la poésie didactique des classiques et des modernes. Ce qui semble important dans la pensée hégélienne, c'est que le moment symbolique ne doit pas être identifié au moment artistique, et qu'il y a toujours dans le symbolisme une tension, une disproportion, une ambiguïté, une précarité analogique. Dans le « symbolisme proprement dit » les formes ne se signifient pas elles-mêmes et ne présentent pas directement à la conscience le divin dont on a l'intuition qu'il existe immédiatement en elles. Plutôt, ces formes « sont destinées, par leurs qualités auxquelles est attachée une signification élargie, à être une *allusion* au divin » [*ibid.*, p. 64]. Le symbole est énigme, et le Sphynx est le symbole du symbolisme [*ibid.*, p. 75]. Dans ses manifestations primordiales, le symbole est toujours une forme qui doit posséder un sens sans être en mesure de l'exprimer complètement. Ce n'est que dans sa phase la plus mûre que le sens sera exprimé explicitement (symbolisme de la comparaison) mais là on s'achemine déjà vers la mort dialectique du symbolique qui évolue en direction d'une plus grande maturité. En effet, on en est déjà à ces formes qui se sont exclues du cadre du symbolique au sens strict, comme les figures rhétoriques.

Toutefois, il y a des éléments qui font que la théorie romantique du symbole s'apparente aux procédés, que nous sommes en train de déterminer, du *mode symbolique*. Elle emploie le terme |symbole| pour marquer le caractère indicible et intraduisible de l'expérience esthétique. Or, nous estimons que, sinon les expériences esthétiques individuelles (toujours tissées d'éléments idiosyncrasiques), du moins les conditions textuelles d'une expérience esthétique peuvent être « dites », décrites et justifiées. Mais là n'est pas la question. Le problème, c'est qu'il y a indubitablement des expériences sémiotiques intraduisibles, où l'expression est corrélée (soit par l'émetteur, soit par une décision du destinataire) à une *nébuleuse de contenu*, c'est-à-dire à une série de propriétés qui se réfèrent à des champs différents et difficilement structurables d'une encyclopédie culturelle donnée : si bien que chacun peut réagir face à l'expression en la remplissant des propriétés qui lui agréent le plus, sans qu'aucune règle sémantique puisse prescrire les modalités de la bonne interprétation. C'est ce type d'emploi des signes que nous avons décidé d'appeler mode symbolique, et c'est certainement à cette notion « symbolique » de l'œuvre d'art que se référaient les esthétiques romantiques.

3. Le mode symbolique

3.1. *Les archétypes et le Sacré*

Pour définir une notion de symbolisme au sens strict, nous avions résolu de reconnaître comme importantes les propriétés suivantes : non seulement une présomption d'analogie entre symbolisant et symbolisé (bien que les propriétés « semblables » puissent être reconnues et définies de diverses façons) mais aussi un flou fondamental de signification. Une expression, si dotée soit-elle de propriétés précises qui se veulent semblables aux propriétés du contenu véhiculé, renvoie à ce contenu comme à une nébuleuse de propriétés possibles. On retrouve une symbolique de ce genre dans la théorie jungienne des archétypes.

Jung oppose, on le sait, à une couche superficielle de l'inconscient (personnel) une couche plus profonde, innée et collective qui « a des contenus et des modes de comportements qui sont — *cum grano salis* — les mêmes partout et chez tous les individus » [1934, trad. franç., p. 14]. Les contenus de l'inconscient collectif sont « les archétypes ». Types anciens, images universelles présentes depuis toujours, *représentations collectives* (Lévy-Bruhl) c'est-à-dire « les figures symboliques des conceptions du monde primitives » [*ibid.*, p. 15]. Ces symboles sont des représentations lunaires, végétales, solaires, météorologiques, plus évidentes mais plus incompréhensibles dans le rêve et les visions que dans le mythe.

Ces symboles « ne peuvent être interprétés de manière exhaustive ni comme σημεῖα (signes) ni comme allégories » [*ibid.*, p. 55]. Ce sont d'authentiques symboles parce que précisément ils sont plurivoques, pleins de pressentiments, *inépuisables*. « Ces principes fondamentaux, les ἀρχχί de l'inconscient sont, en raison de la richesse de leurs rapports, *indescriptibles* bien que faciles à reconnaître » [*ibid.*, p. 55. C'est nous qui soulignons]. Aucune formulation univoque n'est possible : ils sont contradictoires et paradoxaux, comme l'esprit est, pour les alchimistes, *simul senex et juvenis* [*ibid.*, p. 55-56].

Le symbole vit et prospère quand il demeure indéchiffrable. Les symboles classiques et chrétiens, soumis à tant d'exégèses et tant de débats culturels, sont désormais racornis pour nous, si bien que l'on croit éprouver de nouveaux frissons symboliques à l'égard des symboles étrangers et des dieux asiatiques qui ont encore du *mana* auquel on peut puiser.

La position jungienne est très claire. Pour qu'il y ait symbole, il doit y avoir analogie mais surtout nébulosité de contenu. Une sémiotique qui implique une ontologie et une métaphysique, certes. Mais sans ontologie et sans métaphysique du Sacré, du Divin, il n'est point de symbolisme ni d'infinité d'interprétation.

Naturellement, on est toujours tenté d'interpréter le symbole, et cette tentation est omniprésente chez le mystique, comme le rappelle Scholem dans son étude sur la kabbale et la mystique judaïque. L'expérience mystique est fondamentalement *amorphe*, indéterminée, inarticulée. Même le texte sacré, aux yeux du mystique, perd sa forme et en prend une autre : « Le mot de la révélation, mot net, sévère, qui ne peut pour ainsi dire être équivoque ni incompréhensible, est maintenant "infiniment" rempli de sens (...) La parole absolue est encore sans signification en elle-même, mais elle est "enceinte" de signification » [1960, trad. franç., p. 19-20].

D'où la dialectique entre tradition et révolution propre à toute pensée mystique : d'un côté le mystique se nourrit de la tradition mais de l'autre ce qu'il découvre dans son expérience pourrait renouveler ou bouleverser les vérités du dogme. D'où son besoin de procéder par symboles, étant donné que « d'après leur nature propre, les symboles expriment quelque chose d'inexprimable dans le monde de l'exprimable » [*ibid.*, p. 31]. Ainsi, le mystique emploiera d'anciens symboles en leur conférant un sens nouveau, ou des symboles nouveaux pleins de sens traditionnels.

En effet, le mystique, dans la mesure où il pousse à l'extrême son expérience, procède dans l'expérience amorphe de ses visions et des symboles qui l'expriment à la destruction nihiliste de l'autorité. « La vie, comme le contenu de la dernière expérience humaine, c'est-à-dire mystique, est un "continuum" de l'anéantissement où les formes disparaissent et d'où elles ne surgissent que pour être saisies et détruites » [*ibid.*, p. 39].

Cette tension entre innovation révolutionnaire (nihiliste, à la limite) et respect pour le dogme est bien illustrée par l'expérience de vision symbolique que décrit Jung. Frère Nicolas de Flue a une vision d'un *mandala* divisé en six parties dont le centre est « le visage couronné de Dieu »; expérience que Jung qualifie de « terrifiante ». En effet, cette vision — comme toutes les images — sert à « convaincre, fasciner, subjuguer » parce que les visions « sont faites incontestablement de la matière originelle de la révélation et figurent chaque fois l'expérience originelle de la divinité. C'est pourquoi elles permettent aussi toujours à l'homme de pressentir le divin et elles lui évitent tout à la fois d'en faire l'expérience immédiate » [1934, trad. franç., p. 19]. Donc, Frère Nicolas ne pourrait résister à la terrible expérience du numineux sinon en élaborant, en traduisant le symbole. « La confrontation avec cette expérience fut effectuée sur le terrain du dogme, alors solide comme le roc, qui prouva sa puissance d'assimilation en transformant de façon libératrice le terrible élément vital en la belle clarté de l'idée trinitaire. Mais la confrontation aurait également pu avoir lieu sur le terrain tout différent de la vision elle-même et de sa redoutable réalité, au grand dam, sans doute, de la conception chrétienne de Dieu et, à coup sûr, au dommage encore plus grand du frère, qui serait devenu, dans ce cas, non un saint, mais peut-être un hérétique (sinon un malade) et aurait pu terminer sa vie sur le bûcher » [*ibid.*, p. 22].

Si les symboles sont ensuite domestiqués par la mort de leur force, cela est dû à cette violence de l'expérience symbolique. Ce qui est vrai, bien sûr, si la symbolique est appuyée par une métaphysique du Numineux; mais dans une perspective plus positiviste le problème se pose différemment. Selon Firth, le symbole mystique est souvent *privé*. Comment en sanctionne-t-on l'acceptation publique ? Le visionnaire est au départ un *détonateur* du symbole, mais très vite intervient la nécessité d'un *élaborateur* qui rend public le symbole et en fixe les sens. Dans le cas de Frère Nicolas, détonateur et élaborateur avisé coïncident. Dans le cas de sainte Marguerite Marie Alacoque, étudié par Firth, l'élaborateur est son confesseur jésuite qui rend publiques ses visions du Sacré-Cœur de Jésus et les interprète en édifiant un véritable culte. Quant à la puissance analogique du symbolisant, Firth note que le culte du Sacré-Cœur se fortifie précisément au moment où, désormais, la science et même la conscience commune savent que le cœur n'est plus le siège de l'affectivité : mais Pie XII parlera encore du Sacré-Cœur comme « symbole naturel » de l'amour divin. Symbole naturel pour qui, avec une rare sensibilité sémiotique — fût-elle inconsciente —, identifierait la nature à l'encyclopédie. Pie XII savait que le siège de l'affectivité n'est pas le cœur, mais il savait aussi que l'intertextualité parle encore de « cœur brisé » et de « amour, amour, amour qui fait pleurer mon cœur ». Ce qui compte, dans l'emploi symbolique du Sacré-Cœur, ce n'est pas la faiblesse des analogies qui renvoient de l'expression au contenu, c'est justement le flou du contenu. Il est certain que le contenu du |Sacré-Cœur| n'est pas une série de propositions théologiques sur l'amour divin, mais une série très incontrôlable d'associations mentales et affectives que tout croyant (même le plus ignare en théologie) pourra projeter dans le *symbole* cardiaque. Autrement dit, le symbole est un moyen de *discipliner* ces associations et les pulsions qui les animent; ainsi, Marguerite Marie Alacoque a dû projeter dans son symbole mystique des tendances et des tentations, qui non dûment contenues, auraient pu la mener au délire incontrôlé des sens.

Afin de pouvoir vivre le symbole au sens strict comme naturel et inépuisable, il faut cependant considérer que quelque Voix royale parle à travers lui. C'est sur ces bases que s'articulent la philosophie et l'herméneutique du symbole chez Ricœur. Le symbole est opaque parce qu'il est donné au moyen d'une analogie; il est prisonnier de la diversité des langues et des cultures (Ricœur prévoit l'objection de Firth et se souvient peut-être que Jung avait dit que les archétypes sont universels mais *cum grano salis*); et il ne donne à penser qu'à travers une interprétation qui reste problématique, « point de mythe sans exégèse; point d'exégèse sans contestation » [1969, p. 313]. Mais pour qu'il y ait symbole, il faut qu'il y ait une vérité à laquelle le symbole renvoie. Le symbole est peut-être une parole de l'être, au sens heideggerien. « La philosophie implicite de la phénoménologie de la religion est une rénovation de la théorie de la réminiscence » [*ibid.*, p. 315]. Et pourtant Ricœur sait bien que la leçon psychanalytique, et surtout la leçon freudienne de l'*Avenir d'une illusion*, dit tout autre chose : le symbole religieux ne parle pas du Sacré mais il parle du refoulé. A cette différence près que dans l'herméneutique de Ricœur, les deux perspectives restent complémentaires, les symboles acquièrent une singulière « polarité » et restent interprétables en deux sens, l'un dirigé vers la résurgence continuelle des figures qui sont « derrière », le second vers l'émergence des figures qui sont « en avant » [*ibid.*, p. 321]. L'inconscient que l'on a été et le Sacré que l'on doit être : Freud et Heidegger relus dans une optique hégélienne. Les symboles racontent cette histoire d'un parcours de la conscience humaine comme entité historique et dialectique. La conscience comme devoir. L'eschatologie de la conscience comme continuelle répétition créatrice de son archéologie. Sans qu'il y ait une fin et un savoir absolu. Et donc sans que l'herméneutique assigne aux symboles une vérité finale et un sens à mettre en code.

3.2. *Herméneutique, déconstruction, dérive*

L'urgence d'en arriver à la définition d'un mode symbolique doit paraître évidente maintenant. Dans une tradition culturelle comme la nôtre, où depuis plus de deux mille ans on parle de |symbole| (et souvent — nous l'avons vu — sinon hors de propos, du moins en un sens équivoque et trop désinvolte), une idée de symbole au sens strict agit au contraire même là où le mot symbole n'est jamais nommé ou bien là où il ne constitue pas une catégorie fondamentale.

Ricœur a montré le lien très étroit entre symbolisme (au sens strict) et *herméneutique* (et, évidemment, entre herméneutique et problème d'une Vérité qui parle à travers les symboles, si on sait l'écouter ou la lire). L'herméneutique donc doit entendre le langage sous l'angle symbolique.

La recherche de la vérité comme processus d'interprétation; le langage comme lieu où les choses viennent authentiquement à l'être. « L'herméneutique heideggerienne se fonde (...) sur le présupposé que ce qui reste caché ne constitue pas la limite et l'échec de la pensée, mais au contraire le seul terrain fécond sur lequel la pensée peut fleurir et se développer » [Vattimo, 1963, p. 150]. La structure appel-réponse propre à l'interprétation n'est pas mue par un idéal d'explicitation totale : elle doit laisser libre *(freilassen)* ce qui s'offre à l'interprétation. « Ce pour quoi une pensée vaut (...) n'est pas ce qu'elle dit mais ce qu'elle laisse non-dit tout en le faisant venir à la lumière, en le rappelant d'une manière qui n'est pas celle de l'énoncé » [*ibid.*, p. 152]. L'interprétation n'a pas un point d'arrivée (gare à Frère Nicolas !). Le mot n'est pas signe *(Zeichen)* mais *zeigen* « montrer ». D'où le caractère poétique originel du langage (où l'on entrevoit des liens non occultes avec la théorie romantique de la symbolicité de l'esthétique).

Souvenons-nous de la suggestion étymologique inhérente au mot |symbole| : quelque chose est en-lieu-de quelque chose d'autre, mais tous deux retrouvent un moment de prégnance maximale quand ils se recomposent en unité. Toute pensée symbolique essaie de vaincre la différence fondamentale qui constitue le rapport sémiotique (expression présente, contenu en quelque sorte absent) en faisant du symbole le moment où l'expression et le contenu inexprimable deviennent une seule chose, du moins pour qui vit dans un esprit de foi l'expérience de la symbolicité.

Il est difficile de dire si l'herméneutique heideggerienne amène nécessairement à ces conclusions. Mais en tout cas, c'est à ces conclusions qu'amène une pratique herméneutique qui décide d'entendre tout texte comme symbole et donc comme infiniment interprétable et — pour employer un terme actuel — *déconstructible*.

Pour parler en termes crûment sémiotiques, une expression à laquelle correspond une nébuleuse non codée de contenus peut apparaître comme la définition d'un signe imparfait et socialement inutile. Mais pour celui qui vit l'expérience symbolique, qui est toujours d'une certaine façon l'expérience du contact avec une vérité (qu'elle soit transcendante ou immanente), ce qui est imparfait et inutile c'est le signe non symbolique qui renvoie toujours à quelque chose d'autre dans la fuite illimitée de la sémiosis. En revanche, l'expérience du symbole semble différente à celui qui la vit : c'est la sensation que ce qui est véhiculé par l'expression, pour nébuleux et riche que ce soit, vit à ce moment là *dans* l'expression.

Telle est sans doute l'expérience de qui interprète esthétiquement une œuvre d'art, de qui vit un rapport mystique (de quelque façon que lui apparaissent les symboles) et de qui interroge un texte sur le *mode symbolique*.

Assumer le texte (et ce Texte par excellence que sont les Saintes Ecritures) comme symbole est une expérience mystique antique. Scholem dit, à propos de la mystique kabbalistique, que « les mystiques juifs ont cru pouvoir interpréter le texte biblique suivant leur propre pensée » [1960, trad. franç., p. 46]. En effet, toute lecture « inexprimable » d'un symbole participe de ce mécanisme *projectif*. Mais dans la lecture du Texte selon le mode symbolique « les lettres et les noms ne sont pas seulement des moyens conventionnels de communication. Ils sont bien plus que cela. Chacun d'eux représente une concentration d'énergie et exprime une plénitude de sens qu'il est absolument impossible de traduire, du moins complètement, en langage humain » [*ibid.*, p. 49]. Les kabbalistes ne partent pas du concept de sens communicable : « Pour eux, le fait que Dieu s'exprime lui-même, même si une telle manière de s'exprimer est encore bien loin du discernement humain, est infiniment plus important que chaque signification spécifique qui pourrait transmettre une telle expression » [*ibid.*, p. 56].

Le Zohar dit que « dans chaque mot brillent de nombreuses lumières » [cité *ibid.*, p. 75].

A la limite, l'infinité du sens est due à la libre possibilité de combinaisons des signifiants qui (dans le texte) ne sont liés d'une façon donnée que par accident, mais qui pourraient être combinés de manières différentes, en réalisant une infinie *dérive*, pour employer un terme actuel. Dans un manuscrit de Rabbi Elijahu Cohen Ittamari de Smyrne, rapporté par Chajim Joseph David Asoulaï, il est dit pourquoi le rouleau de la Tora pour l'emploi synagogal dut être écrit selon la norme rabbinique sans voyelles et sans signes de ponctuation. Cet état de choses contient une référence à l'état de la Tora quand elle existait devant Dieu avant d'être transmise. « Car il y avait devant Lui un nombre de caractères qui n'étaient pas liés aux mots comme c'est le cas maintenant, parce que l'ordre proprement dit des mots se composait selon la façon et le moyen par lesquels le monde inférieur se manifestait » [cité *ibid.*, p. 86]. Quand le Messie viendra, Dieu éliminera la présente combinaison de lettres et de mots et mettra ensemble les lettres pour former d'autres mots qui parleront d'autres choses. Un jour Dieu enseignera à lire la Tora d'une autre façon [*ibid.*, p. 86]. Mais alors la lecture même de la Tora telle qu'elle est peut être menée dans cet esprit de liberté. Asoulaï dit encore que « quand l'homme prononce des mots de la Tora, il engendre continuellement des puissances spirituelles et de nouvelles lumières qui sortent comme des remèdes composés quotidiennement d'une façon nouvelle à partir d'éléments et de consonnes. C'est pour cela qu'il obtiendra la béatitude éternelle en lisant ce seul verset, car à chaque fois, même à chaque instant, la composition change (l'élément du langage intérieur), d'après les conditions, la hiérarchie de cet instant et d'après les noms qui flamboient en lui » [*ibid.*, p. 88].

Cette disposition à « déconstruire » le texte selon un mode symbolique (rendre ouvert et inexprimable mais riche de significations possibles ce qui apparaît comme trop bassement littéral) n'est pas typique de la seule mystique juive. Au contraire. Si nous avons cité ces passages, c'est pour fournir un *pedigree* traditionnel à de nombreuses théories qui, filles d'une herméneutique plus ou moins déformée, parlent aujourd'hui du texte comme lieu d'une infinité d'interprétations, où par la mise *en dérive* des signifiants, séparés de leur signifié normal, se réalise une lecture symptomale et transparente et (même dans des contextes épistémologiques dépourvus de la catégorie de vérité) se profile, indistinguable de l'acte même de la lecture, une certaine vérité.

Il faut lire le débat tout à fait passionnant entre John Searle, homme dénotatif et littéral, qui croit que la mention *copyright* veut dire qu'un texte ne peut être reproduit sans autorisation, et Jacques Derrida, rabbinique et kabbaliste comme personne, qui saisit l'occasion de la simple mention du *copyright* pour tirer d'infinies inférences sur la fragilité du langage d'autrui et son infinie décomposabilité. On se trouvera face à une parfaite mise en œuvre du *mode symbolique* par rapport à des textes qui, à l'origine, ne voulaient pas communiquer par symboles. Réduite au rang de Tora, la parole de Searle, infiniment déconstruite, permet à Derrida de lire autre chose, toujours Autre Chose que ce que l'adversaire croyait dire et *par qui il a été dit*.

Derrida [1977] conteste la façon dont Searle [1977] a lu Derrida [1972]. Son unique faiblesse est de vouloir que Searle lise son texte de la « bonne » façon : mais en essayant de montrer à l'autre comment son texte devait être lu, Derrida réaffirme de manière exemplaire sa théorie d'une lecture infinie capable de faire abstraction des sens que l'autre voulait communiquer, et de tout code qui tenterait d'imposer dans les interstices d'un texte la présence d'une signification : « La logique et la graphique de *Sec* [*Signature Evenement Contexte*] mettent en question jusqu'à la sécurité du code et du concept de code. Je ne peux pas m'engager ici dans cette voie afin de ne pas compliquer davantage une discussion déjà trop lente, surdéterminée et surcodée de tous côtés. Je signale simplement que cette voie est ouverte dans *Sec* dès la première des trois parties, précisément à partir de la phrase suivante : "Conséquence peut-être paradoxale du recours que je fais en ce moment à l'itération et au code : la disruption, en dernière analyse, de l'autorité du code comme système fini de règles; la destruction radicale du même coup, de tout contexte comme protocole de code" (p. 375-376). Et cette même voie, celle d'une itérabilité qui ne peut être que celle qu'elle est dans l'*impureté* de son identité à soi (la répétition altère et l'altérité identifie), est balisée par les propositions suivantes : "S'agissant maintenant du contexte sémiotique et interne, la force de rupture n'est pas moindre : en raison de son itérabilité essentielle, on peut toujours prélever un syntagme écrit hors de l'enchaînement dans lequel il est pris ou donné, sans lui faire perdre toute possibilité de fonctionnement, sinon toute possibilité de 'communication', précisément. On peut éventuellement lui en reconnaître d'autres en l'inscrivant ou en le *greffant* dans d'autres chaînes. Aucun contexte ne peut se clore sur lui. Ni aucun code, le code étant ici à la fois la possibilité et l'impossibilité de l'écriture, de son itérabilité essentielle (répétition/altérité)" (p. 377), et "... par là [par l'itérabilité *ou* la citationalité qu'elle permet] il [tout signe] peut rompre avec tout contexte donné, engendrer à l'infini de nouveaux contextes, de façon absolument non saturable. Cela ne suppose pas que la marque vaut hors contexte, mais au contraire qu'il n'y a que des contextes sans aucun centre d'ancrage absolu" (p. 381) » [1977, p. 36-37].

Seulement voilà : dans cette dernière épiphanie du mode symbolique, le texte comme symbole n'est plus lu pour trouver une vérité qui serait *ailleurs* : la vérité est *dans le jeu même de la déconstruction*, dans le fait de reconnaître le texte comme tissu de différences et de trouées. « Voilà ce qui en est : le blanc, les espaces dans le rouleau* de la Tora proviennent également des lettres, mais nous ne savons pas les lire comme le noir des lettres. A l'époque messianique, Dieu révélera le blanc de la Tora dont les lettres sont actuellement invisibles pour nous, et c'est ce que le terme "nouvelle Tora" laisse penser » [rabbi Levi Isaac, cité *in* Scholem, 1960, trad. franç., p. 94].

La reconnaissance lacanienne de l'ordre symbolique comme chaîne signifiante, en inspirant les nouvelles pratiques de déconstruction et de dérive, a amené les herméneutiques séculières les plus récentes à réécrire continuellement, dans toute lecture, la nouvelle Tora.

Il fallait arriver par des approximations et des exclusions au mode symbolique pour découvrir l'actualité (et l'épistémologie lointaine) d'une décision de parcourir le monde comme une forêt de « symboles ».

* Le texte français traduit « rôle » mais il s'agit sans doute d'un malentendu, puisque le terme allemand |*Rolle*| vaut pour « rôle » et pour « rouleau ». *(N.d.T.)*

4. Le mode symbolique « théologal » (et ses réincarnations)

Le mode symbolique nous semble être une tentation récurrente de diverses cultures et périodes historiques; d'autre part, sa diffusion semble répondre à des critères de contrôle social des pulsions individuelles et collectives. C'est la raison pour laquelle on peut en suivre la genèse et le développement dans une époque historique particulière et présumer que l'on met en lumière des constantes qui, avec des variations inévitables, se manifestent à d'autres époques. Et ce, non parce que l'on considère que « l'esprit humain » fonctionne selon des mécanismes supra-historiques, mais parce que la culture est une chaîne de textes qui instruisent d'autres textes, de concrétions encyclopédiques qui se transforment lentement les unes dans les autres, les anciennes laissant leurs traces dans les nouvelles. Et donc, voir comment s'articule la pratique symbolique à une époque signifie comprendre comment cette pratique lui vient du passé et comment elle la transmet au futur. Et si nous nous apprêtons à consacrer notre attention à la naissance et à la croissance du mode symbolique pour une période allant de la fin du paganisme au monde médiéval, c'est que nous estimons que, aujourd'hui encore, les modes symboliques s'élaborent sur ces traces et grâce à (ou à cause de) cette leçon.

Les poètes païens écrivaient en croyant probablement aux dieux dont ils parlaient. Mais à partir du VIe siècle, avec Théagène de Rhegium, jusqu'aux stoïciens, on décide que l'on peut donner de la poésie et du mythe une lecture *allégorique*. La méthode allégorique est démythifiante (les histoires des dieux parlent en effet de la structure physique du cosmos) et nécessite un code, un système de transcriptions (du nébuleux, du fantastique et de l'indéterminé au déterminé, au rationnel et au rationnalisable). Mais une fois le processus engagé, pourquoi ne pas l'inverser et aller du déterminé à l'indéterminé ? Ou alors pourquoi ne pas fondre les deux pratiques ? Tandis qu'au Ier siècle après J.-C., Philon d'Alexandrie propose une exégèse de l'Ancien Testament à caractère sécularisant, comme les stoïciens, le monde chrétien tente l'opération inverse avec Clément d'Alexandrie et Origène.

Il est difficile de parler de Dieu (quand la nouvelle théologie est en train de se former) mais il est facile de parler des Ecritures : les textes sont là. Seulement il y a deux Ecritures, l'ancienne et la nouvelle. Si les gnostiques affirmaient que seul le Nouveau Testament était valable, Origène essaiera de maintenir la continuité des deux Ecritures et de fonder une ligne de pensée judéo-chrétienne, par la lecture parallèle des deux

Testaments. C'est la naissance du « discours théologal » [cf. Compagnon, 1979] qui n'est pas un discours sur Dieu mais sur son Ecriture.

Chez Origène, l'opposition Ancien/Nouveau s'entremêle avec l'opposition Lettre/Esprit. La divergence entre lettre et esprit se manifeste dans les deux Testaments : il y a, dans chacun, un sens *littéral*, un sens *moral* ou psychique et un sens *mystique* ou pneumatique. Pour Origène, le sens moral fonctionne aussi pour le non-chrétien (d'où la triade : sens littéral-tropologico-allégorique ou typologique). Plus tard, la triade engendrera quatre niveaux de lecture, où le sens moral dépendra d'une interprétation allégorique correcte déjà inspirée par la foi : sens littéral-typologique-tropologique-anagogique (« littera gesta docet, quid credas allegoria, |moralis quid agas, quo tendas anagogia », Augustin de Dacie, XIIIe siècle). C'est la théorie des quatre sens qui peu à peu, à travers Bède, arrivera jusqu'à Dante [*Epistola*, XIII]. Apparemment, la théorie des quatre sens ne renvoie pas au mode symbolique : pour lire de façon « juste », il faut des règles, des codes de lecture. On serait alors au sens indirect mais pas symbolique *stricto sensu*.

Mais en est-il vraiment ainsi ? Pour considérer les quatre sens comme déjà donnés, il faut une tradition exégétique : mais pour que cette tradition exégétique se forme, il faut que les deux Testaments soient lus initialement selon le mode symbolique.

La première opération, chez Origène, consiste à replier, pour ainsi dire, un Testament sur l'autre : l'Ancien parle du Nouveau. Chaque mot, chaque phrase de l'Ancien, au-delà de la lettre évidente, doit renvoyer à une des vérités exprimées dans le Nouveau. Mais même dans le Nouveau, nous le verrons, la vérité est souvent exprimée de façon indirecte. En outre, il est encore difficile de définir quelle est la règle de traduction de l'Ancien (lettre) dans le Nouveau (esprit). Cela parce que dans la Sainte Ecriture, il s'opère un aplatissement ambigu d'émetteur, signifié, signifiant et référent, dû à l'ambiguïté de la figure du Christ : en tant que Logos, le Christ est l'émetteur des Ecritures, qui cependant sont discours et donc Logos et parlent du Logos-Christ comme de leur référent ultime; mais elles en parlent indirectement, à travers des signifiés indirects, des discours (λόγοι) qu'il faut interpréter. Or, le premier interprète de la Loi, le commentateur par excellence, c'est encore le Christ comme Logos (tout commentaire est *imitatio Christi* et dans la lumière du Logos nous devenons tous des λογικοί). Et même, chez Origène, imprégné de néo-platonisme, le Logos comme médiateur et connaissance que le Père a de lui-même, est l'ensemble même de tous les archétypes, et il est fondamentalement *polysème*. Même si un Testament parle de l'autre, ce dont il parle est susceptible de recevoir de nombreuses interprétations; l'Ecriture produit le mode symbolique de l'interprétation parce que son contenu, qui est l'unique Logos, est la nébuleuse de tous les archétypes possibles [voir Compagnon, 1979].

Ce que les premiers interprètes savaient donc, c'est que, ces prémisses étant posées, l'Ecriture aurait pu *tout* dire, justement parce qu'elle dit le Tout, le Sacré, le Numineux par excellence. Une volonté acharnée de clarification exégétique et une adoration stupéfaite d'un mystère qui se révèle dans le texte, inépuisable, scandent la dialectique entre mode symbolique et mode allégorique, l'un nuançant continuellement l'autre. Le mode allégorique doit avoir un code, le mode symbolique ne peut en avoir un, et pourtant c'est le mode symbolique qui doit fournir les règles au mode allégorique. C'est là que s'instaure cette dialectique qui minera de l'intérieur tout discours mystique, partagé — nous l'avons vu — entre l'inexhaustivité de son expérience interprétative et la nécessité de traduire ses symboles en sens socialisables et communicables. C'est pourquoi l'Ecriture est Figure et Ombre.

Cette théorie de l'interprétation est liée au mode symbolique par un autre présupposé : la moindre parcelle de l'Ecriture contient *toute* la vérité, ce qui impose automatiquement que chacun de ses signes doit être utilisé comme symbole : une expression qui renvoie à la totalité du contenu.

Mais l'Ecriture *ne peut pas* tout dire et ne peut permettre à chacun de dire ce qu'il veut : la pensée théologale fonde l'Eglise comme autorité qui préside à l'interprétation, et c'est de cette autorité qu'elle tire sa propre garantie. C'est pourquoi la prolifération des interprétations doit être freinée par la tradition, et le garant de la tradition c'est l'Eglise. Il est aussi vrai, pourtant, que la tradition, et l'Eglise qui s'en trouve fondée, naît de l'interprétation de l'Ecriture. D'où un cercle vicieux : l'interprétation du symbole scriptural, dûment réduite et traduite, fonde l'Eglise et l'Eglise garantit la justesse de *certaines* interprétations du symbole scriptural, tendant toujours plus à le réduire à l'allégorie. Mais reste le problème : *quis custodiet custodes* ?

L'histoire de l'exégèse patristique et médiévale avance sur un *ruban de Möbius*. L'Ecriture est source infinie d'interprétation mais ce que l'interprétation découvre doit être ce qui a déjà été dit : *non nova sed nove*. La tradition ne peut donc pas être une règle : c'est un système, tout compte fait homéostatique, de mutuelles contraintes intertextuelles. Il s'établit une encyclopédie chrétienne fondée sur l'Ecriture, mais cette encyclopédie garantit l'interprétation de l'Ecriture (qui la fonde).

Un long processus pour se maintenir toujours près de l'origine. Ce processus, par lequel le mystique doit toujours retrouver sa propre expérience dans le texte sacré entendu comme *corpus symbolicum*, a été relevé aussi par Scholem pour la mystique juive : la reconnaissance durable du texte dans sa surface signifiante est la porte par laquelle le mystique passe, « mais une porte qu'il garde toujours ouverte. Dans une exégèse mémorable par le Zohar de Genèse 12.1, ce comportement du mystique s'exprime très brièvement. La parole de Dieu à Abraham : *Lech l'cha* ne veut pas seulement dire dans son contexte : "Va", c'est-à-dire qu'elle se rapporterait à l'émigration de celui qui s'en va dans le monde sur l'ordre de Dieu; on peut aussi la lire, dans le sens mystique littéral : "Va vers toi", vers ton être propre » [1960, trad. franç., p. 23]. On croirait entendre un écho anticipé du mot freudien *Wo Es war, soll Ich werden*, mais dans son interprétation lacanienne : « Là où fut ça, il me faut advenir » [1957, p. 284].

L'exégèse chrétienne médiévale compense toutefois ces tensions mystiques par une abondante production didactique, et contrôle aussi la dialectique fondateur/fondé avec l'idée, bien dénuée de scrupules, que l'autorité a — comme disait Alain de Lille — un nez de cire. *Non nova sed nove* signifie alors, dans la pratique exégétique : montrons que ce qui me semble opportun de trouver dans le texte a été en quelque sorte pré-autorisé par une quelconque *auctoritas* traditionnelle. Ce qui est par ailleurs la façon dont procède toute pratique selon le mode symbolique : vu que le symbole est ouvert et ambigu, j'y trouve ce que j'y projette; il s'agit seulement de savoir si j'ai suffisamment de charisme pour rendre public mon geste initialement privé.

Compagnon [1979, p. 231] suggère qu'on retrouve la même dialectique dans toute pratique interprétative contemporaine, de la κοινή marxienne à la κοινή freudienne (Todorov fait une suggestion assez semblable [1978, p. 113]).

Mais l'exégèse médiévale donne vie à un nouveau mode symbolique sur la lecture symbolique des écritures. Les Ecritures parlent par figures parce qu'elles emploient des mots, mais aussi et surtout parce qu'elles racontent des faits : l'allégorie peut être soit *in verbis* soit *in factis*. Il faut alors assigner une valeur symbolique (à coder ensuite allégoriquement) aux faits eux-mêmes. Donc pour comprendre les sens indirects de l'écriture, il faut comprendre l'univers. Saint Augustin le sait, et il le dit dans le *De Doctrina Christiana* : il faut connaître non seulement le sens des noms, mais aussi la physique, la géographie, la botanique, la minéralogie.

Il est difficile de dire si l'on a ici la rencontre de deux courants de pensée indépendants, l'un grec et l'autre asiatique, et si la fusion se produit sans projet, ou si le symbolisme du monde est élaboré pour rendre lisible le symbolisme de l'Ecriture. Le fait est que, alors que le discours théologal s'élabore, le monde chrétien, peu ou prou, accepte et introduit dans le circuit toute une production encyclopédique, d'origine asiatico-hellénistique, l'encyclopédie du *Physiologus* et de tous les bestiaires, herbiers et lapidaires, des *Imagines* et des *Specula mundi* qui en dériveront.

« Sicut inferius sic superius », dit le *Corpus Hermeticum* au IIIe siècle. Le monde émané par l'Un inaccessible est lié par un réseau de sympathies faisant que les couches infimes de la matière parlent en quelque sorte de leur origine : c'est ce que nous enseigne la tradition néo-platonicienne. D'où deux formes de symbolisme universel.

L'une qui, partant des commentaires sur le pseudo-Denys, en passant par Scot Erigène jusqu'à la solution thomiste de l'*analogia entis*, verra le monde comme un tissu symbolique métaphysique dans lequel tout effet parle de sa cause ultime.

L'autre, celle du symbolisme naïf du *Physiologus*, pour qui « omnis mundi creatura, quasi liber et pictura nobis est in speculum » (Alain de Lille, XIIe siècle). Le symbolisme des bestiaires est régi par un fort principe d'analogie ou de similarité des propriétés. Le lion est symbole du Christ ressuscité parce que trois jours après la naissance des lionceaux, il les réveille d'un rugissement alors qu'ils sont encore couchés, les yeux fermés : mais pour qu'il soit la figure du Christ ressuscité, il faut qu'il ait une propriété qui le rende semblable à lui. Peu importe ici que la pieuse pratique encyclopédique assigne au lion la propriété qui lui est nécessaire pour être la figure du Christ; peu importe aussi que, cette propriété lui ayant été assignée par une tradition préchrétienne, elle soit réactivée parce qu'elle sert à fonder une similitude mystique. Ce qui pourrait compromettre la « symbolicité » du procédé, c'est que l'on est en présence ici — semble-t-il — d'un code préfixé : il n'y aurait donc pas de flou, de nébulosité, de liberté interprétative. Mais les propriétés du lion sont contradictoires. Il y en a même quelques-unes qui le rendent figure du diable. Le chiffre codé se retransforme en symbole ouvert grâce à la surabondance des propriétés que l'expression véhicule. L'expression assume des significations différentes selon les contextes — comme le symbole onirique freudien.

Quelle sera la garantie de la « bonne » interprétation ? En pratique, elle est contextuelle; en théorie, il doit exister quelque part une *auctoritas* qui a fixé les limites et les conditions de décontextualisation. Puisque les *auctoritates* sont si nombreuses, il y a toujours moyen de trouver celle qui convient; de toute façon, nous sommes des nains sur les épaules des géants, et les géants ont les épaules larges. Mais un sens profond de la discipline pousse en général à créer des chaînes d'*auctoritates* cohérentes, à répéter d'interprètes en interprètes les interprétations les plus établies. Ainsi, le mode symbolique engendre le mode allégorique et le vague des symboles se fige en code (sauf, nous l'avons vu, pour le mystique et ses écarts soudains).

Mais si les doctes tendent à établir une interprétation rigide, on peut imaginer un homme du Moyen Age vivant dans sa chair le mode symbolique et évoluant dans un monde où tout — la feuille, l'animal, la pierre — veut certainement dire quelque chose d'autre. *Aliud dicitur, aliud demonstratur :* un soupçon névrotique continuel à l'égard du mot mais aussi de la nature. Une coercition à interpréter. D'un côté, une consolation : la nature n'est jamais méchante, le monde est écrit par le doigt de Dieu; de l'autre la tension névrotique de qui doit toujours déchiffrer un sens second, souvent sans savoir lequel. N'est-ce pas là le mécanisme du complexe de persécution : il m'a salué, qu'a-t-il voulu dire ? Une incessante lecture symptomale de la réalité peut être une défense, mais elle peut mener tout droit à la dépression nerveuse.

Il est possible que le mode symbolique soulage d'autres tensions, qu'il sublime vers le numineux (espoirs et craintes) l'angoisse qui dérive d'autres refoulements. Le mythe, avec le symbole, aide à supporter la douleur de l'existence. Par ailleurs, le mode symbolique répond à des exigences de contrôle social : une autorité charismatique polarise sur la déférence au symbole les dissensions et les contradictions, parce que dans le contenu nébuleux du symbole, les contradictions (qui peuvent toutes cohabiter) en quelque sorte se composent. C'est comme si, dans le mode symbolique, se réalisait un consensus *phatique* : on n'est pas d'accord sur ce que le symbole veut dire mais on est d'accord pour lui reconnaître un pouvoir sémiotique. Et que par la suite, chacun l'interprète à sa façon, cela ne compte pas : le consensus social est atteint au moment où tout le monde reconnaît la force, le *mana* du symbole. Le drapeau est un emblème, au sens codé. Mais il peut être vécu sur le mode symbolique : certes, il dira à chacun quelque chose de différent, le vert des prés, le sang des martyrs, le sens de la tradition, le goût de la victoire, l'amour pour les pères, le sentiment de sécurité donné par l'unité, la concorde des esprits... Ce qui importe, c'est qu'autour du drapeau *on se réunit* parce qu'on sait qu'il veut dire *quelque chose*. Il importe que l'on se réunisse autour du livre, même si ses lettres pourraient être combinées de mille autres manières, parce que précisément il a une infinité de sens. Quand viendra le temps où un sens devra être posé et reconnu, le charisme du détenteur de l'interprétation la plus autorisée interviendra pour établir le consensus. Posséder la clef de l'interprétation, c'est cela le pouvoir.

Dans les écoles ésotériques — et les écoles psychanalytiques font aujourd'hui partie de ce *genus* — la lutte pour le pouvoir est la lutte pour celui qui détient le charisme de l'interprétation la meilleure, dans un contexte où l'interprétation est infinie (et de là provient cette aspiration inconsciente à en reconnaître une plus garantie que les autres). C'est uniquement dans une communuaté régie par le respect absolu du mode symbolique que se fait sentir l'exigence d'une *auctoritas*. C'est seulement là où l'on nie l'existence du code que l'on doit chercher un garant du mode symbolique. Là où il y a code, le pouvoir est disséminé dans les mailles du système même, le pouvoir est code. Un pouvoir élimine l'autre, et il faut pourtant bien en choisir un des deux.

L'aventure de l'exégèse médiévale se résume dans la lutte entre la liberté du mode symbolique — qui requiert une *auctoritas* — et l'instauration d'un code qui doit fonder l'autorité indiscutable de la Raison. Avec la scolastique, c'est le code qui l'emporte. Saint Thomas sanctionne la mort du mode symbolique. C'est pourquoi, à partir de ce moment-là, les époques successives iront pratiquer le mode symbolique en dehors de l'Eglise, qui le réserve (et le discipline) pour réabsorber les déviations mystiques ou pour offrir une symbologie orientée (déjà allégorique) aux masses. Culte, pas mythe. Le Sacré-Cœur comme *maṇḍala* pour qui doit cultiver les bons sentiments mais pas les fulgurances numineuses qui amèneraient à d'insoutenables nouvelles métaphysiques et à des théologies nihilistes, qui sont désormais l'apanage de la culture laïque.

5. Le mode symbolique dans l'art

S'étant épuisé dans le filon de la pensée théologale, alors qu'il se diffuse librement par les canaux de la mystique et des théologies hérétiques, le mode symbolique trouve une de ses réalisations (et disciplines) les plus fulgurantes dans l'art moderne. Nous ne pensons pas ici à la théorie romantique de l'art comme symbole mais plutôt aux poétiques du symbolisme où le symbole est reconnu comme une façon particulière de disposer stratégiquement les signes afin qu'ils se dissocient de leurs signifiés codés et deviennent capables de véhiculer de nouvelles nébuleuses de contenu. Le symbole, dans cette optique, n'est pas co-extensif à l'esthétique : c'est *une* des diverses stratégies poétiques possibles.

Les fondements du symbolisme poétique peuvent être métaphysiques, comme c'est encore le cas dans les *Correspondances* de Baudelaire : « La nature est un temple où de vivants piliers | Laissent parfois sortir de confuses paroles : | L'homme y passe à travers des forêts de symboles | Qui l'observent avec des regards familiers. | Comme de longs échos qui de loin se confondent | Dans une ténébreuse et profonde unité | Vaste comme la nuit et comme la clarté. | Les parfums, les couleurs et les sons se répondent. » Mais cette métaphysique n'a rien à voir avec celles de bien des symbolismes mystiques. Chat ou albatros, les symboles de Baudelaire sont privés, au sens où ils ne renvoient pas à un code ou à un système d'archétypes. Ils ne deviennent symboles que dans le contexte poétique. Mallarmé le dira d'une manière plus « séculière » : il existe une technique de la suggestion qui parfois contextualise en éliminant le contexte, en isolant le mot sur la page blanche.

Si dans le symbolisme des origines pouvaient subsister des échos du symbolisme mystique, le mode symbolique va s'instaurer sous sa forme la plus pure et la plus séculière dans la poésie contemporaine avec le *corrélatif objectif* d'Eliot. On sait que, de tous les théoriciens, celui qui a le moins parlé des corrélatifs objectifs c'est Eliot — lui qui n'a pas hésité pourtant à employer abondamment des archétypes provenant de la symbologie des mythes archaïques. Corrélatif objectif reste, à bien des égards, un terme synonyme d'*épiphanie*, tel que le procédé est exemplifié et théorisé chez Joyce. Il s'agit de présenter un événement, un objet, un fait qui, dans le contexte où il apparaît, se révélerait en quelque sorte *déplacé* pour celui qui ne se plierait pas à la logique symbolique [cf. Eco, 1962].

Les *règles conversationnelles* de Grice [1967] peuvent servir de révélateur au « déplacement » du symbole. Peut-être l'échange quotidien d'informations est-il soumis à des règles plus complexes que celles que Grice énumère; mais admettons pour l'instant que celles de Grice sont les plus satisfaisantes. Il est possible que par la suite un ensemble plus complexe de normes naisse, non pas de la phénoménologie des emplois normaux, mais de la typologie des emplois déviants, d'une analyse menée sur les œuvres littéraires de tous les cas où quelque chose révèle sa nature symbolique parce qu'il apparaît déplacé.

Il semble que la majeure partie des figures rhétoriques, surtout la métaphore, se signalent par le fait de violer la règle de la *qualité* qui impose de dire toujours la vérité ou d'assumer que l'on est en train de dire la vérité. Nous l'avons déjà dit (cf. § 2.4), un trope pris dans son sens littéral dit quelque chose qui ne peut vraisemblablement pas se référer au monde possible de nos croyances : on doit chercher un sens second et le trouver. On n'en est pas encore à la nébuleuse symbolique. Restent les violations des trois autres règles : sois pertinent, ne sois pas obscur, ne dis pas plus ou moins que ce qui est requis par les circonstances communicatives. Quand ces règles sont violées — et on peut penser qu'elles ne sont pas violées par erreur —, naît une *implicature* : on essaie de comprendre ce que le locuteur voulait « donner à entendre ». Toutes les implicatures ne renvoient pas au mode symbolique, mais on croit que toute apparition du mode symbolique dans un contexte artistique prend au départ les formes de l'implicature. L'implicature conversationnelle naît simplement parce qu'une réponse ne satisfait pas raisonnablement la requête formulée par la question. Il n'est pas à exclure — mais c'est rare — que le mode symbolique puisse même être introduit dans une implicature conversationnelle. L'implicature textuelle, quant à elle, peut suivre deux voies. Elle peut reproduire dans un texte l'implicature conversationnelle et pousser le destinataire à faire des inférences, ou bien nommer et décrire des objets et des actions dont la présence insistante dans ce contexte peut paraître — du point de vue littéral — gratuite, redondante, excessive, déphasée. Il y a quelque chose qui ne cadre pas avec les termes du « sénario » auquel on s'attendait. Quand le maître zen, à la question sur ce qu'est la vie, lève son bâton, j'entrevois une volonté d'implicature en dehors des scénarios normaux (enregistrés par l'encyclopédie). Je dois supposer non pas que ce bâton constitue le refus de répondre (qu'il est donc non pertinent) mais qu'il a une *pertinence différente*, qu'il est en fait la réponse, à cette différence près qu'il s'agit d'une expression gestuelle que je peux remplir de contenus divers, pluriels, probablement non réductibles à une interprétation univoque. La réponse non pertinente m'a introduit dans le mode symbolique, je dois me mettre en quête d'une pertinence *autre*.

Tel est le processus de l'implicature textuelle qui introduit au mode symbolique : elle me décrit un objet qui, dans ce contexte, *ne devrait pas avoir l'importance qu'il a* si je m'en tenais aux scénarios normaux. Soit la description n'est pas pertinente, soit elle prend plus de place qu'elle ne devrait, soit elle procède de façon ambiguë en me rendant plus malaisée la perception de l'objet (il s'agit là de la « défamiliarisation » de Schlovsky). Alors, je « flaire » le mode symbolique : l'objet décrit *doit* avoir une fonction épiphanique. « [Stephen] se surprit examinant l'un après l'autre, au hasard, les mots qui se présentaient à son esprit, hébété de les voir tout à coup dépouillés de leur sens immédiat, jusqu'à ce que la moindre enseigne de boutique enchaînât sa pensée comme une formule magique... » [Joyce, *Dedalus : Portrait de l'artiste jeune par lui-même*, Paris, Gallimard, 1943, p. 177-178].

Produire des épiphanies signifie « se pencher sur les choses présentes pour les travailler et les façonner de telle sorte qu'une prompte intelligence puisse, en les dépassant, saisir leur signification toujours inexprimée » [*Stephen le Héros*, Paris, Gallimard, 1948, p. 77]. L'objet renvoie à une nébuleuse de contenus qui ne peuvent être traduits (la traduction tue l'épiphanie car l'épiphanie est infiniment interprétable à condition qu'aucune interprétation ne soit définitivement fixée). Or, l'objet épiphanisé n'a pour s'épiphaniser d'autres titres que celui de l'être en fait. Pour qu'il s'épiphanise, il faut qu'il soit placé stratégiquement dans un contexte qui le rende tout à la fois important et non pertinent selon les scénarios enregistrés par l'encyclopédie. Il fonctionne comme un symbole, c'est un symbole *privé* : il vaut seulement *dans* et *pour* ce contexte. La « jeune fille - oiseau » de Joyce, la « poulie du puits » de Montale, la peur montrée dans « une poignée de poussière » d'Eliot ne renvoient pas un système de symboles précédemment institué par quelque mythologie, ils sont hors système ou alors ils ne s'organisent en système qu'avec les autres objets et événements de ce texte. Cités hors du texte, comme nous le faisons, ce ne sont plus des symboles mais des étiquettes, des drapeaux, des épingles à têtes colorées qui renvoient à des positions symboliques déjà expérimentées et encore expérimentables. Rien à voir avec la Croix, le *Maṇḍala*, la Faucille et le Marteau. Ils peuvent fonctionner comme des coagulateurs de consensus snob (nous qui nous reconnaissons autour de la *madeleine*...) mais ils sont dépourvus de ce pouvoir qu'ont les symboles des mythes et des rituels.

C'est en cela que consiste *leur complète sécularisation*. Ils sont sécularisés en un triple sens : d'abord parce qu'ils sont dépourvus de la capacité d'instaurer un contrôle social et de permettre des manipulations du pouvoir (si ce n'est, on l'a vu, pour une bande d'interprètes à niveau égal de charisme) ; ensuite parce qu'ils sont vraiment ouverts, en tant que privés ; enfin parce que, tout en étant privés, ils n'autorisent pas les mystifications, c'est-à-dire qu'ils ne permettent pas de séquences interprétatives incontrôlables, puisqu'ils sont contrôlés par le texte et l'intertextualité.

Francesco Orlando [1968] analyse un poème en prose de Mallarmé, *Frisson d'hiver*. Le poème ne présente aucune difficulté particulière d'interprétation tropique, les métaphores et les autres figures sont contenues et compréhensibles. Ce qui frappe dans ce texte, c'est la description obsessionnelle d'une pendule, d'un miroir et d'autres éléments d'ameublement : déplacée parce qu'appuyée, déplacée parce que le confort du cadre contraste avec l'apparition, entre les paragraphes, de toiles d'araignées tremblantes dans l'ombre des croisées. Nous négligeons d'autres indices de dépaysement dû à quelques répliques d'une mystérieuse interlocutrice et à l'appel que le poète lui adresse. Le critique est contraint de reconnaître immédiatement que ces objets d'ameublement *ne peuvent pas* être uniquement mis pour eux-mêmes : « Que dans tout le texte soit présente une charge symbolique… est rendu indubitable par l'irrationalité même du fait de parler de ce dont on parle ainsi que de la façon dont on en parle » [*ibid.*, p. 380]. D'où la tentative d'interprétation, qui d'un côté lie la signification de ces objets à une encyclopédie intertextuelle mallarméenne et de l'autre les relie entre eux, dans un système co-textuel de renvois. L'opération interprétative investit ces objets de contenus assez délimités (distance temporelle, désir de régression, refus du présent, antiquité…) et donc circonscrit une zone d'encyclopédie à laquelle les expressions renvoient. Mais il ne s'agit pas d'un fixage allégorique : il n'y a pas élaboration de code, tout au plus y a-t-il une orientation aux codes possibles. On n'a pas ici l'infinité incontrôlable du symbole mystique parce que le contexte contrôle la prolifération des significations ; mais dans le même temps, fût-ce à l'intérieur des limites du champ sémantique de la « temporalité », le symbole reste ouvert, sans cesse réinterprétable. Telle est la nature du symbole poétique moderne.

Prenons un autre exemple, tiré de *Sylvie* de Gérard de Nerval (je me réfère aux lectures de *Sylvie* publiées dans le numéro de *VS* [Violi, 1982] et en particulier à Pozzato [1982]). Le Narrateur, au premier chapitre, vit un conflit entre son amour, présent, pour une actrice (femme idéale et inaccessible) et la cruelle réalité de la vie quotidienne. Un entrefilet lu par hasard dans un journal le plonge (au début du deuxième chapitre) dans un état de rêverie où il évoque (ou revit) les événements d'un passé imprécis, probablement les jours de son enfance à Loisy. Les contours temporels de cette évocation sont flous et nébuleux, et c'est dans ce cadre que se situe l'apparition d'une jeune fille à la beauté éthérée, Adrienne, destinée à la vie monacale.

Au troisième chapitre, se réveillant de ce « souvenir à demi rêvé », le Narrateur compare l'image d'Adrienne à celle de l'actrice; il est pris du soupçon — qu'il reconnaît être une folie — qu'il s'agit d'une seule et même personne, et il se rend compte qu'il superpose les deux images, comme s'il investissait sur l'actrice (présente) l'amour pour l'image d'un passé lointain.

Tout à coup, le Narrateur décide de revenir à la réalité. Soit dit en passant, c'est à ce moment-là que toute la narration — qui jusqu'alors était à l'imparfait — passe brusquement au présent. Le Narrateur décide de partir en pleine nuit et d'aller à Loisy, non pour retrouver Adrienne mais pour revoir Sylvie qui, au deuxième chapitre, était apparue comme une épiphanie de la réalité concrète, quotidienne (elle, la petite paysanne) en opposition à l'image irréelle d'Adrienne.

Le Narrateur s'interroge sur l'heure : il découvre qu'il n'a pas de montre. Il descend chez le concierge, s'informe sur l'heure puis prend un fiacre et commence son voyage, concrètement dans l'espace mais idéalement dans le temps, car pendant tout le trajet il se plonge dans une nouvelle évocation qui le transporte dans une autre zone de son passé, peut-être moins lointaine que celle qui est évoquée par la première rêverie.

Or, entre le moment où il se demande l'heure qu'il est et celui où il obtient l'information du concierge, la séquence narrative est interrompue par cette description :

« Au milieu de toutes les splendeurs de bric-à-brac qu'il était d'usage de réunir à cette époque pour restaurer dans sa couleur locale un appartement d'autrefois, brillait d'éclair refraîchi une de ces pendules d'écaille de la Renaissance, dont le dôme doré surmonté de la figure du Temps est supporté par des cariatides du style Médicis, reposant à leur tour sur des chevaux à demi cabrés. La Diane historique, accoudée sur son cerf, est en bas-relief sous le cadran, où s'étalent sur un fond niellé les chiffres émaillés des heures. Le mouvement, excellent sans doute, n'avait pas été remonté depuis deux siècles. Ce n'était pas pour savoir l'heure que j'avais acheté cette pendule en Touraine. »

Quelle est la fonction diégétique de cette description, dans l'optique de la succession des événements, de l'évolution de l'intrigue (du point de vue discursif) et de la reconstruction de la *fabula* (du point de vue narratif) ? Aucune. Le lecteur sait déjà que le Narrateur n'a pas une horloge en état de marche. D'autre part, la description n'ajoute rien à l'identification de ses habitudes ou de ses caractéristiques psychologiques. La présence de cette pendule semble *étrange* et, en tout cas, elle *ralentit* l'action. Le lecteur doit comprendre que si l'auteur a introduit cette description, c'est qu'il doit y avoir *une autre raison*.

Cette raison, le lecteur pourra l'inférer (s'il le veut !) des chapitres suivants. Au quatrième chapitre, Nerval ne raconte pas son voyage présent (ou contemporain au temps du discours) à Loisy : en suivant sa mémoire, il vagabonde, nous l'avons déjà dit, dans un autre temps, à mi-chemin entre l'enfance lointaine et le temps où, adulte, il s'acheminait vers le moment du départ. Un temps dilaté qui s'étend du quatrième au sixième chapitre. Au début du septième, il y a un bref retour au temps de l'énoncé initial (soutenu par un savant emploi des temps verbaux [cf. Cottafavi, 1982]), puis le Narrateur commence une nouvelle rêverie autour d'un voyage « enchanté » à l'abbaye de Chaalis, où il *croit* (mais n'en est pas sûr) avoir entrevu pour la seconde et dernière fois Adrienne. Les contours temporels de cette expérience sont absolument impalpables et « brumeux » : est-ce advenu avant ou après les expériences de l'enfance évoquées aux chapitres précédents ? A-t-il réellement vu Adrienne ou était-ce une hallucination ? Ce chapitre constitue un passage clef de tout le livre et oblige le lecteur à considérer l'ensemble de l'histoire racontée aux chapitres précédents et successifs comme l'aventure d'une recherche impossible du temps perdu. Le Narrateur de *Sylvie* n'est pas celui de *La recherche* (même si Proust est peut-être celui qui a le mieux compris Nerval) et il ne réussira jamais à reconquérir son passé, à recomposer les tensions de sa mémoire par la médiation de l'art. *Sylvie* est l'histoire d'un échec (tragique) de la mémoire, et parallèlement l'histoire de l'échec d'une recherche d'identité. Le Narrateur n'est pas seulement incapable de reconstituer les fragments de son passé, il échoue aussi dans la distinction entre l'imaginaire et le réel. Sylvie, Adrienne et Aurélia (l'actrice) sont trois acteurs, trois incarnations du même actant, et chacune des trois devient à son tour l'image d'un idéal perdu, chacune des trois, à son tour, s'oppose aux deux autres (à leur absence, à leur mort, à leur fuite) et le livre est dominé par la sensation intangible que le Narrateur aime, désire, regrette toujours la même femme [cf. Pezzini, 1982].

C'est ici que l'horloge Renaissance prend toute sa prégnance symbolique. Le lecteur doit (à un moment donné) relire le passage cité pour en reconnaître toutes les puissances suggestives. La pendule est le symbole qui renvoie à l'immatérialité du souvenir, au poids du passé, à la fugacité et l'insaisissabilité du temps, aux souvenirs éphémères d'autres époques — à tous les temps, le préromantisme de Rousseau, la Renaissance des Valois, auxquels les divers chapitres de l'histoire font sans cesse référence.

Cette pendule inapte à dire le temps (tout en suggérant de nombreux temps, passés et imprécis) est l'épitomé de tous les « effets de brouillard » dont *Sylvie* est tissé [cf. Barbieri, 1982].

En tant que symbole, il est *ouvert* — et pourtant il est surdéterminé par le contexte. C'est *certainement* un symbole, mais symbole de quoi, cela reste *incertain*, tout comme sont à la fois certaines et incertaines les raisons de son apparition textuelle.

L'épisode de la pendule a des valences symboliques parce qu'il peut être infiniment interprété. Son contenu est une nébuleuse d'interprétations possibles. Il est ouvert au déplacement continuel d'interprétant à interprétant, dont aucun ne pourra jamais être définitivement autorisé par le texte. Le symbole est là pour suggérer qu'il y a quelque chose qui pourrait être dit mais que ce quelque chose ne pourra jamais être dit une fois pour toutes, sinon le symbole cesserait alors de le dire.

Le symbole dit une seule chose avec une absolue clarté, toutefois cette chose n'a rien à voir avec son contenu (en tant qu'énoncé), il concerne son énonciation, la raison pour laquelle il a été énoncé : il dit qu'il est un *artifice qui doit fonctionner selon le mode symbolique*, pour exercer la sémiosis illimitée.

6. Symbole, métaphore, allégorie

On voit maintenant clairement ce qui distingue le mode symbolique de la métaphore ou de l'allégorie. Une métaphore ne peut être interprétée littéralement. En termes extensionnels (même par rapport à un monde possible) elle ne dit jamais la vérité, c'est-à-dire qu'elle ne dit jamais quelque chose que le destinataire pourrait tranquillement accepter comme littéralement vrai. Le mensonge de la métaphore est si flagrant (une femme n'est pas un cygne, un guerrier n'est pas un lion) que si la métaphore était prise littéralement, le discours « s'enrayerait » parce qu'il y aurait un inexplicable « saut d'isotopie ». Il faut interpréter la métaphore en tant que figure.

C'est différent avec le mode symbolique. Même le destinataire obtus qui ne le saisit pas comme tel peut décider que, pris dans son sens littéral, ce qui est dit ne bloque pas la cohérence sémantique. Au pire, le destinataire obtus ne comprendra pas pourquoi l'auteur a perdu tant de temps pour lui dire quelque chose d'inutile. Et même un destinataire à l'esprit « aigu » peut décider d'ignorer une stratégie symbolique. Tout comme un destinataire à l'esprit *trop* aigu peut parfois décider d'identifier une stratégie symbolique là il peut sembler douteux que le texte l'encourage.

Je voudrais citer un cas « d'indécidabilité » symbolique mais d'absolue évidence métaphorique, avec ce sonnet de Giovan Battista Marino :

Onde dorate, e l'onde eran capelli,
navicella d'avorio un dì fendea ;
una man pur d'avorio la reggea
per questi errori prezïosi e quelli ;
e, mentre i flutti tremolanti e belli
con drittissimo solco dividea
l'or delle rotte fila Amor cogliea,
per formarne catene a' suoi rubelli.
Per l'aureo mar, che rincrespando apría
il procelloso suo biondo tesoro,
agitato il mio core a morte gía.
Ricco naufragio, in cui sommerso io moro,
poich'almen fûr, ne la tempesta mia,
*di diamante lo scoglio e 'l golfo d'oro !**.

Il m'est arrivé d'analyser ce sonnet au cours d'un séminaire, en essayant d'en expliquer le fonctionnement métaphorique (peu ou prou dans les termes du modèle interprétatif proposé dans ce livre au chapitre de la métaphore). Il n'est pas utile de s'y attarder longuement; selon les modalités du conceptisme baroque, Marino décrit ici une femme qui se peigne (d'ailleurs, le premier vers le suggère immédiatement).

Au terme de mon analyse, Paolo Valesio m'avait fait remarquer que l'on pouvait donner du sonnet une autre interprétation. Ces flots dans lesquels le poète voudrait plonger, esquif et peigne lui aussi, ne sont pas seulement des cheveux. Le poème dit quelque chose de plus, le parcours érotique qu'il suggère est bien plus radical. J'avais objecté que rien (à la lumière des compétences linguistiques du lecteur et des clefs que le contexte offre) n'autorisait cette interprétation *métaphorique* et j'avoue que j'ai pris cette suggestion comme une licence « déconstructiviste » illicite, une tentative de faire dire au texte ce qu'on ne pouvait (ne devait) lui faire dire.

* Je donne ici une traduction qui s'en tient au sens du sonnet de Marino. *(N.d.T.)*

Un navire d'ivoire un jour fendait des ondes d'or
et ces ondes étaient des cheveux ;
une main, d'ivoire elle aussi, le tenait
à travers ces errances précieuses ;
et, alors qu'il partageait les flots tremblants
et beaux en un droit sillon,
Amour recueillait l'or des fils brisés
pour en faire des chaînes à ses rebelles.
A travers l'or de cette mer frisée
qui découvrait son blond et orageux trésor,
mon cœur tourmenté allait vers la mort.
O riche naufrage, où je coule à ma mort ;
enfin dans ma tempête, j'ai eu au moins
des récifs de diamants et un golfe d'or !

Maintenant je serais plus prudent. L'interprétation plus manifestement sexuelle ne dépend certes pas de la stratégie métaphorique : la métaphore dit bateau pour peigne et mer pour chevelure, c'est tout. Mais on peut se demander pourquoi le poète a tant insisté sur une métaphore si évidente. Si c'est parce qu'il était engagé dans un *topos* de la versification baroque, le discours s'arrête là : l'insistance a une raison (extratextuelle). Et personnellement, je pense qu'il n'y en a pas d'autres. Mais peut-on empêcher le lecteur (puis-je m'empêcher en relisant) de voir ici — et dans n'importe quelle variation de ce *topos* — une insistance excessive, un gaspillage d'énergies textuelles, une consomption presque rituelle de richesses sémiotiques ? Peut-on échapper au sentiment que si le poète baroque insiste tant, c'est pour nous faire savoir son intention de suggérer quelque chose de plus ?

Ainsi, le texte *peut* être lu selon le mode symbolique, et il n'y a alors aucune raison de s'en tenir à l'interprétation sexuelle : d'autres anéantissements sont suggérés, bien plus imprécis, des descentes au fin fond d'obscurs abîmes, la volonté de se perdre dans quelque profondeur immémoriale.

Toutefois, si on refuse de suivre cette voie, le mode symbolique n'abuse pas de son pouvoir, comme le fait la métaphore. Il nous laisse libres, une fois la métaphore interprétée, de reconnaître une dame qui, devant son miroir, se peigne mollement et inutilement.

Pour finir, qu'en est-il de l'allégorie ? Contrairement à la métaphore et analogiquement au mode symbolique, le destinataire peut décider de la comprendre littéralement. Dante pourrait parfaitement avoir voulu dire qu'il voyageait réellement dans une forêt et qu'il y a rencontré trois bêtes sauvages; ou alors qu'il a vu une procession de vingt-quatre vieillards. Comme le mode symbolique, l'allégorie suggère tout au plus l'idée qu'il y a, dans ce texte, un gaspillage représentatif. A cette différence près que, tandis que dans les cas de mode symbolique quelque chose apparaît dans le texte pour n'y durer qu'un temps très court, l'allégorie est systématique et elle se réalise sur une vaste portion textuelle. En outre, dans son feu d'artifice, elle met en jeu des images *déjà vues* ailleurs. Pour l'allégorie (sauf pour les textes de civilisations peu connues où le philologue s'interroge sur la nature allégorique incertaine de la représentation), c'est un rappel immédiat à des codes iconographiques déjà connus qui joue. La décision de l'interpréter naît en général du fait que ces iconogrammes paraissent clairement reliés l'un à l'autre par une logique avec laquelle nous sommes déjà familiarisés grâce au trésor de l'intertextualité. L'allégorie renvoie à des scénarios, des *frames* intertextuels que nous connaissons déjà. Le mode symbolique, en revanche, met en jeu quelque chose qui n'avait pas encore été codé.

Rien n'empêche — et ceci doit arriver souvent — que ce qui était né en tant qu'allégorie (dans les intentions d'un auteur très lointain) fonctionne, pour des destinataires étrangers à sa culture, comme stratégie symbolique. Ou que, sans engendrer de soupçons, elle glisse dans la pure littéralité. Un texte, dans son rapport avec ses interprètes, produit de nombreux effets de sens que l'auteur n'avait pas prévus (et c'est probablement le cas du sonnet de Marino) et il laisse sombrer dans le néant d'autres effets que l'auteur avait prévus. Ce que nous retrouvons dans les interactions quotidiennes où nous croyons parfois qu'un regard (croisé par hasard) est une promesse ou une invite, alors que par ailleurs nous restons insensibles à l'intensité d'un autre regard (que l'on nous adresse d'une manière censée être éloquente), de sorte qu'un rapport éventuel se bloque ou se banalise. En souvent, cette interaction devient un *texte différent* selon que nous avons surévalué ou négligé l'intensité de ce regard.

7. Conclusions

Ces conclusions, auxquelles nous a conduits l'analyse du mode symbolique en poésie, valent pour toute réalisation du mode symbolique et fournissent la clé pour une définition sémiotique de ses mécanismes. En faisant abstraction de toute métaphysique ou théologie sous-jacente qui confère une vérité particulière aux symboles, on peut dire que le mode symbolique ne caractérise pas un type de signe particulier ou une modalité particulière de production du signe, mais seulement une modalité de production ou d'interprétation textuelle. Selon la typologie des modes de production du signe (rappelée au premier chapitre), le mode symbolique présuppose toujours et de toute façon un processus d'*invention* appliqué à une *reconnaissance*. Je trouve un élément qui pourrait assumer ou qui a déjà assumé une fonction sémiotique (une *trace*, la *réplique* d'une unité combinatoire, une *stylisation*...) et je décide de la voir comme la projection (la réalisation des mêmes propriétés par *ratio difficilis*) d'une portion suffisamment imprécise de contenu.

Exemple : une roue de charrette peut être ostensivement mise comme *exemple* pour la classe des roues (comme enseigne d'un charron), comme *échantillon* (selon le mécanisme de *pars pro toto*) pour le monde rural archaïque (comme enseigne d'une auberge pittoresque), comme *stylisation* pour un siège du Rotary Club. En élaborant le mode symbolique, je peux certes décider de le présenter, mais aussi de le *reconnaître* (quand bien même il serait présenté à d'autres fins sémiotiques) comme seulement caractérisé par certaines propriétés : la circularité, la capacité d'avancer tendanciellement à l'infini, l'équidistance du moyeu à tous les points du cercle, la symétrie rayonnée qui relie le moyeu au cercle. Des propriétés sélectionnées aux dépens d'autres, que le mode symbolique décide de ne pas considérer (par exemple : la roue est en bois, c'est un produit artificiel, elle se salit sur le terrain, elle est liée métonymiquement au bœuf, au cheval, au mulet, etc.). Mais en partant des propriétés sélectionnées, je peux décider que l'encyclopédie reconnaît — de manière équivoque, soit — les mêmes propriétés à des entités de contenu qui ne sont pas interprétables autrement, c'est-à-dire qui sont difficilement traduisibles par d'autres signes : par exemple, le temps (circulaire et en mouvement), la divinité (où tout est symétrie et proportion), l'éternel retour, le caractère cyclique du processus vie/mort, l'énergie créatrice où les perfections circulaires de l'ensemble des êtres sont harmonieusement générées à partir d'un centre unique... La roue peut me renvoyer à toutes ces entités à la fois, et dans la nébuleuse de contenu que je constitue, on pourra avoir la coexistence d'entités contradictoires comme la vie et la mort. Ainsi, j'emploie la roue selon le mode symbolique.

Le mode symbolique n'élimine la roue ni en tant que présence physique (au contraire, toutes les entités évoquées semblent vivre *dans* la roue et *avec* la roue), ni en tant que véhicule de sens « littéraux ». Un destinataire moins initié pourrait encore la voir comme l'emblème du charron. De la même façon, le profane ne voit qu'un cordonnier au travail là où le mystique kabbaliste voit dans cette opération l'action symbolique de celui qui, à chaque point de l'alène, assemble non seulement l'empeigne à la semelle mais relie tout ce qu'il y a en haut à tout ce qu'il y a en bas, attirant du haut vers le bas le courant des émanations [Scholem, 1960, trad. franç., p. 151, à propos du patriarche Hénoch dans la tradition hasidique].

Le mode symbolique n'est donc pas nécessairement un procédé de production mais c'est toujours et de toute façon un procédé d'*utilisation* du texte qui peut être appliqué à tout texte et à tout type de signe grâce à une décision pragmatique (« je veux interpréter symboliquement ») qui produit au niveau sémantique une nouvelle fonction sémiotique, en associant à des expressions déjà dotées de contenu codé de nouvelles portions de contenu, le plus indéterminées possible et établies par le destinataire. La caractéristique du mode symbolique, c'est que, si l'on s'abstient de l'appliquer, le texte conserve un sens indépendant au niveau littéral et figuratif (rhétorique).

Dans l'expérience mystique, les contenus à assigner à l'expression symbolique sont suggérés par la tradition précédente et par quelque *auctoritas* et l'interprète est persuadé (il *doit* l'être) que ce ne sont pas des données culturelles mais des *référents*, des aspects d'une vérité extrasubjective et extraculturelle.

Dans l'expérience poétique moderne (mais tous les autres arts sont concernés aussi) les contenus possibles sont suggérés par le contexte et la tradition intertextuelle; l'interprète sait qu'il ne puise pas dans une vérité extérieure mais qu'il fait circuler à plein régime l'univers même de l'encyclopédie. En ce sens, le symbolisme poétique moderne est un symbolisme sécularisé où le langage parle de lui-même et de ses propres potentialités. Nous avons dit en conclusion du premier chapitre consacré au signe que cette exploration des possibilités du langage, ou de l'encyclopédie ou de l'univers de la sémiotique est aussi l'exploration des profondeurs du sujet. Ce qui reste indiscutable, c'est que derrière toute stratégie du mode symbolique il existe, pour le légitimer, une *théologie*, même si elle n'est autre que la théologie négative et sécularisée de la sémiosis illimitée. Considérer sémiotiquement toute apparition du mode symbolique, avec profit, c'est se demander : *par quelle théologie est-il légitimé*? L'approche sémiotique devrait même être capable de reconnaître les cas où sa question critique *pose* ses propres dieux.

CHAPITRE V

LA FAMILLE DES CODES

1. Un terme fétiche ?

1.1. *Code ou encyclopédie?*

Les différents chapitres de ce livre sont dominés par le concept fondamental d'encyclopédie comme unique modèle capable de rendre compte, soit sur le plan théorique, soit en tant qu'hypothèse régulatrice pour des processus concrets d'interprétation, de la complexité de la sémiosis.

Par rapport à l'idée d'encyclopédie, il semble que l'idée de code, qui a circulé si largement dans les débats sémiotiques de ces dix dernières années, soit très pauvre. Quand on pense au code, on évoque immédiatement le code morse, une liste d'équivalences de terme à terme entre lettres de l'alphabet et séquences de points-traits. Si tel est le code, sa structure retombe sous le coup de la critique faite, au premier chapitre, à l'idée « plate » du signe comme pure substitution d'identiques ou de synonymes. Le moment serait-il venu d'exclure le concept de code des discussions sémiotiques, pour le réserver tout au plus à ce que l'on a appelé les « sémies substitutives » comme l'alphabet morse ou d'autres artifices semblables ? Et faudra-t-il accepter l'opinion exprimée par nombre d'auteurs [cf. par exemple Ducrot, 1972, ou Cherry, 1961] selon laquelle une langue naturelle (et — dirions-nous — tout autre système sémiotique présentant une quelconque complexité, une capacité de développement diachronique, une flexibilité permettant des inférences contextuelles et circonstancielles, dont la sémantique se complique de processus pragmatiques et où le lexique est compris dans le cadre plus large d'une grammaire) ne peut être ni un code ni simplement un système (tout entrelacé soit-il) de codes et de sous-codes ?

Il n'en faudrait pas beaucoup pour prendre cette décision théorique et tout autre hésitation serait, pour ainsi dire, de caractère éditorial, due à la crainte de devoir rééditer et mettre à jour tous les textes où cette idée a été employée.

Et à la vérité, les pages qui vont suivre peuvent être lues comme une autocritique de mes précédents travaux où le terme « code » avait été amplement adopté et défini dans ses conditions d'emploi. Qu'il soit bien clair cependant que, si autocritique il y a, elle ne concerne pas que moi : si j'introduisais dans le cadre de mes réflexions sémiotiques le concept de code, c'était parce que tout le développement de la linguistique et de la sémiotique de ce siècle m'orientait dans cette direction.

Linguistique et sémiotique savaient que si le code est un système élémentaire constitué par la corrélation terme à terme de deux listes (ou systèmes) d'entités, comme le code morse est la corrélation terme à terme des éléments de deux alphabets, il était inutile de poser les codes comme fondements d'un système sémiotique complexe tel que, par exemple, une langue naturelle. Quiconque a employé, dans le cadre de la sémiotique contemporaine, la catégorie de code n'entendait pas la réduire à celle de lexique simplifié, de pure liste d'homonymies. On tentait, à tort ou à raison, d'inclure dans cette catégorie d'autres séries de règles et de normes : autrement dit, la catégorie de code devait rendre compte d'une grammaire dans son ensemble (sémantique et syntaxe, et même une série de normes pragmatiques qui témoignent d'une compétence exécutive). Mais puisque, dans d'autres domaines, un code était exactement un simple système d'équivalences terme à terme, on enregistrait ainsi une situation où tout un courant de pensée décidait d'appeler |code| ce qui aurait pu avoir un autre nom, et cela sans prendre en considération le fait que, dans d'autres contextes scientifiques, |code| voulait dire quelque chose de plus précis mais de moins compréhensif. Nous le verrons, cette décision avait quelques raisons d'être, mais j'ai l'impression que ces raisons n'ont jamais été complètement éclaircies. Il va donc s'agir de réparer cette légèreté, et d'établir sinon la légitimité du moins le *bien-fondé* de cet emploi sur la base d'une exploration en termes d'histoire des idées.

En revanche, mes derniers ouvrages étaient dominés par une autre idée, peut-être tout aussi confuse, mais qui, tout compte fait, me semble assez féconde. Prenons le *Trattato di Semiotica generale* [Eco, 1975]. Dans ce livre, je fondais la moitié de mon analyse sur une « théorie des codes » comme théorie des systèmes de signification; et pourtant, à l'intérieur même de ce cadre théorique, je commençais à faire émerger le concept d'encyclopédie que j'allais développer par la suite dans d'autres écrits, comme par exemple *Lector in Fabula* [Eco, 1979]. Pourquoi l'idée d'encyclopédie émergeait-elle au sein même d'une réflexion sur les codes ? Parce que en discutant du concept de code, au fur et à mesure que j'avançais, je le corrigeais en celui d'encyclopédie ? Peut-être. Parce que l'idée de code ne pouvait pas ne pas se résoudre dans celle d'encyclopédie ? Peut-être. Dans les pages qui suivent, je voudrais, au moment où j'examine les raisons culturelles historiques qui ont encouragé l'emploi du terme |code|, montrer en quel sens une idée « vaste » de code comprenait déjà celle d'encyclopédie.

Ce dernier chapitre devra donc être lu comme l'antistrophe du premier : on a montré au début que l'idée de signe, réduite à tort au modèle « restreint » de l'équivalence, devrait être redécouverte en tant qu'idée régie par le modèle « élargi » de l'inférence, et il faudrait en faire autant avec la notion de code. Avec une différence non négligeable : pour le signe, on peut légitimement démontrer que le modèle élargi est le modèle originaire et qu'il est donc légitime de le reformuler en ce sens; pour le code, en revanche, l'idée originaire relève du modèle restreint, si bien que toute reformulation au sens élargi prend l'aspect d'un nouveau baptême arbitraire. S'il en était ainsi, notre relecture critico-historique devrait déboucher sur la conclusion que l'emploi intensif de ce terme était illégitime et que l'heure est venue de faire justice de cette équivoque. En réalité, c'est en foi de cette relecture que va se renforcer notre supposition : même dans ce cas, sinon les sciences, du moins le langage naturel, ou tout du moins certains de ses jargons particuliers, mélangeaient continuellement modèle restreint et modèle élargi.

Que ce phénomène ait été bon ou mauvais, c'est un autre problème : il a existé. On pourra décider à l'avenir d'être plus prudent en matière terminologique. Mais s'il est imprudent d'être terminologiquement imprécis, il est tout aussi imprudent, par souci de rigueur terminologique, de perdre de vue un réseau complexe de raisons culturelles qui ont encouragé l'emploi d'un terme. C'est une rigueur méthodologique de reconnaître que, dans des cadres théoriques différents, le même terme devient une série de termes plus ou moins équivoques, liés par un réseau de ressemblances de famille. Mais c'est une curiosité philosophique de rechercher ce qu'il peut bien y avoir sous ces *ressemblances* et pourquoi on doit parler de *famille*.

1.2. *Institution ou corrélation?*

Jusqu'à la première moitié de ce siècle, le mot |code| (sauf rares exceptions, comme quand Saussure parle de « code de la langue ») était employé en trois sens précis : paléographique, institutionnel et corrélationnel. Et c'est d'ailleurs ainsi que le définissent les dictionnaires courants.

L'acception *paléographique* nous offre une trace pour comprendre les deux autres : le *codex* était le tronc de l'arbre d'où l'on extrayait les tablettes de bois sur lesquelles on écrivait, qui deviendra le livre. A la base des deux autres sens de |code| aussi, on retrouve un livre : un *code-book*, *i.e.* un dictionnaire pour le code corrélationnel qui fait correspondre certains symboles à certains autres, et un livre comme recueil de lois ou de normes pour le code institutionnel. Il y a le code morse et le code de chevalerie.

L'acception *institutionnelle* donne lieu à de nombreuses équivoques : un code est-il un corps organique de lois fondamentales — comme les codes juridiques —, ou un ensemble de normes dont l'organicité n'est pas toujours explicitée — comme le code chevaleresque ? Le Code pénal semble être un code corrélationnel : il ne dit pas explicitement qu'il est mal de tuer, mais il corrèle diverses formes de peines à diverses formes d'homicides ; le Code civil, en revanche, est à la fois un ensemble de dispositions sur la façon dont il faut agir (« fais comme ceci ») et de sanctions corrélées à la violation de la norme (« si tu ne fais pas comme ceci, tu encoures telle sanction »).

L'acception *corrélationnelle* semble plus précise et plus rigoureuse, et les agents secrets le savent pertinemment : rien n'est plus définissable qu'un code cryptographique. Et pourtant, une brève incursion dans l'univers de la cryptographie fera surgir une telle masse de problèmes que nous pourrons facilement remonter de l'acception cryptographique à toutes les autres.

1.3. *Fortune du code*

Ce qui nous intéresse pour l'instant, c'est la fortune qu'a connue le terme |code| depuis les années cinquante. Disons tout de suite que cette date n'a pas été choisie par hasard : c'est l'époque où paraissent *The Mathematical Theory of Communication* de Shannon et Weaver [1949] et *Fundamentals of Language* de Jakobson et Halle [1956].

A dater de cette période, le terme connaît une fortune toujours plus grande : on reformule l'opposition saussurienne *langue-parole* en termes de *code-message*, on parle de code phonologique, de code linguistique, de code sémantique ; on introduit la notion de code parental et de code des mythes ; on mentionne souvent un code esthétique et, en tout cas, de nombreux codes artistiques et littéraires ; on repropose la notion de code pour les systèmes de normes sur lesquels se fonde une culture et on parle de codes des diverses cultures ; la biologie introduit la notion de code génétique, on recherche les codes de la communication animale, en se demandant tout au plus s'il y a des formes de communication basées sur le code et d'autres sans codes; disons à ce propos que c'est justement là où l'on émet, à divers égards, la supposition d'un langage sans code que l'on débat de l'existence d'un code iconique; en opposant le *discret* et le *digital* au *continu* et à l'*analogique*, on se demande d'une part si le second terme de l'opposition constitue le lieu du « naturel » et du « spontané » non codé, et d'autre part si un code analogique est pensable; on avance l'idée d'un code de la perception et d'un code des processus neuro-physiologiques; et pour finir, les codes sociaux, les codes de comportement interactif, les codes de classe, les codes ethnolinguistiques font leur chemin; et il ne fait désormais plus aucun doute qu'il existe des codes gestuels, des codes physiognomoniques, des codes culinaires, des codes olfactifs, musicaux, tonémiques et paralinguistiques, proxémiques, architecturaux...

L'idée de code semble pénétrer non seulement l'univers du culturel mais aussi celui du naturel, créant des présomptions d'homonymie, de métaphorisation, d'emprunt illégitime, d'indulgence envers les modes terminologiques. Mais même si ces présomptions étaient licites, il resterait toujours à savoir le pourquoi de ces licences. L'explosion d'un terme qui, de son creuset disciplinaire, est élevé au rang de terme clé pour plusieurs disciplines et de terme-lien qui assure la circulation inter-disciplinaire n'est pas un fait nouveau : évolution, énergie, inconscient, structure, mais avant encore philologie, baroque (c'était uniquement le nom d'un syllogisme), mécanisme..., l'histoire culturelle regorge de contaminations terminologiques de ce genre qui créent tout à la fois une confusion et une cohésion, une involution fétichiste et des développements féconds. Mais dans chacun de ces cas, le terme devient l'oriflamme d'un climat culturel, souvent l'emblème d'une révolution scientifique : sous l'emploi répandu du terme, il y a une sorte de tendance générale (en littérature artistique on dirait un *Kunstwollen*) et si l'emploi du terme risque d'être vague, la tendance, elle, est précise, descriptible et analysable dans ses composantes.

Disons, pour commencer, que la notion de code implique dans tous les cas celle de *convention*, d'accord social — d'une part — et de mécanisme régi par des *règles* d'autre part. Mais attention : nous n'avons pas encore dit « mécanisme communicatif » — comme on pourrait l'écrire spontanément — car même si une institution, telle que l'institution chevaleresque, ou le système des règles d'échange parental sont des codes, il n'est pas certain que ces institutions et ces règles soient conçues à des fins de communication.

1.4. *De la parenté au langage*

Le concept de code vient sanctionner une conviction qui circulait déjà quand le terme n'avait pas encore fait son apparition officielle.

Dans *Les structures élémentaires de la parenté* de Lévi-Strauss [1949], le mot code n'apparaît qu'incidemment, jamais comme terme technique (en faisant allusion par exemple à « beaucoup de codes contemporains ») : les catégories sont celles de *règles*, *système*, *structure*. D'autre part, même quand il propose son parallèle entre linguistique et anthropologie [1945], Lévi-Strauss parle de *système* phonologique et non de code. Le terme n'apparaît comme catégorie qu'avec l'analyse des mythes dans *La geste d'Asdival* [1958-1959].

Mais dans le chapitre qui conclut *Les structures élémentaires*, l'équation règle-communication-socialité était déjà posée sans aucune équivoque : « Linguistes et sociologues n'appliquent pas seulement les mêmes méthodes, mais (...) ils s'attachent à l'étude du même objet. De ce point de vue, en effet, "exogamie et langage ont la même fonction fondamentale : la communication avec autrui et l'intégration du groupe" » [Lévi-Strauss, 1949, p. 565]. On pourrait avancer l'hypothèse que, à travers l'influence du discours de Lévi-Strauss, la mise en équivalence du fonctionnement social et du fonctionnement linguistique, au moyen du renvoi à la linguistique de Jakobson, impose définitivement le recours à la notion de code.

Mais l'équation parenté-langage ne vise pas tant à démontrer que la parenté est communication mais plutôt que la société communique à tous ses niveaux justement parce qu'il y a un code (c'est-à-dire une règle) commun aussi bien au langage qu'aux rapports parentaux, à la structure du village et à d'autres phénomènes plus ou moins explicitement communicatifs.

Pour preuve que l'idée de code s'affirme pour soutenir l'existence d'une règle et non pas pour soutenir que tout est langage et communication, il faut consulter le premier texte où — croyons-nous — Lévi-Strauss introduit explicitement le terme : c'est l'essai (publié à l'origine en anglais) sur langage et société [1951] dans lequel il reprend les thèses des *Structures élémentaires* et s'attarde en particulier sur les analogies entre échange parental et échange linguistique. Conscient du caractère aventureux de son hypothèse, il avertit qu'il n'est pas suffisant de limiter l'enquête à une seule société ou même à de nombreuses sociétés, si l'on ne détermine pas un niveau où soit rendu possible le *passage* d'un phénomène à l'autre. Il s'agit alors d'élaborer un « code universel » capable d'exprimer les propriétés communes aux structures spécifiques de chaque phénomène; code dont l'emploi se révélerait légitime tant dans l'étude d'un système isolé que dans la comparaison entre des systèmes différents. Il s'agit de trouver « des structures inconscientes similaires... une expression vraiment fondamentale... une correspondance formelle ».

C'est pourquoi, dès sa première apparition — comme déjà dans la phonologie jakobsonnienne — le code se présente non tant comme un mécanisme qui permet la communication, mais plutôt comme un mécanisme qui permet la transformation entre deux systèmes. Et que ce soient des systèmes de communication *d'autre chose*, cela est pour l'instant accessoire : ce qui compte, c'est que ce soient des systèmes qui communiquent *entre eux*.

A partir de ces propositions, l'idée de code est déjà nimbée d'une aura d'ambiguïté : liée à une hypothèse communicative, elle n'est pas une garantie de communication mais de cohérence structurale, d'intermédiaire entre des systèmes différents. Cette ambiguïté, que nous éclaircirons plus loin, dépend d'une double acception de |communication| : comme *transfert* d'information entre deux pôles et comme *transformation* d'un système à l'autre ou entre les éléments d'un même système. Pour le moment, il nous suffit de remarquer que la fusion des deux concepts est féconde : elle suggère qu'il doit y avoir des règles solidaires pour deux opérations distinctes et que ces règles, en plus d'être descriptibles, doivent pouvoir aussi être dominées par un algorithme.

1.5. *La philosophie du code*

Ces réflexions suffisent à faire naître le soupçon que toute bataille trop prématurée contre l'invasion des codes peut cacher le désir d'un retour à l'ineffable. On peut aussi présumer — bien sûr — que la fortune du code a toutes les caractéristiques d'un exorcisme, qu'elle constitue la tentative d'imposer un ordre au mouvement et une organisation aux pulsions telluriques, d'individuer un scénario là où il n'y a que danse improvisée d'événements fortuits. Soupçon qui assaille aussi les métaphysiciens du code, car le code, même s'il est une règle, n'en est pas pour autant une règle qui « ferme », il peut être aussi une règle-matrice qui « ouvre », qui permet de générer des occurrences infinies, et donc l'origine d'un « jeu », d'un « tourbillon » incontrôlable.

En effet, la culture de cette seconde moitié de siècle est sous-tendue par la double tentative de passer du tourbillon au code pour bloquer le processus et se reposer dans la définition de structures maniables, et de revenir du code au tourbillon pour montrer que c'est le code lui-même qui n'est pas maniable car ce n'est pas nous qui l'avons *posé*, c'est lui qui est une donnée qui nous pose (nous ne parlons pas les langages, ce sont les langages qui *nous* parlent). Toutefois, le fait d'avoir éprouvé le besoin de mener cette bataille signifie que le problème des règles, de leur origine et de leur fonctionnement a été posé, et, avec lui, l'exigence d'expliquer en termes unifiés les phénomènes individuels et les phénomènes sociaux. Donc, l'irruption du code nous dit que la culture contemporaine veut construire des objets de connaissance ou démontrer qu'à la racine de notre fonctionnement en tant qu'êtres humains il y a des objets sociaux connaissables. La notion de code est à la fois une condition préliminaire et une conséquence immédiate d'un projet constitutif des sciences humaines. Si les sciences humaines sont une utopie, la recherche des codes sera une utopie : le sort des deux concepts est intimement lié, le code est l'instrument catégoriel de ce devoir scientifique que sont les sciences humaines. Si le code est défait, plus question de science de l'humain, ce sera le retour aux philosophies de l'Esprit créateur.

Il s'agit alors de construire la catégorie de code, de la distinguer de ce qui ne peut être défini comme tel, d'en délimiter les possibilités d'emploi. Ce qui ne veut pas dire que nous laisserons dans l'ombre les autres questions que nous avons soulevées dans ces pages introductives. Simplement, elles seront ramenées au modèle de base. Même si elles sont jugées méthodologiquement illégitimes, il devra en résulter leur légitimité historique, c'est-à-dire que nous essaierons de comprendre pourquoi, malgré l'illégitimité de la métaphorisation, la métaphore se révèle convaincante. Une fois que nous aurons individué les similarités, nous pourrons affirmer que l'on ne construit pas de syllogisme sur la similarité. Mais au moins, on aura compris pourquoi et comment un court-circuit a fonctionné. Le zoologiste sait pertinemment qu'Achille n'est pas un lion, et son devoir est de circonscrire l'unité zoologique lion dans ses caractéristiques particulières. Mais s'il a un minimum de sensibilité poétique, il devra comprendre pourquoi Achille est dit lion et non pas chien ou hyène. Pour peu qu'il connaisse Achille.

2. Le code comme système

2.1. *Codes et information*

Dans les textes des théoriciens de l'information, on trouve une nette distinction entre information comme mesure statistique de l'équiprobabilité des événements à la source, et signifié. Shannon [1948] fait le départ entre le signifié d'un message, négligeable pour une théorie de l'information, et la mesure de l'information que l'on peut recevoir quand un message donné — fût-ce un signal électrique isolé — est sélectionné parmi un ensemble de messages équiprobables.

Apparemment, le problème du théoricien de l'information semble être de « mettre en code » un message selon une règle de ce type :

transcrivons

A comme OO
B — OI
C — IO
D — II

mais en réalité, le théoricien de l'information ne s'intéresse pas directement à la corrélation entre signaux binaires et leur contenu alphabétique possible. Il recherche le moyen le plus économique de transmettre ses signaux sans engendrer d'ambiguïté, en neutralisant les parasites ou les erreurs de transmission. C'est pourquoi, en admettant qu'il veuille mettre en code des lettres alphabétiques, sa transmission sera plus fiable s'il invente un « code » qui autorise des messages plus redondants, comme par exemple :

transcrivons

A	comme	OOOI
B	—	IOOO
C	—	OIIO
D	—	IOOI

Le problème de la théorie de l'information est la syntaxe interne du système binaire, et non le fait que les séquences données par le système binaire puissent exprimer comme étant leur contenu des lettres alphabétiques ou une quelconque autre séquence d'entités. Le code dont parle le théoricien de l'information est un système *monoplan*, et en tant que tel, il peut se définir non pas code mais bien *système*. Dans Eco [1975], nous avions décidé d'appeler « s-codes » ces prétendus codes qui sont en fait des systèmes monoplans.

2.2. *Codes phonologiques*

En ce sens, même un code phonologique est un s-code, et l'usage d'appeler |codes| les s-codes est dû à l'application des critères informationnels aux systèmes phonologiques [Jakobson-Halle, 1956].

Les éléments d'un système phonologique sont dépourvus de signification, ils ne correspondent à rien, ils ne sont corrélables à aucun contenu. Les traits distinctifs qui constituent et caractérisent réciproquement les phonèmes font partie d'un pur système de positions et oppositions, une structure. L'absence ou la présence d'un ou de plusieurs traits (exprimable et calculable en termes binaires) distingue un phonème de l'autre. Un système phonologique est régi par une règle (systématique) mais cette règle n'est pas un code. Pourquoi alors a-t-on parlé de code phonologique et non pas simplement et plus justement de système phonologique ? Jakobson [1961], dans la première élaboration aboutie de sa théorie des rapports entre phonologie et théorie mathématique de la communication, semble être conscient de la différence que nous soulignons ici. Mais dans d'autres textes, il se rend compte que le système non signifiant des traits distinctifs est étroitement lié au code linguistique proprement dit. Non pas que le système phonologique vienne en premier et que suive, grâce à lui, la langue avec sa dialectique de *signantia* et de *signata* : c'est la langue elle-même qui, au moment où elle se met en action pour des fonctions de signification, organise à la fois ses règles corrélationnelles et les systèmes à mettre en corrélation. Et, dans cette confusion voulue, joue l'exigence que nous avons essayé de dégager : à savoir que sous le recours au code, il n'y a pas tant l'idée que tout est communication, mais plutôt l'idée que tout ce qui est communication (qu'elle soit nature ou culture) est sujet à une règle et à un calcul, et est donc analysable, connaissable et générable pour des transformations de matrices structurales qui sont objet (et source) de calcul. Ce qui est, à y bien songer, l'exigence des théoriciens de la communication ; il est possible de mettre en code (pour rendre les messages facilement transmissibles) parce qu'à la racine de la communication il y a un calcul, et donc le processus de la communication peut être objet de science (pour le connaître) et de technique (pour le dominer).

C'est dans ce nœud d'exigences philosophiques que se situe le double emploi de code. Il est fondamental de distinguer les deux acceptions du terme (s-codes et codes proprement dits) pour pouvoir poursuivre correctement un discours sémiotique. Il est fondamental de reconnaître le pourquoi de leur confusion pour faire, à travers l'histoire du mot code, une histoire des idées de notre temps.

2.3. *Systèmes sémantiques et s-codes*

La sémantique structurale, tant en linguistique qu'en anthropologie culturelle, étudie des s-codes. Ce sont des systèmes de mise en pertinence d'un espace ou univers de contenu.

Prenons un système de relations parentales et considérons les propriétés suivantes : *a* / hiérarchie de génération par rapport à Ego; *b* | différences sexuelles; *c* / rapport de descendance directe et collatéralité. Il s'ensuit une matrice du type suivant, expansible à volonté afin de rendre compte des rapports les plus complexes entre familles (voir matrice ci-contre).

Avec cette matrice, on analyse les rapports parentaux même si dans une langue donnée il n'existe pas de termes pour exprimer une position donnée. En ce sens, « code parental » est un s-code. Il est tout à fait accidentel qu'en italien il y ait des noms pour chacune de ces neuf positions. Soit dit en passant, l'anglais a aussi un terme unique (|*sibling*|) pour indiquer à la fois les positions 7 et 8, alors que le français (avec d'autres langues) utilise le terme linguistique |oncle| pour des positions différentes de la position 9 (dans un tableau qui enregistrerait aussi les marques de consanguinité, nous trouverions des oncles qui ne sont

	1	2	3	4	5	6	7	8	9	etc.
Génération										
G + 2	+	+								
G + 1			+	+					+	
Go					+	+				
G — 1							+	+		
G — 2										
Sexe										
m	+		+		+		+		+	
f		+		+		+		+		
Lignée										
L^1	+	+	+	+			+	+		
L^2					+	+			+	
L^3										

pas consanguins et d'autres qui le sont), là où d'autres langues ont un lexique parental beaucoup plus différencié.

Donc une langue (ou le lexique parental d'une langue) est un code corrélant des unités lexicales à des positions du système parental, mais le système parental, même quand il est dit code de la parenté, est en fait un s-code indépendant de la langue.

Après avoir clarifié ce qu'est un s-code, nous pouvons maintenant passer à ces emplois du terme |code| qui mettent en jeu une véritable corrélation.

3. Le code comme corrélation

3.1. *Codes et chiffres*

En cryptographie, un code est un système de règles qui permettent de transcrire un message donné (en ligne générale un contenu conceptuel, en pratique une séquence linguistique déjà préconstituée et exprimée dans un langage naturel) au moyen d'une série de substitutions telles qu'à travers elles un destinataire connaissant la règle de substitution soit en mesure d'obtenir à nouveau le message original. Le message original est dit « le clair », sa transcription est dite « le chiffre ». La cryptographie se distingue des méthodes *stéganographiques* qui consistent à rendre non perceptible un message en clair (messages à l'encre sympathique ou cachés dans le talon d'une chaussure, voire les acrostiches où toutes les lettres du message sont explicitées mais où il suffit de savoir qu'il ne faut considérer que les premières lettres de chaque mot ou de chaque début de vers). Semblables aux méthodes stéganographiques, nous avons les méthodes dites de la Sûreté des Transmissions (par exemple, on transmet par radio une phrase à une vitesse telle que seul un appareil d'enregistrement peut la capter et la restituer au « ralentisseur »).

La cryptographie procède en revanche tant par *transposition* que par *substitution*. Les méthodes de transpositions ne requièrent pas de règles spécifiques, il suffit de savoir que l'ordre de la séquence du clair a été changé : l'anagramme en est un exemple type, *Roma* qui devient *Amor* (mais c'est aussi un cas de palindrome) ou *Marie* qui devient *Aimer*.

Les méthodes de substitution au contraire donnent lieu au *chiffre* ou au code au sens strict (dit aussi *cloak*). Dans le chiffre, à tout élément minimal du clair est substitué un élément minimal du chiffré. Un chiffre très banal consiste à substituer à chaque lettre de l'alphabet un nombre de 1 à 26. Le chiffre ne remplace pas des expressions par des contenus, mais des unités expressives d'un système donné par des unités expressives d'un autre système, et en ce sens les lettres de l'alphabet chiffrent les phonèmes du langage parlé. De la même façon, le fameux code (ou plus exactement « alphabet ») morse est un chiffre. Un chiffre peut introduire, en plus des éléments correspondant terme à terme à ceux du clair, des éléments homophones : par exemple, la lettre |e| peut être indiquée de façon contemporaine par les n°s 5, 6 et 7. D'habitude, on introduit des homophones pour éviter de révéler les fréquences. En effet, quelqu'un ayant à interpréter un message chiffré composé de numéros pourrait se baser sur les *tableaux de fréquence* du |e| dans une langue donnée et identifier le numéro qui lui correspond. On peut aussi introduire dans le chiffré des éléments *nuls* ne correspondant à aucun élément du clair afin de compliquer la reconstitution du message original.

En revanche, un *cloak* fait correspondre à des groupes chiffrant (ou groupes de code) des mots entiers, ou même des phrases et des textes du clair. Il procède en somme par équivalences sémantiques. Un dictionnaire bilingue (chien : *dog*) est un *cloak*.

Les limites entre chiffre et *cloak* sont assez ténues, et par exemple on ne sait pas très bien dans quelle catégorie il faudrait placer le code de l'abbé bénédictin Trithème (XVe siècle) qui faisait correspondre à chaque lettre de l'alphabet en clair une phrase en chiffré :

A = Dans les cieux
B = Toujours et toujours
C = Monde sans fin
D = Dans une infinité
E = Perpétuité
etc.

si bien que le mot |céda| aurait dû être mis en code comme « Monde sans fin, perpétuité, dans une infinité, dans les cieux ».

De la même façon, un *code en bloc* qui fait correspondre par exemple un numéro à un groupe de lettres a les caractéristiques formelles du chiffre (ses éléments ne sont pas signifiants) mais les conditions d'emploi du *cloak*. En effet, avec un chiffre on peut produire des « mots » infinis tandis qu'un *cloak* prédétermine le nombre des unités concevables; et alors qu'un chiffre requiert la seule connaissance d'une série de correspondances minimales (par exemple les numéros de 1 à 26 pour les 26 lettres de l'alphabet), un *cloak* (dans la mesure où il a beaucoup d'éléments) requiert un livre, ou *code-book*, c'est-à-dire un dictionnaire.

Nous dirons alors que l'on entend par *chiffrer* l'activité de transformer un clair en un chiffré en en inventant les règles; par *coder* la transcription d'un clair en un chiffré à partir d'un code préétabli; par *décoder* (ou déchiffrer ou traduire) la transcription d'un chiffré en un clair à partir d'un code préfixé; tandis que par *décrypter* (ou cryptoanalyser) on entend l'activité de transcrire un chiffré en clair en ne connaissant pas le code et en en extrapolant les règles de l'analyse du message (presque toujours à partir de tableaux de fréquence, et toujours grâce à une bonne dose d'intuition) [cf. Saffin, 1964, et Kahn, 1967].

Le modèle cryptographique est un excellent modèle de code corrélationnel. Comme tel, il instaure des rapports d'équivalence absolue entre expression et contenu. Si tout signe était fondé sur la même relation d'équivalence, et si un signe était la fonction qui corrèle un *definiens* à son *definiendum*, tel que le *definiens* soit substituable par le *definiendum* dans tout contexte possible, alors le code cryptographique serait le modèle de tout code sémiotique.

Si, en revanche, le signe est fondé sur le modèle de l'inférence et est le point de départ pour un processus indéfini d'interprétation, alors le modèle cryptographique ne définit pas la vie des systèmes sémiotiques, il décrit tout au plus le fonctionnement des sémies substitutives qui sont toujours des correspondances terme à terme de deux plans de l'expression. En ce cas, il serait illicite d'employer le terme |code| pour indiquer l'ensemble des règles qui constituent un système sémiotique. Et notre discours s'arrêterait là.

Toutefois, il nous semble qu'à l'intérieur même des codes cryptographiques affleurent des mécanismes beaucoup plus complexes. Les mettre en lumière expliquera peut-être pourquoi la notion cryptographique de code a permis des extrapolations et des élargissements de champ, au-delà de la simple dialectique entre clair et chiffré.

En effet, il est rare de trouver un code (que ce soit un *cloak* ou un chiffre) qui fonctionne sur la base d'une seule règle d'équivalence. En fait, même le chiffre le plus élémentaire est le résultat de la superposition et de l'interdépendance de plusieurs codes.

Examinons par exemple le chiffre très simple qui fait correspondre un numéro à chaque lettre de l'alphabet; supposons que les messages ainsi codés correspondent en clair à des textes de la langue française; supposons en outre que le chiffre doive être transmis à partir d'impulsions électriques. Nous devrions alors considérer une hiérarchie de chiffres et de *cloak* dont deux seuls appartiennent au code en question, tandis que les autres se réfèrent à d'autres codes parasites par rapport au premier ou dont le premier est parasite :

(1) un code de transmission qui fait correspondre à chaque chiffre une impulsion donnée : par exemple |3| est transmis comme |...|;
(2) le véritable chiffre (|3| correspond à C);
(3) un chiffre alphabétique sous-entendu, selon lequel la lettre C correspond aux phonèmes [s] et [k];
(4) un chiffre « positionnel », selon lequel la succession temporelle des éléments doit s'entendre, au moment du décodage, comme une succession spatiale. Nous sommes ici en présence d'une *deuxième articulation* égale à celle du langage. Le chiffre en question pourrait aussi décider d'altérer les règles articulatoires de la langue naturelle de référence (par exemple les syntagmes doivent se lire à l'envers). En tout cas, l'*ordre* des éléments est signifiant;
(5) un *cloak* qui s'identifie à celui de la langue naturelle de référence, selon lequel à un syntagme donné (mot) correspond une chaîne ou une hiérarchie de traits sémantiques ou une définition;
(6) un code (dont on ne sait pas s'il s'agit d'un chiffre ou d'un *cloak*) qui concerne les lois de *première articulation* du langage et qui fixe la fonction signifiante des positions syntaxiques des termes du *cloak* 5.

On le voit clairement, seuls les codes 2 et 4 appartiennent au chiffre cryptographique en question. Le premier est un code de transmission (qui pourrait tout aussi bien ne pas être là), le troisième relève du codage grammatologique du langage parlé, le quatrième appartient *aussi*, le cinquième et le sixième appartiennent *seulement*, à la langue naturelle de référence.

3.2. *De la corrélation à l'instruction*

On retrouve les mêmes problèmes dans les langages de programmation et dans les langages-machine à propos des élaborateurs électroniques. Un ordinateur digital ou numérique, sensible à des instructions formulées en notation binaire, peut fonctionner, en termes de langage-machine, à partir d'un code qui corrèle des expressions en notation binaire à des nombres décimaux et à des lettres de l'alphabet.

Exemple de code à 6 bits.

Caractère	*Zone*	*Numérique*
0	00	0000
1	00	0001
2	00	0010
3	00	0011
4	00	0100
5	00	0101
6	00	0110
7	00	0111
8	00	1000
9	00	1001

Le tableau (avec lequel on peut former des entrées de 24 bits) présente un exemple de code (à 6 bits, dans ce cas d'espèces) [cf. London, 1968]. Au moyen d'un tel code, les expressions |1966| et |cats| pourraient être communiquées à l'ordinateur comme suit :

1966 → 000001 001001 000110 000110
cats → 100011 100001 110100 110011.

Parfois, le langage de programmation est alphanumérique (les instructions ont une forme à la fois littérale et numérique), comme READ 01 ou MULTIPLY 03 15 87 (qui signifie « multiplie le contenu de la case-mémoire 03 par le contenu de la case-mémoire 15 et dispose le produit dans la case-mémoire 87 »). Etant donné un code opérationnel qui comprendrait par exemple :

READ → 01
MULTIPLY → 03

l'ordre MULTIPLY 03 15 87 prendra la forme numérique 03 03 15 87. Mais afin que la machine « comprenne » qu'elle doit multiplier un premier contenu par le second et ainsi de suite, il faudra différentes autres instructions de code. Tout d'abord elle devra reconnaître dans une instruction numérique l'adresse d'une case donnée de la mémoire, elle devra savoir que le numéro de case signifie le contenu de cette case, et, en second lieu, elle devra reconnaître la position des diverses instructions :

Code opérationnel		*Première adresse*		*Deuxième adresse*		*Troisième adresse*	
chiffre 1	chiffre 2	chiffre 3	chiffre 4	chiffre 5	chiffre 6	chiffre 7	chiffre 8

En tenant compte que l'instruction numérique décimale sera naturellement traduite en code en notation binaire, la machine recevra à la fin l'instruction suivante :

000000 000011 | 000000 000011 | 000001 000101 | 001000 000111

Ce processus requiert au moins trois types de conventions :

(1) un chiffre α qui corrèle chaque expression décimale à une expression binaire ;
(2) un *cloak* β qui corrèle les expressions numériques à des opérations à accomplir;
(3) un *cloak* γ qui corrèle à chaque position de la séquence une adresse de case différente.

Or, une « langue » de ce type, même si elle est composée de plusieurs codes corrélationnels, n'est plus fondée sur de simples équivalences. Elle fonctionne en fournissant des *instructions* de ce genre : si, en référence à γ, l'expression *x* se trouve dans la position *a*, alors le système d'équivalences auquel on se réfère est β_1, mais si la même expression se trouve dans la position *b*, alors le système d'équivalences auquel on référera sera β_2. Un « code » de ce type impose des *sélections contextuelles* [cf. Eco, 1975, 2.II]. Inutile d'objecter que la machine ne fait pas d'inférences : nous ne nous intéressons pas à la psychologie de la machine mais à la sémiotique du code (qui, entre autres, pourrait aussi être « parlé » par des êtres humains).

Nous pouvons à ce stade poursuivre notre démarche et voir en quel sens un code de type cryptographique comprend des instructions et des sélections contextuelles mais permet aussi la réalisation d'autres phénomènes qui paraissent caractéristiques d'une langue ou d'un système sémiotique à structure encyclopédique.

Examinons un chiffre utilisable à des fins bibliothéco-économiques, c'est-à-dire pour marquer et classer les ouvrages d'une bibliothèque publique. Pour ce faire, il existe deux sortes de codes [cf. Nauta, 1972, p. 134] : soit un code *sélectif* soit un code signifiant, que nous préférons appeler *représentatif*.

Un code sélectif assigne un numéro progressif à chaque livre : pour le décodage, il faut un *code-book*, sinon il serait difficile d'identifier le livre n° 33721; en réalité, un code sélectif est un *cloak*, puisqu'il pourrait nommer chaque livre avec un mot conventionnel.

Un code représentatif est au contraire un chiffre à tous égards : du chiffre, il a la possibilité d'être composé de plusieurs chiffres interdépendants et de générer un nombre infini de messages. Supposons que chaque livre soit défini par quatre expressions numériques dont la première indique la salle, la deuxième le mur, la troisième le rayon de l'étagère et la quatrième la position du volume sur l'étagère en partant de la gauche. Donc le chiffré |1. 2. 5. 33| indiquera le trente-troisième livre du cinquième rayon du second mur de la première salle. En ce cas, le code permet la formulation de messages infinis, toujours interprétables pourvu que l'on connaisse la règle corrélationnelle énoncée (facilement mémorisable sans avoir besoin d'un *code-book*), mais il permet aussi de « représenter » le livre, c'est-à-dire de le décrire au moins dans ses caractéristiques de situation spatiale. L'interprétation du chiffré est possible à partir de règles de corrélation, y compris un code « positionnel » (semblable aux codes 4 et 6 décrits au § 3.1), qui aurait à la fois un lexique (avec son dictionnaire) et une syntaxe et qui serait donc une *grammaire*.

Ce n'est pas tout : avec ce code, il serait aussi possible de générer un nombre infini de messages *mensongers* dotés pourtant de signification. Par exemple le chiffré |3000. 1500. 10000. 4000| signifierait le quatre millième livre de la dix millième étagère du mille cinq centième mur de la trois millième salle, laissant entrevoir une bibliothèque aux milliers de salles énormes en forme de polygone mégaèdre — même si une telle bibliothèque de Babel n'existe pas. Un code de ce genre serait donc un dispositif pour générer des descriptions intensionnelles d'objets à l'extension nulle (au moins dans le monde de notre expérience), c'est-à-dire un dispositif capable de permettre des références à des mondes possibles. Propriété typique d'une langue naturelle.

Ce code met en œuvre deux systèmes de corrélation. D'une part, il dit que |4| doit être interprété comme « quatrième », d'autre part, il dit que la première position signifie « salle ». Il associe la position du numéro dans le syntagme à une fonction catégorielle donnée qui complète l'assignation de contenu à l'expression. La seconde corrélation est de caractère *vectoriel*. C'est pourquoi l'information véhiculée par un code représentatif est « *structurale* et elle est représentée par un vecteur dans un espace informationnel » [Nauta, 1972, p. 135].

Une grammaire de langue naturelle est plus redondante parce qu'elle reconnaît une physionomie catégorielle à ses propres éléments en dehors de la position syntaxique, alors qu'avec le code bibliothéco-économique on pourrait intervertir l'ordre des expressions numériques sans qu'il soit possible de s'apercevoir de l'erreur (sauf connaissance extra-linguistique sur les dimensions de la bibliothèque : mais même si on sait que la bibliothèque est petite, l'inversion de |3. 3. 10. 333| en |333. 10. 3. 3.| serait signifiante même si elle apparaissait comme référence à une salle et à un mur inexistants).

Donc, le code linguistique, en permettant la reconnaissance des catégories lexicales et en introduisant des règles de sous-catégorisation et des sélections restrictives, est en mesure de faire la distinction entre phrases bien formées et phrases mal formées. Il autorise en outre, dans une structure superficielle, des variations de la structure profonde, alors que dans le code bibliothéco-économique, la structure profonde et la structure superficielle ne peuvent que coïncider. Mais tout cela signifie uniquement qu'il y a des codes plus ou moins complexes et plus ou moins capables d' « auto-contrôle ».

Notre problème n'était pas de découvrir qu'une langue naturelle est plus complexe qu'un code de bibliothèque, ou que le modèle du code de bibliothèque n'explique pas le fonctionnement d'une langue naturelle. Notre souci n'était pas non plus de montrer (ainsi qu'on le fait trop souvent peut-être ces derniers temps) qu'une langue est comme un code. Nous voulions plutôt suggérer qu'un code, au sens le plus restreint du terme, exhibe déjà quelques propriétés qui sont typiques d'une langue. En fait, et nous le rappelons, le but de ce panorama historique et problématique est d'expliquer pourquoi la notion de code, en apparence si plate, s'est révélée si féconde au point de créer tant d'extensions de son emploi.

La notion de code cryptographique est celle qui nous a semblé — de façon provocatrice — la plus simple : « de façon provocatrice » parce que si l'on réussit à trouver un principe d'inférentialité jusque dans la cryptographie, on comprend alors que l'idée de code nous soit apparue si fascinante.

4. Les codes institutionnels

4.1. *S-codes et signification*

Les s-codes — nous l'avons dit — sont des systèmes d'unités définissables par leur position mutuelle, et aucune de ces entités n'est corrélée à un contenu. N'étant corrélée à aucun contenu, aucune d'elles ne peut être utilisée pour des opérations de référence. En d'autres termes, on peut, en utilisant un code, faire des affirmations fausses sur un état du monde, comme lorsqu'un agent secret chiffre un message pour tromper l'ennemi, qu'un bibliothécaire indique un livre qui n'existe pas ou qu'un usager de la langue naturelle dit qu'il y a six pommes sur la table alors qu'en réalité il y en a sept. Avec un s-code, en revanche, on ne peut désigner des états du monde et par conséquent on ne peut pas faire d'affirmations fausses : on ne peut faire que des affirmations *incorrectes*, c'est-à-dire des affirmations qui violent les règles internes du s-code en question, comme celui qui affirme que deux plus deux égale cinq ou que dans le système parental la paternité équivaut à la position $G + 1$, f, L_1. Bien sûr, un instituteur malhonnête qui dirait à ses écoliers que deux plus deux égale cinq fait une affirmation fausse (en langue naturelle) sur les lois de cet état du monde qu'est le système des règles mathématiques ; un lexicographe qui dirait que |*father*| en anglais signifie G + 1, f, L_1 fait (en langue française mettons) une affirmation fausse sur cet état du monde qu'est le lexique anglais, ou sur les rapports entre une expression de la langue anglaise et une position dans le système de la parenté.

Toutefois, le fait qu'avec les s-codes on ne puisse faire des affirmations fausses et élaborer des mensonges sur le monde extérieur n'empêche pas qu'à travers un s-code on puisse configurer des séquences d'expressions telles que, précisément à partir de lois internes au système même, elles renvoient à d'autres séquences d'expressions. Les s-codes ont donc une sorte de pouvoir signifiant, au sens où, en arithmétique, si l'on a la séquence 5-10-15, on peut raisonnablement s'attendre à 20 comme événement successif.

Nous sommes ici face à la *vexata quaestio* de la capacité significative des systèmes monoplans. Un système monoplan peut permettre des processus de signification non en tant qu'il fournit des corrélations mais parce qu'il stimule des inférences ou interprétations. Une position donnée sur l'échiquier peut apparaître erronée, risquée ou prometteuse pour la suite de la partie, et c'est la partie (comme actualisation concrète des règles du jeu) qui établit — parmi les diverses positions possibles sur l'échiquier — une hiérarchie de préférences entre les positions qui « suggèrent » de bonnes possibilités de développement et celles qui « suggèrent » des situations de danger pour au moins l'un des deux adversaires. Alors, une position donnée sur un échiquier donné devient l'expression dont le contenu est une série de prévisions et d'instructions sur la poursuite du jeu.

Donc s-codes et codes sont différents, mais de même que les codes contiennent aussi des éléments instructionnels, de même les systèmes présentent une sorte de disposition à la corrélation puisque, en eux, tout événement syntaxique renvoie (sur la base des lois du système) à des événements successifs possibles (dont beaucoup sont déjà intertextuellement codés). Jakobson a parlé à plusieurs reprises du *renvoi* (caractéristique typique des phénomènes sémiotiques) autorisé par des séquences purement syntaxiques.

Même dans des systèmes comme le système mathématique ou le système musical — que Hjelmslev aurait appelés systèmes symboliques, dépourvus de contenu et donc monoplans — se niche une possibilité de corrélation signifiante. Elle s'établit sur une dialectique d'*expectatives* et de *satisfactions*. Le début d'une mélodie inspirée des lois tonales « m'avertit » que je dois m'attendre à la tonique. La séquence 1 + 2 + 3 m'avertit que je dois m'attendre au 6 comme réponse. De la même façon, à un niveau plus complexe, les règles de la tragédie classique (formulées implicitement par les modalités de jeu, le type de versification, le rapport entre protagoniste et chœur) m'avertissent que je dois m'attendre à la défaite du héros. Dans une certaine mesure, *les antécédents d'une chaîne inspirée des lois du système sont mis pour leurs conséquents.* Jakobson [1974], à propos du « renvoi d'un fait sémiotique à un fait équivalent à l'intérieur d'un même contexte », dit que « le renvoi musical qui nous conduit du ton présent au ton attendu ou gardé en mémoire se trouve remplacé, dans la peinture abstraite, par un renvoi réciproque des facteurs en jeu ». On pourrait naturellement dire que ce sont là des phénomènes de signification qui ne dépendent pas d'un code : ils dépendent d'une notion élargie de signe, dans laquelle Peirce faisait entrer aussi le rapport de renvoi de la prémisse à la conclusion d'un syllogisme. Mais ces jeux d'attente dépendent d'un hypercodage intertextuel, de « scénarios » préexistants [cf. Eco, 1975, 2, 14, 13; Eco, 1979]. La topique représente un système de syllogismes préformés qui fonctionne comme un code en tant qu'elle corrèle d'habitude certaines prémisses à certaines conclusions; tout comme les règles de genre constituent un répertoire précodé où A est habituellement corrélé à B, s'il y a Lutte il y aura Victoire du Héros — du moins dans le « code » des fables étudiées par Propp.

Une langue naturelle se distingue justement d'un code cryptographique artificiel par le grand nombre de règles additionnelles qui peuvent prendre soit la forme d'une *hyperrégulation* de règles déjà existantes soit celle d'une *hyporégulation* de corrélations insuffisamment codées. La règle rhétorique qui permet la génération (et l'interprétation) de la synecdoque est un cas d'*hypercodage* : si l'on a un terme dont sont déjà conventionnés les traits sémantiques qui composent le sémème correspondant, il faut remplacer le terme par celui qui correspond à un de ses hyponymes ou à un de ses hyperonymes (rapport de genre à espèce, de partie au tout, de pluriel à singulier), une règle qui en termes interprétatifs donne : « Remonter de l'hyponyme à l'hyperonyme — ou *vice versa* — quand le terme qui apparaît dans le texte semble trop restreint ou trop générique. »

En revanche, les termes qui disciplinent l'apprentissage progressif et l'emploi commun des termes techniques sont des cas d'*hypocodage* : je ne sais pas exactement ce que signifie |isoleucine| mais je sais que c'est un acide aminé; je ne sais pas exactement ce qu'est un acide aminé, mais je sais que c'est une substance chimique qui forme les protéines; je ne sais pas avec certitude ce que sont les protéines, mais je sais qu'elles sont un élément de la cellule vivante.

Nous négligerons les cas d'hypocodage : ils font partie des processus de formation, de perfectionnement, d'apprentissage de codes plus articulés. Ce sont des moments transitoires, parfois essentiels pour établir des relations communicatives acceptables.

Nous négligerons aussi les cas d'hypercodage strict, comme les formules d'étiquette et de liturgie (veuillez agréer l'expression de mes sentiments respectueux et dévoués; au nom du peuple italien; Introibo ad altare Dei); ce sont les éléments d'un *cloak* (cf. § 3.1).

Restent les éléments qu'il est difficile de désigner comme des cas d'hyper ou d'hypocodage (que nous appellerons génériquement des cas d'*extra-codage*) parmi lesquels nous pouvons inscrire les règles conversationnelles, les différents types de règle présuppositionnelle, ainsi que les règles stylistiques, les prescriptions de genre artistique ou social, en un mot les *institutions*.

4.2. *Les institutions comme systèmes déontiques*

Prenons par exemple le code au sens juridique. Nous avons déjà dit qu'il se compose d'un système de prescriptions (il faut faire ou ne pas faire telle ou telle chose) et d'un apparent système de corrélation (lois de Rhotaris : si tu coupes un doigt, tu payes tant, deux doigts tant en plus, un œil tant encore). Nous délaissons pour l'instant l'aspect corrélationnel pour ne retenir que l'aspect institutionnel.

En ce sens, ces codes sont encore des systèmes, c'est-à-dire des s-codes. Ils ont la forme d'un calcul : *si* tu signes un contrat, *alors* tu es tenu de l'observer (seule la section corrélationnelle établit : si tu ne l'observes pas, tu payes une amende). Le calcul peut être sous-entendu : il doit y avoir une raison pour que l'article 1 de la Constitution italienne établisse que l'Italie est une République fondée sur le travail et que l'article 4 établisse que la République défend le paysage; en effet, cette connexion existe et l'on comprend clairement que la violation de l'article 4 implique la violation des droits des travailleurs quand cette violation prend des dimensions macroscopiques.

Toutefois, le calcul du code institutionnel ne peut avoir la même forme que le calcul des systèmes logico-mathématiques. Un système de prescriptions comportementales implique des acceptations et des refus, considère l'éventualité de la violation, introduit des impératifs, des concessions, s'ouvre à la « possibilité » : c'est un calcul d'ordre *modal*. Et de fait, il ne peut être rendu qu'à travers des systèmes de logique déontique ou de logique de l'action, en partant d'axiomes encore cohérents avec les lois de la logique mathématique, comme par exemple $(p \supset Op) . (q \supset r) \supset (p \supset Or)$ (premier axiome de Mally où l'opérateur O est mis pour « est obligatoire ») et en cherchant au fur et à mesure à formaliser des calculs où l'on tient compte d'un état du monde et de la modification qui en découle par l'action d'un agent, ou encore des calculs qui tiennent compte (justement à propos de normes éthiques ou juridiques) des concepts de « permissibilité » et d' « interdit » : « Il est interdit de désobéir à la loi, il est donc obligatoire d'y obéir. *Nous devons* faire *ce qui ne nous est pas permis de ne pas faire*. Si un acte et sa négation sont tous deux permis, alors l'acte est indifférent... Deux actes sont moralement incompatibles si leur conjonction est interdite » [Wright, 1951].

Toutefois, le fait que les codes institutionnels soient des systèmes exprimables en termes de logique modale n'empêche pas qu'ils soient sujets à des règles de calcul.

Et c'est ainsi que fonctionnent ces institutions que sont les règles de conversation, étudiées par l'ethno-méthodologie, par l'analyse du langage commun, par la logique des langages naturels et par les diverses formes de pragmatique : toute question nécessite une réponse; si j'affirme quelque chose, il est présupposé que je dis la vérité; si l'emploie un *et cætera*, les membres de l'énumération présupposée doivent relever de la même catégorie que les membres explicités, au moins du point de vue de l'énumération en acte, et l'ensemble de tous les éléments à énumérer doit être connu de l'interlocuteur (c'est la raison pour laquelle on ne peut conclure correctement la présente énumération de règles conversationnelles par un *et cætera*).

Si maintenant nous revenons à l'aspect corrélationnel du code juridique, nous nous apercevons qu'il n'est pas totalement semblable à celui d'un chiffre. Il est vrai que le code juridique édicte qu'à un délit x correspond une peine y, mais cette corrélation n'est pas réversible comme celle entre clair et chiffré. Selon l'article 580 du Code pénal italien, celui qui incite au suicide est passible d'une peine de un à cinq ans, mais il n'est pas dit que celui qui est passible d'une peine de un à cinq ans soit quelqu'un qui a incité au suicide. On pourrait objecter que le code juridique est un dictionnaire avec peu de contenus et une infinité d'expressions synonymes, mais le problème n'est pas là. Dans un *cloak* l'expression *est mise pour* le contenu au moment où la communauté accepte la convention, alors que le code juridique *prescrit seulement l'obligation* de rendre exécutive la corrélation entre délit et peine. L'aspect corrélationnel s'entremêle à l'aspect institutionnel et même les corrélations s'organisent ici selon une logique déontique. En tout cas, la corrélation n'est pas entre acte délictueux et peine (je peux savoir que quelqu'un est un voleur et savoir en même temps qu'il ne sera jamais puni) mais entre reconnaissance juridique du délit et obligation de lui faire correspondre la peine. La corrélation n'est pas entre un fait et un autre fait, mais entre la reconnaissance de la violation d'une obligation et le respect d'une autre obligation. Tout au plus, on peut dire qu'en termes de sémiotique du comportement, tout délit *connote* la peine qu'il présuppose et implique. Ou que le délit de x m'induit à attendre, par la force d'une convention, la peine infligée à x par y.

Il suffit en effet de remarquer que si y n'inflige pas la peine due à x

(une fois que le crime a été prouvé), on ne dit pas qu'il ment, mais qu'il se comporte incorrectement, ou qu'il « se trompe ». Et donc le code juridique, même dans son aspect corrélationnel, est toujours un code institutionnel, lieu d'un calcul et d'une série de transformations; c'est un code non pas en tant que *code-book* mais en tant que Livre (sacré) ou manuel de comportement.

4.3. *Les institutions comme codes*

Donc les institutions sont des s-codes : la preuve en est que, lorsqu'on les respecte ou leur désobéit, il ne s'ensuit pas des cas de mensonges mais seulement des cas de correction ou d'incorrection.

Et pourtant, il est un sens où les institutions valent comme un système de corrélations, et leur nature corrélationnelle est justement la conséquence de leur nature modale.

En effet, l'adéquation à la règle institutionnelle *est* toujours — avant tout — *mise pour* la décision d'apparaître fidèle à l'institution elle-même. Et c'est dans cette possibilité de corrélation que vient s'insérer la possibilité de mentir.

(a) Supposons que je veuille feindre d'être un chevalier du Graal. Je pourrais le faire en arborant des insignes appropriés (mais dans ce cas, je me référerais à un code véritable comme celui des drapeaux ou des uniformes). Par contre, je pourrais aussi secourir la veuve et l'orphelin, même s'il n'est pas dans mes habitudes de défendre les opprimés et de livrer des combats loyaux. La possibilité de mentir m'est donnée par le fait que les règles du système chevaleresque ne sont pas nécessaires (comme celles des mathématiques) mais, en première instance, *proaïrétiques*, c'est-à-dire qu'elles se fondent sur une logique de la préférence et, partant, admettent leur refus. Je ne peux pas feindre d'être un mathématicien en affirmant que deux et deux font quatre. Je suis tenu de le savoir de toute façon. Je peux tout au plus décider d'utiliser ma connaissance de quelques règles compliquées comme « signe » de ma connaissance de *toutes* les règles mathématiques par un procédé de type synecdochique. Les règles de la chevalerie, en revanche, ne sont pas obligatoires pour tout le monde et en en respectant une, je fais croire que je les respecte toutes. Le caractère non obligatoire des règles d'un système rend signifiante leur observance.

(b) Supposons maintenant que, téléphonant à Jean en présence de Lucien, je veuille faire croire à Lucien que Jean m'a posé une question. Je formule donc l'énoncé |Non, je ne pense pas que je viendrai| (alors que peut-être Jean m'a affirmé que Lucien est un idiot). Qu'il soit bien clair que je ne joue pas encore sur des inclusions sémantiques (dire |je ne viendrai pas| laisse présupposer qu'on m'a demandé de |aller|) : je suis simplement

en train de cacher que Jean a affirmé et je laisse croire qu'il a interrogé. En ce cas, je me réfère à une règle conversationnelle (« toute question nécessite réponse ») et, en suggérant une réversibilité corrélationnelle de la règle (si on répond, c'est *signe* que l'on a été interrogé), je laisse supposer à partir du conséquent qu'il doit y avoir un antécédent d'un certain type. De la même façon, en me fondant sur la règle conversationnelle « on interroge toujours un interlocuteur présent » (et cette règle ne supporte que des violations rhétoriquement hypercodées : l'apostrophe), je peux poser une question au téléphone pour faire croire à Lucien que je parle avec quelqu'un quand ce n'est pas vrai. Ou alors, en présupposant la règle « on se lève à l'entrée d'un supérieur », je peux me lever à l'entrée de Jean pour faire croire à Lucien que Jean est le chef. En ce cas, c'est le caractère contraignant supposé de la règle qui rend les conséquents signifiants des antécédents.

La différence entre *(a)* et *(b)* provient de ce que, dans le premier cas, je feins d'accepter un système de règles non obligatoire (mais contraignant une fois accepté) et, pour faire semblant, j'observe une de ses règles; alors que, dans le second cas, je présuppose que j'ai déjà accepté, avec d'autres, un système obligatoire de règles contraignantes et je feins de respecter une règle (quand en fait je la transgresse). Il y a donc un mensonge *sur* les règles et un mensonge *avec* les règles.

(c) On peut également mentir en employant improprement les modalités d'un genre littéraire : je peux commencer un poème de façon épique — en invoquant les muses — puis trahir l'attente avec un anticlimax pour déboucher sur l'héroïco-comique ou le grotesque. Je peux mettre en action, dans une fable, un acteur qui a toutes les qualités de l'adjuvant et qui se révélera comme l'ennemi. Je peux doter le méchant de toutes les caractéristiques du héros (le roman noir) ou le héros des caractéristiques du méchant *(hard-boiled novel)*. Nous avons ici un cas de mélange entre *(a)* et *(b)* car, d'un côté, le caractère non obligatoire de la règle me permet de feindre de l'accepter; d'un autre côté, le caractère contraignant des règles, une fois qu'on les a acceptées, me permet de rendre signifiante ma violation (même si, pour l'anticlimax, il ne s'agit pas de mensonge mais d'incorrection voulue).

(d) En dehors des pratiques mensongères, je peux rendre signifiante — comme nous l'avons vu en *(c)* — la *violation voulue* des règles : je n'observe pas les règles de l'étiquette chevaleresque pour signifier que je ne suis pas un chevalier et pour connoter en tout cas que je ne reconnais pas la validité de ces règles. Je ne serre pas la main à une personne que je méprise pour signifier qu'elle ne fait pas partie des gens de bien.

On devrait désormais voir clairement pourquoi les institutions (qui sont des s-codes) sont si souvent entendues comme des codes : parce que *leur fonction sociale rend significative leur observance* (|acceptation de la règle|

→ « conformisme ») et parce que leur caractère contraignant interne *corrèle habituellement la présence des conséquents à la présence présupposée des antécédents.*

5. Le problème du code génétique

Nous avons montré jusqu'à présent que chaque fois que l'on parle de code corrélationnel, on peut individuer des phénomènes inférentiels, et chaque fois que l'on parle de code institutionnel, on peut individuer des phénomènes de corrélation entre antécédents et conséquents, étroitement liés à d'autres processus inférentiels. Essayons maintenant d'analyser ce qui se passe avec une autre acception de |code| qui a connu, elle aussi, une grande fortune en cette seconde moitié de notre siècle : le code génétique.

Il est intéressant de remarquer que la thématique de la communication génétique fait elle aussi son apparition en termes explicites dans cette seconde moitié de siècle, même si les prémisses sont développées avant : la découverte de la double hélice date des années 50, en 1961 Jacob et Monod découvrent les processus de transcription d'ADN en ARN, et c'est au Congrès de Moscou, en 1961, que l'on fait définitivement remonter le premier déchiffrement du code génétique.

Il n'est pas dit que le mécanisme du code génétique tel qu'il est reconnu aujourd'hui par les savants soit le mécanisme réel et que le code génétique ne soit pas, pour l'instant, qu'une pure construction hypothétique des généticiens. Nous voudrions cependant dire que, dans la mesure où elle serait erronée, cette hypothèse serait d'autant plus significative en termes d'histoire des idées. En schématisant au maximum, disons que l'information génétique contenue dans le chromosome et emmagasinée dans l'ADN (acide désoxyribonucléique à structure hélicoïdale double dont l'unité fondamentale, le nucléotide, contient une base, un sucre et un acide phosphorique) détermine la construction d'une molécule protéique. Une molécule protéique est faite d'acides aminés. Il y a 20 acides aminés et c'est de leur combinaison que naissent les diverses molécules protéiques.

Dans l'ADN se disposent diverses successions de quatre bases azotées (adénine, thymine, guanine et cytosine) et c'est la succession de ces bases qui détermine la succession des acides aminés. Comme il y a 20 acides aminés et quatre bases, il faut plusieurs bases pour définir un acide aminé. Etant donné qu'une séquence de deux bases permettrait 16 permutations et qu'une séquence de quatre bases en permettrait 266, l'économie combinatoire majeure semble atteinte par des séquences de trois bases — ou triplets — qui permettent aussi — avec leurs 64 combinaisons pour 20 acides aminés — de définir le même acide aminé avec des « homophones » ou *synonymes* et de se servir de quelques combinaisons *non-sens* qui ont une fonction de signes de ponctuation entre les séquences « signifiantes ». Nous ne chercherons pas à savoir ici si une telle combinaison dépend d'un processus évolutif ou si elle n'est qu'une économie métalinguistique due au biologiste; il se pourrait que les séquences réelles soient au nombre de 266 (et que le code soit à quatre bases), mais il se trouve que seuls 20 acides aminés ont survécu à la sélection évolutive et que toutes les combinaisons non utilisées sont nulles ou homophones. Quoi qu'il en soit, il est clair que le système des triplets de l'ADN est encore un s-code et que en tant que tel il est sujet à des calculs de transformation et à des évaluations d'économie structurale.

Mais l'ADN est dans la cellule, alors que l'information qu'il emmagasine doit se transporter dans le ribosome où se produit la synthèse protéique. C'est pourquoi les triplets de l'ADN sont doublés, dans la cellule, par un autre acide nucléique, l'ARN (acide ribonucléique) qui, avec la fonction d'ARN-messager, transporte le message dans le ribosome.

La traduction d'ADN en ARN s'effectue par substitution complémentaire de triplets, avec une complication : la thymine de l'ADN est remplacée par une nouvelle base, l'uracile. Et nous sommes en présence ici, au moins formellement, d'un *véritable code*, que nous appellerons par commodité « code de cellule » :

A → U
T → A
G → C
C → G.

Donc, si l'ADN amène la séquence adénine-guanine-cytosine, l'ARN traduit : uracile-cytosine-guanine.

Au moment où se produit la synthèse protéique dans le ribosome, il entre en jeu ce que nous appellerons un « code de ribosome » selon lequel, par exemple, au triplet GCU (et à ses homophones GCC GCA et GCG) correspond l'acide aminé alanine :

Mots de code	*Acide aminé*
GCU GCC GCA GCG	Alanine
CGU CGC CGA CGG AGA AGG	Arginine
AAU AAC	Asparagine
GAU GAC	Acide aspartique
UGU UGC	Cystéine
GAA GAC	Acide glutamique
CAA CAG	Glutamine
GGU GGC GGA GGG	Glycocolle
CAU CAC	Histidine
AUU AUC AUA	Isoleucine
UUA UUG CUU CUC CUA CUG	Leucine
AAA AAG	Lysine
AUG	Méthionine

UUU UUC	Phénylalanine
CCU CCC CCA CCG	Proline
UCU UCC UCA UCG AGU AGC	Sérine
ACU ACC ACA ACG	Thréonine
UGG	Tryptophane
UAU UAC	Tyrosine
GUU GUC GUA GUG	Valine
UAA UAG UGA	Non-sens (nuls)

Or, si le code génétique est une construction des généticiens servant à parler métalinguistiquement d'un hypothétique « langage » de l'organisme biologique, ce code est avant tout un chiffre, c'est-à-dire une sémie substitutive. Nous pouvons même imaginer deux généticiens qui correspondent en chiffre entre eux et qui écrivent |GCU| pour dire « Alanine ». Ce code exhibe aussi quelques éléments positionnels, mais en fait chaque triplet doit être pris en bloc comme l'expression dont le contenu est soit un autre triplet (passage d'ADN en ARN-messager) soit un acide aminé.

Si l'hypothèse génétique est exacte, que se passe-t-il dans l'organisme ? Il se produit des réactions stériques, des processus en emboîtement. L'ADN et l'ARN-messager (tout comme l'ARN-messager et l'ARN soluble) fonctionnent comme des tapis roulants d'une chaîne de montage où, pour ainsi dire, là où apparaît quelque chose de vide, il se remplit et là où apparaît quelque chose de plein, il se fait un calque en négatif. Par un simple mécanisme de stimulus-réponse, dans le passage de l'ADN en ARN-messager, là où il y a de l'adénine elle est remplacée par de l'uracile, etc. On pourra encore parler de code, mais seulement au sens beaucoup plus large de loi naturelle : mais dans ce cas, tout processus de stimulus-réponse ou d'action-réaction serait régi par un code et les lois sémiotiques s'identifieraient aux lois naturelles. Il manque à ce processus biologique les possibilités de réversibilité entre contenu et expression qui sont typiques même d'une sémie substitutive, il manquerait tout processus inférentiel que nous avons découvert jusque dans l'application des chiffres apparemment les plus plats.

Il suffirait alors de dire que l'expression |code génétique| s'applique correctement (dans le sens restreint de |chiffre|) aux codes des généticiens et ne s'applique que métaphoriquement aux processus génétiques.

Toutefois, sans vouloir étendre au-delà de toute limite possible l'emploi d'une catégorie, mais toujours pour justifier historiquement les extensions qui en ont été faites, nous devons ajouter quelques remarques.

Il n'est pas opportun d'éliminer comme pure extrapolation illégitime la notion de « code » génétique, parce que l'on ne sait pas encore comment et pourquoi l'esprit humain est en mesure de poser des corrélations et d'opérer des interprétations.

Prodi [1977] suggère qu'à la base de cette capacité de mettre en contact réversible les éléments de deux systèmes, il y a une *disposition à la réponse* qui a ses racines dans les phénomènes d'interaction cellulaire. Le principe du code résiderait déjà dans les s-codes biologiques, où un objet devient significatif pour la structure capable de le « lire ». La lecture institue le code : c'est-à-dire que la structure forme une sorte de « complémentarité vers » l'objet, institué donc de façon embryonnaire comme signe. Le code se constitue ainsi obscurément aux bases mêmes de la vie comme une histoire de choix, de sélections, de criblages sanctionnés par le « juge » — ce « juge » étant l'appareil biologique hypothétique qui élimine ou accueille les complémentarités.

Mais qu'il soit bien clair que ce soupçon (fécond en futures recherches sur les fondements matériels du rapport de signification) n'a rien à voir avec l'attribution facile d'une capacité corrélationnelle aux molécules de l'ADN. Il s'agit plutôt du processus méthodologique inverse : les généticiens suggèrent que l'univers biologique fonctionne comme l'univers culturel; nous, nous suggérons ici que l'univers culturel (linguistique) fonctionne comme l'univers biologique. Autrement dit, nous ne disons pas que, dans sa simplicité, le moléculaire est complexe comme le molaire, mais que, dans sa complexité, le molaire est simple comme le moléculaire. Peut-être a-t-on parlé de code génétique parce que l'on a senti, obscurément, que l'on décrivait les bases matérielles de tout processus d'interprétation.

6. Code et représentation

Il resterait maintenant à dire si l'on peut parler de code pour les *représentations*, à savoir — en reprenant les termes de Mac Kay [1969] — pour « toute structure (pattern, image, modèle), tant abstraite que concrète, dont les traits entendent symboliser ou correspondre en quelque sens à ceux d'une quelque autre structure ». Et nous retrouvons ici la définition peircéenne de l'icône : un signe qui entretient un rapport de similarité avec son propre objet [cf. Eco, 1975, § 3.4, 3.5, 3.6]. Nous ne nous attarderons pas sur ce problème : toutefois, on ne peut ignorer les questions que le concept de représentation pose à une définition du code.

Considérons le comportement communicatif des abeilles *comme si* les abeilles produisaient des signes et non des stimuli (nous pourrions tout aussi bien remplacer les abeilles par des mimes humains qui communiquent à des apiculteurs). Une abeille exploratrice informe ses compagnes sur la situation de la nourriture grâce à une danse où l'orientation de son corps par rapport à la ruche est proportionnelle à l'orientation de la nourriture par rapport à la ruche et au soleil. Il y a indubitablement une relation de renvoi : les positions de l'abeille *sont en-lieu-des* positions du soleil et de la nourriture. Il y a un rapport de similitude entre les grandeurs géométriques réalisées dans la danse et celles qui établissent les rapports entre soleil et nourriture. Il semblerait qu'il n'y ait pas de convention, le rapport serait « analogique ». Et pourtant, il y a des règles — ne serait-ce que *les règles de transformation* proportionnelle des grandeurs géométriques. Non pas qu'il n'y ait pas de corrélation : il y a des règles de projection (de transformation) qui permettent de poser la corrélation. Les règles de projection permettent à l'exploratrice de coder l'information concernant la source (la nourriture) et permettent aux abeilles butineuses de décoder la danse en termes de « clair ». Il y a un rapport entre expression et contenu. Pouvons-nous dire que les règles de transformation sont des règles de code ?

Il ne suffit pas d'objecter que, alors que dans un code linguistique les mots sont mis pour une classe d'objets, dans la danse des abeilles le mouvement de l'exploratrice devient significatif s'il est corrélé à une position spécifique du soleil et de la nourriture, si bien que le message de l'exploratrice a toujours un élément indiciel sous-entendu (« je suis en train de parler de cette nourriture et de ce soleil d'aujourd'hui dans ces environs »). Si un mime imite la danse des abeilles, nous sommes à nouveau dans une situation généralisée sans que pour autant n'ait disparu la modalité représentative.

Le problème se compliquerait si le mime inventait les règles de représentation de quelque chose pendant qu'il accomplit la communication : les destinataires se trouveraient en ce cas dans un rapport de décryptage et non de décodage. Nous assisterions — sous l'angle génératif — à un processus d'institution de code et — sous l'angle interprétatif — à un processus de cryptoanalyse. Disons que les moments de représentation sont plus facilement ceux où naît un code plutôt que ceux où un code préexistant est observé.

Il en irait de même si l'on voulait considérer la possibilité d'un code psychanalytique [cf. Gear et Liendo, 1975; Fornari, 1976].

Il est des images oniriques largement codées : objets verticaux mis pour le phallus, objets concaves mis pour le vagin, etc. Il est en revanche des images qui ne signifient que dans le cadre de l'expérience idiosyncrasique d'un individu particulier pour des raisons de court-circuit métonymique : un patient réagit névrotiquement à tout tissu rose parce que sa mère, lors de la scène primitive, portait une chemise de nuit rose. En l'occurrence, l'analyste doit reconstruire le code privé du patient par une série d'inférences contextuelles. Mais d'un côté, il veut quand même déboucher sur un code (fût-il privé, individuel, obscurément conventionné par l'Es pour parler à lui-même et que l'Ego ne connaît pas encore), d'un autre côté il possède certaines règles génératives (qui ne diffèrent pas de celles de la rhétorique) qui lui disent comment sont réalisées des substitutions de *pars pro toto*, d'effet cause, de déplacement et condensation. Le fait que nous ne connaissions pas toujours les corrélations posées par l'inconscient ne signifie pas que l'inconscient n'est pas structuré de façon à produire des corrélations : on a suggéré qu'il corrèle, par chaînes connotatives, l'univers des représentations à celui des affects, des classes de relations objectales à des classes d'angoisse. Le rapport doit s'établir avec l'écriture cruciverbiste. Le système de règles est complexe et autorise même une erreur à l'apparence signifiante, mais la solution optimale existe et elle doit être trouvée. L'inconscient est un cryptographe et le malade un cryptoanalyste récalcitrant.

7. Code et encyclopédie

7.1. *Codes et processus inférentiels*

A quoi nous a mené le panorama historico-problématique que nous venons de faire ? Il nous a appris qu'à la base de tout débat sur les codes, il y a bien sûr l'idée de chiffre comme sémie substitutive, pur tableau d'équivalences entre unités expressives de divers systèmes. Si la définition de phénomène sémiotique proposée au premier chapitre reste valable — c'est-à-dire un phénomène où se présente toujours une possibilité d'interprétation (un phénomène régi, donc, par le modèle de l'inférence et non par celui de la simple équivalence) — alors les sémies substitutives sont des phénomènes sémiotiques « dégénérés », des artifices subsidiaires inventés pour favoriser, appuyer des activités sémiotiques véritables.

Et pourtant, des processus inférentiels — même s'ils sont très automatiques — s'instaurent jusque dans l'emploi des sémies substitutives (et des chiffres). Au fond, ces processus sont semblables à ceux qui apparaissent dans la reconnaissance d'un *token* comme occurrence d'un *type* donné [cf. Eco, 1981]. Prenons la perception (et la reconnaissance) d'une émission phonétique comme occurrence d'un type phonémique. Nous avons l'impression que la reconnaissance est automatique. Mais il suffit de penser à ce qui se passe dans un congrès international où l'on ne sait jamais en quelle langue s'exprimera celui qui va prendre la parole (et où l'on ne sait pas non plus si l'intervenant parlera la langue qu'il a choisie avec une prononciation canonique), ou encore à ce qui se produit quand nous nous efforçons de comprendre les sons émis par un locuteur d'une langue qui n'est pas la nôtre. Nous entendons un son, ce pourrait être un son de notre langue ou le son d'une langue différente. Avant que le locuteur ait achevé sa phonation (émission d'un mot, d'une phrase, d'un texte), nous devons avoir tenté quelques « paris » (ce qui revient à dire quelques conjectures, quelques *abductions*). Il faut avoir conjecturé que le ou les sons émis au début de la chaîne phonatoire doivent être assumés comme l'occurrence d'un type phonémique donné, dans le cadre d'un système linguistique donné. Et c'est seulement si nous gagnons notre pari que nous pouvons « donner un sens » à ce qui suivra.

Il en va de même avec le plus élémentaire des chiffres (et tout décrypteur le sait pertinemment) : il faut parier sur le bon chiffre. Un point et un trait équivaudront à |a| *si* nous sommes en train de recevoir un quelconque message en morse (et s'il s'agit bien d'un message et non d'un simple bruit). Certes, il s'agit d'une conjecture *sur* le code, pas d'une conjecture permise et autorisée par le code. Mais il se trouve que déjà, au niveau le plus « plat » du plus plat des chiffres, la reconnaissance d'équivalence et le pari inférentiel commencent à s'entremêler. Pour ne plus se séparer.

La présence de processus inférentiels se manifeste davantage dans les cas plus complexes de *cloak* : nous avons essayé de montrer que, dans ces cas, on n'a jamais affaire à un système d'équivalences unique. Il suffit que deux systèmes viennent se mélanger (cf. par exemple les cas analysés aux § 3.1 et 3.2) pour que le code (déjà système de plusieurs codes) ne soit plus seulement un appareil qui fournit des équivalences mais une machine qui propose des instructions pour manœuvrer divers systèmes d'équivalences dans divers contextes ou circonstances. Nous en sommes déjà à la dimension pragmatique : mais si les instructions pour évoluer dans la dimension pragmatique sont en quelque sorte prévues et fournies par le code, alors ce code (capable d'intégrer sa propre sémantique élémentaire à une pragmatique) a déjà pris l'aspect d'une encyclopédie, fût-ce à un niveau minimal.

Au départ, nous avons opposé l'aspect corrélationnel à l'aspect institutionnel du code. Mais nous avons vu que ces deux aspects doivent rarement être séparés, un code étant toujours une table de corrélation plus une série de règles institutionnelles. Ce n'est pas un hasard si nous avons employé le même terme — code — pour deux phénomènes qui semblaient de prime abord si différents.

Nous dirons alors que l'insistance sur le code a tenu à la difficulté de reconnaître la nécessité, l'évidence de l'encyclopédie; et pour certains auteurs, cela a peut-être été le moyen de domestiquer le fantasme de l'encyclopédie avec un appareil de règles à l'apparence plus univoque et confortable. Dans bien des cas, on a recouru à la notion de code comme on a recouru à l'idée de dictionnaire. Mais reportons-nous au deuxième chapitre de ce livre : l'idée de dictionnaire ne pouvait pas ne pas engendrer — de l'intérieur — la nécessité de l'encyclopédie, et il en a été ainsi pour l'idée de code. Une fois que l'on a admis l'inévitabilité de la représentation encyclopédique, rien n'empêche cependant que, pour des raisons de commodité, on ait recours, dans des situations locales, au modèle du dictionnaire; de la même façon, on rencontre des cas où il est suffisant d'expliquer en termes de code — voire de chiffre plat — des phénomènes sémiotiques élémentaires ou rendus élémentaires dans le cadre d'une simulation en laboratoire.

A la lumière de ces conclusions, nous pouvons relire, une fois encore, nombre de contextes où le terme |code| a été employé de façon souvent contradictoire, et reconnaître, sous la simplification et la contradiction, la présence d'une problématique plus vaste que l'on ne pouvait éluder.

Le code de la parenté de Lévi-Strauss est : *a* / un système (s-code) de type logique sur lequel, en ligne générale, on pourrait opérer des équivalences et des transformations même si l'on ne sait pas que les symboles utilisés correspondent à des relations parentales; *b* / un système de prescriptions qui peut être observé ou violé; *c* / dans la mesure où l'observance ou la violation du système prouvent la fidélité à l'institution dominante, c'est un code au sens corrélationnel; *d* / dans la mesure où, en épousant une certaine femme, l'Ego s'engage à (laisse attendre) une série d'obligations spécifiques à l'égard de ses parents, nous sommes face à des possibilités de significations similaires à celles étudiées par Jakobson pour les systèmes musicaux et la peinture abstraite; ainsi que Lévi-Strauss lui aussi l'avait remarqué, la femme devient en même temps le « signe » des obligations qu'elle implique.

Il est à noter que Lévi-Strauss, en passant au code des mythes, emploie le terme |code| avec des acceptions divergentes. Quand il parle d'une « armature » comme « ensemble de propriétés qui restent invariantes dans deux ou plusieurs mythes », il parle d'un s-code comme système d'unités de contenu; quans il parle de code comme du « système des fonctions assignées par chaque mythe à ces propriétés », il parle déjà de corrélations sujettes à des sélections contextuelles (le motif des viscères surnageant a deux fonctions : en code aquatique les viscères sont cohérents avec les poissons, en code céleste ils le sont avec les étoiles [cf. Lévi-Strauss, 1964, p. 205]). Quand il parle d'un code du troisième ordre (le code métalinguistique de sa recherche) « destiné à assurer la traductibilité réciproque de plusieurs mythes » [*ibid.*, p. 20], il parle d'un système de règles de calcul qui impose aussi des corrélations. Dans *L'homme nu* [1971, p. 38], il parle aussi de code de chaque mythe dont la traductibilité est confiée à un code de groupe de mythes qui corrèle les éléments de chaque mythe et qu'il appelle « intercode ». D'autre part, à l'intérieur de chaque mythe, il voit agir des codes différents (astronomique, géographique, anatomique, sociologique, éthique) [cf. Lévi-Strauss, 1968, p. 137] lesquels pourtant nous semblent être à nouveau des s-codes ou des portions de champ sémantique dont les éléments sont, par le code du mythe, associés à des fonctions.

Nous avons déjà parlé du double emploi que Jakobson fait du terme code : s-code quand il se réfère au système phonologique, et code corrélationnel quand il parle — dans une vaste série d'articles — de code mimique, cinématographique, de fonctions sémantiques des *shifters*, de sous-codes, de code de la divination, etc.

L'acception de code dans la recherche sociolinguistique de Basil Bernstein semble plus vague : les codes sont des « cadres signifiants » mais ils sont aussi des probabilités grâce auxquelles il est possible de prévoir les éléments structuraux qui seront sélectionnés pour organiser les signifiés; quand A émet un signal vers B, il se développe un processus d'orientation, d'association et d'organisation (et d'intégration des signaux pour produire une réponse cohérente) : « Le terme de code tel que je l'emploie assume les principes qui régissent ces trois processus » [1971, chap. V, 1]. On le voit, le terme semble recouvrir plusieurs des significations déjà examinées. D'autre part, le code sociolinguistique concerne « une organisation sociale des significations » qui « peut se réaliser dans le discours selon des modalités qui varient selon le contexte — tout en gardant une parenté » [trad. franç., p. 224]. La différence entre *code élaboré* et *code restreint* souligne les deux niveaux de diverse liberté et facilité symbolique de sujets appartenant à des classes différentes : et en ce sens, cette notion recouvre celle de possession plus ou moins articulée d'un langage naturel et de ses règles.

Chez Jurij Lotman et Boris Uspenskij, dans le contexte de leur typologie des cultures, la notion est plus ample. Le point de départ est donné par le concept informationnel de code corrélé à la conception lotmanienne de texte. Le code est un *système de modélisation du monde*, le langage étant le système de modélisation *primaire*, les autres systèmes culturels — de la mythologie à l'art — étant *secondaires*. En tant qu'il modélise le monde, le système a déjà sa nature corrélationnelle précise. Lotman distingue très clairement les codes dans le sens où nous les avons élaborés *(transcodage externe)* où s'établit une équivalence entre deux chaînes de structures (géminée) ou entre plusieurs chaînes (multiple); il considère aussi la différence entre codes sémantiques et codes pragmatiques (ces derniers étant entendus comme des modèles stylistiques particuliers qui changent l'attitude à l'égard de l'objet modélisé). Mais Lotman souligne qu'à l'intérieur du texte se forment des signifiés additionnels dus au rappel mutuel des segments textuels (qui deviennent des synonymes structuraux) et se produit un *transcodage interne*, propre des systèmes sémiotiques « dans lesquels le signifié se forme non pas au moyen du rapprochement de deux chaînes de structures mais de façon immanente à l'intérieur du système lui-même ». Il individue l'existence de signes représentatifs dans lesquels aucun code complexe n'entre en jeu et où le « destinataire naïf » croit qu'il n'y a pas de code du tout. Cet ensemble de cas relève du code corrélationnel.

Par contre, la typologie de la culture a — semble-t-il — quelque chose à voir avec les systèmes puisque le devoir de la typologie est de décrire les principaux types de codes culturels sur lesquels les « langues » des diverses cultures prennent forme. Naturellement, ces codes sociaux sont des institutions (et donc des systèmes de normes) ou des systèmes de valeurs (telles que « honneur » ou « gloire ») mais l'examen des textes consiste aussi à analyser la façon dont ces éléments systématiques peuvent être exprimés. C'est pourquoi la typologie des cultures oscille entre la double acception de code comme institution et comme corrélation, le code culturel étant dans les deux cas un modèle du monde et donc quelque chose qui permet à ses propres éléments expressifs d'être *en-lieu-d'*autres contenus. Par ailleurs, Lotman différencie les cultures que nous appellerons hypocodées, fondées sur des *textes* qui proposent des modèles de comportement, des cultures que nous appellerons hypercodées, basées sur des *manuels* ou *grammaires.*

Il distingue en outre, avec la pluralité des codes et des sous-codes, la dialectique entre codes de l'émetteur et codes du destinataire [cf. aussi Eco, 1968, à propos des écarts interprétatifs d'un message dus à la différence des codes], dialectique particulièrement active, avec des variantes, tant dans la communication standardisée des mass media que dans la lecture du texte poétique.

Nous dirons que, chez Lotman, la distinction entre corrélation et institution étant manifeste, les deux aspects du problème se fondent continuellement et consciemment pour souligner l'instance communicative qui sous-tend sa façon de considérer les institutions et l'emploi que les membres du corps social en font. Une instance unificatrice qui vient justifier la présence envahissante du code jusque dans les domaines où serait nécessaire une distinction plus pointue (ainsi que nous avons essayé de le faire) entre les diverses acceptions du terme.

L'œuvre de Roland Barthes, des premiers ouvrages sémiotiques [1964] où les concepts sont précisés clairement, aux textes de la maturité où la tendance unificatrice reprend le dessus, est elle aussi représentative de cette thématique.

Barthes mentionne à plusieurs reprises les codes corrélationnels : il parle de *Système* (et non code) *de la mode* et examine avant tout les règles internes de transformation des traits vestimentaires; mais il conçoit aussi la mode comme un code corrélationnel ou code vestimentaire réel (un vêtement est *en-lieu de* quelque chose d'autre) et surtout il choisit comme objet de son étude la corrélation entre le langage verbal qui décrit la mode et la mode vestimentaire décrite (code vestimentaire parlé).

Dans *S/Z* [1970] Barthes détermine cinq codes : sémique, culturel, symbolique, herméneutique et proaïrétique. Le code proaïrétique — ou code des actions — est sans aucun doute un système de comportements; le code herméneutique se présente comme un inventaire des termes formels au gré desquels une énigme se centre, se pose, se retarde (et il s'agirait donc d'un système) mais il concerne aussi la façon dont l'énigme se formule (et l'on pense à une corrélation).

On pourrait dire que dans *S/Z*, Barthes passe en revue — fût-ce métaphoriquement — toutes les diverses acceptions de code qui ont été considérées jusqu'ici. Et dans un passage où il se réfère à l'univers des codes intertextuels auquel le récit renvoie, il nous fait « savourer » les raisons pour lesquelles la culture contemporaine individue des codes partout et à tout prix : l'exigence de trouver partout du culturel et du *déjà-dit* et de concevoir la vie culturelle comme une combinatoire plutôt que comme une création *ex nihilo* : « Ce qu'on appelle *Code*, ici, n'est donc pas une liste, un paradigme qu'il faille à tout prix reconstituer. Le code est une perspective de citations, un mirage de structures; (...) elles sont autant d'éclats de ce quelque chose qui a toujours été *déjà* lu, vu, fait, vécu : le code est le sillon de ce *déjà*. Renvoyant à ce qui a été écrit, c'est-à-dire au Livre (de la culture, de la vie, de la vie comme culture), il fait du texte le prospectus de ce livre. Ou encore : chaque code est l'une des forces qui peuvent s'emparer du texte (dont le texte est le réseau), l'une des Voix dont est tissé le texte » [p. 27-28].

En guise de conclusion à une analyse dont le but était de distinguer au maximum les caractéristiques d'une catégorie non dépourvue d'ambiguïtés, nous pouvons prendre ce rappel métaphorique à l'unité de la perspective : voir la vie de la culture comme un tissu de codes et comme un rappel incessant de code à code signifiait chercher des règles pour l'activité de la sémiosis. Même quand les règles étaient simplifiées, il importait de les chercher. La bataille pour le code a été une bataille contre l'ineffable. S'il y a règle, il y a institution et société et donc il y a un mécanisme constructible et déconstructible. Parler de code voulait dire voir la culture comme le fait d'une interaction réglée, l'art, la langue, les objets artificiels et même la perception comme les phénomènes d'une interaction collective régis par des lois explicitables. La vie culturelle n'était plus conçue comme création libre, produit et objet d'intuitions mystiques, lieu de l'ineffable, pure émanation d'énergie créatrice, théâtre d'une représentation dionysiaque régie par des forces qui la précèdent et sur laquelle l'analyse n'a pas de prise. La vie de la culture est la vie de textes gouvernés par des lois intertextuelles où tout « déjà-dit » agit comme règle possible. Le *déjà-dit* constitue le trésor de l'encyclopédie.

On a affirmé — avec la notion de code — que même là où l'on constate des phénomènes en grande partie inconnus encore, il n'y a pas, par principe, d'inconnaissable puisque quelque chose reste objet d'enquête, à savoir le système des règles, pour profondes qu'elles soient, bien qu'elles soient entrelacées selon le modèle du réseau ou du labyrinthe, et qu'elles puissent être ténues, transitoires, superficielles, dépendantes des contextes et des circonstances.

Dans cette optique, l'emphase et la passion (voire la précipitation) avec lesquelles le post-structuralisme a essayé de faire justice des codes et de leurs systèmes, en remplaçant la règle par l'abîme, la béance, la différence pure, la dérive, la possibilité d'une déconstruction soustraite à tout contrôle, ne doivent pas être saluées avec trop d'enthousiasme. Cela ne constitue pas un pas en avant mais un retour à l'orgie de l'ineffabilité.

Il faut critiquer et punir (d'un point de vue critique) les aplatissages « faciles » de toute notion de règle sociale (et donc sémiotique) et nous avons essayé de le faire dans ce livre; mais il faut conserver l'énergie et l'enthousiasme qui, depuis la seconde moitié de notre siècle, ont guidé la volonté d'*expliquer* les lois de la sémiosis — et donc du comportement humain.

Le code ne peut pas être seulement un chiffre : au risque de l'employer comme métaphore, ce sera une matrice qui autorise des occurrences infinies, la source d'un jeu. Mais aucun jeu, aussi libre et inventif soit-il, ne procède par hasard. Exclure le hasard ne signifie pas imposer coûte que coûte le modèle (appauvri, formalisé et fallacieux) de la nécessité. Reste le stade intermédiaire de la conjecture, toujours exposée — et Peirce le savait pertinemment — au principe de la faillibilité, et régie par la confiance que nous avons dans le fait que les lois que nous inventons pour expliquer l'informel, l'expliquent *d'une certaine manière*, jamais définitive.

L'idée de code, prise dans la forme « riche » proposée dans ces pages, n'est pas le garant de sécurité, d'armistice et de paix : elle peut être aussi la promesse de nouvelles inquiétudes.

Parler de code signifie assumer que nous ne sommes pas des dieux et que nous sommes mus par des règles. Reste à savoir (et c'est sur cette question que les forces se sont divisées) si nous ne sommes pas des dieux parce que nous sommes déterminés par des règles que nous nous posons nous-mêmes ou bien si nous ne sommes pas des dieux parce que la variété des règles est déterminée et consentie par une règle qui est en dehors de nous. Le code peut être *nomos* ou *physis*, la Loi de la Cité ou le *clinamen*. Mais on peut aussi songer à la matrice ouverte d'un jeu et à la tendance à un *clinamen* qui n'est pas nécessairement donnée mais en quelque sorte posée continuellement par l'activité humaine de la sémiosis. On peut voir l'encyclopédie comme un labyrinthe, globalement indescriptible, sans pour autant assumer ni qu'on ne peut le décrire localement ni que — puisque de toute façon ce sera le labyrinthe — on ne peut l'étudier et en *construire* les parcours.

Sous la métaphore du code, même quand elle a été pure métaphore, il y a au moins une obsession unificatrice : la dialectique entre loi et créativité, ou — pour reprendre les termes d'Apollinaire — la lutte constante entre l'Ordre et l'Aventure.

BIBLIOGRAPHIE

Alembert J.-B., Le Rond d'

1751 Discours préliminaire, in *Encyclopédie, ou Dictionnaire raisonné des sciences, des arts et des métiers, par une société de gens de lettres. Mis en ordre et publié par M. Diderot..., et quant à la Partie Mathématique, par M. d'Alembert...*, Paris, Briasson, David, Le Breton, Durand, 1751-1765, vol. 1.

Balme D. M.

1975 Aristotle's Use of Differentiae in Zoology, *in* J. Barnes (ed.), *Articles on Aristotle*, I. *Science*, Londres, Duckworth, p. 183-193.

Bar-Hillel Y.

1968 Communication and Argumentation in Pragmatic Languages, in *Linguaggi nella società e nella tecnica. Convegno promosso per il centenario della nascita di Camillo Olivetti, Milano, 14-17 ottobre 1968*, Milan, Comunità, 1970, p. 269-284.

Barbieri D.

1982 Etapes de topicalisation et effet de brouillard, in *VS*, nº 31-32, janvier-août, p. 97-116.

Barthes R.

1964 Eléments de sémiologie, in *Communications 4*.

1967 *Système de la mode*, Paris, Seuil.

1970 *S/Z*, Paris, Seuil.

Bateson G.

1972 Form, Substance and Difference, in *Steps to an Ecology of Mind*, New York, Chandler (trad. franç. *Vers une écologie de l'esprit*, Paris, Seuil, 1977-1980, 2 vol.).

Bergmann M.

1979 Metaphor and Formal Semantic Theory, in *Poetics*, VIII, 1-2, p. 213-230.

Bernstein B.

1971 *Class, Code and Control*, Londres, Routledge & Kegan Paul (trad. franç. *Langage et classes sociales. Codes sociolinguistiques et contrôle social*, Paris, Minuit, 1975).

Bertinetto P. M.

1977 On the inadequateness of a purely linguistic approach to the Study of Metaphor, in *Italian Linguistics*, 4, p. 7-85.

Bierwisch M.
1970 Semantics, *in* J. Lyons (ed.), *New Horizons in Linguistics*, Harmondsworth, Penguin Books, p. 166-184.
1971 On Classifying Semantic Features, *in* D. D. Steinberg et L. A. Jakobovits (eds), *Semantics, an Interdisciplinary Reader in Linguistics and Psychology*, Londres, Cambridge University Press.

Bierwisch M., Kiefer F.
1970 Remarks on Definitions in Natural Languages, *in* F. Kiefer (ed.), *Studies in Syntax and Semantics*, Dordrecht, Reidel.

Black M.
1955 Metaphor, in *Proceedings of the Aristotelian Society*, nouvelle série, nº 55, p. 273-294.

Bonfantini M.
1981 Le tre tendenze semiotiche del novecento, in *VS*, nº 30, septembre-décembre, p. 21-37.

Bonsiepe G.
1965 Visuell/verbale Rhethorik, in *Ulm*, nº 14-16.

Borges J. L.
1953 *Historia de la eternidad*, Buenos Aires, Emecé (trad. franç. *Histoire de l'infamie* [suivi de] *Histoire de l'éternité*, Paris, Union générale d'Editions, 1964).

Bréhier E.
1928 *La théorie des incorporels dans l'ancien stoïcisme*, Paris, Vrin.

Brooke-Rose Ch.
1958 *A Grammar of Metaphor*, Londres, Secker & Warburg.

Buyssens E.
1943 *Le langage et le discours; essai de linguistique fonctionnelle dans le cadre de la sémiologie*, Bruxelles, Office de publicité.

Carnap R.
1947 *Meaning and necessity. A study in Semantics and Modal Logic*, Chicago, University of Chicago Press.
1955 Meaning and Synonymy in Natural Languages, in *Philosophical Studies*, VII, p. 33-47.
1966 *Philosophical Foundations of Physics : An introduction to the Philosophy of Science*, New York, Basic Books (trad. franç. *Les fondements philosophiques de la physique*, Paris, A. Colin, 1973).

Cassirer E.
1923 *Philosophie der symbolischen Formen*, I. *Die Sprache*, Berlin, Bruno Cassirer (trad. franç. *La philosophie des formes symboliques*, I. *Le langage*, Paris, Minuit, 1972).

Cherry E. C.
1961 *On Human Communication*, New York, Wiley.

Chisholm R. M.
1967 Identity through Possible Worlds : some Questions, in *Noûs*, I, p. 1-8.

Cohen L. J.
1962 *The diversity of Meaning*, New York, Herder & Herder; Londres, Methuen, 1966².

Compagnon A.
1979 *La seconde main, ou le travail de la citation*, Paris, Seuil.

Cottafavi B.
1982 Micro-procès temporels dans le premier chapitre de « Sylvie », in *VS*, n° 31-32, janvier-août, p. 63-96.

Creuzer G. F.
1810-1812 *Symbolik und Mythologie der alten Völker, besonders der Griechen*, Leipzig, Leske; éd. Heyer und Leske, Leipzig-Darmstadt, 1819-1923², 4 vol.

Dauer F. W.
1980 Hume's Skeptical Solution and The Casual Theory of Knowledge, in *Philosophical Review*, LXXXIX, p. 357-378.

Deleuze G.
1968 *Différence et répétition*, Paris, PUF.
1969 *Logique du sens*, Paris, Minuit.

Deleuze G., Guattari F.
1976 *Rhizome*, Paris, Minuit.

De Mauro T.
1971 *Senso e significato*, Bari, Adriatica.

Derrida J.
1972 Signature evenement contexte, in *Marges de la philosophie*, Paris, Minuit, p. 365-393.
1977 *Limited Inc. Supplement to Glyph Two*, Baltimore, Johns Hopkins Press.

Di Cesare D.
1981 Il problema logico funzionale del linguaggio in Aristotele, *in* J. Trabant (ed.), *Logos Semantikos I*, Berlin, De Gruyter; Madrid, Gredos, p. 21-30.

Diehls H., Kranz W. (eds)
1951 *Die Fragmente der Vorsokratiker*, Berlin, Weidmann (1951⁶) (trad. franç. *Les sophistes. Fragments et témoignages*, Paris, PUF, 1969).

Dijk T. A. Van
1975 Formal Semantics of Metaphorical Discourse, in *Poetics*, IV, 2-3, p. 173-198.

Douglas M.
1973 *Natural Symbols*, Harmondsworth, Penguin Books, 1973².

Ducrot O.
1972 *Dire et ne pas dire. Principes de sémantique linguistique*, Paris, Hermann.

Dummet M.
1973 *Frege-Philosophy of Language*, Londres, Duckworth.

Dupré J.
1981 Natural Kinds and Biological Taxa, in *The Philosophical Review*, n° 90, p. 66-90.

Eco U.
1962 Dalla *Summa* al *Finnegans Wake*, in *Opera Aperta*, Milan, Bompiani (trad. franç. *L'œuvre ouverte*, Paris, Seuil, 1965).
1968 *La struttura assente. Introduzione alla ricerca semiologica*, Milan, Bompiani (nouvelle version franç. *La structure absente*, Paris, Mercure, 1972).
1971 Semantica della metafora, in *Le forme del contenuto*, Milan, Bompiani (trad. franç. Sémantique de la métaphore, in *Tel Quel*, 55, 1973).
1975 *Trattato di semiotica generale*, Milan, Bompiani.
1979 *Lector in Fabula*, Milan, Bompiani (trad. franç. *Lector in Fabula*, Paris, Grasset, 1985).

1981 Guessing : from Aristotle to Sherlock Holmes, in *VS*, nº 30, septembre-décembre, p. 4-19.

Eco U., Sebeok Th. A. (eds)
1983 *The Sign of Three*, Bloomington, Indiana University Press.

Eco U., Violi P.
1987 Instructional semantics for presuppositions, in *Semiotica*, 64-1/2, p. 1-39.

Fillmore Ch.
1968 The Case for Case, *in* E. Bach et R. T. Harms (eds), *Universals in Linguistic Theory*, New York, Holt, Rinehart & Winston, p. 1-88.

Firth R.
1973 *Symbols Public and Private*, Londres, Allen & Unwin.

Fodor D. J.
1977 *Semantics : Theories of Meaning in Generative Grammar*, New York, Crowell.

Fornari F.
1976 *Simbolo e codice*, Milan, Feltrinelli.

Frede M.
1978 Principles of Stoic Grammar, *in* J. M. Rist (ed.), *The Stoics*, Berkeley (Cal.), University of California Press.

Frege G.
1892 *a* Über Begriff und Gegenstand, in *Vierteljahrschrift für wissenschaftliche Philosophie*, XVI, p. 192-205.
1892 *b* Über Sinn und Bedeutung, in *Zeitschrift für Philosophie und philosophische Kritik*, C, p. 25-50 (trad. franç. *Ecrits logiques et philosophiques*, Paris, Seuil, 1971).

French P. A. et autres (eds)
1979 *Contemporary Perspectives in the Philosophy of Language*, Minneapolis, University of Minnesota Press.

Freud S.
1899 *Die Traumdeutung*, Leipzig-Vienne, Deuticke, 1900 (trad. franç. *L'interprétation des rêves*, Paris, PUF, 1971).
1905 *Der Witz und seine Beziehung zum Unbewussten*, Leipzig-Vienne, Deuticke (trad. franç. *Le mot d'esprit et ses rapports avec l'inconscient*, Paris, Gallimard, 1930).

Frye N.
1957 *Anatomy of Criticism. Four Essays*, Princeton (NJ), Princeton University Press (trad. franç. *Anatomie de la critique*, Paris, Gallimard, 1969).

Gadamer H. G.
1958 Symbol und Allegorie, *in* E. Castelli (ed.), *Umanesimo e simbolismo. Atti del IV convegno internazionale di studi umanistici, Venezia, 19-21 settembre 1958*, Padoue, Cedam.

Garroni E.
1977 *Ricognizione della semiotica*, Rome, Officina.

Gear M. C., Liendo E. C.
1975 *Sémiologie psychanalytique*, Paris, Minuit.

Gil F.
1981 Sistematica e classificazione, in *Enciclopedia* XII, Turin, Einaudi, p. 1024-1044.

Gilson E.
1947 *Le thomisme*, Paris, Vrin.

Ginzburg C.

1979 Spie. Radici di un paradigma indiziario, *in* A. Gargani (ed.), *Crisi della ragione*, Turin, Einaudi, p. 56-106.

Goethe J. W. von

1797 *Über die Gegenstände der bildenden Kunst*, in *Sämtliche Werke*, Jubiluämsausgabe, Stuttgart-Berlin, Cotta, 1902-1912, vol. XXXIII, t. 1, p. 91-95.

1809-1832 *Maximen und Reflexionen*, in *Werke*, Festausgabe, vol. XIV, Leipzig, Bibliographisches Institut (1926).

Goldschmidt V.

1953 *Le système stoïcien et l'idée de temps*, Paris, Vrin.

Goodman N.

1968 *Languages of Art. An Approach to a Theory of Symbols*, Indianapolis-New York, Bobbs-Merrill.

Goux J.

1973 *Freud, Marx. Economie et symbolique*, Paris, Seuil.

Graeser A.

1978 The Stoic Theory of Meaning, *in* J. M. Rist, *The Stoics*, Berkeley (Cal.), University of California Press.

Greimas A. J.

1966 *Sémantique structurale*, Paris, Larousse; 2e éd., PUF, 1985.

1973 Les actants, les acteurs et les figures, *in* C. Chabrol (éd.), *Sémiotique narrative et textuelle*, Paris, Larousse, p. 161-176.

Grice H. P.

1957 Meaning, in *Philosophical Review*, LXVII, p. 377-388.

1967 Logic and Conversation, *in* P. Cole et J. L. Morgan (eds), *Syntax and Semantics. Speech Acts*, New York - Londres, Academic Press, 1975, p. 41-58 (trad. franç. Logique et conversation, in *Communications 30*, 1979, p. 57-72).

1968 Utterer's Meaning, Sentence-Meaning, and Word-Meaning, in *Foundations of Language*, IV, p. 1-18.

Groupe μ

1970 *Rhétorique générale*, Paris, Larousse.

Guenthner F.

1975 On the Semantics of Metaphor, in *Poetics*, IV, 2-3, p. 199-220.

Haiman G.

1980 Dictionary *vs* Encyclopedia, in *Lingua*, 50, p. 329-357.

Harman G.

1977 Semiotics and the Cinema, in *Quarterly Review of Film Studies*, II, nº 1.

Hegel G. W. F.

1817-1829 *Ästhetik*, Berlin, Aufbau-Verlag, 1955 (trad. franç. *Esthétique*, Paris, Aubier, 1964-1965, 8 vol.).

Henry A.

1971 *Métonymie et métaphore*, Paris, Klincksieck.

Hintikka J.

1969 *a* Of the Logic of Perception, *in* N. Care et R. Grimm (eds), *Perception and Personal Identity*, Cleveland (Ohio), Case Western Reserve University Press, p. 140-173.

1969 *b* Semantics for Propositional Attitudes, *in* J. W. Davis, D. J. Hockney et W. K. Wilson, *Philosophical Logic*, Dordrecht, Reidel, p. 24-45; maintenant *in* L. Kinski (ed.), *Reference and Modality*, Londres, Oxford University Press, 1971.

Hjelmslev L.
1943 *Omkring sprogteoriens grundlasggelse*, Copenhague, Munksgaard; nouv. éd., *Prolegomena to a Theory of Language*, Madison, University of Wisconsin Press, 1961 (trad. franç. *Prolégomènes à une théorie du langage*, Paris, Minuit, 1968).

Husserl E.
1900-1901 *Logische Untersuschungen*, Halle, Niemeyer, 1922^3, (trad. franç. *Recherches logiques*, Paris, PUF, 1959-1963, 4 vol.).

Jakobson R.
1954 *Two aspects of Language and two Types of Aphasic Disturbances*, *in* R. Jakobson et M. Halle, 1956 (trad. franç. in *Essais de linguistique générale*, Paris, Minuit, 1970).
1961 Linguistics and Communication Theory, *in* Jakobson (ed.), *Structure of Language and its Mathematical Aspects (Proceedings of Symposia in Applied Mathematics)*, Providence RI, American Mathematical Society, p. 245-262 (trad. franç. in *Essais de linguistique générale*, Paris, Minuit, 1970).
1974 *Coup d'œil sur le développement de la sémiotique*, Bloomington, Ind., Research Center for Language and Semiotic Studies.

Jung C. G.
1934 Über die Archetypen des kollektiven Unbewussten, in *Von den Wurzeln des Bewusstseins; Studien über den Archetypus*, Zurich, Rascher-Verlag, 1954^2, p. 3-56 (trad. franç. *Les racines de la conscience; Etudes sur l'archétype*, Paris, Buchet-Chastel, 1971).

Kahn D.
1967 *The Codebreakers*, New York, Macmillan.

Karttunen L.
1971 Implicative Verbs, in *Language*, XLVII, 2, p. 340-378.

Katz J. J.
1972 *Semantic Theory*, New York, Harper & Row.
1977 *Propositional Structure and Illocutionary Force*, New York, Crowell.
1979 The Neoclassical Theory of Meaning, *in* P. A. French et autres (eds), *Contemporary Perspectives in The Philosophy of Language*, Minneapolis, University of Minnesota Press.

Katz J. J., Fodor J.
1963 The structure of a Semantic Theory, in *Language*, XXXIX, avril-juin, p. 170-210.

Katz J. J., Postal P. M.
1964 *An Integrated Theory of Linguistic Descriptions*, Cambridge (Mass.), MIT Press (trad. franç. *Théorie globale des descriptions linguistiques*, Paris, Mame, 1973).

Kripke S. A.
1972 Naming and Necessity, *in* D. Davidson et G. Harman (eds), *Semantics and Natural Language*, Dordrecht, Reidel, p. 253-355.

Kristeva J.
1969 Σημειογική. *Recherches pour une sémanalyse*, Paris, Seuil.
1974 *La révolution du langage poétique*, Paris, Seuil.

Lacan J.

1957 L'instance de la lettre dans l'inconscient, *in* Société française de psychanalyse (ed.), *La psychanalyse*, III. *Psychanalyse et sciences de l'homme*, Paris, PUF, p. 41-81; maintenant in *Ecrits*, vol. I, Paris, Seuil, 1966, p. 249-289.

1975 *Le séminaire de Jacques Lacan, I. Les écrits techniques de Freud (1953-1954)*, Paris, Seuil.

Lalande A. (ed.)

1926 *Vocabulaire technique et critique de la philosophie*, Paris, PUF.

Langer S. K.

1953 *Feeling and Form. A Theory of Art*, New York, Scribner.

Lausberg H.

1960 *Handbuch der literarischen Rhetorik. Eine Grundlegung der Literaturwissenschaft*, Munich, Hüber.

Leech G.

1974 *Semantics*, Harmondsworth, Penguin Books.

Levin S.

1977 *The semantics of Metaphor*, Baltimore, The Johns Hopkins Press.

Lévi-Strauss C.

1945 L'analyse structurale en linguistique et en anthropologie, in *Word*, I, nº 2; maintenant in *Anthropologie structurale*, Paris, Plon, 1958.

1949 *Les structures élémentaires de la parenté*, Paris, PUF.

1950 Introduction à l'œuvre de Marcel Mauss, *in* M. Mauss, *Sociologie et anthropologie*, Paris, PUF.

1951 Language and the Analysis of Social Laws, in *American Anthropologist*, LIII, 2; maintenant in *Anthropologie structurale*, Paris, Plon, 1958.

1958-1959 La geste d'Asdival, in *Annuaire de l'Ecole pratique des Hautes Etudes*, section V; maintenant in *Anthropologie structurale deux*, Paris, Plon, 1973.

1960 Discours au Collège de France, in *Annuaire du Collège de France*, LX; maintenant in *Anthropologie structurale deux*, Paris, Plon, 1973.

1964 *Le cru et le cuit*, Paris, Plon.

1968 *L'origine des manières de table*, Paris, Plon.

1971 *L'homme nu*, Paris, Plon.

Lieb H.

1981 Das « semiotische Dreieck » bei Odgen und Richards : eine Neuformulierung des Zeichenmodells von Aristoteles, *in* J. Trabant (ed.), *Logos Semantikos I*, Berlin, De Gruyter - Madrid, Gredos, p. 137-156.

London K.

1968 *Introduction to Computers*, New York, Petrocelli Books.

Lotman Ju. M.

1969 Il problema di una tipologia della cultura, *in* R. Faccani et U. Eco (eds), *I sistemi di segni e lo strutturalismo sovietico*, Milan, Bompiani.

1970 *Struktura chudožestvennogo teksta*, Moscou, Iskusstvo (trad. franç., *La structure du texte artistique*, Paris, Gallimard, 1973).

1973 Il problema del segno e del sistema segnico nella tipologia della cultura russa prima del xx secolo, *in* Lotman et Uspenskij, p. 40-63.

Lotman Ju. M., Uspenskij B. A. (eds)

1973 *Ricerche semiotiche. Nuove tendenze delle science umane nell'URSS*, Turin, Einaudi.

1975 *Tipologia della cultura*, Milan, Bompiani.

Lyons J.
1977 *Semantics*, Londres, Cambridge University Press (trad. franç. *Eléments de sémantique*, Paris, Larousse, 1978).

Mackay D. M.
1969 *Information, Mechanism and Meaning*, Cambridge (Mass.), MIT Press.

Malmberg B.
1977 *Signes et symboles; les bases du langage humain*, Paris, Picard.

Manetti G., Violi P.
1977 Grammatica dell'arguzia, in *VS*, nº 18, septembre-décembre (numéro spécial).

McInerny R.
1961 *The logic of Analogy. A Interpretation of St. Thomas*, La Haye, Nijhoff.

Miceli S.
1982 *In nome del segno*, Palerme, Sellerio.

Morris Ch. W.
1938 Foundations of a Theory of Signs, in *International Encyclopedia of Unified Science*, vol. I, t. II, Chicago, University of Chicago Press.

Napoli E.
1980 Codice e lingua : alcune considerazioni occasionali, in *Studi di grammatica italiana*, IX, p. 371-383.

Nauta D.
1972 *The Meaning of Information*, La Haye, Mouton.

Neubauer F., Petöfi J. S.
1981 Word Semantics, Lexicon Systems, and Text Interpretation, *in* H. J. Eikmeyer et H. Rieser (eds), *Words, Worlds, and Contexts*, Berlin, De Gruyter, p. 344-377.

Orlando F.
1968 Le due facce dei simboli in un poema in prosa di Mallarmé, in *Strumenti critici*, nº 7, p. 378-412.

Pasquinelli A. (ed.)
1958 *I presocratici. Frammenti e testimonianze, I. La filosofia ionica. Pitagora e l'antico pitagorismo. Senofane. Eraclito. La filosofia eleatica*, Turin, Einaudi.

Peirce Ch. S.
1931-1958 *Collected Papers (CP)*, Cambridge (Mass), Harvard University Press. [En français] : *Ecrits sur le signe* (textes choisis). Présentation et traduction G. Deledalle, Paris, Seuil, 1978.

Pelc J.
1981 Theoretical Foundations of Semiotics, in *American Journal of Semiotics*, I, nº 1-2, p. 15-46.

Petitot J.
1979 Locale/globale, in *Enciclopedia Einaudi*, VIII, Turin, p. 429-490.

Petöfi J. S.
1969 On the Problem of Co-Textual Analysis of Texts, in *International Conference on Computational Linguistics*, Sånga-Säby, septembre 1969, preprint.

Petöfi J. S. et Franck D. (eds)
1973 *Präsuppositionen in Philosophie und Linguistik*, Francfort, Athenäum.

Pezzini I.
1982 Paradoxes du désir, Logique du récit, in *VS*, nº 31-32, janvier-août, p. 35-62.

Pohlenz M.
1948 *Die Stoa*, Göttingen, Vandenhoeck & Ruprecht.

Pozzato M. P.
1981 Le brouillard et le reste, in *VS*, nº 31-32, janvier-août, p. 117-140.

Prieto L.
1966 *Messages et signaux*, Paris, PUF.
1975 *Pertinence et pratique. Essai de sémiologie*, Paris, Minuit.

Pottier B.
1965 La définition sémantique dans les dictionnaires, in *Travaux de linguistique et de littérature*, III, nº 3, p. 33-40.

Prodi G.
1977 *Le basi materiali della significazione*, Milan, Bompiani.

Putnam H.
1970 Is Semantics Possible?, *in* H. E. Kiefer et K. K. Munitz (eds), *Language, Belief and Metaphysics*, Albany, State University of New York Press.
1975 *Mind, Language and Reality*, 2, Londres-Cambridge, Cambridge University Press.

Quine W. Van Orman
1951 Two Dogmas of Empiricism, in *Philosophical Review*, LX, p. 20-43; maintenant in *From a Logical Point of View*, Cambridge (Mass.), Harvard University Press, 1961.

1969 Natural Kinds, in *Ontological Relativity and Other Essays*, New York, Columbia University Press.

Rey A.
1973 *Théories du signe et du sens*, Paris, Klincksieck.

Rey-Debove J.
1971 *Etude linguistique et sémiotique des dictionnaires français contemporains*, Paris, Klincksieck.

Ricœur P.
1962 Herméneutique et réflexion, *in* E. Castelli (ed.), *Demitizzazione e immagine. Atti del VII Convegno Internazionale di studi umanistici*, Roma, 1962, Padoue, Cedam, p. 19-42; maintenant in *Le conflit des interprétations*, Paris, Seuil, 1969.
1975 *La métaphore vive*, Paris, Seuil.

Roméo L.
1976 Heraclitus and the Foundations of Semiotics, in *VS*, nº 15, p. 73-90.

Rosenstiehl P.
1979 Labirinto, in *Enciclopedia Einaudi*, VIII, Turin, p. 3-30.
1980 Rete, in *Enciclopedia Einaudi*, IX, Turin, p. 1027-1046.

Rossi-Landi F.
1968 *Il linguaggio come lavoro e come mercato*, Milan, Bompiani.

Russell B.
1940 The Object-Language, in *An Inquiry into Meaning and Truth*, Londres, Allen & Unwin, 1950 (trad. franç. *Signification et Vérité*, Paris, Flammarion, 1969).

Saffin J.
1964 *Codex and Ciphers*, New York, Abelard-Schumann.

Saussure F. de
1906-1911 *Cours de linguistique générale*, Lausanne-Paris, Payot.

Schank R.
1975 *Conceptual Information Processing*, Amsterdam, North-Holland - New York, American Elsevier.
1979 Interestingness : Controlling Inferences, in *Artificial Intelligence*, XII, p. 273-297.

Schank R., Abelson R. P.
1977 *Scripts, Plans, Goals and Understanding : an Inquiry into Human Knowledge Structures*, Hillsdale (NJ), Erlbaum.

Schmidt S.
1973 *Texttheorie*, Munich, Fink.

Scholem G.
1960 *Zur Kabbala und ihrer Symbolik*, Zurich, Rhein-Verlag (trad. franç. *La Kabbale et sa symbolique*, Paris, Petite Bibliothèque Payot, 1980).

Schwartz S. P. (ed.)
1977 *Naming, Necessity and Natural Kinds*, Ithaca (NY), Cornell University Press.

Scruton R.
1980 Possible Worlds and Premature Science, in *The London Review of Books*, 7 février.

Searle J. R.
1958 Proper Names, in *Mind*, LXVII, p. 166-173.
1977 Reiterating the Differences : a Reply to Derrida, *in* S. Weber et H. Sussman (eds), *Glyph : Textual Studies*, Baltimore, Johns Hopkins Press, p. 198-208.
1978 Litteral Meaning, in *Erkenntnis*, XIII, n° 1, p. 207-224; maintenant in *Expression and Meaning*, Londres, Cambridge University Press, 1970.

Sebeok Th. A.
1976 *Contributions to the Doctrine of Signs*, Bloomington, Indiana University Press.

Segré C.
1969 *I segni e la critica*, Turin, Einaudi.

Shannon C. E.
1948 A Mathematical Theory of Communication, in *Bell System Technical Journal*, XXVII, n° 3, p. 379-423, et n° 4, p. 623-656.

Shannon C. E., Weaver W.
1949 *The Mathematical Theory of Communication*, Urbana (Ill.), University of Illinois Press.

Shibles W. A.
1971 *Metaphor; an Annotated Bibliography and History*, Whitewater (Wis.), Language Press.

Speciale E.
1978 *La teoria della metafora in Emanuele Tesauro* (tesi di laurea), Bologne, Università degli Studi.

Strawson P. F.
1950 On Referring, in *Mind*, LIX, p. 320-344.

Stump E.
1978 *Differentia and The Porphyrian*, Tree, introduzione a Boezio, *De Topicis Differentiis*, Ithaca (NY), Cornell University Press.

Tesauro E.
1655 *Il Cannocchiale aristotelico*, Venise, Baglioni.

Todorov T.
1977 *Théories du symbole*, Paris, Seuil.
1978 *Symbolisme et interprétation*, Paris, Seuil.

Vattimo G.
1963 *Essere, storia e linguaggio in Heidegger*, Turin, Edizioni di « Filosofia ».

Vegetti M.
1965 Introduzione e note alla traduzione italiana di Ippocrate, *Opere*, Turin, Utet.

Vico G.
1744 *La scienza nuova giusta l'edizione del 1744*, Bari, Laterza, 1967 (trad. franç. *Œuvres choisies*, par M. Michelet, Paris, Hachette, 1835).

Violi P.
1982 *a* Du côté du lecteur, in *VS*, n° 31-32, janvier-août, p. 3-34.
1982 *b* Nuove tendenze della linguistica americana, in *VS*, n° 33, septembre-décembre.

Weinreich U.
1972 *Explorations in Semantic Theory*, La Haye, Mouton.

Weinrich H.
1976 Streit und Metaphoren, in *Sprache in Texten*, Stuttgart, Kleitt.

Weston J. L.
1920 *From Ritual to Romance*, Cambridge, Cambridge University Press.

Wierzbicka A.
1972 *Semantic Primitives*, Francfort, Athenäum.

Wittgenstein L.
1932 *Philosophische Grammatik*, Oxford, Blackwell, 1969 (trad. franç. *Grammaire philosophique*, Paris, Gallimard, 1980).
1941-1949 *Philosophische Untersuchungen*, Oxford, Blackwell, 1953 (trad. franç. *Tractatus logico-philosophicus* [suivi de] *Investigations philosophiques*, Paris, Gallimard, 1961).

Wright G. H. von
1951 Deontic Logic, in *Mind*, LX, p. 1-15.

Imprimé en France
Imprimerie des Presses Universitaires de France
73, avenue Ronsard, 41100 Vendôme
Janvier 1993 — N° 38 536

FORMES SÉMIOTIQUES

COLLECTION DIRIGÉE PAR
ANNE HÉNAULT

JEAN-FRANÇOIS BORDRON

Descartes. Recherches sur les contraintes sémiotiques de la pensée discursive. Préface de A. J. Greimas

JOSEPH COURTÉS

Le conte populaire : poétique et mythologie

UMBERTO ECO

Sémiotique et philosophie du langage

JEAN-MARIE FLOCH

Sémiotique, marketing et communication. Sous les signes, les stratégies. Préface de Christian Pinson

ALGIRDAS JULIEN GREIMAS

Sémantique structurale — Recherche de méthode

ALGIRDAS JULIEN GREIMAS

Des dieux et des hommes — Etudes de mythologie lithuanienne

LOUIS HJELMSLEV

Nouveaux essais. Recueillis et présentés par François Rastier

JEAN PETITOT-COCORDA

Morphogenèse du sens. — I : Pour un schématisme de la structure. Préface de René Thom

HENRI QUÉRÉ

Intermittences du sens

FRANÇOIS RASTIER

Sémantique interprétative

FRANÇOIS RASTIER

Sémantique et recherches cognitives

CLAUDE ZILBERBERG

Raison et poétique du sens. Préface de Herman Parret